衡阳保卫战80周年纪念版

U0644164

落日孤城
中日衡阳会战纪实

张和平 ——— 著

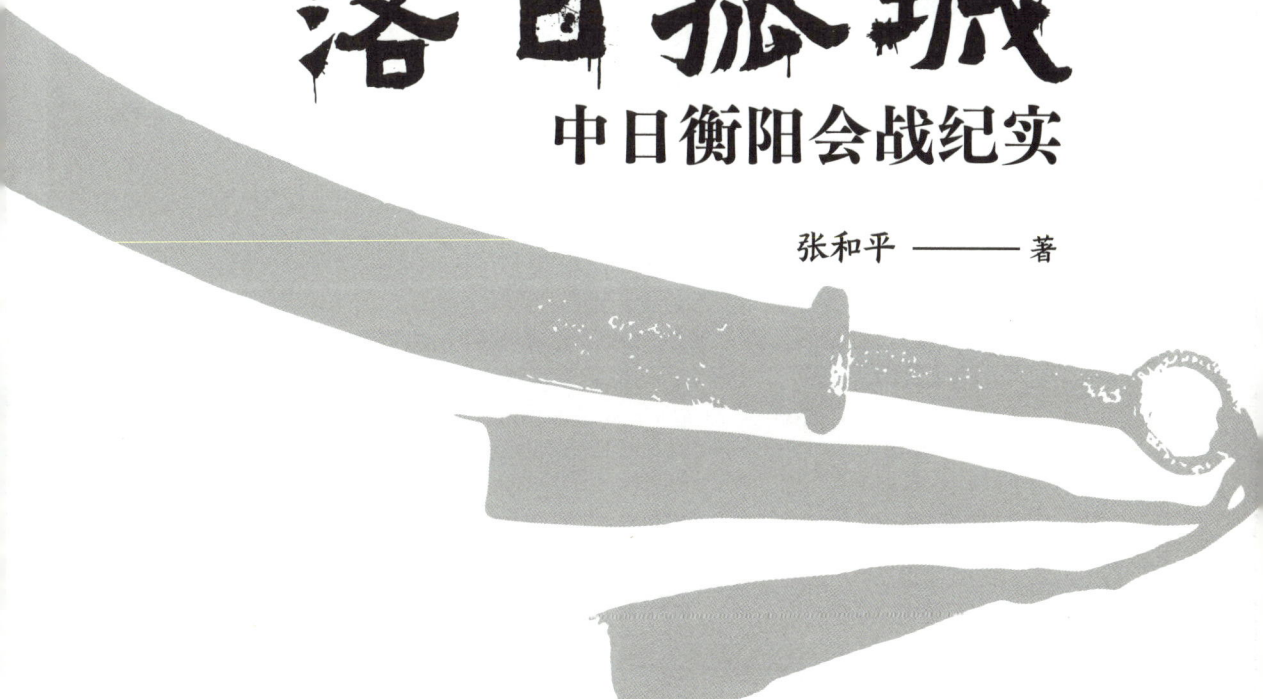

湖南文艺出版社
HUNAN LITERATURE AND ART PUBLISHING HOUSE

图书在版编目（CIP）数据

落日孤城：中日衡阳会战纪实 / 张和平著.
—— 长沙：湖南文艺出版社, 2012.4（2024.6重印）
ISBN 978-7-5404-5345-9

Ⅰ. ①落… Ⅱ. ①张… Ⅲ. ①纪实小说—中国—当代
Ⅳ. ①I247.5

中国版本图书馆CIP数据核字（2012）第002236号

落日孤城 ——中日衡阳会战纪实
LUORI GUCHENG——ZHONG-RI HENGYANG HUIZHAN JISHI

著　　者	张和平
出 版 人	陈新文
责任编辑	陈新文　唐　明
特约编辑	李一安
装帧设计	嘉泽文化

出版发行	湖南文艺出版社出版、发行
地　　址	（长沙市雨花区东二环一段508号　邮编：410014）
网　　址	http://www.hnwy.net

印　　刷	湖南省众鑫印务有限公司
版　　次	2012年4月第1版
印　　次	2024年6月第2次印刷
开　　本	787mm×1092mm　1/16
印　　张	18.25
书　　号	ISBN 978-7-5404-5345-9
定　　价	58.00元

1944年的衡阳，

一座绝望中迸发血性和人性的

悲怆之城……

▲ 中国西南地区某地，一名中国军号手站在山顶的一个古墓上吹响晨号。

▲ 战争中温馨的一幕：陈纳德将军从他的中国翻译官的孩子那里得到了一大包圣诞礼物。面对镜头，两个孩子中年幼的那个看上去显得有些腼腆。

▲ 方先觉将军。

▲ 正在食堂用餐的特别进修班的高级军官。在战时条件下，没有比他们更舒适的军人了！在这里，中国军人受训的课程与美军的完全一样。1944年夏，他们中的一些人将在衡阳战役中接受严酷考验。

▲ 1944年10月11日执行"乔伊叔叔的战车"计划的专机上，乘客和机组人员在放松地或静坐阅读或躺卧休息。此刻他们正飞往位于中国某处的B-29空军基地。此时衡阳已失守两个月。

▲ 太多的心碎与不幸伴随着难民们的逃亡之旅。照片中的这个男孩刚从一列移动的火车上跌落而身受重伤。男孩的母亲在他身边伤心哭泣。这种非正常死亡的情形在战时的中国很普遍。

▲ 扒火车逃难的民众。

▲ 沿铁道向后方疏散的民众。

▲ 一位中国炮兵面带微笑骄傲地展示他的新武器——一门75毫米榴弹炮，这种榴弹炮同样装备于美国炮兵部队。在训练中心，摩托化和步兵作战属于主要训练科目。

▲ 中国童子军使用空汽油桶搭建人行浮桥。这些训练有素的男孩在战争时期担任过空袭警报的信号员，照护过伤病员，为抗战捐过款，帮助过难民，捍卫他们的家园，反抗日军的入侵。事实上这些童子军成员无论在战时还是在承平岁月，都在致力于践行其爱国主义的理想。

▲ 抗击日军进攻的战斗间隙，驻扎在云南省南部怒江边的中国士兵用勺子将米饭从一个饭篮子里盛出。其间中日双方进行的军事动活动均旨在争夺对滇缅公路的控制权，此时日军已经攻克衡阳要塞。

▲ 1944年8月，位于衡阳机场的美国空军基地被日军轰炸。

▲ 衡阳战役后，驻防云南某地的中国士兵准备发动一次对日攻击行动。注意战斗中出现的美式武器，它们是深受中国士兵喜爱与信赖的伙伴。镜头前的美式"汤姆逊"冲锋枪和"巴祖卡"火箭筒正在出色地完成自己的使命。

▲ 美国军援物资送抵湖南抗战前线，中国士兵将枪支弹药从美国卡车上卸下。这些卡车由美军军需人员驾驶，来自6000英里外的伊朗。依据《租借法案》，它们曾为快速军援俄罗斯效力。在中国，它同样将有助于前线将士快速获得美国的军援物资。

▲ 中国天空的守护者——隶属于美国第14航空队的P-40"鲨鱼"机群在中国领空漫游，寻找轰炸与扫射的目标。在日机出没的岁月里，陈纳德的这个战斗机群捍卫着中国天空的自由，以及空中走廊的安全。

▲ 湖南前线，日军在执行补给作业。

▲ 中美士兵执行卸载航空炸弹的作业。这些炸弹具有重要的价值，经战场统计显示：陈纳德将军的飞行员每击沉1吨的日本船舶需要消耗2.5磅炸弹。

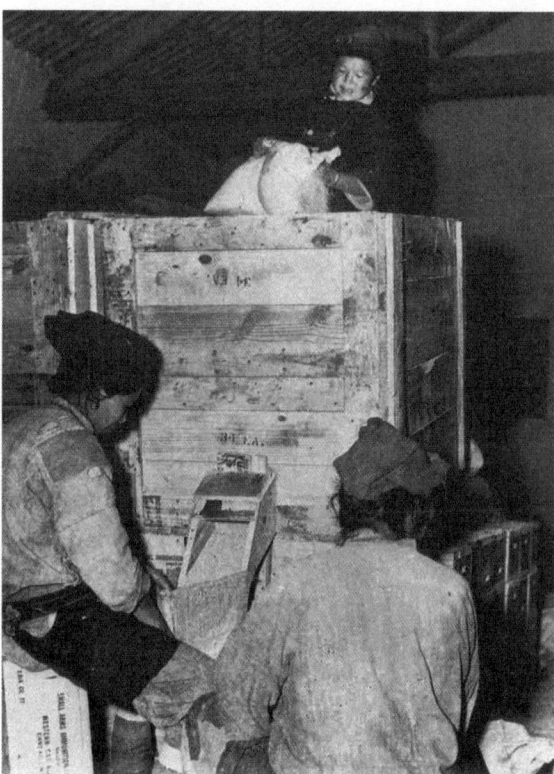

▲ 在大后方，妇女们将大米装进特制的麻布袋，这些补给将被空投至中国军队作战地域。装米的袋子构造坚固，从美制运输机上空投时，能承受相应的冲击力。

▲ 日骑兵部队在湖南执行渡河作战。

▲ 日军辎重部队于湖南的水网稻田地带行进。

▲ 构筑于河边高地的日军机枪阵地，具有
极优越的射界。

▲ 日军火炮阵地。

▶ 中国士兵将一群日军战俘押解上一辆卡车。这些战俘是1944年8月在中国衡南地区作战时被中方俘获的。

▶ 美国红十字会工作人员到达中国，图为在机场P-40战斗机前的合影。

▶ 支援衡阳守军作战的飞虎队员与他们的战机。

目 录

第一章

　　很多人知道蒋介石杀人，很多人不知道蒋介石待死人不薄——他对原第10军少将师长葛先才说："我现在着你去衡阳，搜寻我阵亡将士遗骸。"

　　为争位，大战在即周庆祥状告方先觉好色。方先觉处变不惊，将酒问周："如果陈素农来当军长而不是我，对你来说，是不是更好些？"

1946年2月上旬。

沉沉雾都。

这是抗战胜利后的第一个春节。

在举世闻名的14年中，四万万中国人在"统一抗战"的旗帜下，尸成山、血如海，与从遥远的东洋那个孤岛上窜来的侵略者进行了残酷绝伦的拼搏，终于维护了中华民族的尊严，迎来了血泪交进的抗战胜利的狂欢。因非常时期，为专心全力于抗战而辞去国民政府军事委员会委员长以外一切职务的蒋中正先生，以其"坚决抗战、绝不妥协"的决心及在正面战场上的出色指挥，引起了世界的注目，赢得了前所未有的声誉与人们的普遍尊敬。政治经验丰富的蒋先生自然看到了这一点，他充分利用这一契机，使用、调动各种手段以确立、巩固他和他的党在这片多灾多难的土地上的霸主地位。他为在上月闭幕的有国民党、共产党、青年党、中国民主同盟、无党无派人士参加的政治协商会议叫好，公开宣传民主成果，制造民主气氛，描绘民主前景；他秘密将抗战期间压缩于大西南的军队遣往战略要点、共产党和共产党所领导的军队活跃的地方，为一旦他所希望的民主达不到他所要求的目的便予以军事制裁做准备；他为爆响于较场口的镇压人民的枪声、制造"一二·一"惨案的国民党重庆当局遮掩；他修正外交、调整内阁、准备还都南京……在血火流矢中流宕奔跌了14年之久的人民，对流血已经格外敏感，越来越多的人从种种迹象中感到了新的流血的临近。庆祝中国传统节日春节的鞭炮在大街小巷稀稀落落地鸣响着，明显地缺乏着生气与热情，悬挂在商行店铺、机关、学校和公寓门楣上的大红灯笼，在弥漫的厚重浓雾中也格外的暗淡。远在莫斯科的苏联评论员克里诺夫，也似乎感受到了嘉陵江畔2月的阴冷与缺少真实的政治气氛。他坦率地指出，在政治协商会议上，由"中国共产党与民主同盟首先倡议建立联合政府，关于这一问题所通过的决议，是中国历史向前迈进的问题，是实现民主改革的保障"。克里诺夫以蒋先生最为不能容忍的带威胁性的口吻说："无论在中国国内，或者联合国其他国家中，一切民主人民都欢迎政治协商会议，并希望迅速实施这些决议。"蒋先生不无讨厌但又离不了的趾高气扬的美国佬，也带暗示性地说国民党对政治协商会议所通过的条款的通融是"明智之举"。如此种种，使得蒋先生与他的同志们也失去了欢庆节日的心境与空闲。

雾都沉沉，雾都依旧沉沉。

2月17日，元宵节过后的第一天，国民政府军事委员会委员长蒋中正，突然拨冗召见军委会少将高参、原陆军第10军预备第10师师长葛先才。

在将官担挑斗量的蒋家军中，如无特殊背景，区区一少将高参，实际地位尚不及一在前线带兵打仗的营长，尤其在这山雨欲来、国务繁忙的非常时刻，最高统帅接见的非常之举，意味着定有非常之处。

葛先才将军也不知其所以然。

自1944年那个寒冷的湘南冬夜，葛先才从衡阳被日本人掌握的一座教堂里脱逃，他的心就一直像突然老于秋风秋雨中的一棵孤独的树，战栗着凄楚、悲凉与惊怕。前车之鉴，覆车之辙，为贯彻"坚决抗战"的决心，蒋委员长毫不手软地惩处了一批抗战不力的将官，就连声名赫赫的韩复榘、张德能、陈牧农也不能幸免。第10军18000名官兵困守孤城，以血肉之躯抗击疯狂的日军47昼夜的进攻，创造了14年抗战中守坚时间最长、日军死伤最多的辉煌战例，极大地鼓舞了国人乃至世界抗击法西斯力量的斗志，但终因同伴中有人贪生怕死，在最后的关头动摇了，打出了使人羞辱终生的白旗，画出了一个虎头蛇尾的结局。葛先才当然知道，这大大地伤害了国人的感情，损伤了委员长的面子，但是，葛先才决定从日本人手里潜逃时就做出了最坏的打算：与其忍辱偷生地活在敌人的控制中，不如痛痛快快地死在自己统帅部的枪口下。出乎意料的是，蒋委员长对第10军的官兵却另施仁政，不仅不加究察不加处分，反而大加褒扬，亲自接见，家中留饭，授以勋章，赏予金钱；军长方先觉被提升为37集团军副司令长官兼青年军207师（相当于军）师长，第3师师长周庆祥被任命为第10军副军长兼第3师师长，军参谋长孙鸣玉担任了新编第36师师长，其余将官均担任了与战时相应的职务。在1945年召开的国民党六中全会上，一位国民党元老对蒋委员长如此厚待第10军提出了疑问。他说如果方先觉投敌属实，那就是有过而不是有功，赏有功罚有过，才是是非分明理所应当，如果功过不分是非不分，将何以取信于国人呢？蒋介石对这质询大为光火，他怒气冲冲地斥责道：刚才这话是谁讲的？这与奸匪造谣中伤有什么区别？简直是不识大体不顾大局！弄得这位老先生张口结舌，不知所措。明白内情的人知道老先生的话何以呛了蒋委员长的肺管子：第10军衡阳守坚战，是蒋委员长向全国人民、全国各党各派及世界抗击法西斯侵略阵营证明国民党、证明国民党军队和蒋先生本人坚决抗战的一面旗帜，蒋委员长亲自向美国总统罗斯福介绍过第10军的情况，罗斯福还将方先觉的名

字亲手记在自己随身携带的记事本上，老先生硬要不识时务地弄清是非，岂不是要砍委员长为之光荣的大旗，扫委员长的颜面？当然，也有人认为并非仅此，蒋介石曾命令方先觉守城两周就算完成了任务，但坚守了47天，弹尽粮绝，伤亡殆尽，援军依然无望，比之一些望风而逃、一触即溃的国民党军队，方先觉与第10军可算是尽了最大的努力，蒋委员长也是人，是人就有心，是心就是肉长的，他不忍对已尽了责任的第10军再加挞伐。

委员长的突然召见，使这位身材壮阔、年至40仍然独身的将军感到了某种希望，同时也有不安，但更多的是疑问：委员长到底为何事召见？

脱逃抵渝后，他被任命为军委会少将高参，这是个没有实际权力的虚位，平日近乎放闲，与同伴中受到委员长重用的个别人相比，这位当年第10军将领中唯一的三湘子弟自然有些不平，然而每想到那些阵亡的官佐，想到那血肉横飞前仆后继的袍泽的身影，就禁不住热血沸腾，不平也就烟消云散了。特别使他念念不能忘怀的是：阵亡的弟兄们还大都遗暴骨骸于荒山野岭。在被俘后的日子里，他曾在日军的看押下几次踱步至南郊，亲眼看到刚占领衡阳的日军在为其战死的同伙营造墓冢，他们做得极精心、极细致，按照死者生前的职位高低，秩序井然地排列于山坡上，坟头一律朝东，向着他们魂牵梦绕的故乡，每一墓前，尽战时条件之可能竖了一个木牌，上铭死者生平与简要事迹，墓冢之间，规则地植上了成活率极高的常青树。造墓者在劳作的过程中，肃穆得如同参加国庆大典，认真得像在侍弄他们的家庭花园。望着这一幕，他在如血的黄昏中踟蹰了许久，对散乱的、到处可见的自己同胞的遗尸残骨生出了许多的感慨、许多的苍凉、许多的悲戚。他暗暗发誓：此生如能生还，他一定要让这些为国英勇牺牲的弟兄们最终有个归宿。一年多过去了，这个愿望仍然不能付诸实现。听说光复以后，除了一些战死者的亲属到衡阳来认寻到的一部分外，绝大部分烈士还是遗尸旷野，他们为保卫自己的家园而死，却在自己的家园找不到一席安息之地，而那些生前骄横疯狂的入侵者，至今仍大模大样占据着别人的家园。还会有什么比这更使人痛心的呢？虽然光复之初，大战过后的衡阳城百废待兴，但条件比之当初刚占领衡阳的日军总要好得多，他们使战死的同伙安歇在别人的家园，而光复了家园的主人做不到这一点，这不能不说是民族精神涣散的体现。葛先才历来认为，对光荣死者的尊重，就是对后来者的激励。

在侍从的引导下，葛先才进入了委员长的会客室。

蒋委员长依然秃头，长袍、马褂，一脸倦容，看上去比抗战时苍老了许多。葛先才对伫立于空无一人的客厅中央的委员长立正敬礼，端端正正地坐在委员长示意的大沙发上。委员长也坐下了，坐在靠他最近的单人沙发里。坐下的委员长一言不发，仰头闭目，葛先才小心地屏住气，一点声音也不敢弄出，一时间，空荡的会客室有了一种谜样的寂静。渐渐，葛先才紧张起来了，鬓角开始滑出了汗线，挺直的脖梗与腰杆开始发硬，千奇百怪的念头在葛先才的头脑中旋转，不绝如缕的猜揣在胸臆间翻腾。终于，委员长开口了。他缓缓地问："今天，是什么时间了？"葛先才思索了一下，尽量放缓语调："报告委座，今天是民国三十五年2月17日。"蒋委员长令葛先才莫名其妙地又沉默下来，好在这次委员长很快就开腔了："民国三十三年8月8日衡阳失陷，一年又七个月了，第10军英勇殉国的官兵们的尸骨得到安葬了吗？"

葛先才慢慢地回答："委座，我打听过，还没有。"

"我现在着你去衡阳，搜寻我阵亡将士遗骸，集体营葬，建阵亡将士公墓。"蒋介石长长地吸了口气，身子颓然地靠回沙发，"我们问心有愧呀！"

很多人知道蒋介石杀人，很多人不知道蒋介石对死人不薄。1942年中日长沙第三次会战取胜后，蒋介石在衡山召开的作战检讨会上，他难得地微笑着肯定战役的成功之处，表彰了一批有功将领，只是那笑容转瞬间便像风中的云彩一样无影无踪了，他右手往条案上一拍："有的将官没有道德，官兵们战死了，他拉上队伍就走，让他们暴尸荒野！"他吊起三角眼，朝台下一扫，台下不同程度地有过这些行为的少将、中将、上将，都觉得脸上有冷森森的剑锋荡过，脖颈嗖嗖直冒寒气，蒋介石拉长声调重重地"唉"了一声，便没有了下文，但是这些或跟随委员长南征北战出生入死的嫡系或与委员长明争暗斗许多年的杂牌将领，都明白那一声著名的"唉"把什么都说清楚了。第74军副军长兼57师师长余程万，是蒋委员长一张能打敢拼的硬牌，对日作战屡有建树。1943年11月，他奉命坚守常德，血战半个月，日军死伤4251人，打击了侵略者的骄横气焰。战至最后，城破在即，他率数人突围成功。蒋委员长大怒，下令要枪毙余程万，他训斥余程万说："你如何当人家的长官？忍心抛弃伤员，忍心暴尸战死的袍泽，以后谁还跟你？"虽经军政部长兼总参谋长何应钦、战区司令长官薛岳等求情，蒋介石才没有"唉"出那要命的一"唉"，但想必余程万在后来活着的日子，做噩梦的次数是不会少的了。

想到这些，仰望着委员长憔悴的面容，一股热流从心底涌起，他压紧发胀的嗓子，尽量平静地说："委座，我马上安排好工作，近日即赴衡阳。"蒋介石抬抬手，示意葛可以走了。葛起立，敬礼，退至门口，刚欲转身出门，"天颂，你知道我为什么让你去衡阳吗？"葛先才本能地顿脚立正，尚未对蒋介石的话做出反应，蒋介石又说下去了："我知道，衡阳之战，你最为效命，忠勇可嘉，烈士之骸，只有忠勇之士才最有资格搜寻。"顿了顿，蒋介石从沙发上起身，踱至葛先才跟前，三角眼中荡漾着和慈的光："共党梗喉，民心不固，你不要把此行仅看成个人意

气，实是党国集意志、固民心之方略中一环，望你尽心致力，不负党国之托。"蒋介石亲切地拍拍葛先才的胳膊："听说你以前讲'倭寇不除，何以为家'，现抗战已经成功，你也该成家立业了，以免我这做校长的牵挂在怀。"

葛先才虎目之中，两行热泪汩汩而出，一年多的忧怨、委屈、不安统统荡然而去。他右手刷地举至额际，发自肺腑地大声喊道："谢谢校长！"

1944年1月24日中午，晴朗的东京上空突然开始转阴，劲风一絮接一絮把云彩送来，织铺成一席飘动的彩毡，很快，零零散散的雨点，便珠子般地从云隙的阳光中漏下。日军大本营作战部作战课课长服部卓四郎少将，满脸忧色地凭窗注视着长天这突如其来的变化，作战部部长真田中将也走过来了，他脸上虽一如平常表情，但少将心里清楚，中将之忧忧在心中。

他们在等待着一位此时对他们来说是重要人物的到来，此人早已从被日军占领的中国南京起飞，按说已该到达东京上空，没想到老天却应了中国的一句老话，有了不测之风云，面对大自然的伟力，不可一世的大和武士，也只能默默祈祷：望天皇保佑天皇陛下的空中英雄平安地将他们所等待的人送达。

日军入侵东南亚特别是入侵中国以后，为了战场需要，日本的军工生产速度急剧上升，严重地冲击、破坏了国民生产。1936年度，军工产品生产只占国民收入的2%左右，在整个工业系统的动员率为4%—5%，1938年，整个工业系统的动员率达12%，以后逐年递增，到了1943年，整个日本工业系统中，有48%的厂矿在制造枪炮弹药，造成了日本国民民用产品的严重缺乏和整个工业的骤然衰退，几乎临近崩溃。特别是日本作为岛国，自然资源极其短缺，侵略战争开始以后，它激起了世界大多数爱好和平国家的愤慨，纷纷与日本断交禁运，使日本工业原料无以为继。为了改变这种状况，日军大本营响应东条英机的号召，大搞以战养战，加紧被占领国的资源掠夺。在中国，在汪精卫伪政权辖制的地域，连上剧场戏院都须随身携带一点破铜烂铁，哪怕一个硬币也可；制造铁器用品的作坊，统统停业，城市下水道口的铁盖，机关、住宅的铁门窗都被日军运回其本土，就连上海旧租界的800块铁制路牌，也进了日军制造武器的熔铁炉中。其他被日本占领的国家的状况，也大抵如此。经济状况的恶化，必然导致政治条件的恶化。时旷日久的侵略战争，伤害了被侵占国家的人民，同时，广大日本人民也成了战争的受害者。京都大学山崎教授痛苦地对他即将休学去中国战场的学生说："真弄不明白，那些人疯了还是我们傻了，战争对人民，对国家到底有何好处？"日本国内的反战情绪开始抬头，朝野人士中，要求更换东条军人政府，结束战争、恢复和平的呼声越来越高，东条为使自己的扩张侵略政策得以延续，便极力主张"一元化"领导，实行独裁统治。东条深知，挽救自己和自己推行的政策的唯一办法，就是尽快改变在中国战场上的被动局面，力争取得主动权以求胜利，胜利者是不受指责的。当时的战场情况非常不利于日本，日军在太平洋战场逐渐失利，失去了制空与制海权，日军本土与被侵略、占领的国家之间的海运和空运，都被中国和拥有远程航空母舰及绝对空中优势的盟军所控制。正如当时《广西日报》所指出的："敌人最爱称他人的交通线为'输血管'，这比喻现在反成了对他自己的讽刺，对于他那浮肿的大帝国，动脉硬化或截断将是死症。"而日军的大部分兵力都被中国军队所牵制。根据当时日本国内的经济状况与工业条件，要迅速夺回制海、制空权，恢复海上交通与空中优势，已无可能，唯一的希望就是以陆军的优势力量开辟一条大陆交通线，这条交通线的唯一选择就是从日本本土铁路线出发，经过朝鲜进入中国境内，再由中国境内的广西、云南与越南、缅甸铁路相连。当时，连贯这条交通线的主要障碍就是中国境内的平汉、湘桂两条铁路线，这两条铁路线有几个战区的数十万中国军队防守着。特别是同盟社发消息说："新型的超级重型轰炸机B-29较之现有的各种轰炸机远为巨大，性能也极为优越，1944年春将用于第一线。在攻击日本本土时，首先对其国内重要工业区，各种军事设施等要害目标进行连续轰炸，以削弱日本陆海空三方面的抵抗力。美国军事专家们认为美空军可以以此作为对日本本土发动集中攻击的基地，首先是中国基地。为此，将组成特别空军。"日根据情报得悉，美国的特别空军基地将设在中国的桂林与柳州，这使日本政府与日本大本营极度恐慌：如果B-29真的从这些基地起飞，它将不仅使日本的所谓"绝对防卫圈"破产，而且对其"本土防卫"也形成重大威胁，日本已经没有能力在空中阻止B-29对日本本土的攻击，也就是说，一旦中国西南的机场作为美特别空军基地得到安全上的保障，B-29对日本国的"造访"就会像与近邻走动来往一样方便了。为此，昭和十八年（1943年）12月31日，在日本国的皇宫内召开了御前会议。会上，天皇正式决定弃守所罗门群岛的瓜达康尔。日军大本营参谋总长杉山元大将，趋步向前，详细地报告了同盟社关于美国超级重型轰炸机的报道情况，以及B-29基地的有关情报。杉山元大将禀报天皇说，美国人说的不是大话，上月他们的B-29就已轰炸了台湾新竹，如不赶快采取措施，任B-29在中国的柳州、桂林设立基地，必将祸及本土。杉山元大将向天皇提出了自己的计划：一、为阻止美在华空军向日本国本土袭击，拟彻底销毁其在桂林、柳州等处的基地。二、缅甸地区，今后拟实施弹性作战的指导方针。

两项上奏，天皇陛下反复质询，但经杉山元与东条英机的答辩后，天皇裁准执行，以致前者形成了四个月后在大陆的一连串作战，后者形成了缅甸美阿恰布会战的退却。

根据这次御前会议的安排，日军大本营便赋予日对华派遣军根据情况制订出打

通大陆交通线，占领并确保桂林、柳州的具体的作战计划的任务。因为这次行动关系重大，日军大本营把这称为"一号作战"。其目的有四个方面：第一是在战场击溃或消灭我第九战区之主力，创造一次大的战役胜利，用以激奋日本已日趋低落的民心与日军的士气；第二是希望在进占桂林柳州之后，使中美空军的B-29远程轰炸机不能使用这些基地，防止或减少中美空军对日本本土的轰炸；第三是修复中国境内铁路，消灭铁路所经区域的中国守军；第四是打通大陆交通线，转移兵力，径窥贵州省省会贵阳，威胁我重庆陪都，动摇中华民国政府之国本。日对华派遣军总司令畑俊六接到日大本营制订作战计划的命令后，便召集参谋人员与助手很快拿出了方案。1943年12月7日，作战方案上报至大本营，请求大本营12日前对方案作出答复，以便尽快将方案付诸实施。大本营接到方案后的第二天便复电畑俊六说："此次作战，对我军乃至日本政府至关紧要。"认为派遣军应派专人至大本营就方案再行研讨，确认切实可行后再行取回执行，以免电文出现差池或者泄密。

根据大本营的指示，畑俊六命令派遣军总参谋长松井久太郎中将飞回东京，去执行这一特别任务。

神武的大和空中武士不负真田将军之所望，飞机几经盘旋，终于冒雨降落在东京机场，将松井送到大本营作战部守候已久的两位将军面前。

几经研究、核审，最后确定，"一号作战"计划分为三步进行。第一步，先实行河南作战，打通平汉路；第二步，实行湖南作战，攻占长沙与衡阳。第三步，在湘南、广东和越南驻屯军协助下，三方面配合，打通湘桂铁路后，再打通粤汉铁路南段。

日军的"一号作战"计划，是太平洋战争的一个重要组成部分，它是日军自侵华以来对中国战场发动规模最大的一次进攻。按照这个计划，其实行作战距离将为1500公里，参战兵力共计51万人，其中平汉战场预计投入140000人，湘桂作战准备362000人，另外还配备10万匹军马，1500门大炮，800辆坦克，还有海空军的配合。日军这次规模宏大的野战行动，是日军有史以来第一次。

对"一号作战"，日军大本营与派遣军总部，特别注意了第二步——对湖南作战。中国军辖制湖南地段的第九战区司令长官薛岳，以其"天炉"战术，多次使皇军丢盔弃甲，损兵折将，使湖南防线成了日军向中国大西南挺进的不可逾越的天堑。这个"狡猾狡猾"的广东人，虽是农家子弟且年仅45岁，可一身儒雅之气，老成得如一条千年老蛇，又耿介刚硬得连中国军的最高统帅也让他几分。他辖下的几个军均有与日军作战的经验，特别是第10军，可谓是能征惯战，实是实施"一号作战"的重大阻碍。而长沙、衡阳又是大西南门户，战略位置十分重要，大门如果打不开，又如何登堂入室？日军大本营将攻打大西南门户而后登堂入室的任务交给了第11军。第11军多次在湖南与薛岳作战,虽是败多胜少,但对薛岳的战略战术和他的部队的情况颇有心得。为了确保第11军完成任务,大本营从关东军抽调精锐部队第27师团和铁道联队拨归第11军,日对华派遣军又给第11军增调了4个师团,这样第11军加上原有的部队,其力量已有按普通师团编制26354人的9个师团(即第2、13、27、34、37、40、58、68、116师团)。为了不使作战时受到其他方面的牵制,派遣军总部另给第11军配备第64师团,第1、第2野战补充队,岩本支队担任后备警卫,保障运输供给。对第11军的原守备武汉的任务,也交由别的部队担任。考虑到出身大学教授家庭的第11军司令官横山勇领导第11军后的表现,大本营特地从关东军中抽调岛贯到第11军担任作战主任,负责制订第11军的战斗方案和行动部署。岛贯原在关东军担任高级参谋,长期从事中国方面的军事研究,精通战略战术。岛贯接受大本营的命令以后,即进入情况。此前,第11军原高级参谋武居清太郎曾制订一个"湘桂作战"的方案,但被大本营否决了。在这个方案的基础上,岛贯另辟蹊径,再做方案,岛贯这次制订"湘桂作战"的计划时特别考虑了对湖南衡阳的作战。按照清太郎原来的方案,攻占长沙是对湖南作战的主体关键,但岛贯认为,因已准备了对付薛岳的"天炉"战法的"波浪式"进攻战法,加之这次投入的兵力大,攻占长沙已不成问题,主要在于能否在占领长沙后迅速避开尚未来得及集中的长沙外围的中国军的侧击而迅速攻破、占领长沙前方的战略要点衡阳城,以免中国军队以衡阳为基点而淤集一起,滞阻日军前进,使衡阳前方的桂林柳州等城有了更充分的城防准备时间,为湘桂作战增加困难。日军大本营很欣赏岛贯的考虑,作战部部长真田中将与作战课课长服部卓四郎少将为之送行时,真田特别强调说:"中国战场近似第一次世界大战的巴尔干半岛,诚恐为大东亚战争的致命处,切望湘桂作战成功。"

1944年4月18日,日对华派遣军总司令畑俊六接到日大本营的命令:开始实施"一号作战"计划。日第13军司令官内山中将,以迅雷不及掩耳的手段,打得蹲踞在黄河岸边的中国第一战区司令长官蒋鼎文上将兵败将走,仅一个多月后的5月25日,日军就占领洛阳,打通了平汉路,实现了"一号作战"的第一步。

1944年5月27日,这是日军战史上"最光荣的纪念日",40年前的这一天,是日俄战争中,日本海军在对马海峡打败沙俄波罗的海舰队的日子。今天,已为就近指挥将总部指挥所推进至武汉汉口的畑俊六决定:5月27日进攻长沙,撞击中国大西南的第一道门户。

正如岛贯所料,长沙对日军未能形成障碍,从5月27日到6月18日,日军第11军在横山勇中将的指挥刀下,分左中右三路兵团,完成了对从岳阳、崇阳,洞庭湖水域至长沙中间地段的中国军队的清扫与对长沙的攻占,时间只有20天,短短的20

天，实际攻城时间仅一天多，大西南第一重门户豁然洞开，第二重门户，也就是冈村与日军大本营所认为的湘桂作战的关键，大西南的最后一重门户——衡阳城暴露在日本侵略军滴血的刺刀刀锋前面。

6月20日，横山勇下达进攻衡阳的部署：第68、116两师团迅速攻占衡阳。攻占衡阳市区前，第6师团先占领粤汉铁路长衡段和衡阳飞机场，第116师团先在衡阳西南地区歼灭守军。第13师团围歼萍乡之敌后，占领攸县、安仁，掩护第68、116师团东侧。第40师团攻占益阳、宁乡后，占领湘乡、永丰（今双峰县），掩护第68、116师团西侧。第34师团在外围清除残敌，第58师团协助在长沙、湘潭设立飞机场，第3师团集结萍乡以南地区，搜索和打击长沙、浏阳东北山地内前来进攻的中国军队。

衡阳，如何？！

1946年3月10日，葛先才出现在衡阳火车站。

从重庆而武汉，武汉而长沙，长沙而衡阳，或乘飞机或坐火车或坐汽车或步行，一路停停走走，走走停停，全无一定。在武汉至长沙一前不巴村后不巴店的路段，火车突然靠一备用道停了，一问说是要为军用车让路，两天以后才能再走。火车上挤满了返回家园或迁徙他乡的难民，没有水没有食品，厕所也挤满了人无法使用，车停下来臭气难当，车一走寒风浩荡，苦不堪言自不待说，更重要的是如不能迅速赶到衡阳，就完不成蒋委员长交给的任务，有负委员长之望。葛先才从车长处问清火车停处前方30公里处有一站，军车必定停靠。葛先才决定下车徒步赶到前一站，争取搭上军车赶往长沙。葛先才此次是一人便装前往衡阳，也没有预告地方或驻军，败军之将，无颜以见三湘父老，何敢再兴师动众招摇还旧？他仅带一上有"蒋委员长亲遣"字样的军委会信函和护身的美国1940年造的"哨呜"牌手枪，还有军委会配发的一笔款项。他打算进到衡阳，招募一批民伕，尽量不惊动更多的人，完成任务后即返重庆交差。葛先才日夜兼程，跌跌撞撞地顺着铁道走了10个小时，赶到车站时，正好有一列开往长沙的军车停靠，葛先才前往交涉，一湖南口音的年轻少校接过证件瞧瞧，满脸鄙薄神情地说："少将高参？葛先才，有人说你们是英雄，也有人说你们投降了日军，事实到底如何？"葛先才在车站昏黄的灯光中，盯着少校洋溢着青春活力的脸，许久，他喃喃地说："或许，两者都是，或许，两者都不是。"也许，是将军的难言之状和风霜之色使少校动了恻隐之心，也许是"蒋委员长亲遣"那几个字起了作用，少校让他上了车，让他喝了一碗滚烫的开水，吃了一顿饱饭，睡了自离开重庆以来最香的一个长觉。到了长沙，少校把他摇醒，告诉他，这两天或许有趟军车路经衡阳，让他在车站等，碰碰运气。他跑到车站去问那趟军车的准确时间，弄得人家差点把他当成探子，他又不愿意拿出证件，以免再让人像少校那样问来问去。湖南，有几个人不知第10军，不知葛先才？好不容易从问询处脱身，当夜挤上了一趟南行的慢车，从长沙到衡阳两百来公里，火车竟走了一夜加半天，没办法，人太多，车顶上，窗口，车门上都是人，火车就像一条身上爬满蚂蚁的蠕动的大蚯蚓。

久违了，衡阳！望着人头攒动的人群，下得车来的葛先才别有一番滋味涌上心头。

两年前的这个时候，葛先才陪着身材高大温文尔雅的中国国民革命军陆军第10军军长方先觉中将站在车站废弃的煤车顶棚上，对准备疏散至外地的衡阳父老讲话。方军长是安徽萧县人，那里离沛县很近，汉朝开山皇帝刘邦的《大风歌》刺激他萌发了从军之志，黄埔三期毕业后，北伐剿共，无役不从，古北口抗战，远征塞外，任第3师的团长时，参战台儿庄，后东征南浔，九江苦战，一弹贯穿右颚左颈，差未殉国，因功提升为少将旅长；后任副师长；民国二十八年攻略南昌，是年冬出击皖南，青阳之役，血战七昼夜，重创敌人，提为师长；二次长沙会战，阻击金井、福临铺，获委座嘉奖，三次长沙会战，固守妙高峰，立下大功，委员长亲遣中将高参魏镇送来"民族荣誉"的锦旗，后被提升为中将军长；常德解围，获"青天白日"勋章。日军对方先觉的评价是："方先觉是1941年冬第一、二次长沙作战时死守长沙的猛将，1943年常德作战时，曾向常德南侧增援，具有与我第11军，特别是与第3、第68师团交战的经验。"此时奉命固守衡阳，方军长右颚那道弹疤，在湘南3月明媚的阳光中发亮，柔婉得近乎唱歌的江淮口音，此时极富涵盖力，拥挤在车站等待南去火车的衡阳父老，都伸长脖颈听着方军长讲话，连哭泣的妇女，尖叫着的儿童都静下来。方先觉说："……为减少无谓的牺牲计，请父老们暂时走避，有亲投亲，有友靠友，父老们放心，有我方先觉在，就有衡阳城在，有第10军在，就有你们的家园在！多则一年半载少则三五个月，我们就一定将倭寇赶回东洋去，到那时，我们第10军再去接你们回来建设一个新的美好的家园。"衡阳父老们带着对第10军、对方军长的信任和感戴，泪光闪闪地开始了苦难的逃难里程。葛先才后来读到了与衡阳人一起逃难的桂林一家报纸的记者皮以存的《转徙西南天地间》的文章，文章这样描述了逃难生活对衡阳人民的折磨："许多人费了九牛二虎之力，抢上了车，在车上饿了一天。饿一两天，结果支持不住，还是带着半病的身体疲软地从车上走了下来。车究竟开不开？什么时候开？不知道。路局既不贴布告，也不宣布，也是不知道，因此，车站上整天你挤我拥，弄得一塌糊涂，而实际被装走的没有多少人……但损失却不小了。本来健康的人，碰伤了，跌坏了。本来健康的人，累坏了，病倒了，只带着几个血汗钱的人，给窃光了，只剩下了一把眼泪……那天夜里，在火车上，许多人都睡不着。挤在我们那个房间里，大半是衡阳附近的

乡下女人，她们为了要使孩子不哭，只好整天地把奶头塞到孩子的嘴里去。那些乡下女人，她们在桂林都没有亲戚或朋友，只是觉得逃出了即将面临的死亡。就是这样的一点求生欲望，使她们抢上了火车，奔向她们还完全不知道它是个什么样子，且将如何生活下去的桂林。就是这样的一列火车，在迷蒙的夜色中，不知还装着多少同样的人，和同样渺茫的希望！"结果，第10军还是把衡阳丢掉了，方军长的许诺成了一句空话，尽管第10军将士的血流成了河，殉国者的尸骨可以架成一座山。葛先才目睹着像当年逃难一样返回家园的人民，他的心禁不住酸楚。流离迁徙异乡数百个日日夜夜，满怀热望地回来，迎接他们的已不是昔日美好的家园，人所到处，满目疮痍，一片废墟，绝大多数人仍是像战时那样无家可归。作为负有保家卫国重任的军人，亲眼看着国破家碎，人民流离失所的惨状而无法可想，还有什么比这更能折磨一个正直军人的灵魂呢？

葛先才不敢多想，他匆匆挤出人群，向市区走去。

葛先才不得不求见衡阳市市长仇硕夫了。

战争给衡阳人民的财产和精神的损伤程度，已经远远地超出了葛先才所估算的程度。他到达衡阳后，凭着对衡阳地形十分熟悉，很快在被战争破坏较轻的南门外福音巷原正中日报社附近，找到了一处空房住下，再在不远处一尚刚开张生意半死半活的小饭馆搭伙。安顿下来，便着手招募民伕，准备开始搜集烈士尸骸。可是没想到7天过去了，没招募到一个人，在第8天上，有一个愿意干，葛先才反起了疑心，认真一查询，果然是个小偷加赌徒，让这种人去搜集第10军为保卫衡阳而殉国的勇士遗骸，可说是对他们的亵渎，葛先才遣退了他。此后又一连两天，无论葛先才是流连市区街巷之间，还是奔走郊区乡野之间，无论是晓以大义还是示之金钱，都没有人愿意干。葛先才满腹怅怨但不责怪衡阳人民的麻木，他理解他们：战争给了他们太多的血淋淋的场面的展示，或父母兄弟，或姐妹子女尚刚在昨日的刺刀下枪炮中死去，搜集尸体太容易勾起他们心灵的再度流血。战争毁坏了他们美好的家园，甚或毁坏了他们一生对于美好生活的构想，娇妻、老父、慈母、朋友，统统毁于战争，最终毁坏了他们生活的欲望。麻木使他们哪怕是金钱，也对他们没有了诱惑。也有的是正在用劳动疗补家园的创痕，补缀昔日平常人对于人生的理想，任何东西也使他们无暇以顾。还有的是因这项工作太特殊，脏、累不说，去年夏天，因衡阳战后遗下太多的尸体没能掩埋，全市瘟疫流行，死病甚重，人们见尸躲之不及，哪敢去亲手搜集或腐烂不堪或只有一丘白骨的尸骸？经过离乱死亡、战争之苦的人，倍感生命之可贵，再多的钱也不及生命重要呀。当然，也有人是嫌钱太少，可是葛先才又没有更多的钱支付。

战争结束了，人民麻木了，冷酷了，葛先才深深从别一层次上体会到了战争的残酷，战争对人的损害。

仇硕夫热情地接待了葛先才，提出尽可能之条件开一个欢迎会，葛先才婉拒了，可是仇硕夫对葛先才以市府的名义征集民伕的要求也无法应允。仇硕夫和他的市政府的困难也不比葛先才少。市府虽已组成，但机构远未健全，手头钱粮极缺，人手更是太少，战后衡阳，百废待兴，百业待举：安置返回家园而又已无家可归的难民，寻求救济粮金，赈济生计无着的市民，恢复学校，开启商行店铺，多少事等人去做，哪还有人手去收尸敛骨？活人怎么也比死人重要。民众虽有，但他们已受够了痛苦，只要他们自己不愿去做的事情，就是政府也不好强迫的呀。仇硕夫又找市参议院参议长杨晓簏先生做了商议，最后也只能满怀歉意地告诉葛先才，除了道义上的支持外，市政府对此无能为力，只好请葛将军另想他法了。

葛先才谢绝了仇硕夫请他搬来市政府住的邀请，一人默默地返回了住处。

离开市政府的翌日清晨，葛先才再次来到南郊，日军战死者在中国的墓地没有人声、没有鸟鸣，几年前栽下的已经成林的常青树也悄然无语，墓前木牌已经腐朽，掩埋着侵略者尸骨的土堆开始陷落，墓地一片寂静，只有树枝针叶上泪滴般的露珠在晨风中凄清地摇曳。

从重庆到达武汉不久的那天，在武汉火车站门口心急火燎而又百无聊赖地等待南行列车消息的葛先才，听说铁路警察抓到一日本女探子，反正没事干，好奇心驱使他踱进警务室，因为葛先才天天来等车而相互熟悉了的警察们纷纷站起来让座，葛先才打量着眼前的日本女子，她看上去20多岁，枯瘦如柴，面黄肌瘦，满脸憔悴，一副饱经流离颠沛之苦的神色。这女了懂得　些汉语，用语言加手势问了问，才知道她是一日本军官的妻子，战时从日本寻夫到沈阳，到沈阳后恰好日本宣布无条件投降，而她也打听到了丈夫已战死在湖南衡阳，悲痛欲绝的她决心到衡阳去，如找到尸骨便带回日本，如找不到便死在丈夫的战死之地。仗着混乱和几句半生不熟的中国话，她东撞西摸近两年，竟然让她摸到了武汉才让人发现。问毕，葛先才的心像被什么东西有力地撞击了一下，他一言不发地站起来走了。

类似这种情况，国人就多得无以计算。葛先才在从长沙去衡阳的车上，碰到一个三代的寻亲家庭。老太太快60岁了，很是精明能干，说话利索，儿媳妇20多岁，小家碧玉的样子看上去弱不禁风，孙子是个6岁左右的顽童。他们是浏阳人，战前是个很富有的布匹商贩的家庭，日本人来了以后，抢走了他家的金银细软，一把火烧了他家的宅院，幸好家人早就躲出去了才未受害，但从衣食丰裕，颇有家产，突然变得生存无计，老头子一怒之下把独生儿子送到国军去打日本去了，后来老头子索性自己也去国军当马弁。日本投降以后，老头与儿子均没有消息，祖孙三人就先常德，后长沙，再浏阳将近一年地找，风里雨里，山里城里，走路、坐车、问讯、寻

尸、找坟地、查战场，音讯全无。老太太掖着的钱花光了，便到大户人家做佣工，收点工钱又走，找不到短工打，便边找边讨。她们决意生要见人死要见尸。听说衡阳这一仗打得大，便又转道衡阳。葛先才问老太太她丈夫和儿子在哪个部队，老太太不知道，儿媳妇更茫无所知。葛先才劝她们回转家去，她们这样找是没有法子找到的。老太太说找不到也要找，老头与儿子死肯定是死了，但就是死了也应当找回去安葬，不能让他们魂不能还乡，尸不得入土，活人心里难安。葛先才被老太太的坚韧感动了，他也被这个家庭的不幸感动了，他对他们充满了深深的同情与怜悯，他破例地把身份告诉了老人，他怕老太太不信，又拿出了证件，他看老太太似懂非懂，便又把证件拿给看上去识字的媳妇。他告诉老太太他就是去收敛抗日战死者的尸骨的，他记下老太太告诉他的老头子与儿子的名字，记下老太太家的地址表示一旦找到，就立即通知他们。听了葛先才的话，老太太想了很久，最后终于相信了葛先才，答应到下站下车，想法再搭车回家乡去。老太太在裤腰里摸索了半天，摸出了一块钢洋，葛先才看得出，这块钢洋是这个家庭旅途中最后的财产了，老太太把钢洋双手捧着递给葛先才说："长官，你这是去做修阴功、积德的事，不管找不找得到我家老头子和儿子，但总能找得到别人家的老头子，找得到别人家的儿子，死了的人入了土，活着的人心也就安了，不管哪个，都一样，死了的人在阴间要感谢你，在阳间的人也会记得你，这块钢洋就算我老女子的一点心意，你拿去替为国死了的人买棺造墓。"葛先才强忍住要盈眶而出的泪水，抓住老太太的手说："老人家，这是蒋委员长派我去做的。"老太太打断他的话："那也给蒋委员长省一块钢洋吧！"葛先才把在长沙带的吃的东西全塞给老人，热泪盈眶地收下了这块钢洋。

在侵略者的墓前，葛先才捏着老太太送给他的那块钢洋，心情出奇的平静，他甚至感到了某种奇妙的平衡。有人类的存在就会有战争的发生，有战争就会有正义与非正义的分界，但是战争对于人的损害却是没有界定的。直接参与战争的人受到损害，但受损害最大的还不是他们。为保家卫国英勇战死还无葬身之地的中国士兵和眼前这些侵略军的死者，他们已一无所知，可说是死对于死者并非不幸，而那个祖孙三代以及千千万万在战争中丧失了亲人、家园成为灰烬的家庭，那位不知名的日本女子和许许多多同样在战争中失去亲人的日本家庭却在经历着永无终结的痛苦。正义的一方，非正义的一方，损害都是一样残酷的，只有结局公平。想必在台湾的葛先才先生，能够在46年后听到日本明仁天皇这样对着中华人民共和国主席，对着十二万万中国人民说："在两国悠久的历史上，曾经有过一段我国给中国人民带来深重苦难的不幸时期，我对此深感痛心。"——非正义的一方将永远被钉在历史的耻辱柱上，他们的后代也为他们的先辈承受永远的良心与道义的谴责。

葛先才离开了墓地，离开了南郊，他把钢洋紧紧地攥在手中，他相信，他去做总比那个祖孙三代的家庭去做要容易一些。

衡阳。

衡阳如同一只巨大的塞子，淤塞住了狂涌而至的日军。

1944年的衡阳市，城区人口已逾30万，为长沙之后的湖南第二大城市。衡阳市区繁华，地域独特，历史悠久，遗留名胜古迹：黄茶路居民区内有两棵常青树，相传黄巢造反时曾拴马于树。树干大已数十圈，高近数十丈，绿荫数十亩，奇特之处更在于，两树唯有彼此相对的一方枝叶繁茂，看上去枝叶交错不过咫尺，但植物学家认为两树永远不会相洽，两棵大树无视植物学家的断言，历尽风霜岁月，兵火战乱，坚韧地向对方伸去爱慕的臂膀，痴情地张开苍老而疤痍斑驳的胸怀，无言地等待、召唤着对方。城南有一峰，峰并不甚高，但八百里南岳的七十二峰以此峰为首，且有大雁奇观，故此峰极有名。大雁性畏寒，自北南飞，到达衡阳，地气已暖，便不再南飞了，遇峰而回，得名回雁峰。唐朝杜荀鹤有名句："猿到夜深啼岳麓，雁知断信别衡阳。"衡阳的雁，到现在尚是个千载未解之谜：它们成群结队地常围绕着回雁峰头翩翩飞翔，有时月夜满天飞雁，声闻数里，蔚为壮观。城北有一石鼓山，山石一峰突起，如大石矶之浸入江水中，高六尺，湘水所经，如作鼓鸣则主兵革之事。唐代李宽建石鼓书院于此，宋朱熹有记。这里有蒸水自邵阳来绕其左，潇湘从零陵来绕其右，而皆汇于合江亭之前，终并为一水以北去。亭在石鼓书院之后，为唐刺史齐映所建。附近有朱陵洞，中有宋朱熹、明湛若水、清车万育等名士所题之石刻多方。明刘尧诲有《合江亭》诗，描述得最为真切，诗言："隔水林晕送晚愁，半空萧瑟入江楼。寒烟树色千帆度，落照城阴三水浮，槛外云山皆北向，尊前日月看南流。苔矶自适江湖远，犹有风尘接素秋。"衡阳城东西宽约500米，南北长1600米，位于湘江中游西岸，南岳衡山之南麓。耒水自东蜿蜒而北，由耒河口注入湘江，粤汉铁路铺设于湘江东岸与耒水之间，路东为飞机场。南城外，是约千米纵深的起伏的丘陵地带，再南则为丘陵与水稻田混合地带。城西，除一块山地与南面山地相连接外，大部为鱼塘、莲池等沼泽地区，再西延，是广阔的水稻田地域。紧靠城北，为河幅约百米又名草河的蒸水，东流入湘江，建有可行驶汽车的大桥进达衡阳城内。蒸水南岸是水稻田区，北岸是丘陵地区，草河水深非船舰不能涉过，仅其上游之辖神渡、铜钱渡，枯水期可以徒涉。蒸水与湘江交汇的北岸三角高地，是回雁峰，峰上有七层古塔。衡阳城墙除东北角为防堵湘江及蒸水水患，尚保留外，其余皆已拆除或者自然坍塌。湘桂铁路接轨粤汉铁路衡阳站，经湘江大铁桥，通往广西当时的省会桂林，再延伸至柳州与黔桂铁路接轨，通往贵州省会贵阳。抗战末期，黔桂铁路至贵阳，尚有一段未完成，火车只能通至金城江。湘桂铁

路衡阳站，设于城南门外约1500米的张家山麓，因此，衡阳有两个火车站，粤汉称东站，湘桂称西站。由于粤汉、湘桂两铁路之交会，公路之纵横，以及湘江之水运，遂使衡阳成为湖南中南部的交通枢纽，工商业原来就很发达，日侵华后，上海、汉口等大城市的许多工厂陆续迁移衡阳，生意人骤然增多，衡阳更加呈现出一种病态繁荣。从蒸水口到黄茶岭以上大约十里的湘江西岸，工厂林立，商贾如云，沿岸靠满帆船及巨大的木排。帆船大者三桅，载重数十吨。木撑十米内外，厚四五米，数排前后相连，长及三十余米，有如水上陆洲，本身无动力，行动时，放入中流，依赖水之流速下驶。于衡阳东岸与江东市之间，并有渡轮两船对开，可见江面之宽与商旅之众，每年增水时期（5月至11月），数千吨的轮船可下达湘潭、长沙而直泛洞庭湖，上航郴州、永兴，则终年可达。由此可说，衡阳不仅是历史名城，旅游胜地，在经济上控制西南诸省，在军事上可谓湘、粤两省陆路南北交通的钥匙，是进入桂、川、滇、黔的门户，属历代兵家必争之地，是对日的"一号作战"我军必守的战略要点，也是日打通大陆交通线所必须夺取的目标。

1944年5月29日下午3时，驻衡阳的第10军司令部作战室隔壁有一房，房内空无一物，没有声息，军长方先觉叉腿立于房中，双手反背，久久地仰头凝视着房顶。此房新刷，房顶四壁，一白如雪，方军长午饭过后，即进此房，这般伫立了近3个小时。方先觉自当团长起，每次大战前夕，均是布置这么一房，或在其中三两天不出，或是某个阶段天天在其房中三五个小时，一旦出来大叫喝酒，则是决心已定，筹划已毕，否则就是尚在盘算，此时是他极少有的容易发脾气的时候，不是要事，无人敢去打搅。但这时一参谋未喊报告就急急忙忙地闯入，方军长转身面对门口，右颚枪疤倏然发亮，方先觉即使发怒，也是面目如常，跟他久了的人知道，如若右颚枪疤发亮了，就是军长动怒。参谋顾不上这些了，他惶乱地大声说："快，军座，委员长电话！"方先觉一愣，一反以往的沉稳、宁静，脚步匆匆地朝作战室奔去。

重庆国军最高统帅部本有线路与衡阳地区的驻军联络，但因汉奸破坏，很多地段是临时性质的，线路质量很差，传递效果不佳，有时或是一片地气声，有时干脆连电流声都没有。为此，蒋委员长在日军从武汉地区向长沙方向推进的时候，曾严旨训斥了有关部门，受到训斥的他们灵机一动，把统帅部与衡阳驻军之间的联络改成通过芷江空军基地，芷江空军基地与重庆联络是保证畅通的，这样虽然麻烦了一些，但效果却好得多，保密性也得到了加强。

方先觉右手握电话机，左手贴紧裤缝，有如委员长就在眼前一样，笔直站在电话机前。耳机里传来了一声响亮的咳嗽，方先觉本能地两腿靠紧，大皮靴发出了一声沉闷的撞击声。

"是方先觉吗？"

"报告委员长，我是方先觉！"

蒋介石用他那著名的奉化普通话，在军委会正式下达第10军守衡阳的命令前，向方先觉考察性地吹风。

第10军系第一次国共合作时，由广州誓师北伐的八个军中的一个，军长王天培，贵州人，其部属多来自贵州。1927年宁汉分裂，王天培死于津浦线蚌埠。张学良易帜，中国由军阀割据的局面变成统一，全国军队缩编成四个集团军，以师为战略单位，毛炳文任第3师师长，这是后来第10军的基础，第二代第10军的前身。西安事变后，李玉堂任第3师师长。1937年，"七七"事变、"八一三"上海抗战后的9月25日，钓家湾失守，李玉堂率第3师到达战场，与王敬九的第87师合力收复了钓家湾。1937年11月5日，第3师与第48师组成第10军，李玉堂任军长，这是第二代的第10军，其间先后打击日军于栖霞山、乌龙山、和尚格、沙河、武宁与湖南平江一带。在全国大整军中，第10军已辖周庆祥的第3师，方先觉的预备第10师，余锦源的第190师；山炮一营，俄式装备；百分之九十五的干部为黄埔军校毕业生，在全国100个军中，属战斗力较强的。其后，第10军长期驻守湖南，在长沙三次会战中，该军都担任守卫长沙城的任务，三次都在十数万日军包围中，沉着应战，力挫日军锋芒，为第九战区的主力集结、反攻，赢得了时间；在常德会战时，也是援军中打得最好的一支队伍。在湖南人民的心目中，第10军属湖南抗日军队中的精锐，中流砥柱；在日军眼中，是他们进攻的劲敌，难以逾越的屏障。按说，把守卫衡阳城的任务交给这样一支历经考验的队伍，也是他所能作的最佳选择了，但是蒋委员长另有心病，说穿了，就是对方先觉最近的心态不摸底，不放心。

蒋介石在电话中要方先觉在衡阳城中坚守10天到2周时间，以阻滞、吸引、消耗日军，配合外围部队，力争将日军击溃或消灭在衡阳一带。蒋介石和他的统帅部确保衡阳的部署是中间堵，两边夹，将长沙地区之敌屏障于渌水以北。具体安排是第10军守城，淤塞南进之敌；第37军、暂编第2军，在渌水至衡山间沿铁路线和湘江两岸正面占领阵地，堵住南侵之敌；第72、58、26、20、44等五个军，在湘江东岸由东向西对醴陵地区的敌人进攻；第73、79、99、100等四个军与第4军一道，在湘江西岸，由西向东进攻。蒋介石在电话中说："此次会战关系国家民族存亡，衡阳得失尤为此次胜败关键，希弟安心死守，余必督促陆空军助弟完成空前大业。"末了，蒋介石加强语气别有深意地补充说："方军长，第10军，衡阳城就交给你了。"

方先觉心领神会："请委员长放心，我一定忠于职守，效命党国，人在城在，人亡城失。"

蒋介石对方先觉后两句话有些不快，认为信心不足，且出言不吉。但他心中的石头倒也放落下来了，方先觉不愧为将才，胸襟开阔，不计较个人荣辱，不计个人意气，以党国为重。

第三次长沙会战后，李玉堂将军升任第27集团军副总司令，国军统帅部任命预备第10师师长方先觉为军长，这使满以为此职非己莫属的第3师师长周庆祥大为光火。第3师是第10军的老班底，在三个师中战斗力最强，其余两师的团以上干部，包括军参谋长孙鸣玉及一些幕僚，多出自第3师。周庆祥比方先觉大一岁，同毕业于黄埔三期，能写诗作画，工于心计，在官兵中很有势力。周是山东夏津人，与李玉堂是同乡。第二次长沙会战后，蒋介石曾要撤销李玉堂的第10军军长的职务，经战区司令长官薛岳力保，才准其戴罪立功，以观后效。第三次长沙会战南门吃紧时，周庆祥亲自赶到，对守军团长说："你我都是军长提拔的人，这次保不住长沙就挽不回军长，于公于私都说不过去。"可见，周与李之间的个人关系非同一般。李玉堂升职后，按他的本意，自然是想提拔周庆祥，周尽管也在常德会战中获得一枚"青天白日"勋章，但无论功劳德才甚至资历，周庆祥均不如方先觉，而薛岳对方先觉的印象也要比对周庆祥的好，故在拖宕了好几个月后，还是发表了军委会对方先觉的军长任命。周庆祥心怀不满，暗示一部分军官联名状告了方先觉，说他威德不及周庆祥，抗战诚心也比不上周师长，理由中有一条说，方嗜酒好色，告状信举例：方先觉30岁结婚，至今10年，10年的时间，戎马倥偬，他因其妻周蕴翠美貌，竟有时间生下六女一子。蒋介石看到告状信后大怒，当即电话训斥了李玉堂与薛岳，但他也不想让周庆祥当军长，告状使刁的人，在蒋委员长的方略中是可用而不能大用。蒋介石便委派中央军校教育长陈素农为第10军军长，陈素农赶到桂林时，大战已在眉睫，陈遂不敢再赴衡阳了，于是给蒋委员长和军委会写了封信，让飞机带回重庆，说是临阵换将，于军不利。信到参谋总长何应钦手里时，何总长批："赴任未说此时说，分明是临阵畏怯。"蒋介石看到了陈的信与何在信上批的字，亲自打电话给方先觉，看这场变故对方先觉有无影响。结果，方的态度使他满意，蒋介石便置陈素农不理，再度承认了方先觉的军长地位。方先觉对周庆祥的"小动作"自是洞若观火，他的策略是以不变应万变。陈素农到了桂林后，方毫无怨言地准备交接，他深知不吵不闹不赌气，才是上策，谁能从蒋委员长手里要到他已拿回去的东西呢？另外，他久历战场、官场，深知什么事都在变化中，只要接任的人一天不到，就不能说他方先觉不是军长了。蒋委员长与方先觉各自的不大不小的难题，就这样解决了。

5月31日，国军第九战区正式下达第10军固守衡阳的命令，并将原在衡阳的新编第19师、第46军山炮营一个连、第74军野炮营（配4门炮）、第48师战车防御炮营的一个连（炮6门），及任衡阳机场警卫的暂编第54师（欠两团）配属第10军，军主力于同日由衡山各驻地向衡阳城郊机动。

6月1日，方先觉带参谋长孙鸣玉少将，预备第10师师长葛先才少将，第190师师长容有略少将，新编第19师师长罗活少将及一些幕僚，对衡阳地形作了2日周密的勘察。因衡阳北有蒸水，东有湘江，足为天然屏障，用少许部队守卫即可，故方军长与诸师长幕僚们判断敌人主攻方向有两种可能，一是衡阳城的西北郊，一是城之西南或南郊，但这两种可能性到底哪种大一些，却各有看法。对敌进攻方向的判断准确与否，是战斗胜败的关键，因为衡阳城区宽广，地形复杂，守军兵力单薄，如无事先重点构筑工事，重点配备兵力，到时定会防不胜防。意见得不到统一，方军长又独自进到静室中去了。

在此前的6天，国民政府军事委员会委员长与他的参谋长美军中将史迪威，在重庆召见了一位名不见经传的美国人，此人名贺克，准将，史迪威深知其人之能——对地形的敏锐感觉，对计划的审慎的挑剔。他们准备把他派到衡阳去，帮方先觉拟定固守计划，这正是贺克将军的长处。史迪威揉揉他的大鼻子，搔搔灰白的短发，快活地眨动着一双蓝眼睛，骄傲地对贺克，也是对委员长说："关键的守城战，我们派了一个关键的人去，帮助方先觉拟制关键的守城计划。"史迪威对一连气使用三个关键也很满意，史迪威是中国通，这大家都知道，蒋委员长更清楚，史迪威也知道他们清楚，可是这个天真的美国老头，什么时候都想露一手。蒋委员长笔直地坐着，等这个美国老头表演完了，他才对贺克将军说："方军长很能干，黄埔高材生，实地作战来得，纸上谈兵也来得。"贺克将军一直是幕僚，没带兵打过仗，听到委员长如此嘉奖方先觉，率直的美国人刚才还神气活现，觉得自己挺重要的，一下子就觉得将自己比下去了，脸上露出了可笑的沮丧。史迪威了解这个中国战区对日作战的最高统帅，他的自尊是包括对他的国家、军队和其他所有一切的。有一次，他曾对他的同事抱怨说："蒋委员长的虱子都是双眼皮的——如果蒋委员长身上有虱子的话。"所以一般说来，史迪威是尽美国人最大的可能，不去触动蒋委员长的忌讳的。只是，蒋委员长的禁忌太多了，稍不小心，就会进入误区。史迪威刚想说点什么，蒋介石又说开了："中国有句老话，叫做'三个臭皮匠，赛过诸葛亮'，你去了，多一个人，对如何部署守坚有好处，顺便你再到第10军以外的部队走走，摸一些实际的情况，尽快回来，我们等着你。"蒋委员长做了个少陪的手势，进里间去了。史迪威与贺克大眼瞪小眼，耸耸肩，也起身出门，贺克要赶忙准备飞机，去完成这个中国统帅交给的任务。

贺克一到衡阳，恰逢方先觉刚从静室中走出，大呼"给酒喝"。途中，贺克已把衡阳地形烂熟于胸了，他一见到方先觉，就告诉他，日军肯定会从城的西北郊进攻，因为城南地形复杂，是防御的锁钥部分，敌人如从此进攻，一开始就必须是

仰攻，即使有优势兵力与火力，也须付出惨重代价才有成功的可能。相反，城北郊地形平坦开阔，正好可以发挥日军的优势火力，虽然有水田、池塘，但构不成进攻的重大障碍，如攻击成功，进入市区，将使我守军陷于颠倒正面的苦战，甚至不得不弃城溃逃。贺克注视着方先觉，等待着他的反应。方先觉笑了笑，把贺克引进作战室，背手走近地图，目光迅速地巡视了一下那些圈圈点点，侧身对贺克准将说："我与阁下的意见有些相左，说出来请批评。"他认为日军会选择城南作为进攻方向。理由是南岳支脉南伸到衡阳，长衡公路的两侧地形均为崇山峻岭，其中最宽的一段路幅只有20米，不适于重装备的运动，一旦遇到阻击或者轰炸，就会使部队难以展开行动，所以，日军会从长沙以东绕到衡阳南面来。而尤其是我空军已占优势，如日军把大部队集中于无遮无拦的城西北郊，实际上等于给我机施放轰炸的活目标。再则，日军一向骄狂，对他们的优势火力和进攻能力深信不疑，轻视我军的军事技术和装备及兵员的战斗力，必不会以南郊地形复杂为虑。还有，如从南面主攻得手，即可算是战斗结束，如从西北主攻，即令部队攻入城区，仍然尚须逐步攻占我西南阵地锁钥部，才算是彻底解决问题，这与日军速战速决的战法是相违背的。还有，大军作战，补给线极难维护，日军如从南面主攻，一开始就可说是截断了我湘桂铁路和公路补给，战斗一开始，衡阳就变成了一座无援的孤城。

贺克开始颇为不悦，真是有什么样的统帅，就有什么样的将官，打仗不怎么样，闹别扭却厉害得很。听下去，听下去，贺克准将脸上讥讽的神色逐渐消逝了，浮上了由衷的笑容，方先觉还真如蒋委员长所说的，行！他只是有些困惑，为什么史迪威将军说蒋先生对他的将军多半不了解，只是靠意志行事，眼前的事实，显然不是这样。至少，方先觉的情况就不是这样的。他们凑在一起，拟了战斗要点，参谋长孙鸣玉根据这个要点，与参谋人员制出了作战计划。这个计划把防御重点放在城南郊和西南区域；湘江东岸，以第190师在南，暂编第54师（欠两团）由其师长饶少伟少将率领在北；湘江西岸的衡阳守坚的主阵地，以预备第10师在南，新编第19师在北。计划一定，他们即开始选定地形，构筑工事，积极备战。

由于国军第九战区长官部与军事委员会，一直把衡阳作为军事要塞，作为大西南屏障，督促衡阳驻军与当地政府积极备战，在城区外围，构筑了大量的国防工事，工事十分坚固，都是钢筋水泥与混凝土筑成。但方先觉与各师长并幕僚，在战前几经巡视，认为原有工事有三大不足：一是阵地向前推进太远，也就是说，这些预构的国防工事，虽然选择了有利地形，但阵地范围太大，正面太宽，即使有两倍于第10军的兵力也不能够周密防守。二是工事位置的选定，太过注重视界与射界的宽广，而忽视了工事本身位置的隐蔽性，这样势必造成守军的伤亡加重，因为敌军火力、兵员的射击技术远远优于我军。三是预构工事，都采用独立据点式，每一个据点之间距离都较大，没有构成严密防守的线和面，工事与工事之间不能很好地相互援应，这对单兵作战能力劣于日本军的中国守军来说，是很不利的。经过几番斟酌，方先觉决心放弃一些外围工事，把防御范围尽可能缩小，以达到正面战场少、战斗力集中、阵地连续性强的效果，增加阵地的弹性和韧性。防御重点是预备第10师防守的城郊西南地带的锁钥部，最初选定的阵地前沿，包括湘桂铁路以南的黄茶岭、欧家町、托里坑之线，考虑到事关重大，方先觉特命军部工兵营陆伯皋中校率营配属预备第10师构筑工事。

预备第10师师长葛先才短衣紧装，执一木棍，天天出现在阵地上，有时他挂棍站在某一高地默默远望，有时他在某一地段来回步量，数天无一语。一天，他与师参谋长何竹本上校商议说：本师阵地在湘桂铁路之南约有400米起伏地带，这一地段树木稀疏，很多地点太暴露，战时部队调动、弹药补充、伤亡后送、炊事人员三餐往返等，都将受到敌炮火与冷枪阻击的威胁。而且，正面太宽，在兵力极端不足的情况下，分布太散，更非所宜，若战斗时日延长且伤亡重大时，对阵地的控制就没有把握，不如把阵地全部退至铁路以北丘陵地，这样，阵地正面小，兵力、火力相对集中，而且这边树木葱茏、隐蔽性好，阵地背后我兵力运动，敌完全看不清楚。何竹本参谋长完全同意葛先才的意见。次日，在江南纷飞的细雨中，葛先才陪同披大衣、着水靴的方先觉，带领所属第28团团长曾京上校、第29团团长朱光基上校、第30团团长陈德毕上校、军部工兵营陆伯皋中校来到张家山顶，一番议论、评判，方先觉决定，同意葛先才的意见，放弃现阵地改在铁路以北地区作阵地前沿，并命令：立即破坏原有工事，以防敌人利用。

第10军官兵久历战场，尤擅守卫战，对工事的重要性及构筑工事的技术，都很得要领，在原有工事的基础上，他们以20天时间，在衡阳城郊构成一大要塞式的综合阵地：东、北两面，以湘江、蒸水为依托，构筑少量碉堡监视水域，西北沼泽池塘水田，则全部灌满水，远远望去，一片汪洋，各池沼之间通道路口处，均建筑坚固的碉楼、地堡，或将通路毁平于沼泽中。西南丘陵地带，构成数层防卫据点，各据点之间以交通壕相连接，丘陵对敌正面，全部削成断崖状，在断崖上端，设置了手榴弹投掷壕。丘陵之间，间隙凹地、不易防守地段，则补以外壕，在外壕前沿，用10厘米以上粗的圆木修成两到三层的栅栏。由于处置得当，设施周密，这些工事在后来的战争中确实发挥了重大作用。战后，日本战史对此曾专门评述说："尤其敌人的碉堡位置，颇尽选择之能。其碉堡不独，均能相互支援，任意发挥侧射、直射之火力，且每一碉堡之前，均能形成猛烈交叉之火网。其各丘陵之基部尽已削成断崖，于上端构有手榴弹投掷壕，我军既难以接近，亦无法攀登。此种伟大防御工事，实为中日战争以来所初见，亦堪称中国军智慧与努力之结晶。"

　　贺克将军在第10军对防卫作战计划的准备阶段予以铺开后，他准备离开衡阳到桂林去。临行前，他在第10军拟制上报第九战区司令长官部、国军统帅部的作战计划后面附上了他热情洋溢的意见。这个美国人说，这份成熟的作战计划是由方先觉将军定的，他本人认为比他的"纸上谈兵"高明。只有一个疑问，他没有说，军委会的人曾告诉过他，第10军战斗力最强的是第3师，既然认定城南是主战场，就应当把主力放到主战场去，为什么放上预备第10师呢？他弄不清方将军在搞什么名堂，调动配备军队，蒋委员长从不让外国人插手，连史迪威将军都很难过问，贺克准将自然也不想犯这个忌，便带着这个疑问转到别的地方去了。

　　为何把预备第10师而不是第3师放在城南呢？方先觉的用心，预备第10师师长葛先才少将领会得到，第3师师长周庆祥也领会得到，只是心境各不相同。

　　贺克准将离开衡阳第10军司令部的第二天下午，方军长往常独处的静室当中，摆上了一张四方小桌，桌上蒙着雪白的台布，隔桌是两张紫红色的枣木椅，桌上摆着两瓶当时极少见到的扁瓶葡萄酒，酒液呈琥珀色，产自方军长的故乡萧山。萧山盛产葡萄，中国的酿酒历史虽然悠久，但多以粮食为原料，用水果酿酒的技术来自海外。1941年，一位从上海来的叫王景刚的流浪汉，在萧山办起了第一家葡萄酒厂，生产"萧山紫葡萄酒"。方先觉出身于萧山县城中一富绅家庭，家传嗜酒，方先觉酒量甚大，喝高度白酒一瓶不醉，但奇怪的是他喝度数不高的"萧山紫葡萄酒"，却一瓶未干，人就醉了。方先觉对此的解释是：少年从军，江湖浪迹，百事无足介怀，唯独故乡之山，故乡之水，故乡之人情，常梦牵魂绕，在行军作战之途中，生死难料之异乡，对产自故乡的酒，来自故乡的水，未饮心就醉了。方军长有一匹红色的骡子，多是一边驮书，一边驮酒，所驮之酒均是"萧山紫葡萄酒"，此酒方先觉多是一人独饮，唯有贵客才能对酌。今天方先觉是请客，请刚从第3师原驻地赶回衡阳的第3师师长周庆祥。没有菜，没有碗筷，没有酒杯，更没有侍从、闲杂人等，房中唯有一桌两椅，桌上唯有"萧山紫葡萄酒"两瓶。周庆祥，也能豪饮，只是极少与方先觉对饮。

　　方先觉便服，周庆祥戎装，相对坐下，无语。各自抓起眼前的酒瓶，打开，周庆祥噙住瓶嘴，仰脖"咕咚"了一口，方先觉瞟了对方一眼，托平瓶，无声，酒液抽动，酒瓶各自竖回桌上，瓶空相等。

　　方先觉："以前，如果我不当军长，你能当上。后来即使我不当，你也当不上。"

　　方先觉："陈素农来不了啦。"

　　方先觉："如果陈素农来当军长而不是我，对你来说，是不是更好些？"

　　方先觉："如果这次衡阳守坚，因你我隔膜完不成任务，我的结局可以想象，你，可以得到什么？"

方先觉："这次守坚，预备第10师在前，第3师二线，如果是委员长说的十天半月，预备第10师就可支撑，十天半月之后，就难说了，那时，成败就在第3师了。"

方先觉："我的老家萧山，离沛县很近，西楚霸王项羽与汉高祖刘邦，原同为义军，初期，刘邦很受了些委屈，但刘邦后来做了皇帝，当然，你不是刘邦，我也不是项羽，只是他们的经历告诉了我一个道理，好运并不是每次都属于同一个人。"

还是方先觉："个人的事，终是小事，国家的事，才是大事。因为小事误了大事，不是革命军人。"

方先觉只说话，很少喝酒。周庆祥不说话，只喝酒。方先觉的话说完了，周庆祥的酒喝完了，方先觉手里的瓶，也空了。周庆祥扶桌站起："报告军长，我可以走了吗？"方先觉不用扶桌站起："可以走了。"周庆祥脚步跟跄，他醉了。方先觉这回却没有醉，待醉汉的笃笃脚音远了，隔壁的作战室转出葛先才，方先觉又从衣兜抓出一瓶酒，开瓶，招呼卫兵送来一个小杯，倒满，"当！"杯瓶相撞，琥珀的酒液在牛眼杯中荡漾着进了葛先才的喉咙，方先觉这回"咕咚咕咚"放肆地响了一阵，瓶空了，方先觉这回真醉了，伏在桌上打起了鼾，葛先才红头晕脸地走出静室，带上门，也走了。

葛先才走出军部，已是午休时分，至军直属搜索营附近，突然听到搜索营内响起了急促的紧急集合的哨音，细听一下哨音的前声格外尖厉时久，葛先才知道这是仅仅叫第1连。葛先才停脚观望，片刻之间，一堵人墙整齐地竖在了操场上。值星排长准确洪亮的口令声，士兵整齐划一、干净利落的动作，说明这是一个十分之好的连队。葛先才熟悉该连连长臧肖侠，此人白白净净，中等身材，单单薄薄，乡村教师出身，足智多谋，英勇善战，是第10军营连干部中不多见的全才。只有一条，葛先才不甚喜欢，臧肖侠公然宣称：长官如父母，对下属该打则打，该骂则骂，该关心则关心，俗语说棍棒底下出孝子。臧肖侠说棍棒底下出好兵，这显然不符合革命军的治军守则，但一则军部搜索营不归他葛先才的预备第10师管，二则搜索营第1连是方军长倡导的样板连，而且该连又确实鹤立鸡群，葛先才也就不好说什么。这当儿，只听到值星排长厉声说："上士班长姜九水出列！"

"是！"随声一条身材高大的汉子跑出队列，戳在队前。

"趴下！"值星排长下令。

那个叫姜九水的上士班长熟练地趴下。葛先才心想，这是什么军事科目？念头尚未转完，趴在地上的姜九水竟高高撅起屁股。站在一丛杂树后的葛先才越发奇怪了，这是干啥？

"上士班长姜九水，一贯推牌九赌博，曾被连排长官多次责罚，但屡罚屡犯，今日上午，姜九水又在预备第10师第30团第7连赌博，连长训令，战备非常时期，责罚过错从重，责打姜九水40板屁股，下午还得带班操练。"值星排长的话音一落，队列里走出两名身高体壮的上士，他们手中各执一上漆黑漆、下涂白油、上窄下宽、长约二尺五寸的毛竹板，在姜九水一左一右站定，随值星排长"开打"的命令，毛竹板子就一上一下地舞动起来。葛先才看得清清楚楚，在值星排长严厉的目光注视下，两个行罚者，丝毫不敢手软，毛竹板板板扎扎实实地打在姜九水的屁股上，渐渐地，姜九水撅起的屁股塌了下去，最后每打一板，先是屁股震动，再是腹部压击地面，这姜九水也真是条汉子，挣扎着仰起的头脸上的汗在正午的太阳光下，闪烁着耀眼的跳动着的光点，两颗宽阔的门板牙，紧紧地扎住了厚实的下唇，一缕黑红的血丝慢慢地渗出，但姜九水就是一声不吭，任其责打。最后一声板子声响完，队后转出了上尉连长藏肖侠，他走到姜九水跟前，弯腰挟起挣扎着想从地上爬起来的姜九水，搀扶着他一边朝营房走，一边大声吩咐值星排长："马上叫人去请医官。"

葛先才悄悄地看完这一幕，大步赶回预备第10师师部，怒气冲冲地命令传令兵："给我把张田涛叫来，跑步！"

张田涛原名张德山，是葛先才当第30团团长时的中士传令班长，与葛先才关系很不一般，葛当了师长后，张田涛留在第30团第7连当连长，但他常来师部，因此与师部的人员很熟，大家都知道，师长一般情况下叫他德山，有正经事要交代的时候叫他张德山，只有发火了的时候才叫他张田涛。传令兵不知张连长出了什么问题，惹得师长生这么大的气，慌慌张张地叫张田涛去了。

张田涛是河北人，16岁就在军队里混，胆大心黑，无所畏惧，又极嗜酒，且酒量极大，他还在第3师第7团当班长的时候，有次因酒醉把他们平时欺压士兵的王连长打了个半死，此连长是第3师师长周庆祥的山东老乡，周庆祥得知后暴跳如雷，命令枪毙张德山。第7团团长方人杰爱惜张德山平时作战勇猛，又有战场经验，人也仁义，行刑前便问张德山还有什么要求，张德山毫不犹豫地说："我爱酒，又因酒而惹祸，故我想用酒来了结我的一切，听说本军预备第10师方先觉方师长很能喝酒，如能与他一比输赢后再死，则此生无憾了。"他看了看方人杰的脸色："当然，人家方师长不一定会给俺这个脸，那也就算了。"方人杰想了想，抄起电话就给方先觉报告了这件事，然后说："这兵毛病是多点，但立过许多战功，临死前有了这个面子，死人心安，活人也不会心寒。"方先觉爽快允诺了。当日黄昏，方先觉带着葛先才和几名卫士来到了第7团，张德山又提出，要在他的老连队当着全连袍泽的面与方师长赌酒量。

营房前的空地上，全连士兵站着围成一个圈，圈中是一张方桌，方桌上坐方先觉下坐张德山，方人杰与葛先才打横侍酒、裁判，方先觉与张德山每人面前两只大白瓷碗，方人杰一声"开始！"就与葛先才往方先觉和张德山面前的两只碗里倒酒。赌酒不吃菜，比速度，比酒量，酒是当地有名的"高粱"，度数高，冲劲大。每人两只碗，一碗喝干，那只碗正好筛满，喝酒的不用歇气，倒酒的也不能停，一碗又一碗，方先觉与张德山各干了六大碗，方先觉双手撑桌，叫："我不行了！"张德山站起来，彪眼圆睁，大叫："我还行！"说罢，一连又干了两大碗，方先觉连说："佩服、佩服，方某不如！"张德山哈哈大笑，把酒碗一掷："张某死不怨人，只恨未能在你方师长手下当兵！"说罢大喝，"送我上荒地，不要吓着了众兄弟！"方先觉脸上露出了不忍的神色，叹息："可惜，一条好汉！"说毕目视葛先才。葛先才一怔，继而大声叫住张德山："慢，张德山，你是哪里人？"张德山顿住脚步："河北廊坊古南村。"葛先才走近又问："你母亲叫什么名字？"张德山恼怒地："要杀就杀，问这干甚，老母早已去世，不必提起名讳！"

方人杰大步向前："张德山，你回答葛团长的话！"

"张汤氏！"张德山硬邦邦地答。

葛先才："他是从湖南逃荒去的对吗？"不待张德山有所反应，葛先才冲过去一个耳光就把张德山打得分不清东南西北，一脚又把因酒力发作已经晕乎乎的张德山踢倒在地，大骂："你这个不仁不义的东西，明知你妈是我的亲姨，我是你的表兄，就是不来相认，还说什么要混出个人样来才来见我。你给我丢人现眼的，现在我来枪毙你，你那死去的娘早年曾写信要我照顾你，你到阴间里见到你娘就说是我照顾你去伺候你娘的。"骂罢，他掏出手枪就要搂火，方人杰上来一把拖住葛先才的胳膊："既是葛团长的表弟，我看就算了，我去向师长讨个人情。"葛先才胳膊一甩："你方人杰个小舅子，你师长的同乡被打伤了，就要我葛先才的表弟赔颗人头？走，我们去见军长，看看谁怕了谁！"

方先觉摇摇晃晃地走过来，说："你葛先才有这么个表弟，我看也没什么大的事，就按方团长说的办，你表弟你把他带回去好好管教，死罪可免；活罪难逃，禁闭一周，饿饭三天，禁酒一年，周师长那里，我与方团长去帮你讨个人情。"

方先觉、葛先才，指挥同来的卫士架着已醉得人事不省了的张德山走了。

头缠着纱布的王连长走过来，对方人杰说："团长，这恐怕有假，师长……"

方人杰突然回过头来，眼冒凶光："师长那里不劳你操心，我自去报告，你再惹是生非，到处积怨，当心军长知道了你那些事，你的脑袋搬家是小事，师长脸上也不好看。"说罢扔下头冒冷汗的王连长，走了。

张德山第二天就进了禁闭室，饿了三天饭，禁了一年酒，改名张田涛，做了第

30团团部中士传令班长。

后来，方人杰与葛先才也成了好朋友。

后来，张田涛对葛先才亲之如兄弟，敬之如父母。

第二章

　　为备战，第10军需要弹药粮秣，而后勤部衡阳兵站分监部仓监则需"条子"才供给，蒋介石将电报摔在俞飞鹏将军的胖脸上，嘴中吐出了那句国人皆知的名骂。

　　为更换装备，第10军炮兵营受阻昆明，一个小小的中校营长竟敢径电军委会，令参谋总长何应钦大为赞赏。

　　衡阳守城战拉开序幕；杨济和营长新码头初试牛刀；饶少伟师长纵兵撤逃；上校团长贺光耀血染黄沙；陆伯皋中校泪洒湘江。

　　葛先才师长的卫士韩在友找到张田涛时，张田涛正袒胸露怀地在连部与几位排长喝酒。看样子，张田涛已酒至半酣，胸脯上强壮的腱子肉，随着呼吸有力地起伏，紫色的脸膛闪烁着黑油油的光彩，传令兵一走进连部，张田涛把喝空了的酒杯往桌上一蹾，双手把敞开的衣服一拢，灼灼的目光在几位排长的脸上一荡，哈哈笑道："看来这回玩笑开得太大了，诸位知道，张某受师长再生之恩，所以不管师长如何处置我，都不准生怨，在战场上亮几手给弟兄们、给师长看看，让他们知道，咱张田涛不光能喝酒赌博，更会打仗，这样才不枉咱兄弟一场。"排长们纷纷嚷道："连长你放心，师长不会拿你咋的，就是撤了你的职，你还是我们的连长，还跟着你揍日本鬼。"

　　途中，韩在友埋怨张田涛："张连长，你咋这么不懂事，要打大仗了，正是你给师长挣脸给自己出气的时候，你倒好，反给师长添乱。你想想，你连别的连的兄弟到你们连队来赌你都不管，师长肯定知道你也赌了，在这茬口，这事要是传到别的师，传到军长耳朵里，师长的脸往那里搁？"

　　张田涛一边大踏步地走，一边扭头对小跑着跟在后面唠叨的韩在友吼道："看你这小鬼崽子能的，教训起我来了，你懂个屁，他妈的，咱叫诡谏，让师长、军长逮个理给上头说话。再说，弟兄们也真个有气，那些大长官说话全当放屁，谁服？有钢不用到刃上，啥意思？妈的，要我们第10军的弟兄咋的？"韩在友懂不了他说这些话的意思，也看到张田涛火了，便不再惹他，只是好心地劝了几句，让他小心点，师长正在火头上哩。

　　今天正在火候上，要不，平时张田涛对这个韩在友是蛮客气的。张田涛在团部当传令班长的时候，韩在友刚好调来给葛先才当卫士。这个小个子的广东人，特别喜欢开玩笑，也会开玩笑，枪打得特别准，葛先才很喜欢他。但张田涛讨厌他油头滑脑的样子，有天韩在友开玩笑把张田涛惹火了，张田涛伸手就是一巴掌，韩在友连窜几个跟跄才站住脚。刚打完张田涛就后悔了，怕他嚷嚷，让团长知道不好交代。谁知韩在友瞧了他一眼，抹了一下他嘴角的血，一声不吭地走了。到了晚间，他把张田涛叫到团部外边上的一块空地上说："中午没跟你打起来是怕惊动团长给团长添乱，现在咱们重新打过，不用枪，用枪是我欺负你，也不用拳脚，用拳脚是你欺负我，咱们用刀，你捅我一刀，我捅你一刀，别往要害处捅，捅完了，咱们爬起来到那个老百姓家养伤，养好了再回来。"说罢"咣"的一声，一把闪亮的匕首在月光下的草地上弹动。张田涛一惊，对这个小个子的广东人生出了敬意，赶紧赔了很多不是，才平息了这场干戈，所以即便是现在，韩在友唠叨几句，他也不吭声了。葛师长从军部到师部的途中，看到军搜索营第1连连长臧肖侠打姜九水屁股的事，是师部传令班长抢在师长派出叫张田涛的传令兵之前，让人悄悄地赶去告诉他的。虽然张田涛对这早有准备，但真的事到临头了，还是免不了发慌。他张田涛不怕死，也不怕官，但是怕恩，怕好人哪。一寻思，干脆，一不做二不休，喝酒，酒可壮胆，也更真像有那回事些。可这会儿，离师部越近，心里越没底：师长会不会真火？如果真的，也不容自己解释，那可真他妈的弄巧成拙了。

"张田涛，你说，临阵聚赌、喝酒，瓦解军心，该当何罪？"葛先才没有抬头，俯在桌上看地图，语气轻松悠闲，像在与前传令班长唠扯别人的事。

张田涛知道师长的习惯，越该火的事不火，是越说明他火了。到了这步田地，张田涛也冷静了，他索性在师长面前大模大样地坐下，一副玩世不恭的样子。他说："这仗反正是个败，咱又不会当逃兵，死前还不痛痛快快地玩玩，喝几杯，到了阴间也会后悔。"

葛先才直起身，踱到张田涛身前："你说说，为什么反正是个败？"

张田涛梗着脖子大声说："上头早就说要给我们师全副美械装备，人也派到桂林去培训了，可到现在也没看到一根美械毛，说话不算，有令不行，以后谁还会把上头的话当回事？士气早就垮了。再说，人家日本人的武器好，火力猛，人又精，谁输谁赢还不是明摆着的吗？"

葛先才怔了一下，便绕着张田涛踱开了步。他问："像你这样想的人多吗？"

张田涛说："多！"

葛先才又问："你真是认为这个仗就不能打了？"

张田涛一声不响。

葛先才说："我知道你的，你个会这样想，你只是想把大家的情绪告诉我是吗？"

张田涛心中一热，像被大人窥破了心思的小孩一样，嗫嚅着："师长……师长……"

葛先才伸手按住想站起来的张田涛的肩膀，盯住他的眼睛，说："那你为什么不直接告诉我就是了？你是为了让我更有事实更有根据向军长说话？也是为了军长的话，咱们第10军的困难更好地向上反映？"一个近乎恶毒的念头在心中萌生，是的，他是喜欢张德山，但张德山充其量只是一个忠实于他的死士，和他的带兵事业

比较起来是微不足道的。现在，他正好要借用他的忠诚了。张田涛站起来了，一声不吭地凝视住他所尊敬的长官。看着张田涛充满忠诚的眼睛，葛先才忍不住心头一热，他挥了挥手说："先回去吧，带好队伍，别给我丢脸，德山，听我的招呼。"

张田涛依然一语不发，只是有力地把手举到了眉际。

从窗口凝视着张田涛渐渐远去的背影，他被张田涛的眼神与忠诚所打动，灼热了的心又渐渐地冷却了下来，他心中呻吟着"慈不掌兵"的古训，毅然地抄起电话，接通了第30团团长陈德坒，他命令上校："将张田涛押起来。"

武器装备是第10军官兵战前最为关心的事情。1939年冬，全国大整军，第10军除了原辖的周庆祥的第3师、方先觉的预备第10师外，又增扩了第190师，一色的俄式装备，在当时的全国100个军中，战斗力是比较强的，武器装备也说得上精良。但是，从1939年到1944年，除了战场的部分缴获外，第10军的装备、武器没有任何补充、改善。而对手的武器装备尽管受到国内经济及战场输送等方面的制约，但还是在穷兵黩武的指导思想支持下不断得到改善，变得越来越精良。近一二年来，随着国内外抗日情绪的高涨与援助，部分友军也换成了美械装备。1943年冬，常德会战结束后，军委会嘉奖第10军常德会战解围有功，决定将第10军纳入换装美械之列，为了熟悉装备的使用管理，第10军当即派出一部分干部赴桂林东南干训团受训，学毕，每团却仅携回3支美式冲锋枪做教学器材，其余装备被军委会不做任何解释换给了另一个军，这个军一直在中日战场的外围，是党国用来监视共产党军队的。第10军唯有12门重炮，是早已逾龄的三八式野炮，上峰命令将其缴库，军部炮兵营营长、中校张作祥欢天喜地地率领全营官兵乘火车至金城江，再徒步至昆明去接受新装备的美式七五山炮。有消息传来，说炮倒是领到了，12门，绿莹莹的，威风得不得了，第10军的官兵在第二次长沙会战时见识过那家伙的厉害，方先觉军长做梦都想有几门那玩意儿。现在有了，张作祥和五百多名部下肩扛手推，费尽了力气将炮推至昆明车站，但车站混乱不堪，根本没人理会张作祥的或百般请求，或狂吼乱叫。转眼半个月过去了，12门炮还在火车站附近的野地里，正在张作祥百般无奈的时候，一友军的军参谋长在车站知道了这一情况，他将此报告了军长，那军长姓王，土匪出身，四川人，据说在非嫡系部队中，只有此人和此人所辖的部队颇受蒋介石器重和关顾，只要他姓王的开口，蒋介石几乎是没有不给面子的。听了参谋长的报告，王军长就马上亲临车站，找到张作祥，许诺只要他同意将炮留在他们军，就给他一个上校炮兵团长。张作祥告诉王军长，第10军大战在即，方军长和全军官兵都在盼望他带炮兵回去守城，如果他张作祥中途弃方军长与第10军于不顾，陷个人于不义是小事，影响第10军守城事情就大了，张作祥恳请军长帮忙将炮尽快运至前线，说只要打完衡阳这一仗，他张作祥就是变牛马来为军长效劳也情愿，王军长冷笑说:"你既然不愿帮我的忙,那我也就帮不上你的忙了。"

张作祥想了一下,说:"军长,我虽然是营长,但我这五百多号弟兄都是跟我一起从死人堆里滚出来的,这么大的事,还是与大家伙商量一下才成。"

王军长慨然允诺:"那好,我与你一起去。"

队前,张作祥面对全营官兵说:"王军长说,只要我们留下,每人升一级。"

在张作祥背后踞椅而坐的王军长大声说:"连长发500块大洋,排长100、班长50、士兵10块,营长特别发给,有功者另有重赏。"

待王军长说完,张作祥接着说:"没有王军长帮忙,炮是运不回去了,如果大伙愿意留在王军长这里升官发财,我张某无能,愿只身回到衡阳去,死在方军长面前,算是生是第10军的人,死是第10军的鬼,如果大伙不愿意留下,愿回衡阳去和方军长一起守城,一起去打日本鬼子,我们就一起跪下,求王军长帮忙,将我们和我们的炮送回衡阳去,送到前线去。现在,大伙听着:愿留的站着,要走的跪下!"说毕,张作祥转身面对踞椅而坐的王军长推金山、倒玉柱,"噗通"一声跪了下去,张作祥身后的五百多号人随着张作祥的跪下一起跪下了,没有任何一个人犹疑,也没有任何一个人顾盼。张作祥大声喊道:"请王军长帮忙,送我们回第10军,送我们去打日本。"五百多条吞铁锁钢的喉咙一声大吼,声震旷野。

王军长腾地弹了起来,一脚踢倒椅子,大喝道:"他妈的,方先觉,格老子服了你,诸位都是好汉子,我姓王的也不是只自个顾自个的种,好,看在大伙这份义气上,王某就当回冤大头!"

王军长说到做到,不知使了什么法子,当晚就将12门山炮和全营官兵送上了火车。

到了桂林,又走不了了,往大后方运送难民的火车堆满了铁轨。看这架势,战役越来越临近了,张作祥急得不得了,他想,不知方军长怎么着急呢。

正在张作祥为难时,战区炮兵第1旅持上级命令,将炮兵营截留,编成炮兵第29团第2营,进驻广西全州。这一消息传遍第10军,官兵们群情激愤议论纷纷,认为军委会没有将好钢用到刀刃上,认为不重视第10军,认为军委会有令不行,出尔反尔,甚至,还有些人议论在军委会一些人的眼中,打日本鬼子没有打共产党重要。这些,军长方先觉与各师、团长心里是清楚的,其实他们心中也都不同程度地窝着一口气,只要不影响大局,军心不涣散,其他他们也就无可奈何了。

葛先才把张田涛打发走了后,在作战室沉思默想了一阵,认定,换装的事对士气的影响已超过了军长及各位师长的预想,看来,还是太有必要以张田涛和他的连队做例子,由军长将情况反映到军委会去,争取尽快能改善第10军的装备,如果实在做不到,出一口气也是好的。而且,他在心中隐隐约约地有一种感觉,或许,这

对将来的失败是一个开脱的契机。只是，没有开始战争就想到了失败，他不禁为自己的想法吃惊：是不是自己的信心也不足呢？他苦笑着摇摇头，他决定去找军长方先觉。

方先觉静静地听完葛先才的报告，右手轻抚着右颚发亮的疤痕，问："你的意思如何处置这件事？"

葛先才心里咯噔了一下，想法归想法，要亲口把想法说出来，尽管在勾心斗角的军队官场混了十几年，仍然还是有些不自在的感觉。其实，他相信军长是听懂了他的意思，但军长仍然要他说，用意何在？他心中掂量了一下，跟军长鞍前马后十几年，自己有几根弯弯肠子，他还不知道？再说，我葛先才还不是为你方军长、为第10军谋局？他顺了顺思想，调整了一下情绪，说："我们先以战前危言蛊乱，动摇军心的罪名重重惩处参与赌博的几个人，如果军长认为有必要，不惜借张田涛的人头，处置完了以后即以战场文书上报，这样，可以直达上级，引起委员长的重视。"

方先觉颚上的疤痕亮了、红了，葛先才的目光下意识地弹开了，眼睛转向了别处。

方先觉催促顿住了话题的葛先才："你说说，这么做，会有什么结果？"

"引起委员长的重视，或许可以立即解决第10军的部分装备问题，哪怕是原计划以外的部分补充也是好的。更重要的是，从这份战场报告中，委员长还可以看出，换装不成影响了第10军官兵的士气，说不定在外围的军事力量上会有所加强，而且万一……"

方先觉摇了摇头，打断了葛先才的话。他站起来，转到椅子后面，一手撑住椅背，一手仍然轻抚颚上的疤痕。他说："时间紧迫，交通淤塞，武器装备除了眼下所能弄到的，不会有机会再得到改善了，即使委员长马上下令改换装备，日本人也不想等了，军事力量的外围配备，也尽了委员长之所能，家底子都掏出来了，陕甘一带胡宗南的部队是动不了的，老弟，当家难啦，要防家贼要抗外盗，委员长难啦，我们当学生的，要尽力替校长分忧才是。这一仗要打，这一仗国人要打，湖南人要打，蒋委员长要打，我方先觉也要打。在公在私都要打，胜，则壮我第10军之军威，在国际上扬我中华之名。败，也要尽我方先觉之力，流我方先觉之血，成我方先觉之仁。"说着泪水慢慢地溢出了方先觉细长的丹凤眼，他放缓话速，轻轻地说："抗战数年，第10军有败有胜，有功有过，胜，则国人欢欣鼓励，败，则国人予以谅解，第10军可谓与党国患难与共，与民众休戚相关。现在日本法西斯在作最后的挣扎，党国、民众把衡阳守坚战这一重大任务交给了第10军，实在是期望殷殷，责任重大哇，先觉不敢懈怠，第10军不敢懈怠。所以我们无需找借口，也不能怀侥幸，全军上下，只能有一个思想，那就是与衡阳城共存亡。至于改换装备引起的军心波动的问题，明日我去与弟兄们交个底。"

衡阳以北，南岳之下，南岳镇中，山坡之上，劲旅聚汇。脚蹬高统马靴，腰系"中正剑"，着黄呢戎装的方先觉在各师师长周庆祥、容有略、葛先才的陪同下，出现在队伍前。

南岳镇是一有独特自然景观的观光胜地。每年寒冬，到处都是冰地雪天，唯有此镇周围十里，除了屋顶房檐、树丫枝杈有雪或如絮颤悠或如银点缀外，地面上，草是绿的，花是红的，连雪的粉末都没有，特别是南岳大庙的重檐、单檐上，坪里的古柏、青松上，都盖着白茫茫的积雪，到处都是银光闪烁，但那麻石铺的道路、地坪，白石砌的栏杆、台阶，还有那绿草如茵的旷地，却一如南国暖春。人们把这一景致，称之为"岳雪光檐"，意为南岳的雪只存到屋檐上。南岳镇山腰上，古松苍柏，林吟如涛。山腰以下，满坡满沟都长着密密麻麻的小箭竹。这种小箭竹，竹色翠绿，竹形娇小婀娜。松竹相衬，情态各趣。四山之间，腹地开阔，古松苍柏之中，庙宇时露，第10军未进入正式战斗状态之前，除了执行外围战斗任务，修构工事等尚未赶回的部队外，其主力部队就隐蔽在这里，随时等待进驻衡阳城中。

在一丫形地带，山坡上用粗壮的圆木搭成高大的司令台，队伍以团为单位，集结在司令台下的山坡上的开阔地。

这天，阳光灿烂，四山肃穆，上万人的部队，如突然长出的无数石柱，立于箭竹之间。方先觉双手叉腰，目光从对面的山峰、树林、谷地缓缓而下，徐徐地巡视着与这一切混为一体的弟兄们。他喊道："弟兄们，我们第10军三次长沙会战，还有常德解围之役，是不是用美械装备才打出威风的？"方先觉声音高亢尖利，穿透力极强，如一缕云长笛，声遏峰峦。

"不是！"

如同无数条小溪突然一起涌聚，汇成了一条势若长虹、一泻千里的巨川，迅雷般的奔腾之声，激得山鸣谷应，林吟峰啸。

"我们第10军，数年来，与日本鬼子浴血奋战，虽然也败过，但总的来说，我们第10军还是赢家，我们是不是凭手中武器打赢的？"

"是的！"

"今天，蒋委员长要我们守坚衡阳，国人要我们守坚衡阳，湖南人要我们守坚衡阳，我们是中国人，大多数还是湖南人，我们是党国的干臣，我们是保家卫国的军人，我们是蒋委员长的部曲，我们要守坚衡阳，但是我们没有美械装备，还能打败日本鬼子，能守得住衡阳城吗？"

"能！"

"那好，诸位，拜托了。战场上见！"

当晚，葛先才命令陈德垕："让张田涛赶回连队，带领部队加紧操练。"

一波未平，一波又起。军参谋长孙鸣玉少将气得用马鞭猛抽一株松树，激愤之下，下手奇重，牛皮、钢丝缠成的鞭子，抽得松树屑起皮溅。

原来，为了筹备守城所需的粮食弹药，孙鸣玉亲自带领军需处长孙广田，手持战区司令官薛岳、第27集团军副总司令李玉堂的手令去军委会总后勤部设在衡阳的几个军需粮食、弹药仓库商量调拨、提运所需物品，但他们几乎众口一词地要求后勤部的调拨单。孙鸣玉给他们说，非常时期，不可按常规办事，有战区司令官、集团军司令官的手令，自有他们负责，如果第10军得不到所需的粮食、弹药，衡阳城不守，那你这仓库的东西还保得住？恐怕到那时，办你们一个资敌的罪名也是不为过的。孙鸣玉这么一说，倒是有个胖子主任心动了，但他悄悄地对孙广田说，只要第10军给他个人几根"条子"，那么通融一下，也不是不可以。孙广田把胖子主任的意思报告了孙鸣玉，孙鸣玉勃然大怒，国难如此，一个小小的仓库官竟敢利用职责的便利，向即将奔赴沙场、为国为民准备去慷慨流血牺牲的将士索贿，简直罪不容诛！但是县官不如现管，你不给他"条子"他就不给通融，孙鸣玉只好拿松树出气。情况报到方先觉那里，方先觉脸色铁青。我方先觉不是没有气而是有气没处撒，不敢撒，但也不是什么人都可以拿第10军要着玩的，守衡阳城毕竟不是看我方先觉家的菜园子，他命人叫来副官处长张广宽，记录口授电文如下："分送。急。渝委员长蒋，耒阳司令长官薛，聚密。职为备战，持薛、李二长官手令，于就近后勤部所属兵站分部之仓廪筹集守坚所需弹药粮秣，仓监谓以非后勤部调单不予补给，匪敌临近，时不我待，三日内如无特别指令，职将便宜行事，谨闻。衡阳职方先觉。印。"

翌晨，机要副官送来战区司令长官薛岳的电令："限即到衡阳方军长：0密。非常时期，军事为重，三日内如无渝电，弟可便宜裁处。耒阳，薛。印。"

一日、二日，重庆均无消息，第三天中午，一架飞机载着总后勤部部长俞飞鹏将军抵达衡阳城郊机场，蒋介石接到方先觉的电文，急召俞飞鹏。蒋介石将电文往俞飞鹏脸上一摔，喉咙里咕噜出一句蒋先生的名骂："娘希匹，你去衡阳，把东西找出来给方先觉，误了第10军的事情，军法从事。"俞飞鹏哪敢怠慢，急忙诚惶诚恐，当天下午就飞到衡阳来了。仓监们原只想要一张总后勤部的货物调拨单，没想到却召来了总后勤部部长本人。在身高体胖的俞飞鹏亲自督临下，军部军务处第3课上尉参谋米衡山带领各师团军需，指挥士兵从仓库兵站搬走了足够本军维持两周的粮食，步、机枪子弹530万发，迫击炮弹3200发。那个向军需处长孙广田索要"条子"才肯通融的胖仓监，害怕第10军向俞飞鹏告他的状，他知道，惊动了俞部长，弄不好"条子"没要到，脑袋却得搬家，所以他跑前跑后地积极张罗、讨好。有一天，他向孙广田说，他知道一个地方存有大量手榴弹，如要，他就带人去取，孙广田向参谋长孙鸣玉请示，孙鸣玉喜出望外，守坚战，手榴弹可以发挥重大作用，他马上派出一营人，跟着胖子仓监肩扛手提，忙乎了好一阵，搞回了28000余枚手榴弹。当时，没有人想到，这批手榴弹为第10军守坚衡阳47昼夜起到了重大作用。

此时，已是1944年6月19日，日军在日前陷长沙，主力大举向南进犯，其先头部队在下摄司、易俗河附近与我第3师接触。第3师师长周庆祥得便衣侦探报告：日军从湘江东西两岸兼程南进，骄横的侵略者根本不把沿途的中国部分阻击部队放在眼里，对阻击的中国军队能迅速打垮的则迅速打垮，不能立即打垮的，则留少量部队对峙，待后援部队上来，其大部白天车马喧嚷，夜晚灯笼火把，大踏步地朝衡阳逼近。周庆祥按方先觉的命令，以主力沿长衡公路、湘江东岸对敌实施迟滞作战，打击日军，延长日军至衡阳的时间，以利于军主力做好守城的准备。

1944年6月23日，湘桂路头塘一处简陋的小站房附近，到处都是荷枪实弹的中国军队的士兵，小站房前是铁路，后是人行道，左右都是水田，视野开阔，方圆数里，任何外人的活动，都休想逃脱警戒人员的眼睛。

站房内，第一战区所辖的第27集团军副总司令李玉堂中将正在主持军事会议。参加这次会议的有负责守坚衡阳的第10军军长方先觉中将和他的参谋长孙鸣玉少将，有负责外围策应第10军守城的第62军军长黄涛中将，参谋长张深少将以及第62军所属两师的第151师师长林伟俦、第157师师长李宏达。这次会议的目的是研究确定第62军的位置与第10军相互之间的策应等问题。

临来开会前，方先觉与他的幕僚及师长们曾就第62军应在的位置有过一番讨论。有人说，黄涛这个瘦高的广东人极其狡猾，怕他到了关键的时候，为保存实力虚与委蛇，应当把他拴紧一点，建议李玉堂副总司令让第62军在头塘、三塘一带活动，但方先觉否决了这个方案。他认为头塘、三塘靠近衡阳城郊，如此限制了第62军的活动范围，很可能两个军部都陷于敌人的包围圈内，这样敌人减少了背侧的威胁、牵制，日军反倒会更放心大胆地进攻守军。至于担心第62军隔岸观火或者参战不尽全力，他认为这种可能性在眼下这种状况下是很小的，其一是衡阳城事关重大，蒋介石严令在先，志在必守，更重要的是第二点，李玉堂西安事变后接替毛炳文任第3师师长，1937年11月5日率第3师与第48师合并成第10军任军长，1942年春天固守长沙取胜升任第27集团军副总司令，可以说第10军是他李玉堂的家底子、命根子。虽然李玉堂是集团军的副总司令，但由于总司令是第九战区副司令长官杨森兼，李玉堂就成了第27集团军有实权的实际指挥者，他不能，更不会眼看着第62军置第10军而不顾，或者容忍第62军的支援作战不力。

和方先觉的心情相反，黄涛特别担心方先觉要他的部队靠近衡阳，他知道第10

军与李玉堂的关系，一旦方先觉提出，李玉堂肯定会同意。第62军原属余汉谋第七战区建制，是第七战区的预备总队，1944年6月17日，蒋介石电令第62军划归第九战区第27集团军辖制。6月22日，黄涛率领第151师、第157师两个师共六个团及军部直属队约两万人的队伍，由广东罗定、英德匆匆赶到指定位置，属第27集团军建制才一天时间，所以他第62军的死活肯定不关李玉堂的痛痒，只有第62军才能救自己，如果第62军与第10军胶在一起，就没有人能够救第62军了，只要游离主战场以外，主动权就操在自己手里。他深知国民党军队内部的矛盾，相互制约，相互依靠，相互争功，资本就是实力，有了实力，什么话都好说，什么事都好办。在由驻地向指定地点集结的途中，薛岳曾直接电令黄涛，抽调第151师到湘江东岸归薛岳指挥，黄涛自然不愿意自己的力量被分割使用，但又不敢不奉薛岳的命令，便心生一计回电薛岳："第62军系奉委座命令赴衡参战，如需调抽部队，须蒙军委会批准方可。"薛岳自然不好硬调。黄涛就这样拉虎皮做大旗，整军到达了集结地，保住了自己的力量不被分割使用。要是方先觉这次硬要第62军与第10军胶在一起，他也准备像对付薛岳一样对付李玉堂，因为蒋介石是要第62军在外围配合第10军作战，而不是与第10军共同守城。

会议开始，李玉堂让他的参谋长通报了第10军的兵力及近日战况。

第10军共三个师九个团，但容有略的第190师为后调师，仅第570团比较完整，其余的第568、第569两团只有干部，罗活的新编第19师于本月13日奉调全州，因此，守城部队实际上只有七个团，加上军直属队、配属炮兵和饶少伟的新编第54师一个团，兵力不足两万人。而且目前尚有军炮兵营滞外未归建，第3师还在城外阻击敌人，布防情况是：一、第190师以一营附师战防炮连在泉溪市耒河西岸新码头构成前进据点，以一部于酃湖南岸铁路经湖之西岸、湾塘至蜈蚣桥之线，占领警戒阵地，主力占领五马归槽、橡皮塘、莲花塘之线，构成据点阵地，保持重点于右翼；二、暂编第54师的一个团以一部于东家湾至何家山之线，占领警戒阵地，主力占领冯家冲，沿耒河左岸，至耒河口之线，构成据点阵地，重点保持于左翼；三、第190师主力占领来雁塔迄望城坳间据点阵地，以一部于高家塘、三里亭、湖坳、马王庙之线，占领警戒阵地，大部占领石鼓嘴、草桥、辖神渡、瓦子坪至汽车西站，重点保持于瓦子坪、汽车站间地区，并于杜家港、易赖庙前街、青山街、杜仙庙、杨林庙之线构成阵地；四、预备第10师，以一部占领马王庙、托里坑、欧家町、黄茶岭之线警戒阵地，主力占领汽车西站、虎形巢、张家山、枫树山、五桂岭、江西会馆之线，并以一连能守善战的兵力占领停兵山、高岭两个独立据点，确保固守；五、炮兵部队在雁峰寺、县政府、益阳路、万国商场附近、清泉路西侧地区，占领阵地；六、第10军司令部位置在中央银行，前进指挥所设于五桂岭。对第

10军的兵务及布防，黄涛自然无需发表意见，为方便策应作战而了解即可，所以，李玉堂的参谋长紧跟着便通报近日战况。

6月22日，日军飞机首度飞临衡阳上空，对衡阳市区狂轰滥炸，市区东西均引起大火，第10军官兵待敌机飞走后，即组织救火。晚8时，由株洲、渌口沿湘江东岸南下的敌人，抵进衡阳城东30公里的泉溪市，第190师第568团第1营派在对岸的少数警戒部队，对日军稍事迎击即撤回，与日军隔岸对峙。翌日拂晓，日军从泉溪市强渡耒水，向第190师第568团第1营据守的新码头前进据点发起进攻，开始外围作战，拉开了衡阳保卫战的序幕。

据守新码头前进据点的第568团第1营营长杨济和，年仅28岁，湖南湘西人。他18岁那年随叔父从匪巢下山时被地方保安团捕获。按规矩，杨济和的叔父被斩杀示众，杨济和因年轻且又是第一次作案，从轻处罚，挑断脚筋。临刑时，杨济和大哭大叫，破口大骂，愿意砍头，不愿半死半活的成个废人。哭叫声惊动了旁边酒馆的一位客商，此人带着三五个伙计，60岁左右年纪，气宇轩昂，说一口湖南常德话。他分开众人，看到被四马攒蹄捆在柱子上的大小伙子，身健体壮，天庭开阔，双鬓入眉，遂起了爱怜之心，他挥手止住了正要举刀下手的行刑人，踱到监督行刑的团总前耳语了几句。团总走到行刑人前，接过牛耳尖刀左手熟悉地拈住杨济和的右脚后筋，要了一个漂亮的刀花，只听得杨济和一声惨叫，紧接着又是刀光一闪，又是一声惨叫，杨济和两只脚后流出的鲜血汩汩如两条小溪。在围观者的惊叹声中，老年客商凤目闪动，示意伙计上前解开杨济和身上的绑绳，将之抬回客店。当晚，杨济和被老者用一顶竹轿抬出了湘西。十天后，到了新化，杨济和的脚跟伤处结疤了，老者让杨济和下地走路，杨济和在别人的搀扶下皱着眉头咧着嘴下了地，谁知旁边的人手一松，他便像一堆稀泥巴一样瘫倒了。老者笑了："我用200块钢洋买下了你这两条腿，没想到你的骨头却吓软了。看来要两条腿易要一身硬骨头难哇。"谁知老者这一激，杨济和腿一伸，脖子一梗，双手一撑竟站起来了。原来，那团总收下了老者的200块钢洋，下手时玩了障眼法，只挑破皮肉而已。老者是威震湘南的武师、镖头岳西平老先生。岳老先生见状不再笑了，上前握住杨济和的手："血性汉子，怕激不怕死。"遂收杨济和为徒。中日战争开始，岳西平老先生将杨济和送到了当时当团长的容有略的部队，容有略的父亲与岳老先生有八拜之交，自是对杨济和另加青眼。容有略在第10军军部当参谋长时杨济和是军部特务营的连长，容有略到第190师当师长时，又把杨济和带到第190师，放在第568团当第1营营长，是容有略的心腹爱将。

日军向新码头前进据点发起进攻，这伙刚刚打了胜仗的侵略者十分骄横，甚至连火力依托都不要，便组织汽船、橡皮艇、木船向西岸直驶，按原计划，杨济和可

撤至五马归槽据点，与暂编第54师一部共同作战，但杨济和看到日军的骄狂，气不打一处来，他认为：与敌人初次接触，不战而退，会更加助长敌人的气焰，影响本军士气。他命令部队在阵地内隐蔽，待敌半渡至河中心时，再听令开火，使敌进不能，退不及。日军乘船刚过河中心，杨济和猛地跳出堑壕，大喝一声"打！"顺手抢过一挺机枪，端起来对准河中心射击，机枪子弹与身边的六门战防炮二十多挺轻重机枪同时怒吼，子弹炮弹，疾风暴雨般地泻在敌群里。舟船上，一艘正疾速行驶的汽艇中的日军驾驶兵突然被一串飞蝗般的重机枪子弹掀去了天灵盖，倒下了的日本兵带动舵盘，汽艇便像被抽到的陀螺，高速地在河中转起了圈子，敌人的木船、橡皮船躲之不及，一连被撞翻了好些只。霎时间，中弹的和撞翻的船上的日本兵，如同下饺子一样叽噜咕噜地直往河里滚。一路上势如破竹的日本鬼子突然遇到这么强烈的抵抗，一下子蒙了，几乎是本能地往后逃窜。参谋长最后说："日本鬼子退回去后，但没有了动静，看来，他们尝到了厉害，不敢轻举妄动地渡河，只是用炮火、机枪朝我军阵地轰炸射击。到目前还没有接到新的情况的报告。"

第27集团军参谋长的战情通报一毕，第62军军长黄涛就紧张地注视着开始讲话的李玉堂。

李玉堂身材高大，几年抗日战场上的硝烟烽火灼烤熏燎得他头发灰白，面相苍老严峻。他平素沉默寡语，口音未脱山东广饶土腔。李玉堂领导的第10军一直是抗日战场上仅次于王耀武的第74军的王牌部队，在第九战区和湖南人的心目中享有极高的威信，但给他本人带来声誉的还是第三次长沙会战。1942年1月4日，进攻长沙的日军感到占领无望，临撤退前便发动了最为疯狂的进攻，意欲最后抖一抖皇军的威风。当时，李玉堂正在设在天心阁的指挥所吃饭，相陪的有他的参谋长和当时的省立第三中学校长杨太仁老先生。三人刚围桌而坐，一串子弹穿窗而来，打得对面的墙壁粉屑簌簌而下，参谋长劝李玉堂转移个地方吃饭，李玉堂举起筷子搅搅菜盘说："日本人嫌我的厨师放调料太少，想帮忙露一手哩，咱们就领他这个情，还走个什么劲？来，吃菜。"说毕，夹起一箸菜就往杨太仁老先生碗里送，这时一声短促的子弹哨音掠过，不偏不倚，李玉堂手中的筷子和筷子上夹的菜被打飞了，李玉堂一笑："看来，他是不满意我李玉堂太客气了，不该给老先生布菜，好，我自己吃。"他换了双筷子正欲下筷，"当当当"又一串机枪子弹打来，打得桌上的杯盘碎裂，汁水飞溅。李玉堂把筷子一扔，生气地骂道："操蛋！"他扭头对杨老先生说："看来得把这帮家伙赶走，咱们才能吃顿安心饭了！"他起身带着卫兵大踏步地朝门外走去。

望着李玉堂高大的背影，已经被眼前的情景吓得大倒斯文的杨老先生，半天才回过神来，伸出大拇指赞道："真乃铁胆将军也！"会战胜利后，蒋介石亲遣中将高参魏镇赴长沙授予李玉堂一等宝鼎勋章。授勋讲话时，魏镇又借用了杨太仁老先生的话，赞扬李玉堂"真乃铁胆将军也！"从此，李玉堂名声大震，声誉鹊起。

李玉堂扫视了一下相环而坐的将军们，开宗明义地说："时间紧迫，我们先确定一下62军的位置。方军长，你是重点，62军是配合你作战，你先说说你的意见。"

黄涛心里叹息：果然不出己之所料，看来，他们是做好套子，只等自己往里进了。说不得，你们不仁，也不能怪我黄某不义了。他暗暗地给自己打气。

方先觉谦让了一下后，很爽快地说出了来前自己的部属们说过的意见。这一下，大出黄涛并第62军的其他将领之所料，尤其是黄涛，他既庆幸又有些羞愧，看来，是有些以小人之心度君子之腹了。稍刻，他又觉得这里面有些不太对劲，说不定方先觉试探我黄某的呢，对不起，开弓没有回头箭，只要你姓方的开了口，你就覆水难收了。想到这他紧拽着方先觉的话尾巴说："好，既然我们是配属第10军作战，那就以方军长的要求办事，我把部队拉到五塘、六塘一带活动，一俟敌人包围圈形成，我们就在外围推，你们在里顶，使敌人背腹受击，最后消灭之。"

方先觉表示没有话可说了。

李玉堂的目光朝黄涛闪了一下，说："现在宣布战场纪律：一、从即日起，第27集团军所属的任何部队，必须与本集团军司令部保持密切联系，不得以任何形式借口违抗或拖延本集团军的命令；二、本集团军所属部队，没有本集团军司令部和最高统帅的命令，任何人都不准擅自撤退或转移位置，违者，军法从事。诸位，不要到时谓我李某预之不告，国难时期，事关民族存亡，不得不如此耳，诸位见谅。"

黄涛感到背上掠过一溜寒风。

集团军参谋长宣布散会，嘱大家赶快赶回去指挥部队，战场情况瞬息万变，离不开现场指挥。

车吼马嘶，一时间人走屋空，旷野沉寂。

回到衡阳城中的军指挥所，已是深夜时分，第190师师长容有略向方先觉报告了战斗情况。日军本日拂晓渡河强攻未果，即改在午后以一部分兵力隔河佯做进攻准备，修船的修船，扎木排的扎木排，装得忙忙碌碌，而主力则悄悄地由泉溪市以南绕越渡犯。杨济和识破了敌人的企图，也达到了打击敌人气焰的目的，便按预定计划朝西撤至离衡阳城东约6公里的五马归槽据点。在撤离过程中，由于河东西两岸均在对方的有效射程内，谁动谁吃亏，日军一看我军运动，准备变换阵地，便组织火力阻拦追击，尤其是日军的小钢炮，威力很大，在相当距离内一炸一个准。撤回清查，损了战防炮2门，重机枪3挺，伤亡士兵50余人，战炮连副连长王惠民阵亡，成为衡阳保卫战中牺牲的第一名军官。

王惠民，系湖北武汉人，是预备第10师第28团团长曾京的同乡，初中毕业，素

有大志，曾在战前夜访曾京，谓之男人在世生得顶天立地，死亦应震撼山河，此次战役，正是一展身手的好机会，可惜年仅22岁，战役也尚刚拉开序幕就死去了，而且死时也没有色彩：他刚从堑壕里探出头，指挥一炮手将炮拖回，一粒子弹飞来，顿时满头的黑发变成了满头的红发，满怀的壮志变成了满腔的遗恨。除王惠民外，还有3名军官伤亡。日军伤亡，包括落水者大约有300人。

方先觉召来参谋长孙鸣玉，听他报告了日军的动向，又一起研究了一番敌情，交换了彼此的想法。方先觉对参谋长下达命令，考虑日军主力迫近江东岸，有由赤水塘、东洋渡越湘江向衡阳以南地区进犯的模样，命令守备衡阳城外主阵地的第190师和预备第10师进入阵地，并立即通知正在衡山以北地区阻滞日军逼近的第3师，除以张金祥的第8团掩护主力撤退留作殿后外，其余部队星夜赶回衡阳城中，增强守备。

此时，第190师及预备第10师均以两个团为第一线，分任衡阳城郊西面与西南阵地的守备，城东江防，则由军搜索营负责。

衡阳市街多为木板房，街道狭窄，屋搭檐连，城外战斗打响以后，涂着"膏药旗"的日本飞机，尖叫着一次又一次地对市区进行轰炸，幸好市民多已疏散，兵士久历战场，没有引起混乱，未曾造成更大的伤亡。只是木板房易燃，天干物燥，市区连日大火，在城内守备的预备第10师第28团团长曾京考虑，既然上峰一定要守住衡阳城，那就要尽量向衡阳父老交还一个相对完好的家园。他将全团分成三个梯队，一个梯队占领城内最高建筑点，用轻机枪封锁空中，控制那些肆无忌惮的日军，以保卫城内救火部队安全，一个梯队清点、登记、贮放从大火中抢救出来的物品；另一个梯队专门扑火。方先觉巡视城防时对在火中弄得灰头灰脸的35岁的曾京戏谑说："你快成消防队长了。"

曾京是湖北武汉人，高中毕业后进入黄埔五期。此人足智多谋、英勇善战，方先觉当团长时曾京是团特务连连长，方先觉当师长的时候，曾京是师特务营营长，方当军长时，曾京到第28团当了团长，葛先才也一直是曾京的上司，对曾京也很看重。方、葛对曾看重的原因还有一条很重要，就是此人有才而没有野心，多谋而绝对忠诚。所以，每次大的战斗，方、葛均把第28团放在随时可以调遣到的地段，以防不测，以备急用。

6月24日拂晓以后，日军渡过了守军已放弃了的耒河，对我五马归槽阵地进行了攻击，当时五马归槽阵地上仅有暂编第54师的一个团，以及已在耒河岸边与日军进行了一次较量、有了伤亡的第190师第568团、1营。暂编第54师师长饶少伟奉命正在五马归槽的阵地上指挥抵抗。这位膀大腰圆的燕山之子，见头戴钢盔，脚蹬皮靴，端着不断地"咔嘣、咔嘣"响着的三八大盖的日本兵潮水般涌来，一面部署还击，一面赶紧向方先觉报告。

留在衡阳守城，是饶少伟所不情愿的，他本是奉令带一个团配属第10军作战，主要任务是警卫机场，衡阳机场在八尺岭下，按预定计划，机场会在外围作战结束以后放弃，那么暂编第54师这个团的任务按说也就完成了，应当脱离战场，从耒河渡至东岸转移，但方先觉却将饶少伟调至五马归槽防守阵地。五马归槽是衡阳守卫战中的新码头前进据点之后的阵地，在城东郊，属日军主要进攻战线，日军在前一站遇到打击，而五马归槽又是其攻城的必经之路，日军志在必得，仗必然打得很惨烈，那么，方先觉的用意在他饶少伟看起来就是很明白的了，把暂编第54师绑到第10军的战车上，替第10军打头阵，拼消耗，虽是配属部队，但明确了的命令是不能违抗的。方先觉让他来五马归槽，他不能不来，也不敢不来，同时也得尽力尽责。方先觉接到饶少伟的报告，立即命令第190师唯一比较完整的第570团迅速渡江增援五马归槽。此时，按说暂编第54师还应当顶一阵子，但方先觉察觉到饶少伟有了想法，他怕不马上增援而引起饶少伟更多的疑虑，也更怕阵地轻易丢失，只得下令增援。

第2师师长周庆祥接到方先觉回防衡阳的命令后，即遵命将第8团留置于衡山、南岳一带，掩护师主力脱离战场。师主力以急行军于24日下午6时抵达衡阳城中，接替第190师城西北阵地的守备，以第7团和第9团为第一线，占领汽车西站以北到草桥、石鼓嘴一线，以步兵一营占领蒸水北岸据点。第190师连夜全部渡江，占领该师江东岸原阵地，与饶少伟的部队并肩作战。

6月24日的夜幕，在激烈的枪炮声中无声地降下，一队队的东洋兵，穿着被江南雨水泡胀了的沉重的牛皮靴子，从公路上、田埂上、山间的茅草小道上，源源不断地涌向泉溪市的耒河渡口，橡皮舟、汽艇、木船，穿梭般地把他们运至江的对岸，已经到达的先头部队，则由五马归槽南侧渡江，秘密地向预备第10师防守的黄沙洲、黄茶岭、欧家町、托里坑等阵地接近。这时负责外围作战的中国军队，都游离在衡阳地区以外，没能按原计划遏止，甚至没能有效地迟滞日军向衡阳城的淤集，在从长沙到衡阳近二百公里的路程上几乎没有遇到任何有力量的阻击，其战斗力没有受到什么损失。内线的防守部队，则按方案有章法地由城郊至城内收缩。

25日拂晓，日军向五马归槽到塘湾一线的阵地发起了进攻，五马归槽地处入城要冲，日军组织炮火射击，然后步兵冲锋，第190师第570团团长贺光耀是黄埔三期生，久历阵战，对日本人步炮配合的阵法非常了解，日军的炮一响，他就命令大家先事隐蔽，炮火一停，立即命令大家起身射击。如此三番，日军无法攻下五马归槽。打至中午，日军停止了进攻，中国军队也停止了射击，刚才还热闹非凡的阵地突然变得异常的寂静。第190师师长容有略告诫贺光耀不要轻敌，他们停止进攻

可能是等待空军或炮火的支援，不过，他又告诉贺光耀坚定固守的信心，敌人有炮火，我们也有，敌人有飞机，我们也有，只要必要，就都会上来的。到下午2点钟的时候，日军五架飞机飞临五马归槽的我军阵地，屁股一扭一扭地不断往下下蛋，重炮也朝我军阵地声嘶力竭地嚎叫着。平地阵地，对打击步兵的进攻作用重大，但对空中的防御，却几乎没有什么作用，阵地又没有防空武器，第10军虽是久经沙场，但自1942年长沙会战以来，部队大伤元气，整训期间，增加了大量的新兵，他们很少见过大的阵仗，大炮、飞机一嚎，他们就不听命令地狂奔乱窜，增加了许多伤亡。这时的五马归槽阵地上只有第568团第1营、第570团和饶少伟的暂编第54师的一个团，几番炮火几番冲击，兵员伤亡很大，战斗力锐减，正在贺光耀感到难以支撑的时候，中国军队的机群呼啸而至。日军的机场在武汉，中国军队的机场在芷江，日军的飞机性能胜过中国军队的俄式飞机，但活跃在中国战场上的美国驾驶员驾驶的飞机，在其性能方面又胜过日军。国军的飞机一出现，日军飞机就急忙把机上的炸弹甩下，膀子一晃，朝着西北方向飞回去了。日军急师到达，又是进攻者，没有构筑工事、掩体，目标自然全暴露在国军的机翼之下，在国军飞机的狂轰滥炸下，保持不乱，一般都在原地，利用可能利用的地形、地物隐蔽，减少了活动目标，减少了伤亡。而且，日军与国军阵地已经很接近，给国军飞机的进攻带来了困难，可国军飞机的出现，极大地鼓舞了第10军官兵的士气，容有略走出地堡，亲自指挥贺光耀组织反击。进攻的是日军的先头部队，他们贪功冒进，骄狂过人，不顾长途奔波，师老兵疲，援军尚未跟上，贸然进攻，被国军的飞机一轰一炸，再被贺光耀一反击，日军死伤惨重。国军见好就收，待自己的机群一飞走，他们又退回阵地。很快，日军援军到达，这次，他们先稳固好后方阵地，用12门美式七五山炮向国军阵地排炮轰击。这种炮射程远，性能好，杀伤力大，在当时中日战场上使用的武器中，是最为先进的。第二次长沙会战时，方先觉对第4军的一个美式七五山炮营十分羡慕，可是没想到第4军军长张德能那么无能，刚到手的武器那么轻易地就拱手送人了，现在他们使用的这12门炮，就是无能的张德能装备给敌人的。方先觉在城内听到日军的七五山炮一响，就止不住兴奋起来了：你有难道我就没有？他大声叫道："蔡督战官，蔡督战官！""报告军座，有何训示？"方先觉从椅子上起身，走至蔡上校跟前，亲热地拍拍他的肩膀，说："督战官，告诉作祥，立即开炮，火力支援五马归槽阵地，狠狠地揍他龟孙子。"

蔡督战官，名蔡汝霖，是第九战区派到衡阳来的督战官兼炮兵指挥官，故方先觉待他比较客气。蔡汝霖长期在薛岳的战区机关工作且又生性谨慎，从无督战官颐指气使的架子。他听到方先觉的命令，眼睛里闪过一道兴奋的光，大声答道："是，军座。"

张作祥中校带着他的12门美式七五山炮和500多名兄弟被滞留在桂林后，炮兵第1旅旅长屡屡派他的参谋长来催问张作祥什么时候至炮兵第1旅。张作祥一看事态严重了，如不能有效地拒绝炮兵第1旅，尽快赶回衡阳，与第10军的袍泽，与方军长一同守城，那真是无颜见三湘父老了。张作祥是湖南人，与第3师第8团团长张金祥上校是堂兄弟，为弟的张金祥毕业于湖南师范学校，聪明俊秀，投笔从戎后，颇得周庆祥、李玉堂的赏识，升迁很快。张作祥敦厚诚实，也读过高小，当兵后，因其骨架粗大，又孔武有力，被派做炮兵。他一步一个脚印，积功升至营长，引起了方先觉的注意，方先觉欣赏他的忠诚与内蕴，常对他慰勉有加，张作祥也对方先觉顶礼膜拜，敬若天神，所以，他无论如何要赶回衡阳去。经反复设法无效，张作祥心一横，径电军事委员会陈情："……自赴滇换装，至此已近三月，第10军袍泽莫不翘首而待，方军长常倚门有望，职与全营袍泽盼归衡阳，若如游子盼归，尤以衡阳三面平川，一面临江，无险可据，军原有野战炮12门，已留守长沙，职如至建他旅，于公于私，均是责可旁贷……。"

参谋总长何应钦意外地及时看到了这份电文，一个小小的中校营长，竟敢径电最高统帅部，其忠可靠，其勇可奖，其义可许，其识可褒。他大笔一挥，批准放行，并亲自关照桂林方面立即安排火车，不准阻碍。6月21日，张作祥率全营赶到金城江，此时长沙已失守3日，衡阳已三面被敌包围，第10军背水一战的态势已经形成，湘桂铁路时被破坏，时被阻碍，运输任务又十分繁重，张作祥想方设法才弄到能送半个营的火车。张作祥考虑与其让全营死等，不如能走多少走多少，多一个人，多一门炮赶到衡阳，第10军就多一份力量，就能多对攻城的敌人构成一份打击。他决定将全营分成两个梯队，第二梯队由副营长杨春柏率领，留在金城江候车，第一梯队则由张作祥亲自率领乘车东下。6月24日夜晚，张作祥带领的半个营，到达离衡阳30多公里的中伙铺，沿途站区，仅此处离衡阳最近，他们就在中伙铺下了车。[①]

国军第27集团军司令部设在中伙铺，副总司令李玉堂听到报告，说半个炮兵营下车后准备入城，他立即让人召来张作祥，亲自劝告他，日军正在猛攻湘江东岸，有一部分日军已由衡阳南面的东阳渡过湘江，朝北进攻，炮兵行动笨重，目标又大，很容易被敌发现，又很容易为敌所乘，不如暂时留下，随集团军司令部行动，俟机再归建。张作祥熟悉前任军长，也理解他的用心良苦，便详细报告了这段时间的情况经历，最后他恳切地说："作祥千辛万苦，想方设法地赶回，就是想早一点赶回第10军，如果现在到了家门又因有些危险滞留在外，岂不是前功尽弃了？请副

---

① 以上两节的炮营行军路线，均出自历史资料。

总司令允许我，就是我一个人爬也要爬回去。"

李玉堂感动了，当即说："好。你与你们方军长商量进城路线，我派部队护送你到三塘。"方先觉在电话中知悉张作祥到了中伙铺，马上派出预备第10师第28团第1营，由团长曾京上校亲自带领，赶至衡阳西面15公里处的三塘接应。

25日清晨，张作祥入城安排好部队，便飞跑着闯进军司令部，向方先觉报告："军座，对你不起，我只带回半个营，6门炮2000发炮弹。"方先觉紧握着张作祥的手："李副总司令都告诉我了，真难为你了，别说你还给我带回半个营，就是你一个人回来，我也谢你不尽了，心满意足了。"张作祥顿时心潮涌动，他几十天来的焦虑、忠诚、艰苦，在这一瞬间得到了承认、报偿，男子汉的泪珠像黄豆般地滚落在地板上。

这时，第10军除了张作祥的半个营美式七五山炮外，还有战区配属的第46军炮兵营第1连，有士乃德山炮4门，第74军野炮营，因该营原拟赴昆明换装，炮已大都交出，只有三八式野炮4门，这两种炮可用一种炮弹，计有三种火炮14门，炮弹3000发。

蔡汝霖督战官兼炮兵指挥官，亲自赶到炮兵阵地，传达方先觉的命令，指挥张作祥组织向日军阵地射击，支援五马归槽。五马归槽的守军士气大振，待炮火一停，贺光耀亲自率领突击队反击，一粒机枪子弹飞来，洞穿了贺光耀的腹部，上校团长贺光耀身负重伤倒下了。他捂住伤口，不让肠子流出来，他对前来救护他的团特务连长左亚光发怒说："妈的，别管老子，给我告诉冯正之，带大伙把这帮东洋鬼狗日的赶得远远的！"

冯正之是第570团副团长。

如此这番，鏖战及午，部队伤亡很大，方先觉命令第190师师长容有略，暂编第54师师长饶少伟放弃五马归槽阵地，将部队转移到范家坪、橡皮塘、莲花塘、冯家冲一线。暂编第54师所部，移到冯家冲，堵住日军进入衡阳飞机场的道路，一旦衡阳机场不守，便在机场外围阻滞日军，使机场守军有时间破坏机场的一切设施。转移途中，饶少伟心生一计，将所属的团长叫至跟前，悄悄地吩咐他，带着第1营、第2营抢先赶至耒河边的冯家冲，一旦不守，即率团过河，退至耒阳一带，不必再与第10军联系。团长关心地问："那你呢，师长？"饶少伟回答："我与容师长一起行动，留下第3营跟我就行了。我们的任务是防守机场，不是守城，既然战区又没有新的指令，你走就是了，至于我本人，能有机会，我会带着第3营的弟兄们赶回，如果实在没有走开，我是党国高级干部，早已将生死置之度外，与第10军同存亡也就罢了，但暂编第54师不能与他们一起完，我要对得起将队伍交到我手里的军长，对得起将生死置于我身上的众兄弟。"

他们洒泪而别。

日军占领五马归槽后，一部分继续向西攻击，主力则分由五马归槽以南，从东阳渡渡江西进，黄昏时分，部分日军由湾塘方面发起猛攻，突破俞延龄第568团防守的冯家冲阵地。第568团虽是团建制，但因整编，仅余干部，战前才匆匆补入一批新兵，战斗力比较弱。日军突破冯家冲阵地时，暂编第54师的两个营，在其团长的带领下，绕其侧翼，在耒河边找船过渡，悄无声息地脱离了衡阳战场。夺取了冯家冲阵地的日军迅速冲进衡阳机场。日军主力则大部分由被占领的五马归槽渡过湘江到达东阳渡，向衡阳城南急进；一部分由衡阳城西北方向约6公里的铜钱渡、贾里渡越蒸水，向衡阳城西逼近；一部分由长衡公路南下，突破了第10军留在衡山附近的第3师张金祥指挥的第8团抵抗线，向衡阳南面进逼。26日拂晓以后，日军全面形成对衡阳城的合围之势，炮兵分由衡阳城西、南方向，不断向国军正面防守的主阵地试射。确立好阵地，稳住脚跟，日军则以炮火掩护其步兵向欧家町、托里坑、马王庙、胡坳、三里冲附近的国军警戒阵地攻击。此时的日军已大部集结完毕，兵力配置、火力配置、空中支援已井然有序，无后顾之忧，也无冒进之疑，人猛胆壮，士气正旺，两个小时，城西南被攻击的国军主阵地的前沿阵地便全部失守。上午10时许，日军步兵在10架飞机和50余门重炮的掩护下，开始向西南主阵地发起全面攻击。预备第10师第30团所据守的江西会馆、五桂岭，第29团所据守的虎形巢，凭着飞机、炮火的掩护，勇猛顽强的日军数度突至主阵地前面的障碍物壕沟边。国军居高临下，采取炮击远、枪打中、近掷手榴弹的战法，次次将日军赶回去，阵前遗下具具尸体。对南正面的五桂岭、枫树山、湘桂铁路修机厂一线进攻的日军，因有高岭、停兵山两个前进据点侧射火力的掩护，被阻于铁路堤以南。高岭与停兵山相距约600米，在枫树山、张家山南侧200至400米，为进城的必经要道。当初，在决定守防这个据点的人选时，第30团团长陈德坒颇费了一番踌躇，停兵山与高岭地域狭小，目标集中，如果人多，密度过于集中，反而只会使日军的炮兵发挥更大的作用，给自己增加过多的伤亡；人少了，又没有战斗力，最理想的是用一个精悍的建制连。从第30团的情况看，张田涛的第7连是最有战斗力的。张田涛这个人豪气十云，义气勇猛，在士兵中威信很高，兵员训练有素，是最为理想的一个连队，但高岭与停兵山在整个守城的战略部署中，只是消耗日军有生力量的两个小的前哨阵地，日军又志在必得，坚守人员生还的可能性极小，张田涛是师长葛先才的心腹，将该连用上去了，师长会做何感想？正在陈德坒为难的时候，葛先才打来电话，询问高岭与停兵山的兵员配置情况，在陈德坒沉吟间，葛先才说："我看让张田涛的第7连去。"陈德坒大喜过望，张田涛就奉命带着7连主力上了停兵山。该连中尉排长李建功孔武有力，身经百战，率一个排守坚高岭，沿山构成小而坚的圆形坑道

据点工事，据点四周环绕外围壕、铁丝网、木栅以及地雷，据点内侧大量囤有手榴弹。日军攻击之初，以为此孤立的两个小据点，咄嗟可下，乃大胆突入，连续组织了几次冲锋，均被阵前地雷、主阵地的迫击炮支援所击退。日军看步兵攻击未果，便炮火轰击，敌机也赶来助战，朝停兵山、高岭两个小小的阵地又是扫射，又是扔炸弹，葛先才听得陈德垒的报告，呈请军长方先觉的批准，命令炮兵对日军进行反击，方军长还请求空军前来支援。一时间，枪炮声密如骤雨，两个据点，全为炮火硝烟所笼罩。日军以为有机可乘，借着硝烟的掩护秘密地一次又一次运动到了张田涛、李建功的阵地前，均未来得及有所动作，便被掷下来的密集的手榴弹炸退了。战至黄昏，停兵山与高岭依然屹立在炮火硝烟中，为国军所掌握，但障碍物多被摧毁，碉堡被毁五分之三，官兵伤亡过半，但日军在高岭死亡约有200人，停兵山下遗尸不下400具。

方先觉接到容有略机场失守且来不及破坏、第54师所部除饶少伟师长所带的第3营外均已过河失踪的报告后，右颚的疤痕顿时像通了电一样，倏地灼红灼亮。他先向容有略下达命令："在放弃江东阵地以前，你必须率师不惜代价攻入机场，将其彻底破坏，否则，军法不容。"

方先觉深知机场事关重大。日军占领区的前沿机场在武汉，从那里起飞到达衡阳上空的航程，大大地远于中国在芷江的前沿机场，如果能完好无损地夺取衡阳机场，或者稍加修复即可投入使用，将为进攻大西南实现"一号作战"的意图提供很大的便利，因此，留给日军的应当是一块修复无望的空地。

向容有略下达了命令，方先觉即让人找来饶少伟，这时，方先觉已经平静下来了，他问："你的部队呢？"

饶少伟答："两个营过河归建战区去了，一个营在江东岸阵地上。"

"你为什么不走？"

"少伟身为师长，早已将身许国，愿与军长、愿与衡阳城共存亡。"

"好。我就成全你对党国的忠诚，留你在军部帮助我指挥作战。"

饶少伟慨然允诺。

容有略接到方先觉的命令后，于26日拂晓，亲自指挥第569团突入衡阳飞机场。机场日军大约有一个中队，与第569团的人数本不相等，加之机场虽已被日军所占领，但日军对机场地形尚未熟悉，脚跟尚未站稳，更未想到中国军队敢再来。第569团冲入机场的枪声一响，立时引起屯集机场内的日军慌乱，日军指挥官极力弹压，积极组织反击。争夺机场一侧塔台时，第569团第2营遇到了强有力的抵抗，塔台前堆满了死伤的中国士兵，平素温文尔雅的容有略急了，他对团长梁子超说："梁团长，养兵千日，用兵一时，如果这回攻不下机场，军长要我的脑袋，你的脑袋也休想保得住。"梁子超袖子捋起,大叫道:"冲,弟兄们!"他一马当先冲在前边。"噗噗"作响的子弹纷纷钻进他身前身后的三合泥机坪,左右也不断有人倒下,但没有人停下,呼啸着冲进了塔台。5个小时的激战,将机场内的日军全部驱出。他们立即对机场实施破坏,先炸掉所有设施,然后在机场内每隔10米挖一个50厘米的坑,埋上一公斤的炸药,容有略用手按下启动雷管引爆的电钮,只听得一阵参差不齐的沉闷的爆炸声,碎屑像雾一样腾起,炸药不但炸碎了机场跑道的外表,也震松了地基,短时间内日军休想修复使用。

破坏机场后,第569团没有接到军部撤离的命令,容有略指示梁子超配备好部队,准备固守。

首次进攻机场得手后又复失的是日军第11军第68师团独立步兵大队的先遣中队,先遣中队原只是试探性的进攻,并没有想到机场守军不堪一击,占领机场后又没想到中国军队还会第二次争夺,加之人员太少,遇到强有力的攻击后,只得匆匆退出。听到先遣中队在衡阳飞机场失守的报告,第68师团长佐久间为人中将十分恼怒,第11军自汉口出动之初,司令官横山勇就特别嘱咐佐久间为人,衡阳飞机场是进攻的重要目标,预先必须做好准备,包括事先让准备攻占机场的部队进行模拟训练。攻占长沙后,佐久间为人师团长就将任务交给了独立步兵第64大队大队长松山圭助大佐,按师团长的命令,松山圭助大队长初令部属实施野营,一方面与沿途的中国军队作战,一面利用类似地形,反复进行攻占机场的模拟演练。先遣中队出乎意料地得手,又转瞬间丢失,使松山圭助大为恼怒。他亲率1000名已换穿胶鞋的步兵,于26日入夜后潜近机场,将早已在模拟训练中十分熟悉了的机场周围的高地全部占领,一发红色的信号弹腾空而起,已分成数十股的日军立即扑进机场,将第569团轻而易举地撵出了机场。第569团边抵抗边撤退,退到了江东的核心阵地。

到了6月26日午后,衡阳湘江东西两岸的国军主阵地,均已被日军控制。第190师仅1200余人,加上暂编第54师的一个营,在江东固守核心阵地,已经是不大可能,即使与西岸呈掎角之势支撑些时日,但与军主力毕竟隔了湘江,成了孤城外的孤城了,容易为日军所各个击破。同时衡阳城郊军主力仅有五个整团,防守东西宽约1500米,南北长2600米的矩形纵深阵地,在兵力运用上必须具有较大的弹性,与其将十分之一的战力消耗在东岸,不如聚集在一起,形成拳头,基于上述考虑,方先觉下令,江东岸守军全师撤回衡阳城。黄昏以后,容有略指挥东岸部队,乘事先控制的两艘大渡轮,往返行驶于江东与铁炉门码头之间,直到午夜才全师过江,过江后容有略命令将渡轮炸沉。

按预定计划,方先觉下令炸断湘桂铁路的湘江大桥。

工兵营长陆伯皋中校指挥工兵们,按事先设计好的图纸,将价值百万的炸药装

入湘江大桥，因修建此桥曾花费国家2亿元，陆伯皋认为日军的失败只在早晚，他不忍心将2亿元和无数劳工的心血尽数毁于一旦，经与毕业于清华大学工程系的上尉连长孔祖光反复计算，决定对大桥进行有限度的破坏，即炸毁中间三截桥桁而不破坏桥墩，使日军在短时期内无法修复。这个想法得到方先觉的批准。一切准备就绪，孔祖光摁动起爆钮，粗实紧固的桥桁在爆炸声中断裂了，碎铁断木，哗哗啦啦地沉入江底。经检查，破坏程度完全达到了炸桥前的设计，陆伯皋虽然对顺利地完成了任务感到满意，但自己作为工程技术人员，不但不能为国家添砖加瓦，反而因为战争需要，要将国家这么一条贯穿南北的大动脉破坏于自己手上，又不知何年何月才能修通、恢复。想到此处，禁不住心如刀绞，泪似雨下。

江东部队入城后，除第570团接替军搜索营江防外，其余均集结于环城街附近，做小的休整，为军的预备队。第570团团长贺光耀负伤后，冯正之副团长接替他指挥部队。

第三章

　　葛先才只身返衡阳，举步维艰，天不灵，地不助，踯躅半月，烈士骨骸依然留于水泽山野。

　　峰回路转，柳暗花明，红帮五哥再资助，第10军遣滞衡阳的六十余名残兄伤弟重上战场，苦战数月，三千遗骨巍巍垒于张家山麓。

衡阳城郊的水田，原因战斗的需要，为遏止日军的机械化部队的进攻，全部加高埂堰，注水为渊，十数里的田畦，似成一镜，日夜波光闪闪。农民没有钱，他们躲避日军与战争也只是远乡或者近山，穷怕了而又苦惯了的他们最为关心的是以后的生活，听到战斗停止的消息，便急急忙忙地返回家园劳作。年来时光，田间风光便一如以前，只是劳动的场景和战前不同。战争期间，饥饿的军人食用尽了农民来不及或者顾不上在逃难时牵走的耕牛，战争夺走了衡阳相当多的有血性的壮健的男人，所以出现在郊外田野里3月的劳作场上的是一眼苍凉：或者是白发苍苍的老者在后面掌犁，以前牛的位置上，是还算壮年的女人或者半桩子的娃崽，或者牛的位置上是白发苍苍的老爷子，掌犁（只能说是扶犁）的是弱不禁风的老太太，甚或是年尚垂髫的童孩。他们艰难地拖拉着沉重的生活之犁，在生机勃勃的春日里，耕耘着生活的希望，播种着美好的憧憬。

郊外远山，或细密如梳的春雨，或急暴似泼的夏雨，或浊重似淀的秋雨，或亮疏如晶的冬雨，已洗去了昔日战争播下的死亡的痕迹，热腾腾地舒展着春枝绿叶，顽强地自我抚拂着生命的创伤。

漫山遍野的荒草、野花，格外不同于战争前的疯长、娇艳。它们肥硕、嫩绿，一蓬蓬、一簇簇、一片片，铺天盖地，昭示着它们是生存在一片刚灌溉过热血的土地上，它们吮吸着滋育万物的热血。

城内，战争与死亡留下的痕迹要比郊外重得多。

日军投降后，逃难的人便都陆续地返回家园，但这时他们的家园已与他们离开时的景况大为不同。整个衡阳城区，已成一片废墟，衡阳民众太爱这片土地，他们祖祖辈辈都生养栖息在这里，这片土地有他们的血汗，有他们的回忆，有他们的希望，有他们的痛苦与欢乐，他们还要在这里重衍他们的梦想。但是，要在废墟上重建家园是谈何容易。1945年衡阳大旱兼之到处都是腐烂的尸体，引发了瘟疫流行，城外的荒丘上又增加了为建设家园而死的人的坟冢。好不容易等到冬天瘟疫过去，人们才开始清理塌了架的木板房，清理得差不多了时，便尽量利用原来的材料搭架盖房，他们清理被炸倒了的残墙断垣，将断砖、散砖码放起来，想待到清理完了再盖房子时利用。但更多的是烧得只剩下几根焦炭一样的梁柱的板房，炸得一塌糊涂了的砖墙，这些算是倒了大霉的人家，他们并不气馁，仍然像被可恶的人捅碎了好不容易才垒起了窝巢的燕子一样，又顽强地开始了更为艰苦的新的建设。1946年3月，格外多雨，像是要补偿1945年的干旱，城内满街洞子的淤泥污水。一些财力、劳力够的家庭，已经部分地翻建、修建好了房子，结束了颠沛流离的生活，市场也在慢慢地开始发育形成，一些饭店、酒店、商店开始挂牌营业。但是，城内的一切，更多的还是在叙说昨天战争的残酷。一些已重新翻盖起来的房子，像大病初愈、底气不足的汉子一样，病病恹恹、无精打采地堆垒在淅淅沥沥、不停不歇的雨网里，盖至一半的，更是目不忍睹，砖墙不断地塌倒，板房不断地潮湿、发朽，许多的人仍然是蜷缩在废墟上，有的上边盖着竹席，有的盖着草叶树枝或者树皮，也有一家几口还凄惶地挤在露天里，经受着日晒雨淋的野外生活。说不定，什么时候就在人们居住生活的废墟上不经意地踢开一块砖头，便会露出一具腐烂的尸体；也说不定，一场豪雨，就在人们做饭炒菜的锅灶边冲刷出一堆白骨。深夜，街上游荡着许许多多无家可归的人影，他们有的长歌当哭，有的狂嚎乱吼。

衡阳城内，1946年3月，目光所及，都还是战争的疮痍，死亡的痕迹，凄惨的苦难。

原中国国民革命军陆军第10军预备第10师少将师长、现国民政府军委会少将高参葛先才，就在这湘南3月的浓雾阴雨里，踯躅在满目凄怆的衡阳街头。

葛先才在衡阳一待半月，搜集烈士骨骸的事情毫无进展。他满街亲手张贴他自己写的"招募搜集第10军抗日烈士骨骸人员"的招募通知，多少天过去，应招的微乎其微，有的不是醉汉，就是想大捞一把的贪婪之徒，葛先才当然不能录用。这天夜晚，烦闷的葛先才步入市内一家刚开张的小酒店，酒店内的几张大桌子都已围满了人，葛先才在屋角一张小桌前悄悄坐下，要了半斤白酒、一碟花生米、一碟衡阳煎豆腐，慢慢地自饮自酌起来。这老白干很纯，入口极辣，但没有苦味，入腹就像肚里放进一盆炭火，烤尽了这些天来浸在雨水中而贮于全身的潮气，慢慢地，在衡阳积淤起来的忧闷、烦躁，也在潮水般的酒的热浪的拍击下开始退去。突然，"啪"一声惊起了正入酣境的葛先才。他抬头一看，只见一破衣烂衫的汉子一手扶住身边的同伴，单腿独立，把半截断腿重重地搁在桌上，大喝："钱？老子们有什么钱？这衡阳城，上除天，下除地，都是老子们的，没有我们第10军抗日打日本，早他妈的亡国，哪有你来开什么店子赚钱？就凭这半截子腿，不问你要孝敬已够意思的，这点子酒菜还敢来要钱，真他妈的可以哇！"

算账的是一个圆脸的中年汉子，他并不买这半截腿汉子的账，他说："这城里晃荡的像您老这样的英雄，没有一百，也有八十，每人都像您老这样来打上顿秋风，咱五爷这店子是开还是不开？"

断腿汉子抓起酒碗就掷了过去，骂道："真是给脸不要脸，给大爷们称起爷来，弟兄们，操他奶奶的！"

葛先才正要起身，里间转出一壮健老者，他手一压："众位，酒菜钱免，待会每位还另有奉送。我红帮欧五爷不是怕了谁来着，连日本人岛田，我都说砍就砍；我也不是巴结谁来着，你们方军长逃跑，也得我欧老五帮他一把。我开这店子想赚几个钱不假，但这钱还是用到第10军的弟兄身上，活着的，想回家乡，送点钱做个盘缠；死了的，花点钱，让他们有个葬身处。弟兄们，你们没有看到，这城里城外，到处都是第10军弟兄的尸体吗？你们好赖还活着，他们连个葬身之地都没有哇。你们在我这，没说的，让弟兄们解解气，在别的地方闹，可就丢咱第10军的人，伤咱衡阳人的心，你们打日本保衡阳不假，但衡阳人对你们何曾薄过？连心都舍得掏出来的。"

欧老五，衡阳赫赫有名的红帮五爷，果然名不虚传。

葛先才站起来，走过去，握着欧老五的手说："欧五爷，你忠诚党国，厚爱第10军，党国会记得你的，第10军会记得你的，第10军战死的弟兄们在天之灵也会记得你这无量功德的呀。"

欧老五一看是葛先才，惊问："你不是逃出去了吗？"他扭头对那些闹事的汉子们说，"弟兄们，你们葛师长来了，咳！快给大伙说说，干什么来了，是来接弟兄们回队伍上的吗？"

欧老五真是个热心肠的急性子。

那帮兄弟们惊喜之下又奇了，葛师长不是去重庆了吗？干吗又回来了？

葛先才对大伙抱了抱拳："你们是党国的功臣，可现在党国的困难也很多，还来不及顾上众位，将来，情况好了，大家也会过上好日子的。我这次回来，是奉蒋委员长的命令，来衡阳搜集咱们第10军阵亡将士遗骨的。军委会、蒋委员长、欧五爷、衡阳人民乃至全国人民都不会忘记我们第10军的，大家要自爱才好。"

断腿汉子呆呆地望着葛先才，嘴唇颤抖着，两滴大大的泪水滴了下来，他哽咽着说："咱们这帮苦命的人，打仗是打折了胳膊赔上了腿，抗战胜利了，咱们倒是没人管了，想安家，咋个安法？想回家，连个盘缠都没有，又咋个回法？一天连个肚子都塞不饱，除了欧五爷这样的，现在衡阳这地方，咱们第10军这帮滞在本地走不了的伤兵，连狗见着都不稀罕叫，冲着你翻翻白眼都算不错了，就算看得起你了，还怎么个自爱法呀？"断腿汉子声泪俱下。

围着断腿汉子的那帮人也都流下了眼泪，葛先才、欧五爷、算账的那圆脸汉子，还有旁边围观的人，都纷纷流下了同情的泪水，大家相对流泪，哭泣，尽情地发泄着心底的哀伤、愤懑与委屈。

欧老五愤愤地挥挥手："都是那该死的日本人害的咱，没那帮没人性的东西，怎么会害得咱们中国这个样子？要我说咱们衡阳人也有对不住大伙的地方，不管怎么苦，怎么惨，毕竟熟土熟邻的，能活下去。你们不行，没沾没靠、伤胳膊少腿的，咋个活法？政府呢？事太多，是没法子，可也没尽法子，还是蒋委员长好，他有良心，连牺牲了的人都记得，自然记得住大伙。"他扭头问葛先才："葛师长，搜集阵亡将士遗骨的事情进行得怎么样了？"

葛先才摇摇头："难处多着呢！"

那断腿汉子擦擦眼睛大声说："报告师长，我是第3师第8团中尉排长杨汉平，山东人，你没有人手，我们这里还有一帮弟兄，我们去，什么都不要，到时能让我们回到家乡去就行了。再说，你葛师长就是帮不了我们回家，我们也要去，死的都是我们的好兄弟。"杨汉平又哽咽起来，"欧五爷说得好，我们好赖还活着，他们都死无葬身之地，人不能没有良心。"

"还是那句老话，有钱出钱，有力出力，我早就有收敛阵亡将士遗骨的想法，只是孤掌难鸣，现在好了，葛师长来了，我们一起动手，大家吃住我包了。"欧老五豪迈地挥挥手，"烈士入土后，咱们不为难葛师长，我就是讨也要帮大伙讨足盘缠，我就不信在衡阳这地场上没人买我欧老五欧五爷这点薄面。"欧老五说到这儿，双眼闪动着瘆人的寒光。

没有人不相信，红帮欧五爷吐出来的一口唾沫是一颗钉。

一支六十人的队伍组织起来了，他们都是第10军滞留在衡阳的旧部，他们这六十人中有的缺胳膊有的少腿，有的拄着拐杖，但都神情肃穆、精神饱满地集聚在一面第10军的破旧的军旗下，他们在旧日的战场上，一处一处地查询、挖掘，十数里城郊和十数里城区无不流下了这六十人的汗水和对阵亡战友的情意。

四个月后，在张家山上，一座巨大的墓碑竖立起来了，墓碑上铭刻着"陆军第10军衡阳保卫战阵亡将士之墓"的大字。

1946年4月28日，衡阳市市长仇硕夫来了，衡阳市参议会参议长杨晓麓来了，衡阳各界名流来了，红帮欧五爷来了，白发苍苍的老者来了，童稚未脱的儿童来了，破衣烂衫缺胳膊少腿的第10军旧部来了。在巍巍的墓碑下，莽莽的松林里，他们对着搜集起来的第10军阵亡将士累累白骨鞠躬致敬，为烈士们举行了隆重的营葬典礼。

事隔多年后，葛先才在《衡阳搜瘗忠骸记》中满怀深情地记述了那段非凡的日子。他这样写道：

民国卅四年八月十四日，日本宣布无条件投降，我八年浴血抗战终于获

得最后的胜利。当时的军事委员会委员长蒋公轸念我"衡阳保卫战"孤城喋血达四十七昼夜之久，伤亡官兵达一万五千余人，其中以身殉国者亦达六千有余，忠勇壮烈，足式千秋，乃于卅五年二月间，特令笔者遄赴衡阳，搜寻我阵亡将士遗骸，集体营葬，建为烈士公墓，以慰忠魂，并供我炎黄子孙世世代代凭吊追思，永志不忘。

事实非常明显，委员长之所以指派笔者去办这件事，是因为笔者愧为"衡阳保卫战"中未死的一员，对衡阳的地理环境、战争进行以及敌我决战地区等，都了如指掌的缘故。奉命之后，我立即摒挡一切，从重庆直飞汉口，取道长沙，奔抵衡阳。当时，我的心情至为复杂。值得安慰的是：我终于能为我衡阳并肩作战而死难的同袍，料理一点后事了。虽然为时已经太晚，总算能有一个机会略尽我这后死者的一点心意。值得忧虑的是：时日隔得太久，官兵骨骸必然散佚很多，我怎样才能把它搜集齐全，最少也应该做到，不使任何一根忠骨暴露荒郊，才能不负领袖的付托，聊慰我先烈在天之灵于万一。但是，我能办到吗？

我透过地方政府征雇民夫，无奈衡阳在战争中，曾经完全彻底地成为一片瓦砾，如今光复未久，百废待举，人力极为缺乏；再加上搜寻骸骨的工作不比寻常，一般人都不愿意担任。幸好前第十军官兵劫后滞留在衡阳附近地区者六十余人，闻讯而与我联络。他们都自告奋勇，不要求任何报酬，愿为死难的战友作最后的服务。我们同心同力，起早歇晚地工作了四个多月，共得忠骸三千余具，为建烈士公墓于张家山之巅，至六月底才算功德圆满。

现在回想那一段搜寻忠骸的日子，我们差不多每天都是一边流泪，一边工作。这"古战场"并不"古"，不过一年半之前，这些"古人"，都还是我们生龙活虎般的战斗伙伴。如今嘛，这"古"战场已经荒草没胫，锈损的枪支、弹壳、炮弹炸弹破片……遍地皆是，惨白色的骸骨东一堆西一堆，横七竖八，零乱的、随意的、似乎被人不屑一顾的弃置在那里；而草长得最高最茂盛的地方，也必然是骸骨最多的地方。不过一年半之前，这些骸骨都还是国家的好男儿、父母的爱子、春闺的梦里人、孩子们最崇拜的英雄啊！我们一面捡拾骸骨，一面不禁要想：我们今天之留得此残生，只能说是叨天之幸，敌人的枪弹、炮药、炸弹没有"碰"上我们；否则，今天又不知道是谁来捡拾我们的骸骨了！

这哪里是文明人类生活的地方？这简直是一座露天的大屠场！啊，人间何世！人间何世！

开头几天，我们三四个人一组，分头捡拾暴露在外的忠骨。地面上的捡完了，我们开始挖掘埋在地下的骨骸，如果当初是被草草掩埋的，挖掘起来倒还罢了；有时，我们挖掘到埋葬较深的窟穴，尸体尚未完全腐烂，奇臭难当，何止令人作三日呕！不得已，我令人备办纱布口罩，多洒香水，人各一"罩"，才能勉强继续我们的工作。我们把掘出来的忠骸，抬到池塘边洗净，也遍洒香水；所以在营葬时，香气四溢，已不再有任何臭味了。有些被好心人埋葬得极深的忠骸，尸体尚称完好，甚至军服、子弹都完好如初，我们实在无法也不忍为他拆骨迁葬，只好又把他掩埋起来。据附近老百姓说，衡阳之战结束后，邻近地区的官兵亲属，有很多人都到这里来，哭哭啼啼地寻找其亲人的遗体；侥幸找到了的，都已经运回原籍安葬了。当然，在战争中头骨破碎的死者为数极多，因为无法拼成一具完整的骨骸，只好不列入计算。因此，我们六十余人辛苦工作四个多月，共得忠骸三千余具，已经是够多的了，据此以推测官兵死亡在六千人以上，也应该是很正确的。

忠骸搜集完成之日，我们请了一位摄影师，摄影存照。我面对这座高约丈余忠骸堆成的山丘，直觉其巍峨神圣，壮丽无比！我在心中默默祝福：弟兄们，安息吧，你们没有白死，日本已经投降，国家已经因你们之死而得救。你们是求仁得仁了。然后，我们把忠骸逐一移入墓穴安葬。不知怎的，我忽然鼻头一酸，禁不住悲从中来，泪如雨下。啊，弟兄们！弟兄们！我敬爱的弟兄们！若非我身历其境，又怎能体会到这求仁得仁的背后，竟隐藏了这么深重的悲怆！

椎心、泣血、默哀良久；然后，我们在这三千余具忠骸的合葬冢前，合力竖立起一块巨大的石碑，题曰：陆军第十军衡阳保卫战阵亡将士之墓。

在6月28日的墓碑落成典礼上，杨晓麓握住葛先才的手真诚地说："你们几十个人，能搜集这么多人的骨骸，能修起这样一座巨大的墓，我们衡阳几十万人，也就一定能建成衡阳抗战纪念城。我们一定要建，而且一定能建起来。"

第四章

第3师是第10军的主力，为何守主阵地的不是第3师而是预备第10师？

营长李桂禄丢失阵地，师长周庆祥为何要枪毙团长方人杰？

有人千方百计要出死地衡阳城，上校团长张金祥为何却率部归建城内？

方先觉有用人之能，容人之量；周庆祥有驭士之法，麾下有死士；葛先才光膀大战张家山；少年将军容有略游刃有余守江岸；上校团长陈德垕首获忠勇奖；日军中将师团长丧身炮口下……日军两个师团对衡阳孤城发起第一次总进攻，血战半月，衡阳城固若金汤。

在战略位置上，日军是很看重衡阳的，但对衡阳守军的战斗力，第11军司令官横山勇、中田参谋长与日军大本营及大本营派到第11军来做作战主任的岛贯却大有分歧。

第11军攻占长沙以后，横山勇将他的指挥部从汉口推进到了废墟满目的长沙，派遣军参谋长松井久太郎中将，奉日军大本营之命特别赶赴长沙，督促横山勇集中优势兵力，以图一举攻破衡阳，为尽早实现"一号作战"计划争取时间。横山勇对此大不以为然，实施"一号作战"以来，日军一路势如破竹，堂堂湖南省会长沙，中国军队战区长官部所在地，以区区两个师团为主攻力量，三日时间就凯歌高奏，衡阳充其量一个中等城市，尽管有第11军的老对头，中国军队的第10军防守，也绝不会对第11军矫健的步伐构成多大的障碍。他认为，以两个师团，衡阳一日可下，其余第3、13、27、40等四个师团，用来邀战中国军队第九战区主力。他命令第68师团从南，第116师团从西南，志摩支队从西北，独立第5步兵旅团从长衡公路包围进攻衡阳，作一鼓荡平之图。第68师团的师团长佐久间为人中将和第116师团的师团长岩永旺中将，因第34、58师团攻占长沙立了头功，都急于不蝇附骥尾，接受命令后，立即挥师南下，没想到，战事的发展一开始就不顺利。第68师团过江以后，在高岭和停兵山两个小据点前就无法推进了；而第116师团尽管一次一次地向五桂岭正面、江西会馆、虎形巢、瓦子坪等阵地冲击，都遭到了守军有力的抵抗，从6月26日到27日凌晨，毫无进展。

自日军在26日黄昏正式开始对衡阳城发动第一次总攻击以后，中国军队第10军的指挥部就设在湘桂铁路局内，这里离前线仅300米，方先觉军长就在二号防空洞指挥作战，日军有好几次冲到指挥所附近，方先觉仍坚持就近指挥，不搬指挥部。战区派来的督战官兼炮兵指挥官蔡汝霖问方军长："日本鬼子这次打衡阳的攻势，比长沙会战时如何？"

方先觉大声说："差多了，差多了。"其实，他的幕僚们基本上都参加过长沙会战，知道这次守城的危险性远非长沙会战可比，单从日军的攻击力，也胜于前者。大家见军长如此镇静也都镇静下来，各自忙各自的去了。6月28日午后，方军长接到了葛先才师长从他的五显庙指挥所打来的一个电话，脸色突然变得很难看了。

过了好一会，方先觉走到一号防空洞，对斜靠在一张湘南农家椅上的一位着空军军官服的伤员说："唉，陈分队长，你永远也见不到救你的张田涛连长了。"

"为什么？"这位空军军官本能地站起身来问。

"停兵山和高岭失守，张连长和全连士兵除一名伙夫外，全都壮烈殉国了。"

日军第68师团受阻停兵山与高岭，佐久间为人大为恼怒，亲自至前线督阵，实地察看后，他决定先置停兵山不顾，专攻高岭，集中炮火轰击后，再亲督步兵冲锋，战至27日上午，高岭陷落，排长李建功与全排士兵战死。日军掉过头来，又攻停兵山。停兵山对敌一面，山脚都削成丈余高的直角陡坡，陡坡上端全部竖起木桩，架缠着铁丝网，铁丝网后面是纵横交错的掩体、壕沟，易守难攻。日军先以排炮轰击，将障碍物、工事轰干，步兵冲到山脚下，架起人梯往上爬。张田涛命令全连沉着应战，看不见敌人不打，瞄不准不打，即使日军接近阵地障碍物实施破坏，也不轻易射击，以防暴露射点，一等日军成群通过破坏口进到外壕前面，才以侧射、斜射将日军成批消灭，再成批地投掷手榴弹。日军多次冲锋，都无功而返，但张田涛的连队伤亡也十分严重，各层障碍物都被破坏，机枪管全都打红了，机枪阵地堆满了弹壳，没有时间清理，射手只好不断地搬着机枪转换位置，阵地上被浓雾一样的硝烟笼罩着。日军终于爬上了阵地，张田涛率领剩余力量与日军肉搏，几次刺刀拼下来，只剩下四人，退到最后一个碉堡内，身中两枪一刀的张田涛命令他们顶住敌人，自己打通了葛先才师长的电话，他向葛师长简要地报告了战果后，以凄凉的语调说道："我决定与敌人拼个同归于尽了，今后我再也不能挨师长的骂，再也看不到师长了！"

葛先才大声说："德山，你要听我的话，你已经尽了你的力量，完成了任务，现在你可以放弃阵地想法突围了。我马上命令陈团长给你火力掩护。"

张田涛回答："师长，不必了，也没有这种可能了，我的死，一则以报国家，二来报答师长这些年来的栽培和爱护之恩。自古男儿谁无死，我自认为这样结束自己的生命，于公于私都好。家母早已故世，老父有两个弟弟赡养，我应该去阴曹地府侍奉母亲，是你让我多活了这些年。忠勇良士，本应出于孝子之门。现在，我们面前的敌人密集，子弹无有虚发，可以赚回很多。我宁愿被敌人的刺刀捅进胸膛，也不愿撤退时被敌人的子弹射进后背，就算侥幸撤回，还是要与敌人拼个你死我活，两种方式，一种结果，何必舍近求远？刻下，我只有一个愿望，我这支驳壳枪还有六十多发子弹，希望能将子弹全部射出后才死……哦，师长，鬼子冲上来了，我要战斗了。师长，保重哇！"最后几句话带着哭泣的尾音。

葛先才心中涌起了一阵悔意，这么忠心赤胆的人，相比之下，自己过去待他确是缺了些诚意。葛先才热泪奔涌，连叫数声："德山、德山……"没有了回音，只

有停兵山方面响着爆豆般的枪声。

在此之前不久，第30团团附项世英的传令兵许秋宝向项团附报告：刚才他坐在地上，刚刚入睡，突然见到张田涛带着许多弟兄来索要酒钱，项团附立即打通了停兵山的电话，找到张连长询问战况。张田涛回答："我只剩下十几个人了，但敌人摆在我阵地前的尸体都好几百，值价。团附，敌人又冲来了！"项世英处理完几件事，即跑出指挥所，用望远镜向停兵山观看，相距仅400米，正好很清楚地看到停兵山最后的壮烈一幕：日军蜂拥而上，张连长右手持枪，左手举刀，刀砍枪打，前面的日军像风刮的茅草一样纷纷伏下，项世英看得血脉偾张，连声大叫："张连长，杀得好，杀得痛快。"突然望远镜中的张田涛呆住了——背后一把刺刀捅了过来，像电影中定格的镜头，他先是一动不动，然后慢慢地回过头来，像不相信这是怎么回事似的，瞧了瞧把刺刀捅进了他的身体的日本鬼子，魁梧的身躯轰然倒下，像倒下了一座山峰。也许是冥冥之中确有不解之谜，战后，项世英走避后方，又梦见张田涛带着很多士兵，向他索钱买酒。忠魂壮魄，果有灵乎？

在军指挥部的那位空军伤员，听到方军长告诉他张田涛战死的事，不禁感慨良多，昨天张田涛还救了自己，没想到他今天就长眠于地下了，友谊尚刚开始，转瞬间就已结束，生与死，特别是在这残酷的战场上，距离太短暂了。

这位空军伤员叫陈祥荣，是志航大队里的分队长。6月27日，志航大队拂晓进军，副大队长刘宝磷与陈祥荣等驾驶6架P-40型飞机，直飞衡阳上空轰击日军。为了更准确地杀伤敌人，陈祥荣和他的战友一再降低高度，日军的一串高射炮弹打中了陈祥荣的飞机，最初，他还以为是油用完了，马上换油箱，所有的仪器板，仍是指向零，他才知道，飞机不中用了。跳伞？高度太低了，迫降，既需要有相宜的场地，又要不降落在日军的阵地。

"副队长，我的飞机被击中了，我想争取飘到我们的阵地上去，你们回去吧，再见，再见。"

刘宝磷与空中战友都听到了他的话，大家都是明白人，知道这回陈祥荣凶多吉少了，但有什么办法呢，谁也不能把飞机停在空中，给他换一架飞机，只有眼睁睁地看着兄弟去接受死神的选择，刘宝磷命令大家向日军的阵地投弹扫射，以掩护陈祥荣脱险。

陈祥荣很沉着，先把油箱扔掉了，免得落地起火，再把氧气口罩取下，然后把座舱盖子拉开来，免得飞机落地时摔翻或者着火时爬不出来。刚刚来得及把这些事做完，飞机就摇晃着撞向地面了。左面是停兵山，右面是高岭，中间有一块稻田，他再也不能选择了，这就是给他注定的生死之所，他把左手伸起挡住前额，不让头碰碎，然后右手把驾驶杆向后一拉，飞机迅速着地了。水田淤泥，飞机踏不着实地，便猛力向后一挫，他的身体猛力向前一碰，手救了前额，驾驶杆碰碎了下巴，碰碎了4颗牙齿，碰穿了下嘴唇，血像泉水似的向外流淌，可是他一点儿也不觉得痛，问题是先要跳下飞机，判明敌我阵地，决定奔跑方向。

这些他都做得很快，他看见前方一所被炸烧的村院，心中掠过一个念头：这一定是被鬼子占领了的，他马上就往后跑，后面响起了激烈的枪声，他忘了自己穿的是笨重的飞行靴，奇怪自己怎么跑不快，背后的鬼子兵一边开枪一边追，离前面的停兵山还有几百米，追兵却越来越近，正万分危急的时候，山上冲下来一队中国士兵，为首的一位高大的青年军官，一边向追击的鬼子开枪，一边高喊："别怕，我们救你来了。"打退了鬼子，他扑到了为首的那位青年军官的怀里，他感到了山一样的厚实。醒过来的时候，他已经在第10军军部了，有感于空军兄弟的支援，方军长对他十分友好，先让医生给他治伤，劝他留在军部，请他给自己当空军顾问。从方军长那里得知，救他的那位勇敢豪迈的军官叫张田涛，是预备第10师第30团第7连连长。陈祥荣想，等自己的伤好了，一定要去见见张田涛，感谢他的救命之恩，可惜，现在只能永远遗憾了。

"张田涛死得壮烈，打死很多鬼子，是我们第10军的英雄。"方军长安慰陈祥荣说。还能说什么呢？陈祥荣心想，只有尽心尽力地搞好与自己的空中战友联络的工作，尽力指导他们在空中迅速判明敌我，增加对敌的杀伤力，为张连长报仇。

日军攻击越来越猛，停兵山与高岭失守后西南方面的主阵地压力越来越大，守军兵员消耗十分严重，工事、障碍多被破坏，兵员愈加不够用了。预备第10师第28团曾京团长，奋然向方军长请缨上阵，不再做军预备队。方军长考虑，第三次长沙会战时，第10军固守长沙4日，后援军骤至，内外相夹击，结果大败日军。这次委员长交代，只需数日，援军便能来，如此，大家都上一下也好，不必让哪个团队硬撑。方先觉下令，将第30团据守的五桂岭、枫树山阵地移交第28团接防。第30团除留守第3营守备修机厂及其西高地辖制停兵山与高岭外，主力占领花药山预备南侧阵地，休整待命。自此，预备第10师的3个团并列于一线作战。

6月30日，在我中国军队有力抵抗下，无计可施的日军，开始施放毒气，防守五桂岭南端的第28团第3营官兵，为避免伤亡，都进入了隐蔽工事，至黄昏，接替负了重伤的李若栋营长职务的翟玉冈，打电话与第7连连长朱中平联络，久久没有人听电话，立即派侦察员前去探察，才发现全连除不在阵地的司务长和4名炊事兵以外86人全都中毒身亡。方先觉闻讯，立即召来军医处长董如松，要求他指导部队防毒。当时的中国军队防毒器材极少，方军长就下令将军机关所配备的防毒面具等全部送到一线，优先分配给班长和机枪手，连自己的一副防毒面具也坚持要董处长收上去送走。装备不上的，用毛巾重叠，用水浸湿后捆在面部上，毛巾上剪两个

孔,露出双眼,便于战斗。董处长带领军医亲自上前线,医治中毒官兵,中毒者皮肤类似灼伤,水泡大如银元,肿高半寸,内为黄水,较小的水泡则为绿水,稍微严重的就不能行走。董处长采样秘送集团军司令部,经美国空军14航空队的化学战情报军官汤姆生上尉研究分析,黄色水泡是芥子气所致,绿色水泡系路易氏所致。汤姆生称,这种毒气为芥子气与路易氏混合物,为7.5厘米口径的火炮发送。施放毒气以后,戴着面具的敌人,3人一行、4人一组,快速向守军阵地接近。守军一声不响地等着,等日军到了堑壕前了,再跳出来扔手榴弹、拼刺刀。日军戴的面具笨重,转动迟钝,没有防毒面具多是捆着毛巾的国军士兵很灵便,几个回合,日军在前沿阵地上摞下了一排排尸体,侥幸活下的也不敢恋战,顾不上武士道精神的面子,拔腿跑了回去,从26日到30日,接近5天,照例是黄昏开始厮杀,到翌日拂晓方才作罢。短兵相接,守军主要靠手榴弹发挥作用。这几天,国军每天消耗近3万颗手榴弹。所以,五桂岭、枫树山、张家山一带,入晚即如火山,交织着火与血。而湘江对岸的衡阳飞机场上,也燃起一堆堆的火,这是日军在焚烧前一夜战死的官佐尸体,每天,有近千日军在湘江西岸的火光中倒下,在湘江东岸的火光中毁灭。晚风中,血腥味、尸臭味,阵阵涌来,令人心悸,使人发呕。

激烈而残酷的拉锯战,使日军无法大幅度地向前推进,日军将领沉不住气了。6月30日,第28团的迫击炮连连长白天霖在枫树山炮兵观测所持10倍望远镜做地毯式搜索时发现,正南方约800米处的欧家町高地,有一群人簇拥着几个人在指指点点,白天霖警觉地判断出,这一定是日军什么大官在前沿部署。来不及请示,为使敌人猝不及防,他决心不以单炮试射,而是集中全连8门炮一齐轰击。白天霖一声"放!"一群炮弹呼啸着直扑目标,火光迸起,爆炸声传来,人群随着火光飞舞,炮弹全部命中目标。可惜,当时并没有人能准确地知道,白天霖这个决策是何等正确;也没有人知道这一群炮弹为第10军坚守衡阳47天立下了什么样的功劳;也没有人知道,一个普通的下级军官的灵活性为中国军队获得了怎样的荣誉,以至于白天霖在中国军队统帅机关颁发的荣誉榜上没有名字。战后才从日本战史得知,这群炮弹击中了日军第68师团的所有首脑人物,师团长佐久间为人中将当场重伤,在送往武汉的途中死于飞机上;参谋长原田贞三郎大佐与第68师团所有的联队长都负了重伤,作战主任松井中佐及几名幕僚,也无有幸免,全部送往武汉,第68师团的指挥全部为之瘫痪。横山勇司令官电令,第116师团师团长岩永旺中将兼顾指挥第68师团。岩永旺自顾不暇,加之对第68师团的情况不熟,只好层层指示代理人,日军的进攻顿时弱了下去。自此第11军的日军,对我第10军的迫击炮十分怯畏,只是他们没有想到,很快又有一名日军将军死在国军的迫击炮下。

激烈地战斗了7天，日军伤亡在8000人左右，国军减员3000人以上，尤其是阵地，多被反复争夺，防守工事多被破坏，给下一步的防守增加了难度。第30团第3营防守的湘桂铁路修机厂及西侧高地，因张家山、枫树山两翼强大的据点交互掩护，日军白天行动困难，只能在夜间实施连续性冲击。7月1日夜，修机厂一度被一股约200人的日军突入，经周国相营长补充部逆袭，天明以前将日军大部消灭，少数占据民房顽抗的敌人，直到下午才肃清，第3营伤亡也很大。张家山为全阵地的突出部，由三个标高不大的小高地聚合组成，东南面是227高地，西北面是221高地，两高地相距约50米，正是步枪、机枪交叉火网最为有效的距离。张家山在东北，比这两个小高地稍高，在这两个小高地中央的后方相距150米左右，三个高地看起来呈品字形，互可支援、掩护，阵地十分难攻。而且，在西南主阵地上的地理位置也十分重要，它像一把钥匙，日军要想进城，就必须先拿到这把钥匙才行。6月29日以后，该高地由第30团第2营所接防。日军曾向这个阵地猛攻二十余次，都被守军击退。其间，一部被敌冲入并占领，但随后又被守军用手榴弹和刺刀赶下高地，前后如此，达九次之多。日军对张家山志在必得，经过整顿队伍，集中了优势炮火，对阵地的障碍物实施破坏，同时实行空袭和毒袭。阵地上硝烟弥漫，弹如密雨，日军前仆后继，潮水般往上涌，一波未平，一波又起，守军沉着应战，刀枪并用，将日军一次又一次地赶下绝壁。30日凌晨，227高地与221高地被日军三度突破，前两次都是副团长刘正平指挥守军逆袭成功。第三次阵前易将，第28团团附劳耀民至第29团任第1营营长，带营前来张家山与原第29团第2营营长李振武共同防守。第三次突破时，日军是踩着自己同伴的尸体往上冲的，双方都尽了看家本领，杀得难分难解。葛先才深知张家山的重要，生怕有失，又加派第30团第2营增援，天大亮时，守军将进入阵地的日军全部歼灭。葛先才命令张家山改由第30团第2营防守，第29团的第1营归建。劳营长负伤不退，朱光基团长亲临慰问勉励，令其率残部百余人至团部附近休息、整备，作好增强该营第3连所据守的虎形巢的准备。李振武营存140人，返回原据守的二线张家山阵地。至此，预备第10师三个步兵团均有重大伤亡，师的预备力量只剩下直属部队五个连。30日，日军发动更猛烈的进攻，221高地两次被突破丢失，又两次被夺回。黄昏，227与221高地同时又被日军突破。第30团第2营人员伤亡已达百分之七十以上，营长徐声先身先士卒，大呼："弟兄们，杀哇，守住张家山就是守住衡阳了！"带领部属死战未能驱敌离阵，身中数弹阵亡。

徐声先，江苏人，中校军衔，黄埔军校十三期生，文武兼备。6月28日，徐声先的朋友、军部上尉参谋陆金城修函问候阵地上的徐声先，告诉他，军部已将他的功绩上报，为其请功，望其继续杀敌，争取更高级的勋章，徐声先就在骨岳血渊的阵地上匆复几语："我不是为勋章而战，我倒要在此枪林弹雨之中，衡量一下日本这

个将落的太阳。"真是忠肝义胆，豪气干云。

徐声先战死，团附甘握继任营长，阵地大部已被日军占领，甘握率残部数次冲击均无战果。陈德垄团长指派第1营营长肖维带两个连队增援才将阵地夺回。夜半敌又集中兵力进攻，两高地又陷敌手，陈德垄大怒，亲率第1营预备连及团直属部队编成一连，前来增援。短兵相接，没有了炮火，正好又是湘南雾浓时节，雾与硝烟裹绕，天上黑云如山，没有一丝光亮，阵地上伸手不见五指，守军与日军混战在一堆，敌我难辨，彼此像捉迷藏，都悄悄的，尽量不弄出一点声响，以免被敌人发觉自己的位置，耳朵却竖起来，谛听有无动静，好打敌人的措手不及。守军彼此间早就传授了一条夜间作战的经验，两人接近以左手抚摸，穿粗棉布者为自己人，穿光滑卡其布的是日军，右手或用刀劈或以枪击。一时间，刀枪撞击之声、惨叫声，在夜色浓雾硝烟中此起彼伏。守军增援部队先声夺人，乘微露的晨光，一口气把日军赶下了阵地。检点完伤亡，陈德垄将带领的预备队交给肖营长补充守军。

预备第10师指挥所设在五显庙高地上，设有一个瞭望哨，构筑了掩蔽部，由师部参谋人员轮班瞭望，居高临下，俯视全部阵地，敌我情况了如指掌。值班参谋在执行值班任务时，综合第一线步兵连排战况及全部情况，随时向参谋长报告，供参谋长何竹本上校与葛先才师长商量决策。掩蔽部内，设有师部直属战斗部队的作战工事，一旦出现有害目标，立即遣兵防备、打击。敌机来袭，哨位上也看得清楚，每次袭击都是狂袭滥炸，常引起市内大火，将士们前要拒敌，后要防火，几无宁时，辛苦异常。对指挥所构成威胁的是日军的炮火轰击。有天，师部参谋张权轮值，因吃晚饭，哨所值前一个班的刘登才参谋代值了几分钟的班，敌炮火突然袭来，一颗炮弹落入掩蔽部内，顿时泥沙与破片齐飞，血肉共泥浆一色。炮火停息，大家冲上去救人，张权发现刘登才参谋已被炸身亡。他好心替张权值了几分钟的班，竟成了替死的冤魂，以至于死里逃生的张权终生为憾。虽然危险，但瞭望哨观察敌情确实有效。这里距一线约100米，与第30团设在肖家山的指挥所不足300米。轮值参谋张权把张家山战况上报以后，清晨葛先才师长亲上瞭望哨观察，发现陈德垄手中的部队已所剩无几，日军的进攻却一次比一次凶残，他了解陈德垄团长，是个硬汉子，不到万不得已是不会叫援的。葛先才命令师工兵连、搜索连先期向张家山方向运动，自己带着参谋张权和卫士班赶往肖家山第30团指挥所。这时，张家山前的两个高地均已被日军占领，在一隅坚持抵抗的守军肖营长与项世英已互留籍贯、地址，并相互约定，假如有一个侥幸生还，便负责通知死者家属，有能力的话，还要尽力扶助死者的家属。葛先才见此情景，不顾部下阻拦，决定亲自率师工兵连与搜索连反击。陈德垄一看阻拦不住师长，打电话向已搬到市内中央银行的军司令部报告军长方先觉，方先觉立即命令炮兵火力支援，专袭日军进占张家山的后续部队，炮火隆隆，惊动了炮兵指挥官蔡汝霖，他急了，急忙让人叫来炮兵营长张作祥，问："没有我的命令，怎么随便开炮？"

张作祥也急了："军长命令我打，我敢不打？再说，我拼死拼活地赶到军长身边来，还不是为了多向日本人开几炮？"

蔡汝霖发火了："你是炮兵营长，有多少发炮弹你还不知道？打光了怎么办？这城还不知要守到什么时候，好钢要用到刀刃上。"

正吵着，方先觉闯进来了："炮怎么停了，你们干什么在这吵吵，是不是要我把你们赶到张家山去拼刺刀？"

张作祥委屈地瞟了蔡汝霖一眼，无声地低下了头。蔡汝霖心中称赞张作祥，好汉子，厚道人，不讨好卖乖。他向方军长报告了不打炮的原因。方先觉厉声命令说："葛师长上了张家山，难道这还不是关键时刻？非要等我方先觉上去了才是？你们给我开炮，哪怕就只剩下一发炮弹，你们也要给我开炮！如果炮火支援不力，葛师长有什么意外，你们俩自己去张家山与日本鬼子同归于尽！"

张作祥、蔡汝霖看到方先觉右颚上疤痕灼亮，知道军长动了真怒，不敢怠慢，马上指挥开炮轰击。看到师长亲自上阵，一时士气大振，冲锋号大作，炮声如雷，喊杀连天。援军排山倒海迅猛异常地冲上了高地，葛先才手枪连连击发，日军人仰马翻，激战40分钟，将占领阵地的日军尽数歼灭。战后一查，坚守阵地的第30团第1营已伤亡殆尽，营长肖维、副营长赵毓松身负重伤，危在旦夕。第2连连长刘铎铮、第3连连长应志成全部阵亡，排长仅存一名。葛先才带来增援的两个连队，各伤亡20余人。工兵连连长黄化仁与日军肉搏，被日军刺成重伤，日军想要俘获他，他拉响了手榴弹，与日军同归于尽；搜索连中尉排长王振亚在部队领导先头冲锋，与敌人猝然相遇，刀枪全部被打落，只好与敌人徒手搏斗，他与一身高体壮的日本少尉从山腰打到山崖边上，再从山崖上相互逐到山腰，屡仆屡起，最后与这个日军少尉相互搂在一起，滚到埋在壕外的地雷上，一声爆响。

战前，军长方先觉谕令部下："上校负伤赏10000元，中、少校赏5000元，尉官赏4000元，士兵1000元，负伤不退者有特赏，伤愈归队者晋级，战死者勒碑铭名，由党国重恤家属。没想到战斗这么惨烈，几天下来，战死者成千，伤者更是难以计算，根本无法履行战场行赏的诺言。为了激励士气，也是为了增强官兵对军长的信任，以便同度艰关，消灭日军，完成守卫衡阳的任务，方军长亲自查点战果，将有功人员造册上报国民政府军事委员会叙奖。军事委员会十分重视，表示战场紧繁，无法详赏，除非特殊，校官以下，一律按军上报的战功名册战后行赏，校官以上，金钱也战后才赏，如被赏者战死或他故，军委会负责谕知有关部门赏至其家。荣誉奖先记。"

　　30日，军委会电示第10军全体官兵，预备第10师第30团团长陈德垕上校，获蒋委员长亲批忠勇奖，为衡阳保卫战得奖第一人。方先觉将军委会的意见与陈德垕的颁奖令，亲自传示各师，并亲自用电话通知到各据防前沿阵地的建制连，官兵反应强烈，纷纷表示要杀敌立功。尽管如此，日军的铁蹄仍然不断向前迈进。第30团伤亡重大，战力无以为继，葛先才将带来的两个连队留置一线，由该团副团长阮成指挥，增援张家山。由于葛先才一马当先，拼命奔跑，冲到阵地后又拼命厮杀，早已汗透衣衫。战斗结束后，目击敌我尸体交错，伤者呻吟呼号，不禁悲从中来，伤心满目，乃将上衣脱下，用以挥泪，用以擦汗。见者无不振奋、感慨；闻者无不叹息、赞叹。

　　第29团加强连据守的虎形巢，为400米开阔地中的独立高地，与张家山遥相呼应。虎形巢与张家山，东南距约200米，北距范家庄约500米，西正面200米是平坦开阔的水田。日军对虎形巢连续进行了五昼夜的攻击，进攻者大都葬身于各层障碍物与阵地前沿绝壁下，日军冲过水田，接近木栅和铁丝网，这一段距离，正是国军士兵练习打活靶的大好时机。一般进攻，日军多为200来人一伙，待到冲到阵地铁丝网前时，只剩下四分之三左右的兵力了。余下的日军继续通过各层障碍物冲至削壁前沿，满以为是可以躲山上射来子弹的死角地带，没想到守军官兵居高临下，地雷、滚雷、手榴弹夹石头，自天而降，轰隆隆，滴溜溜地到处爆响，到处旋转，日军非死即伤。日军是训练有素的，有一股死活不怕的愣劲头，虽然遇到一系列的重创，仍然从未停顿对中国军队的攻击。有次雷雨后，日军借着夜色的掩护秘密通过有突破口的障碍物，进入外壕，叠起罗汉，攀登削壁，侵入阵地的西南部，占领了3座碉堡。第3连连长梁耀辉指挥官兵，奋勇迎敌，反复争夺，双方人马完完全全地搅到了一起，发生混战。正难分难解之际，劳耀民营长援兵急驰而至，先分兵于阵地两侧，以火力阻止日军的后续部队，使突入的日军前后隔绝，孤立无援，然后3人一组、5人一伍，逐段逐段地扫荡壕沟，一阵阵的手榴弹的爆炸声与白刃的呼号声相互激荡，战况惨烈，夜景凄凉。拂晓前，阵地在部分恢复，只有两个碉堡里的敌人在负隅顽抗，梁耀辉亲自带人突击，被碉堡里的日军一枪击中头部，壮烈殉国。天明后，这个阵地孤岛被守军突击组轮番攻击，牺牲了1名连长7名战士，才将两碉堡内的9名日军全部炸死。劳耀民营长本想为方军长捕一俘虏，但他们宁可死而不愿投降，这使参战的国军官兵感慨良多。

　　7月1日，日军无休止地猛攻猛冲，进攻的频率密集得几乎没有波浪可分，可说是无间隙的人潮，冲进了无间隙的火海。衡阳城郊，只听得子弹的呼啸声，手榴弹的爆炸声，人的吆喝声、呼叫声，就像一首特殊的令人或恐怖、或亢奋、或壮美、或凄厉的交响乐曲。午夜，日军由多处揳入虎形巢阵地，守军伤亡过半，日军边打边巩固阵地，将守军逼到了阵地东北一隅。2日凌晨3时，朱光基团长命令第2营营长率兵两连增援，由东北向西推卷，苦战到天明，将日军大部歼灭，残余部分败下阵去。第2营接替第1营，整理战场，将日军的尸体垒成壕沿，用来加强工事。第1营残部已不足百人，接替原第2营防守的二线阵地张飞山。第2营在增援中也伤亡多人，副营长李文秀负伤被后送。

第29团第3营以一个连据守范家庄高地，主力占领西禅寺第二线阵地。范家庄西侧为一望无垠的水田，使日军无隐蔽处所，便改由汽车西站沿公路两侧向范家庄北正面攻击。但范家庄右后方是西禅寺守军营主力之所在，火力猛，兵员足，阵地坚固，日军多次进攻没有接近守军阵地，日军最初以炮火破坏阵地工事及障碍物，试图在夜间以整建制单兵疏散战术进攻，意图以一人或几人撕开口子进入阵地，便守住等待后续部队，步步为营，以期扩大战果。但是都失败了，每次不是被各个击破，便是被守军像赶鸭子一样用手榴弹赶了回去，连续五昼夜，日军在这个地段始终未能越雷池一步。

第3师防守的阵地较预备第10师要远为狭窄，而且不是日军进攻的正面。第3师在第10军中，无论是兵员数量、军官素质、武器装备，还是战功、资历都是第10军三个师中战斗力最强的。在李玉堂将军当第10军军长期间，历次重大战争，都是第3师担负最为重大的任务。但是这次方先觉把预备第10师放到了原第3师的位置上，周庆祥心中明白，尽管方先觉看上去是照顾第3师，但这种照顾本身就是隔膜，本身就是不信任他。但他不以为，隔膜归隔膜，第3师是第10军的一个师，你总归是要派个用场的。衡阳也绝非像蒋委员长许诺的那样，只需守个十天半月便能解决问题的，即便是，到那时预备第10师打得差不多了，第3师在后来的机动作战中总是可以露脸的，甚至，整个衡阳作战中，哪怕第3师一直坐冷板凳，只要实力还在，第3师就还是第3师。那天军长方先觉向师、团长们宣布经军事委员会批准的立功名册，从方先觉嘴里吐出的一长溜名字中，多是预备第10师的。而且唯一一个获得"忠勇"勋章的，也是第30团的上校团长陈德埠。为陈德埠颁发勋章的时候，周庆祥对他的参谋长张定国上校莫名其妙地骂了一句："他妈的，真正可恶！"在一旁的第3师第7团团长方人杰轻轻地说道："预备第10师打得很苦，理应受到奖赏。"周庆祥瞥了方人杰一眼，联想起他请方先觉来与张田涛喝酒的事，心中咯噔一下，不言语了。方人杰注意到这一瞥，背上突然涌起了一阵寒意。

战斗日日进行，越打越惨烈，军里面不断有战情通报说预备第10师伤亡多少多少，第3师的辖制地段虽有战斗，人员也有伤亡，但较这预备第10师要少得多。周庆祥像一匹战马，有性子，但听到战斗的号角，他也会躁动，也会昂首扬鬃，希

望尽情地供人驱驰，这时，周庆祥真希望方先觉能打电话来说，周师长，我命令你火速增援预10师。但是没有。周庆祥可以不怕人不信任，但他不能容忍别人冷落他，看不起他。毕竟，他是枪林弹雨中滚了几十年，在宦海中沉浮了几十年的将军，不会像师里那些年轻气壮的青年军官那样按捺不住自己。他会等待机会寻找机会表示自己的存在。

方人杰的第7团，据守汽车西站以北瓦子坪、易赖庙前街一线的阵地，正面约有1200米，都是平坦开阔的水田池塘，进攻的日军设有有利地形可资利用。为了防止日军用机械化部队进攻，方人杰早就将水田、池塘的埂坎铲平，蓄满了水，远远看去，水面如镜，一片汪洋，日军根本无法接近阵地，仅有易赖庙后街连栋搭檐的居民房和三条人行道，为日军容易接近阵地的路线。方人杰在路口设置了地堡，连栋的民房全部拆除，建设了多层障碍物，进攻的日军经过选择，还是从易赖庙后街的三条人行道向守军发起了进攻。日军的几次冲击都在路口受到守军地堡的火力压制，劳而无功后，便使用火炮直接瞄准平射地堡，一举成功，日军交替掩护前进，步步为营，失去了地堡依托的守军步步退却，配属第3师的战防炮营的6门战防炮，在二线阵地对日军实行压制，但因炮弹欠缺，准头又差，收效甚微。几天后，守军的炮阵地与步兵工事被日军大部破坏，官兵也有较大的伤亡，一股70余人的日军乘机突入了易赖庙前街，第1营营长许学启指挥反击，与日军展开了逐屋战斗，终于将日军赶出阵地，但许营长与日军肉搏时不幸阵亡，由副营长程鸿才继任。随即，一股200余人的日军又突破了第3营瓦子坪阵地，第3营营长李桂禄立即打电话向团长方人杰求援，方人杰严厉地告诫他："一定要顶住，哪怕只剩下你一个人了，也要顶住，我马上率2营来支援你。"李桂禄扔下电话从碉堡孔往外一看，日军已经快速地朝碉堡逼来，部属已经被打散了，没有连排建制，身边仅有十几名士兵和一名排长，再晚一会，日军抄了后路就无法出碉堡退却了。李桂禄下令撤，那名排长提醒他，是否在碉堡内困守等援，否则方团长会追究责任的。李桂禄理都没理，扭头就出了碉堡，营长都走了，大家也就呼呼啦啦地跟在后面往外走。刚跑下阵地，方人杰已带着第2营赶到了，他看到李桂禄便大声责骂："你李桂禄一不负伤，二不阵亡，人也还多，为何撤下来了？"李桂禄嗫嚅着："敌人太强大了。"方人杰愤怒地说："你怕了？混蛋，现在再跟我把阵地夺回来！"方人杰一面命令带来的第2营营长谢英，组织部队准备进攻，一面对李桂禄吼："阵地是你丢的，你打头阵，要不我饶得了你，师长也饶不了你。"

听到方人杰提起师长，已经被方人杰吼得胆战心惊的李桂禄更加害怕了，他是周庆祥从山东老家带来的子弟兵，多年跟周庆祥东征西讨，深知周庆祥性格暴戾，绝不容情。本来在战前，他是周庆祥的随从副官，但备战期间周庆祥对他说："你不是常想下去带兵吗？这次你下去当营长，别给我丢脸。"他下到第7团第3营当了营长。尽管李桂禄随周庆祥见过不少阵仗，夸夸其谈可以，但真刀实枪可就麻爪了。这下，阵地丢了，师长的脸面也丢了，师长肯定不会饶过自己，还不如拼死了事。想到这里，他招呼第3营的残部，说："弟兄们，累得大家把阵地丢了，现在大伙愿随我冲上去夺阵地的，我李某感谢了，不愿去的，也不勉强。"说罢驳壳枪一举，大喊："冲哇！"方人杰赶紧指挥火力掩护，自己也带着第2营的弟兄们紧随李桂禄身后往上冲，但此时，日军已经占领了阵地碉堡、工事，后续部队也上来了，阵地十分巩固，反客为主当起守军来了，冲锋了5次，未能将阵地夺回，伤亡很大。方人杰知道，凭眼下这点兵力，夺回阵地是没有希望了，这么拼下去，只会徒增伤亡而已。他下令退回杜仙庙预备阵地。撤退的命令一下，李桂禄就冲了过来，对方人杰说："阵地是我丢的，我没脸回去见师长，请看在你我袍泽一场的分上，回去帮我请师长把我存在师部副官处那点钱寄回老家去，我没有妻儿，只有一个瞎眼的老娘，师长知道的。"说罢，他抢过方人杰身边的一名机枪手手中的机枪，平端起来就往上冲，方人杰跃过去一把揪住李桂禄的衣服往后一摔，骂道："妈的，男儿雪耻，贵在有时，你这不是雪耻，是寻死。"方人杰命令两个士兵将李桂禄挟着往回走。

退回杜仙庙，方人杰还未来得及喘口气，周庆祥与参谋长张定国大步走进了指挥所。周庆祥脸色铁青，身后跟着一班臂戴红袖章，手持美式冲锋枪的执法队员。周庆祥手往指挥所的条案上一拍："方人杰，你回我的话，军长是如何训示的？"

方人杰脑海里突然奇特地涌起在军部宣布嘉奖命令时，周师长对他的那一瞥，但时间不允许他多想，他大声回答道："战前军长训示，人在阵地在，阵亡人成仁。"

周庆祥说："那好，你还记得。现在你第7团的主阵地丢失了，你这当团长的还有何话说？"

方人杰无语，脑海里又浮起了周师长那一瞥。

周庆祥大怒，命令执法队："法不容情，将方人杰就地枪决！"

执法队刚要去执行命令，李桂禄一下子闯到周庆祥前面，大声说："师长，阵地是我丢的，要毙该毙我，不该毙团长，军法要讲道理，讲良心哇，他是团长，我当营长的丢了阵地，你要枪毙他，那谁又来枪毙你这位师长呢？请看在我跟你多年的分上，留团长一条命，让他去打鬼子！"说罢他伸手抽出手枪贴住自己的额扣动了扳机，"砰"的一声，李桂禄倒地，也许是李桂禄心慌，这一枪打偏了，只将前额部分击伤，倒地后并没有立即死去，只是满脸血污，抱着周庆祥的脚大声嚎叫着，拼命挣扎。周庆祥冷冷地一声不吭地瞧着他，任李桂禄将头上的污血把自己的马裤呢涂得到处都是。突然，周庆祥伸手抄过卫士的短把冲锋枪，抵住李桂禄的前

肩部："好，我成全你，家中的瞎眼老娘，就是我的老娘，你放心地去吧。"李桂禄马上停止了嚎叫和挣扎，仰起看不清面目了的狰狞的脸孔，使劲地点了点头，说："拜托了，师长。"又回过头去："团长，我对得起你，好自为之。"

凄厉的枪响了，一声，子弹准确地穿透了李桂禄的心房，他一动不动地瘫倒在周庆祥的脚下了。

全场寂静。

周庆祥把枪扔回卫士手中，大步走向门口，到了门口，他倏地回头："执法队，将方人杰关军部军法处，交由军长议处。参谋长，报告军长，我拟着第9团副团长鞠振寰到第7团任团长。以第7团第2营接替第3营防守杜仙庙，第3营残部编成预备队，以第7团团附王金鼎任营长。诸位，有谁作战不力，李桂禄就是榜样，别说我周庆祥预之不告，第3师不能当狗熊！"

一小时后，各师得知，方军长下令：第3师第7团团长方人杰指挥无方，撤职查办，第7团第3营营长李桂禄丢失阵地，应予正法，师长周庆祥当机立断，予以实施，实是不顾私情按法行事。随后是发布了周庆祥所拟鞠振寰任第7团团长的命令。

第10军军心震动。

第3师第9团据守易赖庙以北，辖神渡、草桥、石鼓嘴一线阵地。除辖神渡、草桥南端各为加强连据守，辖神渡至易赖庙前街中间水田、池塘需要封锁外，其余各处都能依托蒸水抗战，所以第9团防线整体上没有受到大的冲击，只有个别据点的零星战斗。辖神渡被日军数次进攻，据守辖神渡的第2连，在连长苏毓刚的指挥下，屡次将敌人的进攻打退了，但苏连长也被流弹击中，阵亡在一个没有月色的夜晚。排长黄宗周继任，指挥仅存的二十几名官兵继续战斗，日军突入阵地后，黄宗周与部属死战不退，全部壮烈殉国。日军为辖神渡付出了二百多名官佐的生命。在蒸水北岸据守来雁塔与望城坳两据点的第3营，自被优势日军包围，两据点相替侧防，掩护，城内炮火也不时给予支援，迫使日军在阵前踌躇数日，最后日军大举进攻，望城坳阵地被突破。第9连连长周炳生，带两排人反击，周连长被一弹贯喉而过，当即阵亡。排长张志贞继任，指挥连队反击。同时第8连据守的来雁塔阵地也被突破，连长失踪。为保存实力，收缩战线，第9团团长肖圭田请示周庆祥，将部队向石鼓集结，再撤回草桥南岸。肖圭田命令工兵炸毁石桥，在南岸布置好部队，以火力封锁江面，将木船竹筏全部集于南岸，一防日军用以进攻，二为自我进出所用。

与预备第10师、第3师相比，因面相年轻而有少年将军之美称的第100师师长容有略，便显得游刃有余了。这位战区司令长官薛岳的老乡，长期充当幕僚，养成了严谨、谦虚、和气的风格，直接带兵以后亦然如故，温文尔雅，对部下没有丝毫霸气，哪怕是对士兵也像对自己的兄弟加朋友一样，这在当时对下骄矜成风的国军将领中是不多见的。所以第190师的下级军官大都对容有略怀有亲近感，在作战中，也多能真心效命，发挥自己的主观灵活性。

第190师负责江防，该师唯一相对完整的第570团，负责防守自石鼓嘴至新街北。6月28日以后，守军发现江东岸日军有集结船只的迹象，飞机场有炮6门，不时向城内做扰乱性射击，第570团即报告军部，请炮兵与飞机予敌以轰击。7月1日拂晓前，日军乘35只木船由东岸向西岸进攻，第570团一边用迫击炮阻止，一边请求炮兵。很快，飞机来了，大炮发射了，日军人仰船翻，大败而归。自此，日军再不做渡江进攻的尝试。但敌人不攻我来攻，容有略要求部队主动出击。敌我隔江对峙，日军于东岸构筑了大量的碉堡，装有探照灯，每到夜晚，不是发射照明弹就是使用探照灯，探视江面，以防国军过江反击。但时间一久，日军也就懈怠了。白天他们三三两两，在东岸边上洗澡，有时还赤身裸体地仰躺在沙滩上晒太阳，夜晚的探照灯扫射，照明弹照明，也就没有那么勤了。西岸守军哨兵将这些看在眼里，记在心里，防守柴埠门阵地的上士班长郑光库，带本班一老兵，用竹子截成二尺长一段的竹筒，天黑后，将竹筒每三段为一组，中间贯以绳索，拉紧组成三角形，二人分系于两胁之下，借以增加浮力，只着短裤，头顶着手榴弹，携大刀，乘黑泅渡过江，根据白天就选好了的路线，直扑一个敌堡。这个碉堡的日军白天刚扫荡郊区回来，收获颇丰，正大吃大嚼间，郑班长摸了过去，从碉堡口一连掼了8颗手榴弹，一边掼一边幽默地唠叨："老子给你们送火吸烟来了，饭后一袋烟，赛过活神仙，你们做神仙去吧！"日军一小队人，糊里糊涂地不是上了西天，就是负了重伤。郑班长一跃跳入敌堡，摸到一挺日本歪把子机枪，招呼正在隐蔽处警戒接应的老兵，下江回游，待日军发现时，机智勇敢的郑光库已得胜回朝了。容有略听到后，当即命令郑光库为中尉副连长。可惜的是，这位副连长打日本人勇敢，后来与共产党领导的解放军打仗也不示弱，1947年，在周庆祥担任师长的整编第32师担任营长的郑光库，为守备被人称为天下第一村的胶济铁路周村、西村时，周庆祥都逃跑了，他还是坚持顽抗，最后部属都跑出据点去投降，他弹压不住，看大势已去，便举枪自杀了。

日军屡被骚扰，防不胜防，他们也想出办法来骚扰。日军在江东岸的丁家码头、粤汉码头于夜晚集中许多民伕高声吵叫，同时利用木锅盖、木桌，将上面点着蜡烛，以灯罩盖上，顺流而下。此时正是江南多雾时节，每到夜晚，湘江之上，原野山间，总是雾浓云郁，守军听到对岸人声嘈杂，看到对岸人影幢幢，江中又灯光如晕，便对着江中飘动的光晕拼命扫射。日军在对岸不时地放枪打炮伴为支援，守军便更加紧张，这样打到天明，看到江面是漂着的物品，才知道上了大当，浪费了

宝贵的弹药，又暴露了火力位置。过个把晚间，日军又如法炮制，守军自然不予理睬，但也不敢放松警戒，怕他们想借机实施渡江。一计不成，又生一计，日军找来许多的狗和牛，选了风平浪静、了无声息的夜晚将狗牛赶入江中，在东岸大声吆喝，鸣放鞭炮往西岸驱赶。开始，守军依然是不为所动，但不久就听到了划水的声音，接着就看到有黑影时沉时浮地向岸边游来，这下，守军沉不住气了，以为日军这次是真的在强渡了，马上组织火力封锁，扫射江岸。等到搞明情况，才又悔之不及，容有略听到报告后来到江岸，走了走，看了看，笑着对大家说："你们也不吃亏呀，到下游去，把被你们打死的牛呀狗的，捞起来，打顿牙祭，不也就使日本鬼子的心机白费了吗？"说得大家都开心地笑了起来，沮丧在笑声中荡然无存了。他们按容师长的话，到下游找到了被射死的牛，抬了回来，数天不知肉味的弟兄们大饱口福。只是，以后日军再也没有给他们打牙祭的机会了，恐怕是他们自己也需要打牙祭，牛呀狗什么的没地方找了。

日军进攻不成，骚扰也不见效，便改用炮轰，意图以优势炮火打击江西岸守军的士气，杀伤守军的力量，日军虽然运输困难，弹药也缺乏，但是较之守军要好得多，且日军的炮打得也准，守军工事防炮性能又差，所以对守军造成了一定的伤害。师工兵连连长黄化仁在泰梓码头，被日军的炮火炸死。黄化仁是个敦厚的人，平日对其部属很好，在连里威信高，他牺牲后，部属们居然在废墟中给他找了一具棺材将他收殓好。但还未来得及抬去埋了，一排重炮打来，棺材被炸得七零八落，棺材板子和尸骨散得到处都是。黄化仁的部下心有不甘，还是找拾到了一些碎尸骨，用瓦罐装好，准备第二天找个好一点的地方掩埋，认为只有这样才可以告慰故人和昔日共甘苦的官长。没料到，当晚又被日军打着了，这回更彻底，连瓦罐的碎片都找不到了。第570团机枪第3连中尉排长姜启家，奉命带领全排仅有的8名士兵和2挺重机枪守卫泰梓码头，为了避免不必要的牺牲，姜启家将2挺机枪8个人分成四组轮值，不当值的不在阵地，而且2挺机枪的阵地相距又远，即使这样，到最后，8名士兵还是全部在炮火中阵亡，仅余姜启家一人还数处带伤。由此可见，日军的炮火是何等的密集。对此，容有略师长每日都到江岸阵地巡视，将人员大多数疏散至前沿阵地后的掩蔽部，加强警戒，加强了前沿警戒与后边掩蔽部的联络，一旦有事，大部队即可扑至前沿作战，减少了炮击造成的伤亡，保持了守军的有生力量，巩固了江防。

7月1日，重庆，国军统帅部。

蒋介石委员长端坐在办公桌前，双目在办公桌上的一份电文上移动："……基于上述时日之苦战，敌人进攻稍挫，概计敌伤亡不下一万六千人，我军伤亡在四千三百人内。我城郊阵地，除高岭、停兵山、瓦子坪、辖神渡、望城坳、来雁塔处，均尚在本军掌握中。只是连日敌机频临，对衡阳城区滥肆轰炸，所掷半为燃烧弹，以至城区日夜大火熊熊，红光烛天。昔日锦绣之衡阳，已满目疮痍，一片焦土，城内工事亦为荡然，本军守城官兵，住宿无处，避弹无拦，雨淋日晒至痛，炮轰弹炸而亡，比比可见，情状触目伤心，然本军遵委座抗战到底之训示，依然豪气干云……"蒋介石长长地吁了一口气，伸手从笔架上取下一管中楷狼毫，少顷，一份电报传送到了机要电讯台。这份电报字迹端圆厚正，显得笔道力深，颇似柳公真传。电文内容简繁相宜，语气慈敦，显见是委员长亲拟。当日，这份电文便传到了衡阳城中的第10军司令部。蒋委员长俨然慈心厚肠的老奶奶训告出门在外的小孙子："……要利用已被炸毁之木板，搭盖棚屋，用破门板作上盖，用碎砖作墙，既能避风雨日光，又能防炸弹的破片，切不要让士兵们露宿……"最高统帅竟然关怀如许小事，真正可谓是体贴入微了。

方先觉看了电报，感动万分，即将电报让副官处油印成文告，遍发阵地，以激励官兵按蒋介石的训示，开展战场整建工作。方先觉亲赴城内和前沿阵地，一边巡视，一边战场整建。连日激战，方先觉依然故我。他身着草绿色战斗服，脚蹬厚胶帮的帆布鞋，身边仅参谋长孙鸣玉和各自的一名卫士，所到之处，只要阵地副手陪同，一边巡视一边指点整改，神态镇定，步履从容，宛如闲庭信步。阵地上的官兵看到军长如此成竹在胸，无不将担忧与焦急化成乌有。方先觉最后登上了张家山，举目远望，衡阳城郊对敌的主要战场尽收眼底，此时他目光突然变得沉重，战场空旷，看到的多是死尸，战斗激烈的阵地，淤积着血。日军常常组织人将自己战死者的尸体拖回去，架起木柴焚烧，然后将骨殖装好，准备掩埋。守军阵地不能有烟火，怕给日军指示射击目标，而且也没有火化习惯，有可能的，就地掩埋，没有条件的任其日晒雨淋。夏日气候酷热，尸体腐败很快，整个衡阳城内城外，空气中弥漫着尸体的腐臭味、烧尸体的焦臭味、新鲜的血腥味，活像一个大屠场。守军兵员伤亡四分之一，阵地多被破坏，尤其是粮食、弹药难以为继，前一阵子主要用来消灭敌军的于榴弹，已经用去了四分之三，尽管蔡汝霖督战官对炮弹严加控制，也所剩无几了，以后的战斗要比前一段艰难得多了，日军援军已在附近，国军援军却还没有前来解围的迹象，以后这城还怎么守？方先觉摘下长檐战斗帽，招呼孙鸣玉参谋长近前来，他目视着草桥方向，很久，他突然问："你说，8团还能进来吗？"

第3师第8团为掩护主力进城，尚在城外阻滞日军。孙鸣玉没有立即回答，挥退卫士后，在山坡上席地而坐。方先觉知道，参谋长有话要说了。一段时间的合作，方先觉对这位参谋长有了新的认识，他的表现引起了方先觉对他的尊重。

孙鸣玉回答："关键是，8团还会进来吗？"

这时，正值中午，阳光很好，附近的山林子早就没有鸟叫了，也没有虫鸣，没有枪声、呐喊声、惨叫声的战场，一片沉寂，沉寂得让人心中有了一种无边的压力。

孙鸣玉说："军座，衡阳已是一座死城。"

方先觉看了一眼这位小个子的四川人，他竟也如此清醒，怪不得周庆祥对他格外不同。

孙鸣玉说："要8团回来，你最好亲自打电话给周师长，就问：'如果周师长你命令8团立即进城归建，8团会遵令而来吗？'"

方先觉禁不住伸手拍拍孙鸣玉的肩膀，心中说，周庆祥呀，你了解孙鸣玉的才能，也清楚他对你的感情，但你没能懂得他的胸怀哇。

孙鸣玉原是第3师周庆祥的参谋长，与周庆祥共过事的副师长或参谋长，不是对周庆祥畏之如虎，就是对他心怀不满，因为周庆祥对副手、对幕僚从来没有尊重二字，在他眼里，这些人的作用还不及一个营长。但对孙鸣玉，周庆祥言听计从，倍加敬重。方先觉当了军长后，周庆祥向李玉堂推荐孙鸣玉当第10军参谋长，方先觉为了平衡，同意了，但他非常清楚周庆祥的用意，对孙鸣玉是用而不重用。孙鸣玉显然也了解方先觉对他的态度，但他从不介意，该争的争，该谏的谏，该坚持的坚持，从无顾忌，逐步取得了方的信任。上次周庆祥将方人杰撤职送到军里军法处来查办，方先觉大为光火，撤一个团长，而且开始还准备枪毙，竟不向军长报告，目中还有人吗？孙鸣玉却认为，战场为非常时期，做事自然可以超越常规，力劝方先觉同意周庆祥的所请。方先觉恼了，问他："你这是为谁办事？你是谁的参谋长？"孙鸣玉出乎意料地发起脾气来，小个子四川人发起脾气，还很厉害，他用力地拍着桌子："我给谁办事？我给党国办事，我是谁的参谋长？我是第10军的参谋长，只要是我认为不利于第10军的事情，我就要争。你是军长，你自然当家，但自己有偏见又不允许人家说就是蠢。你也要搞清楚了，一个军长，带几万人，要容得下几个反对你的人才行，周庆祥有毛病不假，但他处事果断，作战勇敢，谋事精到，驭下甚严，本人从不贪污腐化，如今困难时期，要尽力发挥他的作用才对呀。"方先觉一下戒心全无，赶紧说："好了好了，你说得对，准周庆祥所请。"自此，他们芥蒂全无，亲密无间。

方先觉从山坡上站起，环视了这血流地赤、草木变色的张家山，说："我们需要3团这支有生力量，日军在草桥兵力稀薄，8团可以从草桥进城归建，只是生死关头，人是会变样的，假如张金祥不顾大义，找些借口搪塞滞延，他在城外，我在城内，谁又能搞得清楚他的情况？在城内的尚往外走了，何况城外的？周师长未必能让张金祥进来送死。张金祥这年轻人也是很不简单的，利害关系，他自然看得清楚。"此时的方先觉，已全然不像一个叱咤风云的将军，战争的残酷，过多的阅历，同事的可信，使他表露出了一个普通人的心理。

孙鸣玉也站起来，与军长并肩站在一起，他说："只要周师长下命令真心地要8团回来，张金祥是一定会回来。周庆祥对张金祥知遇极深，这也是周师长的不同寻常之处。"

两位将军刚离开阵地，一群炮弹就像聚雨般洒到张家山，正好是方先觉与孙鸣玉席地而坐的地方。

南岳之侧，阳仙庙大殿，佛像前，红烛摇摇，香烟缭绕，木鱼声声。大殿一角，一国军青年上校凭案而立，他或将手中书卷捧至眼前，借悬挂在殿壁上的马灯散洒出来的昏黄的光轻诵几句，或仰起眉清目秀的脸庞沉思不语，或脚步滞重地绕殿而走，烛光中，陪伴着这群泥胎木雕度过了自己将近一生的老和尚，不时满怀敬意地瞟瞟这位国军上校。不容易，30来岁的人，带着一支上千人的队伍打鬼子。这么多人进了这深山老林中，除了这位上校和几个为数不多的官兵住在庙中，其余都在树林中露宿，虽说天气颇热，但林子里雨露总是有的。老和尚曾劝这位上校让部队住进来，能住多少住多少，没你们打鬼子，这庙还能保得住？这位上校连说，即使团部住进来，也打搅法师清修，很不应该了。上千人，山谷中听不到山呼海叫的，一切都井然有序，显见这支部队风纪很好，上校带兵有方。夜色已过半，上校仍然没有休息的意思，老和尚猜测，他肯定是碰到什么难题了。

老和尚毕竟佛家慧眼，这位青年国军上校确实进退维谷了。

自6月24日，第3师主力进入衡阳后，第8团按军部命令殿后掩护，暂不归建，在城外阻滞、骚扰、牵制日军。为给日军造成第10军外围友军活动频繁的假象，以分散日军力量，张金祥命令副团长杨培芝率第3营至湘江东岸石湾、大堡地区，第1营由营长李恒彰带领在白石铺，团主力在衡山城、南岳市附近活动。他们搜索敌人动向，消灭小股日军，迟滞日军前进。日军在东岸大股集结后，第3营已无隙可以穿插，随时都可能被日军大部队发觉聚而消灭，张金祥派便衣通知杨培芝归建。日军进占南岳市后，即挥戈衡山城，张金祥为不暴露部队虚实，与日军稍事接触即撤出。南进途中，得便衣报告，漳木头地区有大批敌军，为避免两军相遇，已顺利向军主力靠近，张金祥命令全部队西经衡山和衡阳公路，进入南市的底溪。在底溪扎下，张金祥派便衣召回白石铺第1营，集中在禹王宫附近大张旗鼓地活动，造声势吸引日军。

那天中午，张金祥正在与驻地一地主的7岁小孩下对角棋。张金祥被父母从小严督读书，懂事太早，长大成人后，常常羡慕那些无忧无虑的儿童的嬉戏，戎马倥偬中，只要可能，他总要想方设法接近儿童，看他们玩或与他们一起玩，他觉得这

是对他童年生活不足的一种补偿。传令兵送来了通过无线电话传来的命令，命令是第3师师部发出的，命令中说："……立即自草桥进城，沿途不得滞延，不惜任何代价，哪怕只剩一人一卒也要归建……"黄昏，张金祥下令拔营，由禹王宫南下，经七星冲至望仙冲以北地区，侦知日军大部队正经望仙桥向衡阳进发，便折回禹王宫与师部联络，翌日，仍按原路线南进，到达阳仙庙的时候，张金祥不走了，下令扎下。方先觉的担忧不是多余的，张金祥确实不打算进衡阳城。他有他的理由：从大局计，留一支部队在外围，对日军的牵制要比进城守备作用大得多；从个人计，游动作战比死守孤城要安全得多，这倒不是张金祥怕死，假如他进城，能使大伙不死，他会慷慨进城，既然进也是如此，不进可能还会好一些，那为什么自己不力争活下来呢？战场情况复杂，谁能预测？你有一定之规，我有千变万化，进不了城就是进不了城，我有什么办法？力不能及的事情，总不能说成是抗命。到了晚间，周庆祥个人给张金样本人来电："……日军必欲得此城，委员长必欲守此城，守得之争，战至今日，敌我伤亡皆重，然日军后援相续而至，我已成一座孤城。第10军待援如乳婴待哺，能得一人援则可多撑一时，能得一连援则可有一分希望生，能得一团援则可望保全此城。若无援兵，确可谓城内无生，进城者亦必死，我等第3师袍泽与本军兄弟为不负党国栽培，不辱民族气节，决心生死皆在此城，你我相识日久，相知时深，君读尽圣贤，胸怀机关，定会如命而行。然战场诡谲，风云瞬息，如确无进城之望，君也无须自损栋梁。他日城破，便是我等身亡，若君侥幸生还，衡阳城外，青山之下，一碟冷食，一盏清酒相飨，已足感君大义矣……"周庆祥的这份电报，使他心潮大动，手持书卷，绕殿夜行。

张金祥与张作祥是堂兄弟，他们的父辈为了家产之争，多年如同路人。张金祥的父亲为兄，家境康富，张作祥的父亲为弟，家境颇逊，兄富有便送子上学，张金祥自小聪明，学业自然十分过人。弟贫，便等张作祥稍大，即送其当兵。那时中国战乱，有枪便有一切，兄怕弟来抢家产，便一定要读师范的张金祥中断学业，投身军中。张金祥不想违抗父命，与张作祥殊途同归，共在一军。那时，周庆祥还是团长，有天他听到报告，说第1营第2连兵士鼓噪，便亲自前去弹压，到了一看，阵垒分明，肥头大耳的连长后面稀稀拉拉几个人，一清秀、脸庞棱角分明，双目神采盈溢的青年士兵后头，密密匝匝地拥着一群士兵。只听那青年士兵说："士兵有错，你尚且要打要骂，你长官有错就没能管你了？"那连长蛮横地说："长官如何会错？错了又有谁能管？"周庆祥看到那青年士兵倔犟的样子，不由得想起自己当年那次与教官相争，要不是李玉堂师长讨保，周庆祥还有今日？他也不问到底为什么争，想来也不用问就知道是谁的错，周庆祥走过去"刷"的就是一马鞭，猝不及防的胖连长猛地一转身，"混蛋"二字刚要骂出口，一看是团长，立即硬生生地咽了下去，立正站好。周庆祥用马鞭指着张金祥问："你叫什么名字？"胖连长马上抢着回答："他是本连士兵张金祥，惯会与官长争论。"他一看周庆祥脸色不善，又凑近周庆祥："他还是个娃儿，打一顿让他知道不能随便顶撞官长就行了，千万别跟他认真。"周庆祥厉声说："张金祥聚众闹事，目无官长，当众揪翻，责打二十。"看到带来的卫士如数打完，他回过头来，指着胖连长说："你带兵无方，又蛮横无理，本应撤职查办，但看你还有爱兵之心，替张金祥讨保，罚你当兵三个月，然后到团部去当军需官。"胖连长又惊又喜，平白无故捞了个肥缺，对周庆祥感激涕零，连连点头。周庆祥又问张金祥："你可读过书？"胖连长赶紧说："报告团座，他可是师范生啦。"周庆祥说："好，量才而用，张金祥，你现在是我的上尉书记官了。"

张金祥深感周庆祥的知遇之恩，从不懈怠，职务日升，周庆祥知道张金祥与张作祥兄弟俩事后，又将他俩叫到一块，让他们握手言和，后又让他兄弟俩请假，联袂回乡，风光地方。

时已夜半，张金祥了无睡意，老和尚走过来双手合十，轻声相劝："长官，国事虽重，贵体也是重要，早点休息吧！"

张金祥恭敬地对老和尚说："不敢劳法师费神，请法师自便吧。"张金祥目送老和尚走向偏殿，心中仍然不断地盘算：按说，师长了解我，知我必不是弃师长与第10军而不顾的人，而且，他是将才，更知道有一团人在外，比城里多一团人，作用要大得多，但他为何一定要激我第8团进城呢？难道是师长太喜欢我，要我给他陪葬不成？

人生在世各有各的苦衷，张金祥想到的，周庆祥自然想得到，但周庆祥有周庆祥的行事方式。那天，方先觉打电话问他："周师长，如果你命令8团立即归建城中，8团会遵令而来吗？城中再无外援，恐是难以支撑了。"一如孙鸣玉所教，一听此话，周庆祥的傲气勃然而生，他来不及想便自豪地回答："张金祥与庆祥一样，早已以身许国，只要听到命令，虽赴汤蹈火，必在所不惜。"

"那好，你命令8团立即脱离外围战场，目草桥进城，飞机、炮兵与城内准备接应。"方先觉搁下了电话。

周庆祥这时才想到，似乎应当让第8团在外，但此时已没法收回自己的话了。按军部的意图，周庆祥让参谋长张定国拟了命令发给张金祥。但他十分了解张金祥，凭那道命令，张金祥是会按他自己认为应该怎样去做的想法去做的，应该说，即使他周庆祥也是如此，不过，这次张金祥是非回来不可了，要不，周庆祥以后在方先觉跟前，在第10军还抬得起头来？就为了这也要让张金祥归建，这就是周庆祥。他知道用什么方式可以使张金祥归建，这也就是周庆祥。

远处的农舍，传来了一声声公鸡的报晓，张金祥喟然长叹："与师长个人的情感，于军人的天性，我金祥顾不上公，也顾不上自己了。"他把书合好，仰视着从大殿窗棂透进的晨曦中忽明忽暗的神像，口中喃喃："神灵知道，恩我者师长，知我者师长，误我者也是师长。"他轻步走到殿侧电台处，命令："与师部联络，今夜我部起程归建，明晨到达草桥，请做好接应。"他对闻声而来的卫士说："现在我们睡觉，部队整备。"

7月6日，中午时分，第3师第8团，在两架飞机的掩护下，出现在草桥以北附近。该团连夜奔驰，沿途曾有日军阻挠，副团长李培芝请示如何处理，张金祥厉声说："冲过去，按师部命令，一兵一卒也要入城，谁归建不力，就地正法！"以死相拼，无人可挡。离草桥不远时，张金祥命令部队停下来休息，等到天黑再进城，以防暴露进城的路线。当天夜晚周庆祥命令第9团与师工兵连秘密在蒸水上架好浮桥，桥已通到对岸，岸上的敌人还不知道。这些时日，敌人整备待援，白天就派出人去城郊、农村抢掠，晚间，就聚在碉堡里吃喝赌博，一团生龙活虎的国军突然杀来，日军措手不及，纷纷向电气公司方向逃跑，张金祥下令火力追击，跑在前面的侥幸活下去了，跑在后面的都成了第8团官兵的枪下之鬼。到了浮桥边上的时候，河边一堡垒中，十几挺歪把子机枪狂叫起来，封锁住了道路，凭第8团手中的轻武器，是没有办法奈何堡垒中的日军的。急中生智，张金祥叫来团特务排长罗亭进，告诉他，将手榴弹系在长竹竿的顶端，借着夜色悄悄地接近堡垒，将竹竿突然举起，贴住堡垒的枪眼，拉动事先做好的活塞，引爆手榴弹。罗亭进如团长所教，把一切都弄好后，身手不凡的特务排的小伙子们，在罗亭进的指挥下，几乎是在同一时间全部把手榴弹送到了他们要送的地方。日军的堡垒没有了声息，特务排的小伙子冲进堡垒，将没有断气还欲顽抗的补上一刀或者一枪，控制住了浮桥。第8团按第3营、直属队、第1营、第2营的序列迅速过了浮桥。在过桥时，特务排长罗亭进突然对身边的张金祥说："坏了，团长，我挂花了。"张金祥赶紧吩咐："先扶过桥去，过河后请医生疗伤。"没等扶到桥那头，这位26岁的国军中尉排长就咽气了。临死，连他自己都不知道是什么时候肚子上中了这一枪的，而且不知是什么原因使他支撑到死时才发现。人的生命过程中，确有让人难理解的现象。

第8团顺利归建，使第10军官兵为之大振，一是添了1200名有生力量，一是说明，只要有援军，也就能接近并打进衡阳接应。后者倒是大家始料未及的，从这个意义上来讲，第8团归建对支持第10军将士守城47天有着重大的积极意义。

第3师第8团，脱离第10军半个多月，单独作战，大小40余次，战斗减员五分之一，骡马或阵亡或走失，战斗行李全数遗失。

十余天战斗，日军攻击重点，正如战前方先觉所料，始终在城的西南，第8团入城后，更加证明北面是日军的薄弱部位。为加强西南方面的守备，形成重点防守，军长方先觉下达了调整守备的部署。

一、第3师，除第7团仍担任易赖庙前街、青山街、杨林庙、杜仙庙主阵地的守备外，第8团立即占领五桂岭高地的北半部、龙山的二线阵地。第9团将城西北阵地交由第190师接替后，占领天马山、岳屏山一线阵地。

二、第190师接替第9团易赖庙前街的演武坪、杜家港、草桥、石鼓嘴阵地的守备，铁炉门码头以北的沿江警戒仍由第190师负责。

三、湘江左岸、铁炉门码头以南的沿江警戒，由饶少伟将军暂编第54师所遗一营接替负责。

各部队迅速按部署进入阵地。

第8团归建，给第10军打了一剂强心针，7月6日，第10军又增添了一件喜事。这天国民政府军事委员会通过芷江空军第三路军司令部转来蒋委员长的两道电令。

第一道电令云："……第10军将士不畏强暴，不怕牺牲，前赴后继，与优势之敌激战旬日，伤亡敌寇一万余名，我衡阳至今固若金汤。为表其忠，为奖其勇，特电嘉勉，切望该军将士勿骄勿馁，再奋神勇，坚守两周，我援兵必到，内外夹攻，将敌聚歼于湘中，壮我军威，扬我中华气节……"

第二道电说："……第10军预备第10师师长葛先才，在衡阳守坚中，指挥得法，尤以身先士卒，屡上前线为国人所称颂。在张家山为敌所乘，我衡阳城防失去屏障关键之时，率部反击，浴血作战，消灭了盘踞之敌，恢复我阵地。葛先才身为高级将领，为国不惜亲冒的矢、勇赴国难，实为我国军之典范，全民之楷模，故此特颁青天白日勋章一座，以示慰勉。其余各有功人员，由方军长详细呈报，从优奖叙。……"

特别使第10军将士感到振奋的，莫过于飞机空投下来的7月8日重庆出版的《大公报》《大刚报》《扫荡报》等报纸。《大公报》一版头条有这样一条中央社通讯："据军事委员会7月7日发表战讯：在保卫衡阳恶烈战斗中，我某师师长葛先才将军率领所部，亲冒毒气，恢复张家山阵地有功，政府特颁给青天白日勋章，并记大功一次。其关于参加该役作战之各连连长、各排长、各班长，亦各给忠勇勋章一座，并各记功一次，并对守城之忠勇奋斗卓著勋劳全体官兵，亦奖励有加。"方先觉下令将几百份报纸，发送各阵地，官兵争相传阅，一片欢跃。他们知道了他们的苦战是如何被人重视，是如何受到后方的赞扬，是如何受到国际称誉，第10军与衡阳在中国乃至反法西斯阵营中，成了最为光辉的名字。他们知道上自蒋委员长本人，下至国民百姓，是如何积极地献金献物来慰劳他们。他们决意用出色的战果

来报答全国人民的盛情。方先觉军长本人也大受鼓舞，他亲致《大刚报》毛社长信说："剩下一兵一弹，亦要奋战到底，与衡阳共存亡。"

只是，精神上的鼓励，并不能解决实际问题。第10军奉命固守衡阳之初，原准备十日到两个星期的弹药与粮食，没想到战斗已近三周，委员长还要求固守两周。弹药方面，步、机枪子弹已经消耗百分之六十，暂时虽不感缺乏，但还要支持两周已经难能，守坚战中最有效的武器是手榴弹与迫击炮弹，手榴弹已耗去了三分之二，迫击炮弹已耗去了四分之三，而美式山炮与士乃德炮弹仅存十分之一了。粮食方面，衡阳本为米市，主食应不成问题，因敌机连日轰炸，城区已成一片焦土，无屋可烧了，米仓自然被毁，炊事人员只得到断墙残垣下面去掘挖，得到的米多已烧成焦褐色，尽管如此，总还尚可支撑，而伤兵缺医少药，却至关当紧，上峰如不在这些方面加以解决，衡阳能否再守两周，显然已成问题。

日军第11军司令官横山勇，做梦也没有想到，他原拟一日便可踏平的衡阳，两个师团4万余人的日军，苦战两周，死伤近半，连衡阳城的大门都没有看到；而部队大量减员，粮食弹药只有四日准备，后方运输线时断时通，供给难以保证，横山勇只好从7月3日以后，改全面进攻为骚扰式的重点进攻，多数建制部队在整补待援，准备第二次进攻。

第五章

　　14年抗战，湘南民众功在国家；历尽劫难，衡阳城应铭于历史，杨晓麓两上南京要求修衡阳抗战纪念城。

　　为固民心，蒋介石拨冗接见衡阳代表；坎坷之后，南岳山上又添新风景。

　　"中国国民革命军第10军抗日阵亡将士纪念碑"耸立在衡阳城郊的张家山上，引起了衡阳各界的强烈反响，尤其是商界和文化界，他们上书衡阳市市长仇硕夫和衡阳市参议会参议长杨晓麓，倡议修建衡阳"抗战纪念城"。他们认为，葛先才在没有得到政府多少援助的情况下，依靠民间自发性的支持，六十余人苦战四个月，于衡阳城内遍寻、搜集了第10军阵亡将士3000余人的遗骨，营葬在一起，完成了蒋委员长交办的任务，而衡阳数十万人，大不了穷数年之力，难道还不能将衡阳建成一座"抗战纪念城"？何况还可以呈请政府予以支持。

　　尚在抗战胜利之初，衡阳市参议会参议长杨晓麓就有过把衡阳建为抗战纪念城的念头，衡阳人民在抗日战争中所做出的贡献，可以说能与我国任何一个城市相匹，而战争给衡阳人民带来的灾难，造成的损失，在相等条件下，也没有哪个城市能够相比。

　　早在1937年卢沟桥七七事变后的8月24日，衡阳各界就成立了"衡阳人民抗敌后援会"，该会通电全国，代表衡阳地区的一百四十万人民提出了五项抗日纲领，这五项纲领是：（一）及龄壮丁，一致踊跃应征，听令政府调遣。（二）贡献个人财力，以纾国家急难。（三）严厉根绝仇货，实行对日经济绝交。（四）肃清内地汉奸，以绝敌人刺探耳目。（五）维持地方秩序，以巩固后方安全。

　　衡阳人民，正是在这个纲领的指导下与全国抗日军民一道，开展了艰苦卓绝的抗日战争，取得了令人瞩目的成绩。

　　1937年9月，国民政府为沟通大西南以利调遣、机动本国军队，因而决定修筑湘桂黔铁路，铁路修筑委员会设湘段工程管理处于衡阳，衡阳地方政府与社会团体、民间组织空前地协调一致，顺利地派出了1155名民工，参加铁路修建工程。在团结抗日精神的鼓舞下，衡阳民工与沿线民工一道，用畚箕、锄头等简陋的工具，只用一年时间，就完成了衡阳至桂林长达340公里的湘桂铁路，1938年9月27日正式通车，并设湘桂铁路管理局于衡阳。在旧中国的铁路史上，这是绝无仅有的速度，只有在抗击外侮，共同对敌的国家存亡之秋才可以做到。为了这段铁路，因为工伤、饥寒死亡的民工达194人，他们是在极其落后的施工方法与极其困苦的生活条件下为国劳作，为国献出自己的一切的。这段铁路为后来战争中的国军军队的机动、补给的运输、民众的疏散及抗日战争胜利后的国家建设起到了重大的作用，衡阳人民对此之功不可磨灭。

粤汉铁路，是国家运输的大动脉，抗日战争期间，与湘桂铁路一起承担着为坚持抗战所必须完成的艰苦而繁重的运输任务。1938年10月，粤汉铁路管理局迁设衡阳。此时，日军南侵广州，北犯武汉，粤汉铁洛的员工除须完成保证国军作战所需的各项运输任务外，还要将两端的机车、车辆与重要机件及时抢运到衡阳，转用于湘桂铁路的运输。在衡阳以北、源潭以南沦入日军之手后，铁路员工们冒着生命危险，将荣家湾到长沙的铁轨，全部拆除后运。1938年11月12日的长沙大火之后，形势日益险恶，北自长沙到株洲，南从珺江口到韶关，所有这两段路轨、路基、桥梁、涵洞，都被铁路员工破坏，使日军得不到运输线。粤北的两次会战，长沙三次大捷，固然主要在军队的浴血奋战，但与衡阳路段的铁路员工及有关局段的努力支持是分不开的，他们保证了军队调动、弹粮补充的运输任务的完成。1944年夏天，日军进攻湘北，战局恶化，粤汉、湘桂铁路两局发动铁路员工，将渌口到耒阳的粤汉路段，所有路基、轨道、桥梁、涵洞与各种行车设备、厂房、站房等，均次第破坏，严重地摧毁了日军占领这段运输线用于继续南侵的计划，显示了以衡阳籍人为主的衡阳铁路员工同仇敌忾的精神风貌。

在中华民族最危险的时刻，勤劳、善良的衡阳人民，不得不放下手中的劳作工具，拿起刀枪来消灭进犯的日军，以保卫自己的家园，维护国家与民族的尊严，以生命与热血，谱写出了一曲抗击外侮的英雄赞歌。

1928年2月，中国共产党以反阶级压迫、反剥削、反封建，争取民众解放，建立工农政府为目的所组织的湘南暴动失败后，由屈淼澄领导的衡阳工农革命军第7师余部，在衡阳坚持了十余年的游击战争，他们决心向残杀革命群众和起义官兵的当地反动武装、国民党军队讨还血债，不杀尽与他们为敌的人就决不出衡阳。但抗日战争一开始，他们就决定放弃私仇，2000名衡阳子弟，接受中国共产党派来的特派员王涛的收编，离开衡阳，开赴新四军防地，走上了抗日战场。而衡阳那些一贯与这支队伍作对并与之反复搏杀了十余年的一些民团等地方武装，也放弃前嫌，主动前往，为这支队伍送钱送物送枪械弹药，表现衡阳人在大是大非面前的清醒认识与"挥手弃私见，一致对外侮"的豪迈气概。

日军占领湘北直逼长沙，衡阳500余名荣誉军人自动请缨，重返部队，杀敌卫国。1940年11月5日下午，衡阳火车东站出现了极为感人的场面：500余人整齐地列队在车站广场，那天细雨如丝，但丝毫没有影响衡阳各界为500壮士送行的热闹场面。市长赵君迈亲临讲话，他讲话时，有人给他撑伞挡雨，他一把扯下雨伞，大声说："我衡阳子弟，现在即将弹雨枪林中冲杀，我赵某还怕区区几滴小雨？只是

职责所在，恨不能与壮士一道奔赴疆场驱杀敌寇耳。"大家听了，掌声如雷，很多人感动得涕泗滂沱。商界、农协、妇女界及其他团体的代表都讲了话，然后在鼓乐声中，由妇女代表给每个壮士胸前戴上了一朵大红花，赠送了一条毛巾、一双布鞋和120元慰问金。直到500壮士全部上了火车走远了，车站聚集的人群仍然没有散开的意思，他们还被刚才这500壮士毅然奔赴前线的壮举激起的抗日情怀所震撼，他们呼喊着口号，表示要尽一切力量支持或以各种形式参加抗日战争。

在衡阳，抗日游击队最为活跃，大大小小确实在抗日战争中发挥了作用的队伍，有30余支。当时比较出名的有衡阳县县长王伟能指挥的"两衡抗日游击自卫军"；衡阳县参议会参议长王紫剑领导的"衡阳抗日游击队"；祝尚信领导的集兵地区游击队；万云楼领导的渣江地区游击队；李俊领导的长乐地区游击队；黄埔军校二期生，国军第74军高参夏建寅领导的抗日突击第2支队；李建中领导的洪市地区游击队；农民常太庄组织的"牌楼冲抗日游击队"及衡阳城失守后由第10军逃出日军掌握的部分官兵组成的抗日队伍。他们或直接与日军正规军交锋，或袭击日军的补给线，或捕杀日军零散人马及敌伪组织，给日军造成了很多很大的打击。

1944年夏，日军主力围困衡阳城，与国军第10军激战，常太庄领导他的"牌楼冲抗日游击队"在金兰寺、石坳、牌楼冲、洪罗庙、渣江、杉桥等地，与日军的零星部队多次交战。他们熟悉地形，这里伏击一下，那里打上几枪，能占便宜就占，占不到便宜就跑，夺得日军步枪300余支，先后毙敌伤敌200余人，使日军十分恼火，但又无可奈何。

衡阳县参议会参议长王紫剑是该县南乡人，他家广有田产，很为富有，抗日战争开始，他即组织了抗日游击队，他不征税，不征粮，不募捐，部队给养完全来自从日军中的缴获与自家田庄，有人劝他："拉队伍打日本，这是国家大事，完全可以征税、征粮，不必使用自家财产。"王紫剑回答："别说百姓穷于战乱兵匪，生活贫困，就是百姓富有，取之亦不甚易。如果抗战不胜，国之不存家又何在？"他带队与日军作战三十多次，消灭日军计达300余人，还营救了在衡阳空战中被日军击落飞机的一位美国驾驶员忒布，救护了国军抗日将领吴国栋、吴国梁兄弟。王紫剑的抗日业绩上达天听，蒋介石亲自为他颁发了铨字第163号"海陆空军奖状"。国民党衡阳县县长王伟能指挥的"两衡抗日游击自卫军"，虽因常以国民党政府认可的正统队伍自居而与衡阳境内的其他抗日队伍发生龃龉，但这支队伍确实也在游击抗战的队伍中发挥了主导与主力的作用，大小作战百十余次。

至于群众自发地捕杀日寇，就多得难以计数。衡阳县艳花桥有一富裕人家李松木，屡遭日军掳掠，深受其害。一次，又有一日本兵闯进他家要吃肉，要喝酒，还要他准备几只鸡鸭带走。李松木敢怒不敢言，只是煮肉烫酒让其享用，等这个日本兵吃得醉醺醺的时候，李松木从后面一棒槌打去，因李松木生性胆小，从未与人打架，动手时未击中要害，日军士兵要抽刺刀反击。兔子急了也要咬人，李松木一看不好，扑上去抱住日本兵，两人一个虽是杀人放火惯了的，但被酒烧得腿脚不便利，一个虽是身强力健，头脑清楚，但没有与人厮杀的经历，所以两人打成了势均力敌，难分胜负。滚到门角边时，李松木身下压住了一硬东西，他顺手抄起往日军士兵脑袋上一拍，立时，日军士兵的爪子就松开了，脑袋像开了酱油铺一样。

泉溪和平乡阳木滩黄晓培有一个16岁的儿子，名叫冯瑶，黄冯瑶自小就跟黄晓培打猎，枪打得很准。有天，三个日本士兵弯腰到鸡围去捉鸡取蛋时，黄晓培的枪响了，两个鬼子先后栽倒，第三个正准备举枪反抗，只见一道白光闪过，他还没明白是怎么回事，小冯瑶的飞刀已经刺进了他的胸脯。黄家父子将日军尸体埋了，高高兴兴地缴获了三支枪。第二天，日军又来抢东西，黄冯瑶抄起一支日军放在门口的枪就跑，日军看到他还是小孩，便没有防备地大踏步赶来，黄冯瑶待日军赶近了，回过头来就是一枪，这个日军稀里糊涂就送了命。日军进入衡阳，就正像中共领袖毛泽东指出的那样，陷入了人民战争的汪洋大海之中。

衡阳人民在积极行动起来，亲自以军事手段打击日寇的同时，万众一心，节衣缩食，为支援抗日军队更加有力地打击侵略者，每年都多次开展大规模的募捐运动，确实做到了有钱出钱，有力出力。

1940年11月21日下午，衡阳各界举行首届防空庆祝活动，衡阳人民抗敌后援会乃倡募"衡阳号"飞机，于铁炉门设立献金总台，又于粤汉、湘桂两火车站和泰梓码头东西两岸、北门、小西门、汽车西站等处设立十处献金分台，同时还组织"戏剧义演""铺户捐献""自由捐献"等多种募捐形式，数日之内，共募集金额12万余元。次年9月，衡阳各界又一次掀起"衡阳号"飞机献金热，此次规模更大，各界爱国群众献金共计达30余万元。船山中学童子军队员伍文章、周恒等向全国倡导发起捐献"中国童子军号"飞机，发动本校童子军队员节储平日费用，共献金1931元，当即得到全国童子军的响应。湘桂铁路第三子弟小学的小学生，也积极响应，募捐了240元。又次年3月，湘桂铁路抗敌后援会，再一次发动员工捐献"湘桂铁路滑翔号"一架，员工们两次捐献了118万元。衡阳妇女界也发起了"衡阳妇女号"飞机的捐献活动，曾多次举行献金、义卖、义演等活动。衡阳县新桥夏家屋冯孝先之妻华氏，其夫在外经商，家庭生活可以维持，她做主持家田2.4亩的契约送给衡阳抗敌后援会，请用其变卖购买飞机抗御日寇。

1940年初，衡阳人民为前方将士募捐医药鞋袜费共计9000余元。次年11月，湘桂铁路抗敌后援会动员员工捐献一日工资共1.3万余元，为前方抗敌将士购买寒衣；同月，衡阳商会发动一店一鞋运动，共献一万双军鞋送往前线。次年11月，又发动开

展十万双鞋运动，群众积极响应，衡阳女子学校的学生，乃在课余时间，各自制布鞋一双。

每逢年过节和重大纪念日，衡阳人民都慷慨解囊，捐金购物，慰劳前方将士与伤病员、抗属。1941年的7月7日纪念劳军，群众献金达12万余元。同年11月文化劳军，各界群众献金逾20万元。那时，物价尚还稳定，5元钱可以买到一石稻谷。

特别是1914年夏天，日军为实现其"一号作战"计划，大举向我大西南侵犯，国军第10军奉命守坚衡阳城，衡阳人民积极配合第10军将士守护自己的家园。衡阳各界的支持，这是第10军能够守城47天的一个重要因素。城破以后，又是衡阳人民的掩护、帮助，方使包括军长方先觉在内的第10军许多官兵得以从日军魔掌脱逃。

第10军备战衡阳，征用衡阳民伕达7.8万人，死在配合作战与挖掘战壕、修筑工事中的民伕达3174人，而对于备战所需的物资，只要第10军需要，只要衡阳民众拿得出来的，没有不给及时送上去的。第10军修筑工事要大量的木材，事先全市所有木材封存，并责成工会火速将木材的数量、规格、所在地点登记入册，以听候征购，随即第10军军部派部队从早到晚来取运木材。坚持了数十日的紧张工作，直到将120万根木材悉数供应给部队。无锡人邵鸿舜战时在衡阳兴办的福泰铁工场，本欲在日军大部队逼近衡阳前拆迁工场避难，但当他知道铁路、公路都因军运急需各种生产工具器材，邵鸿舜又决定重新挂上衡阳福泰铁工场的招牌，依靠留下的部分员工，又招收了流亡于黔桂道上的员工200余人，正式开工生产，订货任务源源而来，铁场内炉火通红，烟雾弥空，机声隆隆，锤响叮当，为铁路、公路所需锻造了大批道钉、鱼尾螺丝、洋镐、撬棍等，特别是几乎包做了西南公路桥由贵州到湖南沅陵公路桥梁所需之工具和加工料件，间接地支持了第10军守城战斗。当然，这只是衡阳民众在衡阳战役中，无数支援前线作战的事迹中的两个例子。

衡阳人民对于抗日所做出的贡献，还体现在抵制日伪"软化"政策、打击汉奸、开展文化抗敌、鼓舞军民抗敌斗志等方面。

1938年11月20日，当汪精卫派人赴上海与日本特使签订了三项卖国条约被揭露后，携妻陈璧君逃至越南河内，并于12月29日在河内发表了公开叛国投敌的"艳电"，激起了全国爱国军民的切齿痛恨。1939年1月5日，"中华全国基督教青年会战时服务团衡阳服务站"召开了声势浩大的讨汪座谈会，衡阳各界都有代表参加，宋庆龄还派秘书刘清杨参加会议，记者舒名也采访了大会，在衡阳《大刚报》发表了《反汪座谈会纪实》的文章，引起了巨大反响。

汪精卫的汉奸组织，为阻挠民族抗日战争，派出了不少汉奸打入粤汉、湘桂两铁路局，勾结收买一些高级职员，企图破坏抗日军运，他们还在铁路上散发日本的宣传品和汪精卫伪政权的反动刊物。日军飞机轰炸衡阳时，汉奸在火车东站、西站附近发放信号弹，为日机轰炸指示目标。铁路工人及时组织了锄奸队，到处进行各种形式的反投降、反汉奸的宣传，开展轰轰烈烈的锄奸运动。航空机修厂的一个国民党指导员，公开为汪精卫卖国罪行辩护，散播汉奸言论，为锄奸队侦知，即在得到有关部门批准后，将这个汉奸逮捕处置。

1939年5月，衡阳"五五"书店收集各种资料编印了《汪精卫叛国真相》一书，共印9000余册，很快被抢购一空。同年11月，第九战区政治部戏剧宣传12队举办了"揭穿了敌伪汉奸阴谋诡计展览"，分别在抗敌小剧场和怡园剧院轮流展出8天。这个剧团为了把锄奸运动深入人心，利用群众的喜闻乐见，把旧戏《胡迪骂阎》去除迷信色彩，戏的主人公胡迪愤于岳飞惨遭奸贼毒手，满腔义愤地痛骂阎王，阎王感于胡迪忠义，不畏权势，便亲自带胡迪去看，原来精忠报国的岳飞已升天被封为武穆王了，而卖国求荣的权奸秦桧夫妇已被打入十八层地狱。看到这里，群众笑了，这是反映人民内心恨奸敬忠的笑，说明这种宣传起到了很好的效果。衡阳的抗日救亡剧团很多，有第九战区的政治部戏剧宣传12队，新剧宣传1队、9队，新中国剧社，诚部政工队，湘剧宣传队等，还有"铁鹰剧团""衡电联谊社""衡阳歌咏队"等业余文艺团体。这些剧社演出的节目，不单追求娱乐性，更注重思想性，他们紧密配合抗日救亡的大主题，意在唤起全民抗战。在传统剧目中，他们选择的是《木兰从军》《舌战群儒》等，新剧则有《飞将军》《寒衣曲》《少年立志》等，他们更多的是编排了一些反映现实生活的剧目，当时颇有影响的有：《光荣的牺牲》《最后一颗手榴弹》《起义》等等，相当大地鼓舞了人民的斗志。文艺界的人士不仅用戏剧启发、教育人民，还处处以身作则，带头做好抗日救亡工作，他们募捐、慰劳前线将士、义演等等，得到了衡阳各界人民的敬重，而新闻界也为宣传抗日，鼓动人民英勇战斗起到了积极的作用。

1940年5月1日，衡阳各机关团体，在旧道署前坪庆祝"五一"劳动节，会上公布了卖国有据的汪精卫、周佛海等105名汉奸的通缉令，通过了讨汪电文，群情震怒，"打倒大汉奸卖国贼汪精卫！""坚持抗战到底，打倒日本帝国主义！"等口号此伏彼起。衡阳各界还筹钱分别塑汪精卫夫妇的像跪于市中心、火车站，用以警戒汉奸，教育群众防范汉奸。

同时，衡阳还开展了抵制日货、打击奸商的群众运动。根据衡阳防止敌货委员会1940年6月14日公布的资料，自这年2月1日起至5月30日止，共没收和罚款经营仇货的商店共有十六家。为了进一步抵制仇货，打击奸商，同年9月14日，由工会、商会、邮政局、税务局等单位成立了仇货检查队，他们先后查出了大东华门赵精美钟表店贩卖日本东京造的表带和各绸布店的奸商采取剪头去尾弄掉日本商标的手段，出售日本的呢料哔叽和秋季女人喜用的浮花丝绒等，打击了日本经济上对中

国的侵略。

衡阳人民积极参加抗战，付出了惨重的代价，死伤非常之大，据统计：衡阳市及所辖的衡阳县、衡山县、耒阳县、常宁县、祁阳县等五县一市，共计死亡人数达35万余人，伤达45万余人，造成的各种损失难以计数。

衡阳市参议院参议长杨晓麓熟读历史，深明大义，自葛先才到衡阳搜集第10军阵亡将士骨骸，他就受到了启发，动了要将衡阳人民在抗战期间所做的一切告知后人的念头，形式就是修建抗战纪念城，将衡阳人民光辉的抗战历史铭刻在衡阳的土地上，教育、激励后人。但是，抗战胜利之初，经济十分困难，民众返回家园后的生存栖息之地和基本的生活条件都没有解决，尤其是大战之后，瘟疫流行，继以旱魃为虐，民众早已救死不暇，重建城市，确实难以办到。但葛先才的行动震撼了杨晓麓：他60个人可以在数月之内，踏遍衡阳城内郊外，遍寻搜集3000阵亡将士的骨骸予以营葬，那么衡阳几十万人就做不成这么一件大事了？难是难，但比14年抗战总要容易一些，只要万众一心，群策群力，就没有做不成的事情，何况还可以吁请中央，准予兴建抗战纪念城于衡阳，建设款项大部由中央拨付，小部款项与人力由衡阳自己解决，这样做也有利于鼓舞人民重建家园。他的想法得到了参议会、市政府与衡阳各行业代表的支持，经研究，决定以杨晓麓为首，和市参议会副会长组成请建衡阳抗战纪念城代表团，赴南京向中央政府呈递请建衡阳为抗战纪念城的呈文。该文是杨晓麓亲笔撰写，呈文说：

窃维抗战八年，大会战二十二次，而相持较久，关系至巨，贡献最大而牺牲最烈者厥惟衡阳一役。衡阳以地居湘桂赣粤之要冲，为用兵所必争，湘北四次会战揭幕后，长沙转入意外迅速，衡阳驻军及人民，乃以英勇姿态，展开抗战史中最光荣之一页，相持四十八日（作者按：实际为四十七日），不徒予以后方以从容布置之时间，且使太平洋美国毫无顾忌而取塞班岛，东条内阁穷于应付而急遽崩溃，并世各盟友，咸晓然于装备最劣之中国，仍足以担负牵制日军之任务，而集中兵力，解决欧洲轴心国家。然以配合作战，构筑工事之民侠，葬身枪林弹雨中者，即达三千一百七十四名，而直接被杀伤间接因饥病以致死亡者，又逾三十五万一千零三十八人，烧毁房屋四万五千六百九十七栋，摧毁大小工厂一百八十三家，荒废田土三十七万五千余亩，损失财产八百二十二零四（作者按：零此处为小数点）亿余元。论功位于苏联斯大林格勒，破坏程度，比诸德之汉堡，尚有过无不及之处，以故中央宣慰史刘文岛、美大总统代表哈里逊等，先后莅衡视察，咸认灾情惨重，甲于全国，载诸报章，共闻共见，如是惊人损失，究为何事而牺牲？今者白骨成山，掩埋未竣，流亡载道，抚辑乏术，废墟固无力兴复，流血流汗之将士及难民，事过境迁，大众渐忘其辛劳与痛苦，此衡阳人民所以有请建衡阳为抗战纪念城之呼吁也。

辛亥革命，而后中华民国诞生；北伐成功，而后南北统一；抗战胜利，而后不平等条约废除，夙称次殖民地之中国，跃为五强之一。晋楚相争，尚鉴京观，普法战后，绘图巴黎，矧兹空前抗战之成果，可无纪念以资观感，此其一。

南昌数经驻跸，长沙一度大火，政府已定为示范市，衡阳为抗战而贡献，不惮毁灭之惨声，中央应轸念衡阳之破坏而特于建设，否则无以慰已死三十余万之英魂，劫遗一百六十余万之喁望，此其二。

今日何日，外则列强角逐，营垒森严，内则各党争鸣，团结松懈，如不提高民族意识，万一再遇事变，将何以固人心而御外侮？而建设抗战纪念城于衡阳，无异效立庭之吁，志河北之难，此其三。

综上所陈，不过略具梗概，即足见意义之重大，矧事经湖南参议会、衡阳市参议会先后决议有案，众论佥同，犹足证斯举在今日为不可缓之先务。

钧府领导抗战，震铄古今，亦宜勒石燕然，刊碑泰岱，垂奕万祀，而资瞻仰，敬恳俯顺舆情，准如所请，令饬所司设计方案，早日实施，不胜翘企待命之至。

　　这篇呈请文，不愧为出自湘楚士子之手，区区千余字，内中吹拉弹捧，应有尽有，读来令人回肠荡气。在征求各界意见之后，杨晓麓带着4人携此文来到南京。因杨晓麓与在国民政府国防部供职的罗铁恕是世家旧交，杨晓麓一行便住到了罗铁恕家。稍事安顿，杨晓麓他们便一一拜访在京湘籍知名或有权人士及新闻界的朋友，请他们在舆论上予以支持，并经商定一俟杨晓麓晋谒中央最高当局之后，再由湘籍国大代表就此事提出书面建议。经很多方面的努力，忙得焦头烂额的蒋介石终于拨冗接见了杨晓麓。

　　早已于这年5月5日还都南京，再次就任国民政府主席的蒋介石，正忙于比抗日战争还紧张的国内战争。14年抗战结束没等蒋介石从胜利的喜悦中透过气来，他与他的幕僚、部属们便发现了一个严酷的事实：共产党的翅膀在14年抗战中不声不响地硬起来了，军队力量之强，人员之多，装备之优良，准备之充分，完全足以用来与他争天下，而且，他们确实也是来与他争天下。而他自己的部队，在14年抗战中，或打得残缺不齐，或打得疲惫不堪，或打得全军覆没，或打得众叛亲离，他在懊悔、仇恨与忙乱中，急于在这短暂的时间内改变这种现象。蒋介石永远是蒋介

石，他在忙乱中可以想到派葛先才去收集一个军阵亡将士的遗骨，自然也就可以想到应该接见一个有上百万人口、为抗日战争做出重大贡献的地区的代表。连他杨晓麓都想得到"今日何日，外则列强角逐，营垒森严，内则各党争鸣，团结松懈，如不提高民族意识，万一再遇事变，将何以固人心而御外侮"，他蒋介石就更想得到了，只是国家阮囊羞涩，拿不出钱来怎么办呢？最初，在杨晓麓心目中，蒋介石也是人，有何可怕的，可是他还尚未见到蒋介石，这种念头就土崩瓦解了。杨晓麓在客厅里坐等，也没人通报蒋介石驾到，他莫名其妙地就紧张起来了，毛孔舒开，汗毛竖立，猛一抬头，僵尸一样的蒋介石已悄无声息地走到了他的面前，蒋介石僵硬地以示慰嘉地笑了笑，拦住准备起来行礼的杨晓麓，说："嗯，衡阳地方，衡阳民众，在抗日圣战中确实贡献很大，政府是知道的，我本人也是知道的，切望杨老弟杨议长回去告知大众，发扬传统，督率全党、全民再与共党作战，直至将其灭亡，吾等方可谓大功告成，则寝可安睡，食能甘味。"没能待杨晓麓多说什么，接见便结束了。回头想想，蒋主席话中的意思，总算对衡阳在抗战期间所作出的贡献是认可的，那么修建衡阳抗战纪念城和为此由中央拨款是有可能得到他的同意的。继而湖南籍在南京的名人左舜生、胡庶华等人以国大代表身份提出"衡阳为粤汉湘桂交通中心，在几次大会战中形成战略重镇，应先准定为'抗战纪念城'，分令湘省府先行设计建设，并令行政院一次核发建设费"的书面建议。蒋介石心里早就有谱，自然很快就注意了左舜生、胡庶华等人的建议。不久，国民政府最高当局批准了杨晓麓等人将衡阳建成"抗战纪念城"的呈文，除令行政院拨发建设复员经费暨救济物（以工代赈）外，并令湖南政府负责设计，经由省府派员会同内政部都市建设专家赴衡勘察。1947年春，杨晓麓再度晋谒了蒋介石，请求于命名典礼时颁发训词，并题颁"衡阳抗战纪念城"的碑文，蒋介石当即欣然应允。杨晓麓随之专程去上海，再度与行政院院长宋子文及救济行政总署署长霍宝树洽商拨发经费工赈物资事宜。

杨晓麓赴京请建衡阳抗战纪念城时，请求建设费用一共是200亿元，但内政部决定的是由救济分署拨发工赈物资800吨。等到杨晓麓返湘，湖南救济分署已无物资可拨了，直至1947年7月，霍宝树总署长及联合国善后救济总署克利扶兰署长来衡阳视察，衡阳市市长仇硕夫、市参议会参议长杨晓麓面请，始拨款2亿元，发工赈物资100吨。如此少量物资与经费，要从废墟上把衡阳抗战纪念城建设起来岂非笑话？经市参议会缜密研究议论，衡阳抗战纪念城的建设，限于经费，一时无法进行，但可利用此有限经费与物资，先在衡阳保卫战中我军主要阵地，亦即日寇第68、116两个师团遭到严重打击的岳屏山修建一些牌坊亭阁，为抗战纪念城命名奠基，勒石留铭，传诸后世。并按照如下设计进行施工：自山麓至山顶旧时石阶200

余级不能就用，应重新修筑，在山腰建一茶亭供游人憩息，茶亭之上竖一大石牌坊，自牌坊再上左右各建一记功亭，亭后中央巍然矗立一块17米高的长碑，碑上镌刻国民政府主席蒋中正题颁的"衡阳抗战纪念城"七个大字，碑后修建一座纪念堂，将国民政府与国民党要人及社会贤达21人题词，分别镌刻于21块石碑上，嵌于纪念堂中。

1947年8月10日，衡阳抗战纪念城在岳屏山顶举行命名奠基典礼时，国民政府主席蒋介石在所颁的训词里说："至是年（按：一九四四年）六月下旬，衡阳四邻各县，先后失陷，我第十军残余部队，喋血苦守此兀然孤城者，历时四十八日（按：四十七日）之久，此为全世界稀有之奇绩，而我中华有道德之表现与发扬，亦以此为最显著，地方人士所以请定衡阳为抗战纪念城者，其意在此。昔者孟子言仁者无敌，又言浩然之气，集议所生，至大至刚，我中华民族所恃以生存，所资以兴立者，岂非数千年来仁义之教所沾被既深且远欤！今当举行命名典礼，爰举此义，以告国人，并示来兹。"

国民党党政要员共21人，为衡阳抗战纪念城题词，很有一些题词比较引人注目，其中章士钊的题词是："船山尚节敦儒素，老彭刚直矢不苟，化为南强期可守，不道无道其荡寇，巍巍名城跨九有。"

吴铁城题曰："南天屏障。"

王世杰赞叹："中流砥柱。"

陈立夫对衡阳评论为："三湘保障。"

梁寒操说："贯日丹心辉楚乘，参天黛色峙衡峰。"

王宠惠高吟："九霄日月销兵气，四塞山河护国魂。"

白崇禧可没有那么文气，他用大白话说："民族圣战，喋血湘衡，精忠报国，白刃短见，四十八日，世界闻名，金城永固，葆此光荣。"

王云五写道："船山之风，历却尔贞，九面瞻岳，众志成城，气吞东海，力控南荆，万古雄峙，不亏不崩。"

张历生的诗就长了："古来战迹，首称涿鹿，歼彼蚩尤，保我民族，九千年后，倭夷逞毒，肆其凶残，兵临衡麓，我武维扬，我民不辱，偕城存亡，誓与角逐，卒操胜利，降伏其图，唯此衡阳，战功卓越，于以名之，纪念无忒，经之营之，永光史牒。"

张群的题词也不短："伟哉重镇，曰楚衡阳，地连百粤，势控三湘，岛夷构患，凶焰猻猖，孤城缧拒，战血玄黄。绵历二月，暴骨盈岗，有敌无我，与城共亡，八季抗战，重固金汤，正义克申，上格苍苍，勒此贞珉，永志勿忘，为民族范，为国家光。"

在所有题词者中所提最长的还是王东原，他的题词是："衡阳形势，绾毂西南，民秉节义，笃宗船山。岛夷入侵，逞彼凶顽，守军□①围，力抗□□。五旬鏖战，血润草殷，丁壮掘堑，老弱壶箪。巨弹轰轰，烟尘无完，风雨玄黄，天地易颜。寇□甫靖，灾□重千，掇草为粮，□具断残。吁请中枢，哀此□□，输粟发金，万遗辑安。抗战名城，元首锡颁，以伸壮节，以旌忠丹。湘清山峻，虎踞龙蟠，我名其原，试告人寰。"

……

1948年4月15日，岳屏山上的各项建筑全部竣工，与葛先才将军在张家山树建的"陆军第10军衡阳保卫战阵亡将士之墓"一样，不仅仅是一个抗日的标志、先烈生命与光荣的记载，更是启迪、督励后人奋斗自强的警示录。

---

① □为碑上字迹模糊处。

第六章

　　横山勇交代新任第68师团师团长堤三树男，要对他属下的志摩旅团长特别恭之以礼。

　　为撞开衡阳门户，黑濑平一大佐与葛先才少将较量于张家山，朱光基上校与和尔基隆大佐血战于虎形巢；张家山上，国军损失7个建制连，日军3000人只剩下250人；虎形巢里，守军营长抱紧敌酋和尔基隆引爆身亡。

1944年7月10日，湖南南部衡阳。

这天格外平静，响了半个多月的枪声、炮声突然沉寂，昔日人声盈沸的衡阳城内，人罕影稀，接檐搭瓦的八里长街已是一片废墟，只有尚未烧完的木柱、人的尸体，在清亮稀疏的雨丝无声的抽动中静静地飘拂着时断时续或有或无的青烟。城郊五里，旷野如犁，屏护着城市的两面丘陵，战前的翠绿已为黑色与红色所涂抹，树木炸的被炸飞了，烧的被烧焦了，侥幸未被炸到、未被烧焦的，树枝、树叶已荡然无存，只剩粗壮的躯干残缺地崛立着，巨大的炮群轰射的冲击波，昼夜未曾停顿过的机枪、步枪狂啸的声浪像龙卷风一样在衡阳的五里城郊，刮了十几个日日夜夜，刮走了大自然的生机，刮走了大树的枝丫，刮走了高度一米以上的所有植物的绿叶。生命，在这里格外脆弱，尊贵的人体在这里，就像弃扔在一群调皮的孩子脚下的装着红色液体颜料的玻璃瓶，一个接着一个，几个连着几个，甚至几十个连着几十个地在这里不断地被打碎，殷红的液体将山地原野恣肆地浸染。

衡阳，衡阳，1944年夏日的衡阳，已变成了人类自我宰杀的屠场。7月10日这种平静并不是屠杀的终止，而是更为凶残的屠杀前的喘息。

在湘江东岸的日军第11军第68师团指挥部，68师团所属的步兵第57旅团的旅团长志摩源吉少将，第58旅团的旅团长大田贞昌少将，正从阵地赶来晋见新到任的师团长堤三树男中将。中将看上去气色很好，矮小的身材健壮灵敏，显得很有弹力，金框镶水晶镜片的眼镜后边，是一双略有些潮湿的眼睛，脸庞红润，头发有些与年龄、肤色不适地大量地成了银色，看来是刚换上去的中将衔，亮晃晃地耀眼。中将左手握住志摩源吉少将粗壮结实的右手，高高地举起右胳膊，踮了踮脚，拍了拍少将厚实肩上的硝烟尘土。临上任前，在长沙第11军指挥部，横山勇司令特别交代了一件事：到第68师团任职，对志摩源吉要恭之以礼，切不要作一般部属对待。堤三树男理解横山勇的意见。本来，佐久间为人师团长负伤阵亡后，对华派遣军总司令畑俊六上将意欲安排志摩源吉接任，但横山勇不同意，理由是他在衡阳作战不力。这是事实，但为人严谨的横山勇不满意志摩源吉的骄横粗略也是事实，他认为志摩源吉做个身先士卒的前线指挥官是合适的，但要做一个运筹帷幄、决胜于千里之外的将领，志摩源吉与堤三树男有太大的差距。横山勇曾这样问过他的长官畑俊六：有这样两个将军，一个将军对丢失阵地影响整个战局而必须枪毙的部属亲自施刑时，他暴跳如雷，愤怒万分，一枪过去不解恨，还要对准尸体连发数枪；另一名将军，在上述情况下施刑时，他要先讲清楚为什么要执行军法，然后贴胸一枪，不多，就一枪，不偏也不倚，子弹正好穿透心房，然后他再向部属介绍死者以前的功绩，说不定，他还会脱下自己的上衣为死者盖上。他问他的长官，从整体上讲，谁更适合于做高一级的将领？答案自然是明确的。横山勇说：前者就是志摩源吉，后者则是堤三树男。结果，堤三树男被派到了第68师团。堤三树男清楚，在注重资历、名气的军队，志摩源吉却有担任师团长的优势。志摩源吉与堤三树男同为日本长野县人，早堤三树男两年于1911年5月27日毕业于日本陆军士官学校第23期步兵科，1938年任第116师团步兵第120联队联队长，同年6月由大阪港登船，下旬在上海登陆，7月任杭州警备司令，升步兵大佐。在以后的与中国军队作战中，为占领田家镇靳北城，突破芭山、黄白城，起过重大作用，以驭军严厉，作战勇敢著名于军中。与之相比，较长时间在大本营与派遣军总部担任幕僚的堤三树男就要逊色得多。因此有了临上任前的横山勇司令官的特别关照，堤三树男也期望志摩源吉能接受他，也因此才有了违背堤三树男严谨内敛性格的夸张的热情。

与堤三树男同期到达的有第68、116师团官佐如旱日盼雨露般的弹药、粮食。日军第一次进攻停顿后，横山勇司令官就指挥加紧抢修公路，7月6日，1200辆日军装弹药给养的汽车从汨水新市开往长沙，但长沙至衡阳的公路多为国军所破坏，横山勇严令各部抓用民伕，概略抢修，堤三树男带车走走停停，路修好一截就走一截，有时民伕不够用，日军也只好苦力苦力地干活，好不容易将大炮、弹药及粮食带到了军中。有了弹药、有了粮食，第68师团有了师团长，衡阳城郊日军这条像乍遇严冬濒临僵死的蛇，又碰到和煦的春光一样蠢蠢欲动起来。第116师团师团长岩永旺中将向堤三树男交出了兼管第68师团的指挥权，两个师团的指挥官交换了作战看法，仍把进攻重点放在城南，只是把位置稍做变动：由城南正面稍微向西移动，改在城南偏西方面。第一个回合还是攻打张家山与虎形巢。进攻张家山的仍是以攻坚战著称的凶悍的黑濑平一大佐指挥的步兵第133联队，进攻虎形巢的是和尔基隆大佐指挥的步兵第120联队。

张家山与虎形巢，是衡阳城区的两扇大门，不敲开这两扇门就别想登堂入室。

据守张家山与虎形巢乃至整个日军进攻重点的，仍是国军第10军少将师长葛先才指挥的预备第10师。

第68师团志摩源吉少将的第57旅团仍是进攻原来目标。其作战各部也基本上没有太大的位置调整。万事俱备，只待炮响了。日军把第二次全面进攻定在7月11日拂晓。

　　7月11日清晨，人们感觉到大地突然开始痉挛般地抖动，一道道疾速飞旋的青影从日军阵地蹿起，穿过初露的晨光，扑向中国守军阵地，迸溅起一团团耀眼的火光，空间充斥着没有间隙的炮弹的爆炸声，弹片的尖啸声。大炮响过，日军第5航空军主力随之到达衡阳上空，其轰炸机第6、44两个大队，在其第1飞行团战斗机的掩护下，对市区和城西的山头阵地进行反复轰炸、扫射。一连十多个小时的多梯次的轮番轰炸，守军外围阵地上的据点、工事、战壕几被全部摧毁。城内所有的有线通信都被敌炮炸断，守军司令部与各师、团及前沿阵地基本上都失去了联络，各部队之间，哪怕近在咫尺，只能靠传令兵来回跑动。方先觉军长为确切掌握部队，一边命令参谋长赶紧命人抢修通信系统，一边冒着炮火上前沿去巡转、督战。当薄雾般的黄昏降临时，日军漫山遍野地向守军阵地挤压过来。

　　假如说，张家山与虎形巢是进入衡阳城的两扇门，那么，张家山以东的枫树山、五桂岭、江西会馆一线阵地，则是连接大门的枢纽。志摩源吉旅团长憋着一口莫名其妙的气，严厉地对负责五桂岭以东守军阵地进攻的大队长平丹中佐发布了进攻命令，他要求平丹大队长如果拿不下阵地，就在阵地前成仁。壮年的平丹，自小受到日本武士道精神的教育，多次进军没有成果且损兵折将，已是奇耻大辱，旅团长为之雷霆震怒，更使他羞愧万分。他"哈依"了一声，掉头带队朝预定地点奔去。这一夜，枪声特别激烈，日军经过多天的养精蓄锐，炮兵与空军又给他们扫除了很多障碍，吃饱了饭，有了足够的子弹，官长的厉督与平日养成的服从的习惯，使这夜的日军进攻格外猛烈。而国军守军则疲惫不堪，他们在日军停止进攻这段时间，就如同悬剑与人的关系，日军如头上悬剑，你不知其什么时候掉下来，而守军得时时张目凝神，打起十二分的精神随时准备应付其变，劳心操力。久而久之，守军则心力憔悴。日军猛烈的炮火与飞机狂轰滥炸，阵地工事严重毁坏，几乎无险可守，多只能依据弹坑、残缺的工事抵抗，地形优势先失一半。在心理状态上也丧失了在家门口抗击敌人的优势。日本的援军来了，守军的后援遥遥无期，日军已反客为主了。特别是打击进攻的有效武器——手榴弹与迫击炮弹受到了限制。平丹大队一部连续三次与坚守江西会馆前沿阵地的预备第10师第28团第3营第9连进行了进攻与反进攻的拉锯战，守军一排人全部牺牲，使第9连主力与第8连陷入了苦战。15日拂晓，平丹大队长亲自率百余人冲锋进入阵地，第8连连长王菊泉振臂大呼："弟兄们，鬼子太可恶，欺负人真正到家了，血性男儿，为国成仁就在今夜，上去杀哇！"王菊泉以刺刀左挑右刺，杀敌数名，身边的兄弟一个一个地减少，王菊泉最后力竭，被一日军军官从后肩一刀劈下，一道弧形的红雨，在清晨的阳光中幻化成灿烂的彩虹，年轻的身躯与彩虹一起，与连绵不绝的大地凝成了一体。此时的第8连官兵仅剩下第2排第5班班长唐定新率兵两名，据守阵地西北角一碉堡，与日军进行拼死争斗，使日军尚不至全部占领阵地，为后援部队反击留下了可以借力的据点。

第3营营长翟玉岗此时手中无兵可派。这位黄埔军校的十五期生，在营长中尚是小弟弟，当时第10军中的营长，多是十三期生，尽管他是在前几天才在前任李若栋营长负伤后从第2营副营长的位置上调任的，但毕竟是同期同学中较早任营长的了，他对团长曾京、师长葛先才颇有千里马恰遇伯乐之感，决意在战场上表现一下自己的才能，以报答师长、团长的知遇之恩。翟玉岗出身湖南湘潭一个农村知识分子家庭，自小熟读有关岳飞、文天祥等人的史书，有强烈的民族意识与深重的个人义气。

救阵如救火，不得已，他只好向团长求援。曾京了解翟玉岗，知道非到不得已，是决不会要援兵的，所以当即把军配属给第28团的军部搜索营第1连拨翟玉岗指挥。搜索营第1连是整个第10军最精锐的连队，连长臧肖侠尽管还用板子打有过失的部属的屁股，但他个人公道正派，讲究义气，凝重练达，带兵有方，使全连官兵团结效命，为军长方先觉赏识。翟玉岗命令臧肖侠将连队展开于五桂岭东侧，向已占领了外新街的敌人反击。臧肖侠接受任务后，不忙于立即动作，他与几位排长先针对地形与兵员情况商讨了一个作战方案。他们利用黑暗，派出几个精干的突击小组绕至外新街南侧，潜入几栋被炸得七零八落的木板房子纵火，主力同时由正面冲锋。日军后边受到惊扰，前面要对付进攻，首尾难顾于一时。第1连利用日军的混乱，一边虚张声势地嚷嚷，一边真刀实枪地干，激战一夜，占据阵地的日军全部被歼，清理战场时，在一大堆尸体中，臧肖侠发现了被手榴弹炸死的日军平丹大队长，还有几名军官，而第1连在敌守我攻的劣势下，击毙了日军百人，本连只损伤战力三分之一，足见该连确有过人处。

第1连抢回阵地，臧肖侠有感于湘江东岸的日军炮阵地昼夜不断地向守军轰击，给国军造成了极大的威胁，而国军的炮兵因炮弹即将告罄，对日军的炮火几无还击的能力，据此，他设想假如有步兵潜入炮兵阵地，给予破坏，岂不是奇功一件？他的设想为上士班长肖民所实施。肖民是安徽合肥人，体形修长，人极聪明机警，极善游水。他的亲弟弟肖国日前被日炮炸死，他恨日军之炮已入骨髓，听到臧肖侠的设想，他满口答应即去执行破坏日炮阵地的任务。臧肖侠拿来地图，向肖民指点了日炮阵地的概略位置。臧肖侠是个极精细的人，有这个设想，他就认真地注意了由此向日阵地进发、返回的路线。臧肖侠收起地图，又用手指在地上画了个草图，告诉他往返泅渡，应经已被守军破坏了的湘江铁桥墩北侧，以免流入下游。晚上，当夜幕把在战栗着流血的衡阳包裹起来了的时候，肖民带着本班下士副班长王有为，每人携一把刺刀，手榴弹四枚，助渡用的木棒一条，由上新街出发，绕过敌军警戒线，滑入湘江，向敌岸游去。臧肖侠伫立于阵地山坡上等候，一个小时，两个小

时，三个小时过去了，直到子夜时分，对岸敌炮阵地传来了两声闷响，大约十分钟后，炒爆豆似的步枪、机枪声响了起来，十来分钟后，才又陷入沉寂。臧肖侠的心悬起来了，血流成河的战场，使人的心硬了，对人的生死看得很轻，但臧肖侠却非常关心肖民能否回来，关心他能否成功。毕竟，在臧肖侠看来这是上级没有赋予的职责以外的任务，而且，肖民是为了自己的设想才自进虎穴的。时间一点一点地过去，他环顾四周，全连的官兵都无声地守卫在自己岗位上，与他一起默默地等待奇迹的发生。天近将亮的时候，奇迹发生了，肖民与王有为水淋淋地回来了，臧肖侠亲自检查了一下，他们二人仅被擦伤了几处，因为疲惫不堪，回到自己阵地后便倒下起不来了。等他们歇过来，肖民便详细地报告了他们的行动过程。对岸的炮阵地共有美式山炮6门，炮与炮之间比较远，日军是做梦也想不到，在这么激烈的阵地争夺战中，而且还隔着湘江这道天堑，竟然还会有人潜来破坏，所以防守并不严，肖民与王有为二人，各接近一门炮，将两个为一束的手榴弹拉了环塞进了炮口，手榴弹一炸，日军炮阵地的警戒自然发觉，枪声很快响成了一片，对其他炮进行破坏便没有时间了。第1连官兵听了肖民和王有为此次行动的报告，都很感振奋，认为鬼子并不像开始想象的那么可怕。葛师长听到报告后，提升肖民为中尉排长，王有为为少尉排长，对臧肖侠大加赞赏，并将肖、王携回的日军的炮口帽两枚加附事迹报军部，记入呈报军委会叙奖的功劳册中。

在五桂岭东端的一拐弯处，有个敌我炮击的死角，一群日军占据了那里的几幢木头造的连檐空民房，他们不时地出来骚扰、袭击，对守军阵地构成了威胁，但他们的房子是依山而建，易守难攻，即使是攻进民房，也是敌暗我明，容易造成大的牺牲。臧肖侠又出一计，还是火攻，皮之不存，毛将焉附？将房子烧了，看你还往哪儿跑。他叫来了上士班长王嘉祥，这个白白净净的浙江人，看上去似乎有些弱不禁风，实际上很能吃苦耐劳，又极有服从性。臧肖侠把任务一交代，他马上挑选了5名士兵，各携汽油、棉花、破布等物品，在火力的掩护下，接近了民房，但日军发现了他们的意图，用机枪将他们压在房子边上的一土坎下，3名士兵试图跃进时均被击中身亡，有一名已冲到屋中，但还未来得及点燃引燃物品就被日军以刀刺杀。见此情景王嘉祥把心一横，厉声命令士兵将汽油全部浇到自己身上，划根火柴轰地点燃，日军惊呆了，还没有来得及想明白是怎么回事，一团燃烧的火球已呼啸着奔到了房子中。臧肖侠一见，肝胆俱裂，命令机枪封锁从房子中可能逃出的路口。不一会，房子噼啪噼啪地燃烧起来了，日军刚一探头，试图逃出时，国军的机枪便像下蛋的母鸡，没有间歇地叫了起来，追得日军无路可逃，38名日军全部给王嘉祥陪葬于火海烈焰中。

在当时中国交通很为不便的情况下，衡阳按当地人的话说是大码头。它有公路，有铁路，更得益于水路，早年就开始繁华，抗日战争中期阶段已达到了顶峰，五湖四海的商人、办企业的、行骗的、流氓……趋之若鹜，久而久之，各类人等或以籍贯、帮派、姓氏、实业或商业性质等等，形成形形色色的帮会团体。五桂岭上的江西会馆，就是以当时独霸船运码头装卸、挑运业的赖亚刚为首修建的。赖亚刚是江西人，自小就出来闯荡江湖，到了衡阳以后就不走了，他靠一根扁担，一身蛮力挑出了一个偌大的家业，打出了赖猛子的八面威风，随即，船运码头的装卸、挑运都慢慢地由他调遣、安排，没有他的话，船家不会私自安排人装卸、搬挑，码头上的工人没有赖猛子的话，也不敢去做。赖猛子出了名以后，江西人投奔他的越来越多，他无论好赖，只要是江西人，就一律给碗力气饭吃。江西是个穷地方，人能吃苦耐劳，干力气活自然如鱼得水，久而久之，形成了很大的势力。赖亚刚为了联络方便，也为了外地来衡阳的江西人有个落脚的地方，便让每个江西人出一块钱，余下的全由他掏，集资修建了江西会馆。抗日战争中后期，在衡阳一带活动、整训的中国军队很多，军队中的江西人，无论官兵，只要有空，也多常去江西会馆走动，或会会朋友，没有朋友的去听听乡音。第10军军部搜索营第1连上士班长姜九水就常去。

　　姜九水是江西玉山人，秉性纯真，木讷不善言辞，体形异于平常的江西人，很高大，孔武有力，射击技术极高，只因常在军中赌博，多次受到连长臧肖侠打屁股的责罚，赌兴发了，在队伍中赌又恰好不得其便时，他便溜到江西会馆去赌。赖亚刚很喜欢姜九水，有意将他网罗到自己的圈子中来，他曾亲口许诺姜九水，等打完日本，姜九水就不用吃粮卖命了，他收姜九水做义子，姜九水来赌时，如果赖在，赖就会陪他推几圈牌九。说来也怪，姜九水在别的地方赌，从来只输不赢，到了江西会馆却只赢不输，所以姜九水对江西会馆很有感情。日军占领江西会馆后，因阵地上还有守军的最后一个碉堡，臧肖侠曾反击成功，又一度把江西会馆夺回，但最终还是因为守军人员锐减，战斗力日渐衰弱，战线太长无法坚守，臧肖侠奉命移至下新街北端据守后，日军再次夺取了江西会馆。姜九水对臧肖侠历来敬若神明，虽多次军前被责，从未有所怨言或者心怀不满，但这次江西会馆失守，他竟对臧肖侠发了脾气，说第1连不该把阵地交给友军，至少也要将他留下，只要他留下，阵地就不会丢。臧肖侠这次没有责罚他，只是许诺他，好好打仗，待打败了日本，多少个江西会馆都可以修起来。在下新街，姜九水独自一人，持一挺轻机枪，独守北端高地右侧一碉堡，日军多次向碉堡发起进攻，均被姜九水准确而猛烈的射击打退。因这一碉堡与江东岸日军炮阵地构成了射击死角，日军无法用炮火将其击毁，他们也试图将火炮推至前沿直射，但都被姜九水及时发现，予以击毙。碉堡侧山而倚，矮而前伏，进攻者难以发现，更难以用火力抑制，它射击视野阔，又正在谷口，日军

屡次进犯，屡不得逞，遗下的尸体都快遮住碉堡里往外的视线了。只要敌人进攻，姜九水的机枪一响就是半天。啥时打退啥时停歇。7月18日，盘踞在江西会馆的日军又向第1连阵地发起了猛烈的进攻，炮火轰击过后，阵地工事大部分被毁，人员伤亡很大，但姜九水的碉堡，机枪仍然在疾速地响着。这时，该堡成了阵地唯一的支撑点，为了确保，臧肖侠从阵地连指挥所冒着弹雨进入碉堡。几天来，因为人手不够用，一个萝卜要顶一个坑，除了伙夫爬进送饭和民夫爬进来补充弹药，就姜九水一个人在这里。臧肖侠一看，碉堡内的弹壳已快积到身上了，开始是半蹲着射击，后来弹壳多了，来不及清理，就蹲在弹壳上打，后来蹲不下去了，就趴在弹壳上射击。臧肖侠大为感动，先是帮他清理了弹壳、垃圾，让姜九水有一定的活动范围，然后又从阵后找来一挺轻机枪与姜九水一并射击。姜九水这下不干了，他坚决要臧肖侠立即出碉堡，他说："报告连长，这里成了孤堡，很危险，连队要你指挥，我不要紧，一个人留在这里就行了。"

臧肖侠问他："九水，我打你的屁股，你不会怪我吧？"

"我从小就死了父母，习惯了，改不过来，你别生气，以后我不赌就是了，再赌，你就将我的屁股打烂。"

臧肖侠泪水突然涌至眼眶。姜九水看他这个样子，赶紧表态："连长，你放心，只要我不死，碉堡就不会丢。"

臧肖侠拍拍他的肩膀无言地离开了碉堡。日军显然对这个碉堡恨之入骨，用一堆人费尽心力地将一门美式山炮推至机枪射程以外，连续三发直射，碉堡不见了。从此，军中再也没有姜九水这个人的高大身影了，也从此，臧肖侠在他以后的国军营长、团长、师长的生涯中，再也没有打过部属的屁股。军长方先觉来巡视阵地时，臧肖侠向他报告了姜九水一事，方先觉很感动，"患难见真情，时穷节乃见"的诗句脱口而出。

15日午后，五桂岭南端阵地遭敌炮火猛烈轰击，日军利用火炮发射了大量的毒气弹，黄昏前，日军越过铁路，潮水似的一波一波地向守军阵地扑过来，激战到午夜，第9连连长林可贤阵亡，官兵伤亡惨重。副营长李本昌前来指挥，随即身中三弹，负了重伤，情况十分危急。第3师第8团团长张金祥上校闻讯，立即命令本团第2营第4连连长陈瑞璋前去支援，陈瑞璋与他的第4连，多日在外围作战，虽则艰苦，较之城内守军却是生力军。他们一到，如出笼猛虎，威不可当，打到天明，将日军打退。141高地，遭受日军三次大的进攻，都被第1营官兵击退。到了15日，日军在一日之内组织了三次冲锋，第1营伤亡很大。营长赵国民与士兵一起在前沿，亲自投掷手榴弹。赵国民少校，山东人，身材颀长，孔武有力，投手榴弹是他的拿手好戏，一甩手就是60米开外，而且写得一手极好的毛笔字，与士兵关系融洽。第

10军前任军长李玉堂将军，曾在赵国民当连长时视察过赵国民所带的连队，甚为满意，称赞他是："文武兼备，人才难得。"日军进攻虽屡受其挫，但不改其猛，赵国民足中一弹，不退，大声呼喊士兵射击。随之，日军一股百余人突破阵地，赵国民正要亲自跃出工事与敌肉搏，恰好军搜索营第2连赶到，奋力反击，才将日军赶下阵地。枫树山阵地，因为目标高大，前崖削成了绝壁，团迫击炮连支援又十分有力，日军屡攻屡挫，陈尸阵前数以百具。到了15日夜，日军一个中队从141高地西侧，神不知鬼不觉地渗入枫树山左内侧的农业银行地下仓库团指挥所，第2营营长余龙赶来救团部，猝然短兵相接，展开肉搏，余龙被日军刺刀捅伤右胸；第4连连长李溶力杀数人后，被一日军从背后一刀捅入，当即殉国。葛先才师长闻报，大为震惊，第28团是预备第10师能攻善守的团队，团长曾京勇敢坚韧，颇富智谋，是方先觉军长甚为器重的人，也是自己的左膀右臂，日军竟将他的团部人员堵在指挥所里，葛先才岂能不着急？他手中已没有了预备队，身边仅有师特务连与配属的军部搜索营第3连，来不及多想，带上就走。日军外围有第2营余龙部，日军里侧有第28团团部，特务连与搜索营第3连人还没到，就远远地大声吆喝："弟兄们，顶住，师长救你们来了。"边喊人边跑，枪声、喊杀声震荡原野，阵地上的官兵先是听到师长来了的喊声，接着很快就看到了全师官兵非常熟悉的壮健的身影。"师长来了，师长上来，弟兄们打哇，杀哇！"守军士气大振，援兵上来，里强外压，日军为之胆寒，想突围而走，可是晚了，走不成了，全部被消灭在守军团指挥所附近。

　　五桂岭争夺战的激烈与残酷，仅次于张家山与萧家山。预备第10师的部队从战斗开始就都全部处在前沿一线，伤亡十分惨重。阵地战线又长，兵员弹药基本上没有任何补充，打到这个阶段已是防不胜防，漏洞堵不胜堵了。师长葛先才成了消防队长，哪里告急，就亲自带预备队冲上去，后来没有预备队可带了，就拆东墙补西墙，用暂时不紧张的地段的部队去增援紧张的地段。方先觉对这种情况是清楚的，但葛先才不开口求援他也不会开口增援，就是开了口，他也未必会同意增援。作为军长、守城的统帅，他必须具备比别的人看得更远一些的素质。随着战斗的日渐深入、惨烈，他也似乎日渐看到了这场战斗的结局，看到了以后还将日渐残酷、激烈的过程，所以，不到万不得已，他是不会考虑对预备第10师增援的，到了这个时候，在方先觉的心中，预备第10师和本军的任何其他师一样，必须在这次战斗中最大限度地发挥作用。他也同样要求周庆祥的第3师。如果硬要说有什么不同的话，就是他更希望预备第10师发挥更大的作用，预备第10师是他带出来的，他熟悉该师的每个营长乃至连长，他给过比别的师更多的关照。因此预备第10师应当在这种非常的时期有非常的表现。况且，兵员甚少，战线太长，手中本来就没有什么可以增援的力量，不到关键时刻，他是不想将布防在日军进攻比较弱的地段的部队调出来做

增援的。

现在，到了关键时刻了，一穴不堵，溃至长堤，五桂岭情况十分严峻，方先觉命第190师副师长潘质带第569团前往增援。第569团说是一个团实际上仅是一个只有架子的教导团，没有兵，全是军官。第569团人是少一点，但战斗力并不弱，战斗员素质比一般部队要好，潘质副师长把反攻的第一个目标定在中正堂。中正堂建在五桂岭上，厚砖高墙，飞檐琉瓦，是当时衡阳地区最宏伟最有特色的建筑。虽然有很多炮弹直接命中中正堂，但对全体并没有大的破坏。中正堂与江西会馆对峙，略高于彼，可以以火力控制。反击的命令一下达，第569团的干部们就以营建制交替着进攻。进入中正堂内盘踞的日军的火力控制范围后，潘质把迫击炮连定点，发现火力点即以单炮发射，不准集团轰击，他怕破坏了中正堂这座漂亮的建筑，他要尽他的能力予以保护。步兵则每跃进一段投一排手榴弹。等硝烟一起，借机跃进集群手榴弹炸出的弹坑。日军火力点因我迫击炮的压迫，没能发挥太多的作用，国军的手榴弹掩护进攻战术相当成功。很快，国军的一部分就攻入了中正堂，先进入者草草清理了一下周围的敌人，即掩护大部队攻入。潘质进入中正堂的大厅，即令部队对日军进行逐屋的清理。潘质熟悉中正堂，他怕日军逐屋做垂死抵抗，故意只从正面清理，像老练的渔夫往网里赶鱼，把日军压缩到中正堂后边的一间侧厅去。那间侧厅上下封锁，全部是水泥钢筋构封，别说手榴弹，就是美式山炮直接命中，也无法摧毁，日军在逐次的抵抗中最后剩下的三十几个人，匆匆地进入这间侧厅。大队长佐藤中佐左右环顾，大喜，立即命人掩上大门，他对高在一丈开外的两扇窗户还不放心，专门搭上人梯看了看，很坚固，而且窗口还极小，一个人爬出去都十分困难，他放心了，看来，一时之间，国军是奈何不了他们。但是，他们很快就发现了一个悲惨的事实，吃饭喝水没有着落。他们试图着打开大门，门一动，两挺轻机枪就从对面50米的落檐台上泼水般地泼下来子弹，别说人，就是只耗子，也休想从这门口窜出去。佐藤想起了那两扇窗户，搭上人梯往上攀，人一露头，"啾！"一粒子弹揭开了他的天灵盖，红白花花地洒了一地。佐藤没招了，恐怕到死，他也不明白，该死的中国佬修这么间侧厅是做什么用的，房子不像房子，仓库不像仓库，确确实实像个大墓穴。别说佐藤他们，就是中国人自己，后来有许多人去参观中正堂这栋建筑的时候，也搞不清楚这间侧厅是搞什么用的。当时潘质看到鬼子进了侧厅并掩上铁皮门，活像渔夫看到鱼群按自己的意图乖乖进了网一样高兴。他让一个班占领铁门对面的落檐台，再命四个神枪手控制那两扇窗户，一刻也不准松懈，日军如果从那里出来，封锁那里的官兵就要受到就地正法的处理。布置完了这里，他命令一个机枪排和四名射击技术很过硬的军官，占领中正堂的一侧楼台，楼台上头有搭檐，炮弹只要不是直接命中，对楼台上的人就不会构成威胁。楼台正面正对着江西会馆，会馆里的日军除非不出来活动，出门活动就落入了中正堂楼台上国军的视线之内。彼此的距离也正在射程内。江西会馆内的日军，多次组织进攻，均没有冲到一半距离，就被国军的机枪排与神枪手当活靶子打掉了。其余的部队，潘质令其以中正堂为凭据，慢慢地、步步为营地向外扩展，侧厅里的日军做了几次无益的攻击后，认命了，他们只好以这间侧厅做了他们几十个人的共同的丧身处——全部饿死在里面。中正堂，直到衡阳城破都还在国军手里，表现了潘质将军的出色指挥才能。

潘质，湖南浏阳人，黄埔四期生，第10师副师长，少将军衔，他身材魁伟，举止庄重，颇有三国名将关羽之风，在第10军中颇受尊敬。

第30团的主要阵地是张家山及湘桂铁路修机厂及西侧高地。据守修机厂及其西侧高地的是第30团第3营。

日军从7月11日拂晓开始，对修机厂进行了多次攻击，直到12日深夜，日军方有200余人渗入修机厂与西侧高地的低洼交合处。他们占领了交合处以后，即配合正面进攻的部队从两边上卷。在修机厂内指挥的第3营营长周国相沉着冷静，命一个排以火力截断进入交合处的日军，隔断其与后续部队的联系，修机厂与西侧高地留一半人坚守正面阵地，另一半人同时从上往下往交合处压。周国相，黄埔军校十二期生，在学校时因品学兼优曾蒙蒋介石校长接见，他平时治军严厉，驭下极严，又爱护有加，自我要求也极严，生活俭朴，无不良嗜好，所以全营上下，莫不令行禁止。接到命令，各部立即行动，激战3小时，交合处的日军全部被歼。天明打扫战场，日军尸体抛满了洼地。国军人力有限，自己人的遗体尚多不能顾及，何况敌人，只搜寻枪械而已。13日黄昏，日军再度进攻，这次他们不敢孤军深入，而是每60人左右为一队，前队冲锋，后队掩护，交替前进，步步为营，逐渐地侵蚀守军阵地。日军枪法好，单兵作战能力强，守军抵挡不住，被日军攻入了修机厂内。日军在修机厂的楼顶上架上机枪，对着被挤出了修机厂，像被赶散了的鸭群一样的国军猛烈射击。第9连连长王云卿，机枪第3连连长何洪振相继在日军歪把子机枪的狂叫中阵亡。看到朝夕相处的战友牺牲，周国相悲愤万分，但他深知第30团的重要阵地是张家山，修机厂是不可能得到援助的，他只有用行动来贯彻军长方先觉战前训示，人在阵地在，人亡阵地亡。他组织数次冲锋，欲图夺回修机厂阵地，但日军既然夺去了，便不可能轻易地让出，而且，日军能夺走，在没有任何力量增加的情况下，又怎么能再夺回来呢？周国相对这些岂能不知？他只是在尽一个中国军人的责任，体现一个中国人的民族气节而已。打到14日深夜，国军伤亡越来越多，弹药越来越少，周国相对副营长蒋鸿熙交代："这次我带队冲锋，不成功，你便率队退至二线阵地打线坪，如果上峰查问，你就说是我的命令，你只是奉命行事。"蒋鸿熙

要说什么，周国相挡住了他："你我相知，就不必挡我，你责任重大，要把还活着的弟兄们带回去。"回过头来，他对聚集在他身边的第3营官兵说："弟兄们，我们再冲击一次，成功是不可能的，死，是很难避免的，所以这次，不勉强大家，愿上的就上，不愿上的在后边掩护，等冲锋结束了，再与蒋副营长撤回。"说毕，抄起一挺轻机枪往上冲，全营官兵，除了伤兵，全都与周国相一起冲锋。结果是早就预见了的。周国相被一串机枪子弹射穿了胸脯，当即倒地身亡。蒋副营长最后将61人带出阵地，有60个人全是伤员，伤得最重的是蒋副营长，他已身中3弹，但他坚持亲自与人抬着这61人中唯一没有痛苦，也就无所谓负伤与否的周国相。抬到打线坪，国军第10军预备第10师第3营残部，为他们的营长举行了隆重的葬礼——以流淌的血为泪，以松枝为香，以枪响炮响为礼，庄重地为周国相送行。团长陈德垡参加了葬礼，他亲自与大家在炮火犁松了的土地上，掘出了墓穴，亲自与大家一道将一个战士的躯体埋入了他为之战斗的土地。土地有情，很快就接纳了他。这是衡阳保卫战中唯一为战死的官兵举行的最为隆重的葬礼。

湘桂铁路修机厂与其西侧高地于7月14日清晨失守。

与此同时，张家山受到了日军更为猛烈的进攻。进攻张家山的是日军第116师团最凶悍的黑濑平一大佐的第133联队。黑濑联队自从日军对常德作战以来，从没有吃过败仗。联队长黑濑平一的名言是"协同就是力量"，他要求部下，彼此之间，要相互掩护、支持、配合。在他的训练下，黑濑联队的官兵都有坚决贯彻上级意图的决心、勇气与技能，从来都是每攻必克，每守必坚。也正因为黑濑平一的出色表现，使他受到了日军大本营及对华派遣军的注意，衡阳作战之后很快成为日军中最为年轻的将军。但是，黑濑平一大佐在张家山下却丢尽了脸面，在第一个阶段的大举进攻中，黑濑联队的三个大队长：栗原明洁少佐、足立初男大尉、大须贺贡特大尉全部阵亡。第一次总进攻受挫后，黑濑干一大佐将三个大队的残余兵力编成两个大队，由东条及小野两个上尉分别担任大队长。

第二次总攻击，黑濑联队除了增加了野战炮兵第122联队第1大队配属进攻以外，人员没有增加，但是严厉、勇敢的黑濑大佐对东条和小野两位大队长交代：荣誉是军人的性命，军人的荣誉是攻必克，守必坚，如果做不到这一点，就没有荣誉，没有荣誉的军人要性命有什么用处？

7月11日黄昏，日军炮兵在对守军阵地作了覆盖式的轰炸之后，黑濑平一将第133联队的队旗展开，说："只要133联队还有一个人活着，就要将队旗插上张家山。"他带领大家举行了拜旗仪式后，即发布命令开始攻击。一连三个昼夜，黑濑联队以每百人成一个梯次队，在空军和地面炮火的掩护下，一波一波地向张家山冲击。

两次全面进攻比较，日军与国军有了一个优势转换，第一次全面总进攻，国军准备充分，弹药、粮食充足，而日军补给线受阻，在中国战区掠夺又因中国国民的坚壁清野而十分有限，粮弹都很缺乏。第二次全面总进攻，国军困守孤城，弹药粮食补给多靠中、美空军投掷，这本来就受到很大限制，而日军却在外围靠强大的步兵用武力开通维护了补给线，使第116、68师团的给养及时得到了补充，特别是弹药。因为有了充足的弹药，日军对炮兵的作用做了更大限度的发挥。国军炮弹几近告罄，对日军的炮阵地没有了任何威胁。日军将射程远、口径大的山炮集中在一起，由师团直接指挥肆无忌惮地发射轰击，将口径小、便于直射的炮，配属给先进攻的建制联队以上的单位，便于机动作战。东条大队进攻张家山时，受到国军在张家山一侧的221和227小高地火力点的侧射，多次进攻，均受阻于此。配属作战的炮兵第122联队第1大队大队长仓成国雄少佐，积极协同，较远距离轰击，虽然对国军造成打击，但不能直接命中目标，步兵仍然冲击未果。仓成国雄少佐命令把炮推至守军阵前100米左右处，准备直射守军火力点。守军发现了日军的意图，立即用机枪扫射日炮兵，一梭子弹打来，仓成国雄少佐两脚齐跺被打断，凶悍的仓成国雄扶炮不倒，亲自摁动了火炮击发机。黑濑平一联队长闻报，亲临慰问，仓成国雄尤戏称："愿做步炮协同之鬼，以睹胜利。"并且拒绝了后送，仍在一线随队指挥作战。

坚守张家山的，依旧是预备第10师的第30团主力。

因为战场优势转换，因为第一次总攻击和第二次总攻击开始时的炮、空轰击，阵地工事受到了大面积的破坏，张家山守军陷入了前所未有的困境。日军对张家山221及227高地的十二次冲锋，有十次进入了阵地，守军基本上是靠手榴弹和刺刀将日军赶下山去的。有些时候，因为日军的步炮协同过分紧密，只得将日军放进阵地才用刺刀去解决，如此，阵地四次失陷，又四次夺回，如同拉锯，日军与守军死伤均十分严重。阵地的第一次失陷是11日午夜，团长陈德坒亲率第2营残部120人发起反击，在翌日清晨将阵地夺回。第二次失守是12日中午，师防毒连及第30团直属队混合编成两个连队，由参谋主任吴成彩指挥反击，打到黄昏，已差不多将日军全部赶下阵地时，黑濑联队的督战队赶到，他们臂戴红袖章，手持冲锋枪，头戴钢盔，面目无情，败下阵去的日军一看，只得扭头又往上冲。他们也怕死，但他们两相比较，即使是死，也是死在中国军队的枪口下比死在执法队的枪口下好。以死相拼，锐不可当，防毒连连长王开藩上尉身中数弹，壮烈牺牲，残部六十几人，死战不退，最后全部是刀伤加枪伤战死在阵地上。第30团到了这个时候已是没有生力军了，残部凑合起来，也无力夺回阵地。方先觉将军工兵营也遣上了张家山阵地。工兵营营长陆伯皋中校指挥他的营修路架桥、构筑工事、破坏敌人阵地工事是行家里手，但阵地作战，尤其是肉搏却不是所长。顾不得许多了，赶鸭子上架，就像方先觉临陆伯皋上阵时说的："人全在一口气，有这口气在，就可以做出超过平常人

做出的事情。咱们这口气，就是咽不下日本想亡咱们中国这口气。"天黑时进入阵地，开始进攻没有什么章法，大家跟在陆伯皋身后，一窝蜂地往上冲。天黑，全靠炮火与曳光弹光指引，靠感觉战斗，很快队伍就散了，多是班自为战，人自为战了。工兵营两个连的200多名官兵真是好汉子，他们靠着将生死置之度外的勇气，在弄不清是敌人的尸体还是自己人的尸体中间、在活着的敌人与自己人中间来回拉锯般地混战。纵横作战时，人常被倒地死伤者绊倒。到天亮时一看，日军居然除了躺倒在地的，再没有以别的形式在阵地上的了。国军除了倒地的死伤者，在阵地上活着的也全是工兵营的官兵。阵地夺回，工事残破，必须抓紧时间修补，以准备守坚击敌。这是工兵营的拿手戏，官兵们将日军的死尸拉回来，堆在前沿壕上，加盖泥沙，成了掩体。日军只好准备再挨一次枪子了，只不过这次是他们自己人的。午后2点钟，日军又攻了上来，战至黄昏，拉锯数次，毕竟不比黑夜，毕竟是惯于修路架桥的手，刀丛弹雨中，两连士兵尽了最后的能力，全部长眠在张家山221和227两个小高地上，他们用生命与热血舒展了民族之气。

攻下两个小高地，黑濑联队便全力对付张家山，形势岌岌可危。方先觉又令第3师第8团第1营营长李恒彰率该营的两个连归属预备第10师指挥，跑步前去反击。这天夜晚，月明星稀，张家山阵地上人影闪晃，国军、日军互在进退。打到午夜，第8团第1营被日军压下了阵地，李恒彰收拾残部，将之分成五个小队，利用夜色与各种障碍物，又冲上了张家山高地。这次战斗，较之以往更为惨烈，因是混战，又是深夜，全靠刺刀，没有吆喝，没有枪声，只有粗重的喘息，钢铁碰撞的尖锐的声音，刺刀捅入人体沉闷的声音，热血扑地的若有若无的声音，人临死前惨叫的凄厉的声音……大地终于陷入了沉寂，两个连的中国士兵没有一个活着走下阵地的。葛先才打通了军长方先觉的电话，葛先才还未来得及说话，方先觉就厉声说："是要援兵？军部剩下我了，那只有我来！"葛先才二话不说，挂断电话，把师部的特务连与师长、副师长、参谋长的卫士及其勤杂人员，匆匆凑成两个连，在天亮前进入了阵地。葛先才脱掉了将军服，穿上作战服，手持美式冲锋枪，一马当先，一边射击，一边以手势指挥队伍发起进攻。这是一支战斗力较强的队伍，阵地混战，在于士兵的单兵作战技能，师特务连、师指挥人员的卫士，都有比较好的个人作战经验与技能，加上葛先才亲自上阵，官兵士气正旺，一个冲锋上去，就把也已疲惫不堪、死伤惨重的日军赶下了阵地。日军残部退出了张家山。黑濑平一听报张家山阵地又得而复失，气得哇哇大叫，也亲自带队向张家山冲去。这是一次灵魂、力量、意志的搏击，国军、日军双方都已到了最后的关头，就看谁能坚持下去。黑濑平一做梦也没有想到，眼前张家山阵地上这200多人中，竟有在日本有关中国军队高级将领记载册中有名的葛先才将军，但凭战场经验，凭一个指挥官必须具有的对于危险的敏感，他知道这200多人的战斗力不能小觑，果然，第三次冲了上去，第三次又被赶下阵地。第四次进攻他更谨慎了，先是与师团炮兵阵地联系，对张家山阵地再做一次概略轰炸，然后又让配属炮兵做一次重点火力清理，再组织人马冲击。这次异常顺利，没有任何阻碍，冲到阵地上，已是7月14日天大明了，黑濑平一举目四顾，中国军队无影无踪了，他狐疑地指挥队伍进行火力搜索，终于确信中国军队撤出了张家山阵地。黑濑平一突然有些不是滋味了，但他还是指挥部属插到张家山阵地的顶峰。

黑濑平一最后一次被逐下阵地后，葛先才即报请方先觉军长，要求收缩部队，放弃张家山。理由是221与227高地，已经是没有能力恢复了，张家山主阵地尽在其瞰制中，左翼第3营的阵地已无法保守，加之天气酷热，漫山遍野的尸体高度腐败，臭味难当，对守军心理压力太大，时间再久，亦势必失守，不如紧缩兵力，退至肖家山、打线坪二线阵地，准备再次固守。方先觉知其确实，准其所请。黑濑联队的人马再次冲上来时，已人走山空。

这时的张家山阵地，小树上没有了叶子，幸存的几棵大树没有了枝丫，绿色的草地变了颜色，中日双方遗尸摞着遗尸，低洼处，弹坑里淤满了发黑的血，张家山的土壤吸血已经达到了饱和，再也渗不下去一滴血，渗不下去一滴水了。

就在这块小小的高地上，国军有7个建制连的官兵全部把热血抛洒在这里，而黑濑平一有着3000人的第133联队，攻下张家山后，仅剩下250人活着。第二期总攻时再次配备的东条与小野两个大队长又全部都战死在这座小小的孤山上。

张家山，英雄的山，悲凉的山，时日迁延，这座当年灌溉过太多太多热血的山，如今在衡阳的地图上再也没有它的名字了，但是中国的历史应当记得它，一个要想强大的民族、国家，不能忘记它的历史，尤其是惨痛与英雄的章节。

争夺的形式与结果，虎形巢与张家山大体是相同的，不同的是争夺的对手。

据守虎形巢的是国军第10军预备第10师第29团，团长朱光基上校。

进攻者是日军第11军第116师团第120联队，联队长为和尔基隆大佐。

和尔基隆大佐与黑濑平一大佐不同，他没有名气，正因为没有名气，他才更希望有名气，还有不同的是，黑濑平一凶猛、严厉，和尔基隆却稍显冷静，如同一个婆婆妈妈的小学老师。正因为将领风格不同，他们带出的部队风格也不同。第133联队进攻像秋风扫落叶，迅疾无情，第120联队进军就像篦子篦头，疏密无遗。

第29团团长朱光基上校，粗犷，豪放，没有私心，早已将生死置之度外。

虎形巢和张家山有点区别，它前面地形开阔，日军白天难以接近，只能在晚间进攻。虎形巢高于张家山，坡前已削成了绝壁，绝壁上是前沿工事，这给日军进攻带来了比进攻张家山更大的一些困难。

　　和尔基隆命令配属炮兵将炮推至前沿，将步兵在阵前布置好，然后向守军阵地作虚张声势的佯攻。守军沉不住气，漫无目的地予以还击，暗夜中，守军轻重机枪吐出的长长的火舌，清楚地给阵地前日军炮兵标明了自己所在位置。和尔基隆觉得时机成熟，命令开炮。日军炮兵弹药充足，距离近，目标又清楚，一轰一个准，十发单炮发射，击毁了守军六个机枪阵地。和尔基隆还不放心，又命令炮兵细细地将前沿阵地的障碍逐段彻底炸毁，用炸药将阵前陡坡炸成斜坡。在他终于认为可以进攻了时，他还小心翼翼地派出少量人马进行试探性的冲击。果然，守军的力量还很强，没费太多的时间，就将这一小拨日军连毙带杀地弄得没剩几个了。和尔基隆还是要炮兵对他认为可疑的地点再轰了一番，然后正式开始攻击。

　　第29团第2营李振武营长，他正好与和尔基隆打第一个交道。李振武年轻，缺少战场经验，过早地暴露了自己，结果为日军炮兵所乘，火力点十处被毁了五处。两个照面打下来，阵地失去了三分之二，人员伤亡四分之三。李振武被和尔基隆挤到了阵地一侧，这个地带没有守卫工事，李振武和他的部属只好依靠岩石和一些为数很少的树木与日军周旋、对峙。和尔基隆是个精细的人，他知道无论如何，炮弹还是缺乏的，但他同样知道，与日军的性命相比，炮弹就显得太微不足道了。他还是止住准备再次向守军占领阵地之一隅冲击的部下，命令炮兵再次进行清理式的轰击，在他认为可以冲锋了的时候，炮轰停止，他亲自率队冲了上去。这次有些异常，多年的战场经验告诉他，不管炮火如何猛烈，这样偌大的阵地上，总还会有幸存者，总会有人还击。但这次没有，冷冷清清的，没有一个活动的人影，炸死的中国军人有的抛尸岩石上，有的倒在坡地上，还有的扑倒在弹坑里。弹坑里？不对，他突然觉察到了自己的异常是因为什么，可是来不及了。弹坑里的"死尸"，在一声愤怒的吼叫中突然都翻身而起，他们有的鲜血满身，步履蹒跚，有的头脸有伤，面目全非，也有的健壮无损，疾速如箭；相同的是，他们身上都捆着手榴弹，手里面执着的手榴弹都嗞嗞地冒着白烟，疯了般地扑了上来。本来已经像进入无人区放松了警惕的进攻者，遇此突然变故，一时间不知所措了。等他们反应过来中国守军想干什么了时，他们有的被中国军人抱住了，有的撒丫子跑开，咪溜咪溜的手榴弹扔到了眼前。人类最为惨烈也最为壮美的一幕，就在虎形巢这个名不见经传的小山头上发生了：中国军队的几十名士兵，在营长李振武的指挥下，集体与进攻他们的家园、进攻他们的阵地的日军侵略者做同归于尽的最后一搏了。一阵惊天动地的手榴弹爆炸声后，李振武和他的部下，没有一个活着的了，他们用自己最后的行动弥补了一切的不足与过失，用生命与鲜血描写出了中国抗日军人的崇高品格。

　　李振武死了，为了他的国家，为了伸张正义。和尔基隆死了，也为了他的国家，为了畅遂他的国家的私欲。

侥幸脱逃的一小部分日军，把第120联队的队旗竖在虎形巢。

朱光基团长决定夺回虎形巢。他命令第1营营长劳耀民，率该营两连不足百人的残部前来反击。

队旗竖上了虎形巢，并不等于日军就全部占领了虎形巢，在阵地一角，还有国军的一位上等兵守在那里。他在堑壕里，日军冲上来他就掷手榴弹，手榴弹掷得又远又准，日军一下子还真就没有办法。这块阵地给劳耀民夺回虎形巢留下了个口子，他们就从这块阵地背后一口气冲上来，这名孤兵一见，立即破口大骂："敌人攻上来了，你们怕死，放弃阵地逃走，我一个人投手榴弹坚持，你们才敢回来，可耻！可耻！"

一位排长向前叫了一声："傻鸟！不要乱骂，你认识我吗？"这位孤兵才认真看了一下，叫道："你是第3连的刘排长，怎么不认识？"

这位被刘排长称为"傻鸟"的孤兵，是第29团第1营第2连上等兵余奇烈。余奇烈生性迟钝，笑口常开，憨厚、朴实，官兵常戏弄他，称他为"傻鸟"，他也不以为耻辱。他勤劳拙朴，学术科很差，射击经常脱靶，但力气大如牛，是投掷手榴弹的好手，快、远、准，都是一般人所不能比的。日军进攻时，炮弹将他震昏了，待他醒来，日军已占领了虎形巢，他就坚持在阵地一隅，一颗一颗地投掷手榴弹。

刘排长也熟悉余奇烈，他这会儿对余奇烈说："这就是了，我们是第3连的，不是你们第2连的，除了你，你们第2连的都牺牲了，你看看。"

余奇烈朝着刘排长手指方向一看，只见死尸枕藉，除日军的外，全为熟悉的第2连官兵。余奇烈全身瘫痪了一样，一屁股坐到地上，放声大哭，众人劝止不住。劳营长亲自劝其回营部，余奇烈坚持不走。他哽咽着说："我连上的人，都在这里拼死了，我不去营部，我要在这里为他们报仇，死也要与他们死在一起。"劳营长无法，只有交代大伙多关照他。进入黄昏，劳耀民挥部向日军进攻，余奇烈一边飞快地冲锋，一边不停地向日军扔手榴弹，又远又准，日军一片一片地倒了下去。因他冲得太快，后续部队还没赶上来，他孤身进入了敌阵。日军围了上来，想活抓他，他伸手拉响了手里的两颗手榴弹，与身边扑上来的一群日军一下子就都没有了踪影。国军在阵地上摸索着打了一夜，直到天明才将这部残存日军尽数剿灭。日军第120联队的队旗又被从虎形巢阵地上拔掉了。而劳耀民这百来号人，也只有30多人能再次战斗了。为了稳固阵地，朱先基将团直属队混合编成了一个约70人的连队，还将师配属来队作战的炮连拨归劳耀民指挥。这个炮连只有61人，因炮弹用罄，无炮用，改编成步兵。这样，勉强又凑成了一个建制营，坚守在虎形巢阵地上。

日军第120联队联队长和尔基隆被炸死在阵地上，心平忠雄大佐接替了联队长的职责。此时日军的伤亡较之国军要更大一些，战斗员的锐减，使他们不能像刚开

初那样动辄冲锋了。虎形巢的反复冲杀，尽管前任联队长和尔基隆精细小心，但守军李振武营长和他的部属最后的壮举，使第120联队的残部折损三分之一。为了保存实力，日军再次对像已被深犁过了的虎形巢进行炮轰。燃烧弹、炸弹，还有毒气弹，一颗接一颗地在虎形巢阵地上炸开，阵地上烟尘弥漫，遮天蔽日，官兵多数不死则伤，不死不伤的也在毒气中昏迷了，只有很少兵员能继续作战了。日军乘机攻上了阵地，敌我犬牙交错，难分难解地进行混战。劳耀民的营指挥所，设在虎形巢高地的一座碉堡里，两名日军竟错开射击弹线，攀上了碉堡的顶端，在堡顶上端着轻机枪向四周的守军扫射，居高临下，视野开阔，守军伤亡极大。劳耀民身边这时仅剩一名号兵班长和一名传令兵，劳耀民率二人冲出堡外，将手榴弹掷上了堡顶，炸毙了两个骄狂的家伙，才稍微减轻了一些压力。劳耀民令传令兵与号兵班长传令各连，堵塞交通壕两端，用中间的碉堡截堵，与日军展开捉迷藏式的作战。劳耀民令一士兵背着手榴弹箱跟着他，哪里威胁大，哪里危险，他就奔向哪里投掷手榴弹。几箱手榴弹投到最后只剩下5枚了。日军嚎叫着在交通壕内横冲直撞，刺刀、手榴弹并用，打得守军已近无力反击。正危险之际，朱先基团长亲率奉军长之命前来增援的第3师第9团第3营的两个连，冲上阵来。优势生力军的补入，使本已稳操胜券的日军顿感不支，但日军作困兽之斗，在狭窄的交通壕内与国军劈刺，展开了人世间最为惨烈的屠杀，热血飞溅，刀光剑影，雄性的怒吼，弱者的惨叫，交织成了一幅声像俱备的动人心魄的战场图景。

交通壕狭窄，两者相遇，无可规避，无可回旋，刀枪之下，勇者余存，所以死伤极大。交通壕内淤血没路，尸体摞在一起，要搬开人才能通过。国军虽然人多势众，但日军背水一战，深谙置之死地而后生、以死相拼或能生的道理，个个奋勇顽强，以一当十。几个小时拼下来，第9团第3营营长孙虎斌、战炮连连长陈以居、第8连连长王刚干、第9连连长许健都先后阵亡，劳耀民营长左肩再次负伤，一日军军曹的刺刀挑断了他的锁肩骨，他手中的大刀片子也削掉了那日本军曹的脑袋瓜子，如此战斗到15日天明前的一个小时，整个虎形巢阵地上的守军不足百人，阵地一半失守，国军无力反击收复，日军也暂时无力向守军依然占领的一半阵地攻击。与此同时，虎形巢北侧的范家庄，是第3营的一个连加强据守，连日为敌所攻击，阵地几次失守又几次被夺回，近一百人阵亡，两任连长与五个排长战死，最后只剩下十一人，由唯一幸存的干部章正宏排长指挥，固守三个碉堡。葛先才考虑张家山及东侧的湘桂铁路修机厂已经失守，虎形巢、范家庄已成孤阵，兵力单薄，久守必是力不能支，不如把虎形巢与范家庄放弃，兵力抽至西禅寺，加强西禅寺阵地防守。方先觉军长同意，范家庄、虎形巢的守军奉命令退守西禅寺、肖家山。

预备第10师三个团，在一线阵地打了二十天，兵力基本上打光了，拼光了，虽然仍然还是用预备第10师的建制，实际上兵力大都是外抽增援部队补入的。到7月16日止，预备第10师所防守的一线阵地，已全部失守，部队全部撤至二线防守阵地。

在日军进入第二期总进攻后，第3师防守的阵地尽管受到冲击，但较之预备第10师，显然要小得多，军长方先觉每在预备第10师防守阵地告急的时候，便从第3师中抽调兵力增援，这样一抽二抽，第3师的第8团、第9团都有整营建制的兵力归属预10师指挥，由此，从整体上看，兵员消耗也是很大的。周庆祥认为，这样抽调增援，还不如用第3师整团建制前去替换防守，免得上峰以为总是预备第10师在打，实际上是第3师的部队在出力。特别是在葛先才获得蒋委员长亲颁的"青天白日"勋章以后，这种想法就更加强烈。在方先觉抽调第9团第3营增援预备第10师第29团时，周庆祥忍不住说："不如把第29团朱光基调来，让第9团上去算了，整建制的，还好指挥。"方先觉出乎意料地严厉地说："大敌当前，大难临头，第10军要想在此战中求生存，就任何人都不得有私心，也不能怀疑人家有私心。"稍停，他口气转缓，"预备第10师部队损伤大了，营连长阵亡众多，但团长还在，也有一些下级军官，他们在自己的阵地上滚久了，熟悉地形、工事，派部队前去配合作战，免去了熟悉地形和工事的过程，有利于整个战局，再说每个团都有防守阵地，整建制地调走，又要调别的部队到调走的部队阵地去防守，两头都费时间、费事。大面积的换防还容易动摇阵脚，为敌所乘。"

周庆祥无言以对，只得按命抽调部队。

在第3师所辖的防守阵地中，第7团受到的冲击最大，官兵的表现也十分英勇。

第7团方人杰团长被撤职查办、第3营营长李桂禄被就地正法后，全团上下震动极大。由第9团副团长调升第7团团长的鞠震寰上校到职伊始，即对各营长说："我鞠震寰受命于危难之际，足见上峰对我的信任。我鞠某别的本事没有，只有两个本事，一是斩马谡，对那些作战不力，丢失阵地的人，必严惩不贷。二是身先士卒，带头杀敌不落人后。我希望大家和我一样，抱定一个信心：要死也要死在鬼子的拼杀中，不要死在自己人的枪弹下。"

第7团第1营据守易赖庙前街，第2营据守杜仙街、杨林庙，第3营据守青山街、衡阳县立中学。日军开始第二期总进攻后，连日对第7团阵地进行了空袭、炮轰和施放毒气，各营官兵都有较大的伤亡。易赖庙前街及杜仙街，先后在7月13日、14日、15日，被多股日军三次突入，都被守军驱出阵地。14日夜，一股四十余人的日军突破防守线进入杜仙街，第2营营长谢英，带头率队进行反击，将日军全部消灭后，清扫战场，谢英营长走至一倒地的日军少佐前，弯腰欲去收缴其武器，冷不防倒地的日军少佐一跃而起，挥起军刀一刀将谢英从左肩至右胁斜斜劈下，当即殉国，日军少佐复又倒地。国军士兵愤而准备开枪，随营督战的第7团团附侯树德拦

住，他愤愤地说："他以刀劈死了我们的谢营长，我要以刀来结束他的狗命，为谢营长报仇。"他从一士兵手里接过一支上着刺刀的中正式步枪，马步上前，大喝："起来，与你祖宗来决一死战！"连叫数声，日军少佐没有动静，侯树德大骂："你装死，今日也难逃这一刀了。"他踮步向前，飞起一脚，将日军少佐踢出老远。不对，日军少佐滚了几个轱辘，又一动不动了。侯树德看他的军刀也被踢飞了，便走上前去察看一下，发现日军少佐竟早已没气了，他的肚子上中了一刀，深至贯穿，但他竟在临咽气时砍杀了谢营长。

随之，接到鞠震寰团长的命令：谢英营长所遗一职，由团附侯树德接任。

7月15日上午，第2连连长储垕畲率连据守的杜仙庙以北阵地，因日军的奋力进攻，丧失了阵地右前方掩护障碍物的一个伏地堡。这个伏地堡对杜仙庙以北阵地，有着屏护作用，失去了，日军则可以以此堡火力辖制守军，掩护支援日军向阵地进击。为阵地安全计，必须将此堡夺回，但第2连伤亡很大，已没有力量反击，储垕畲决心孤注一掷，拼，把阵地拼回来。

储垕畲，上尉，浙江诸暨人，军校十六期生。

储垕畲从全连的士兵中间挑选出4名敢死队员，组成突击小组，由其亲自率领，每人携带中国空军空投下来的4枚美国造的圆形手榴弹，于下半夜三点半钟，分别秘密地爬过外壕，通过木栅，朝伏地堡摸去。下半夜的三点半钟，正是黎明前的黑暗，极难被发现。他们凭着对地形的熟悉，准确地摸到了目标区。储连长打出事先约好了的信号，各人拉开手榴弹的保险针，从伏地堡的射击孔扔了进去。几下闪光，几声爆炸后，阵地平静了下来。等不到东方发白，储连长命令清扫战场，发现占据堡内的五名日本鬼子全部被炸死了。储连长指挥大家维修地堡，准备坚守，突然从对面山腰上射过来一串长长的机枪子弹，他连晃晃都没有就被重拳一样撞来的子弹撞倒在地，再也爬不起来了。尤为使人觉得日军残酷的是：储连长被击中后遗体暴露在外壕，倚挂在一排铁丝网上，风刮来，则悠悠来，风刮去，则悠悠去。守军在白天一时无法取回，日军的机枪竟不时地以储连长的尸体作靶子，不断地打着玩，打在他身上的子弹不知其数，打得遗体像马蜂窝似的，守军官兵见此情景，无不对日军切齿仇恨。

储连长牺牲后，排长戴楚威上尉以功提升接任。

戴楚威是浙江人，军校十六期毕业生。

戴楚威接任的第一件事就是抢回前任连长储垕畲的遗体。本来，是可以等到天黑再从容取回的，但戴楚威不能，他不能容忍日军如此戏弄自己，如此视国军如无物，如此作践储连长的遗体。

戴楚威连长选了4个特等射手，手持步枪，在机枪的掩护下，戴楚威带射手隐蔽着分两小组，最大限度地接近鬼子的那个机枪阵地。守军的5挺机枪，一齐朝着日军咆哮开了，日军机枪立即火力还击，两边都不示弱，打得双方掩体尘土飞扬。日军一个劲地对付守军正面的机枪阵地了，全然没想到在他们的左翼、右翼有几个黑森森的枪口在冒着死光了。这时候，"叭、叭、叭"几声冷静的枪响，撅着屁股探着身子、一个劲地扣动扳机的日军机枪射手，突然怔着了，瞪着一双茫然的眼睛凝视蓝幽幽的天空，身上被子弹钻出的几个弹洞，鲜血像箭一样射了出来。他仰倒在刚才还在作恶的阵地上了。守军机枪乘机猛烈扫射，分别将3个蹿上来准备接替机枪阵地的鬼子打翻在地。一时间，日军机枪哑了。

戴楚威飞步上前，伸手去拉储垦畲的遗体，没想到遗体已被太密集的子弹打得差不多碎了，只有丝丝缕缕地连挂着，这一拉，就散架了。正没辙的时候，日军机枪又响起来了，急中生智，他将自己的上衣一脱，把储垦畲的遗体一卷，裹好背起就走。戴楚威高大，储垦畲瘦小，这一裹，正好严严实实的。

天，黄昏。残阳，如血。一地，一天，满目凄丽。

戴楚威与第2连的官兵，将他们的上一任连长埋葬在他殉国的伏地堡后的荒地上。只是，没有想到厄运很快就降临到了戴楚威的身上。

16日清晨，日军飞机空袭，将一大堆燃烧弹投到了戴楚威的第2连防守的阵地上，这时戴楚威上尉正在与几个士兵挖战壕，燃烧弹落下，瞬间，浓烟、烈火席卷着整个阵地。戴楚威侥幸被炸弹炸起来的土盖在身上，没有被烧着，但几个士兵身上都着火了。他们跳着、蹦着、嚎着，痛苦万分。戴楚威不忍，冒着危险，扑上去帮着扑火，谁知真正成了惹火上身，他身上的衣服、头发全部着火。虽然抓、打、滚，仍然扑不灭硫黄、汽油燃烧的火焰，直烧得戴连长和众兄弟头皮绽裂，五指脱落，血肉模糊，惨不忍睹，直到被赶上来的第2连官兵用挖战壕挖出来的碎土泼洒在身上，才将烈火扑灭。戴楚威被送到城区，那里同样缺医少药，以至于在他的为期已经很短的生命里程中经历了一番痛苦万分的时日。

在日军第二期全面进攻中，第10军的三个师长加上配属的暂编第54师师长饶少伟，除了饶少伟手中没有兵不那么紧张外，就数第190师师长容有略相对轻松一些了。该师唯一一个相对完整的建制第568团据守演武坪、杜家港一线阵地，连日虽然也同样遭到日军的空、炮、步的攻击，造成了一些官兵伤亡，但第190师都能从容应付。

7月13日，借着黑暗，日军向第568团第1营第1连防守的阵地，偷偷窜进来大约一个分队的人马。第1营营长杨济和闻报，即不动声色地指挥第2连悄悄地断了日军的后路，防其首尾相顾，第1连连长魏寿松指挥全连合力将日军往阵地纵深赶，谁知狡猾的鬼子却冲进了天主堂内，想利用其高墙厚垣，负隅顽抗。魏寿松指挥连队将

教堂团团围住，用集束手榴弹将大门炸开，在机枪的掩护下，官兵们前赴后继，力图一鼓作气冲进去将日军这个分队剿灭掉。不料，在墙垣背后，日军已迅速布置好火力，步枪、机枪对大门口构成了一道无法逾越的防线，守军攻势受挫。魏寿松一看硬拼费时，更容易造成伤亡，便找来大量的煤油和几支救火用的水枪，将煤油射入墙内及周围墙瓦上，用棉花、布片沾浸上油点燃，扔进墙内。顿时，烈焰腾腾，很快，天主堂内传出了狼一样的嚎叫声，不久，一股难闻的焦味飘浮在天主堂上空。这股日军全部丧生于烈焰中。

从7月11日到16日，连续五昼夜的两军拼杀，伤亡都很惨重。日军以大约8000之众的伤亡，终于撞开了工事全毁的张家山与虎形巢这两扇进入衡阳的大门，以及市民医院南面的要线，肖家山、枫树山西南阵地；五桂岭南半部的141高地，张飞山等，均被日军占领。然而，就此之后，日军已成了强弩之末，后继无力，不得不顿挫于城下。

预备第10师的三个建制团，连杂役、炊事兵都上了前线，伤亡已达到十分之七八。继续据守阵地的，虽都是预备第10师的番号，实际上兵员多是从第二线阵地抽出来的第3师的第8团第9团、军直属队的官兵。实际上到了16日，所谓阵地防守，也只是东补西缀，支撑残局而已，防广兵单，有的地方，往往百余米正面空无一人。

因此，方先觉下令调整部署，全部改守二线。部署如下：

一、第3师第8团附搜索营第1连约300人，占领外新街、五桂岭北半部阵地。

二、预备第10师第28团附搜索营第1连、第2连约350人，占领接龙山、花药山、岳屏山阵地。

三、军工兵营80余人附新编成的第29团第2营（由第29、30团残部约150人编成，由师部少校参谋古今任营长）暨炮兵营百余人，占领五显庙、苏仙井中间高地阵地。

四、第3师第9团约350人，占领天马山、杏花村141高地、西禅寺阵地。

五、第190师第570团约90人，占领西龙山、西侧家屋、雁峰寺、中正堂、电灯公司为第二线阵地。

六、第一线各部队，统归预备第10师师长葛先才指挥。

七、军辎重团与军直属部队非战斗单位的可以作战的官兵，编成两个战斗营，每营300人，为军预备队，置于清泉路与月亮塘附近。

其余部署同前。

从7月11日到7月16日，日军发动了第二期对衡阳守军全面进攻，日军没能进入衡阳城，惨重的兵员伤亡，使日军无力再继续进攻，从而又转入了相持、冷战阶段。

第七章

张广宽笑说方先觉四件宝；一头牛牵动一个军；数千伤兵无医无药编演人间惨剧；中美空军万里蓝天展英姿。

战役进入了极其艰难的相持阶段，衡阳守军每天都在承受弹药匮乏的忧虑，粮食短缺的煎熬，少医无药的痛苦和生与死的考验。

随着战斗时旷日久的延续，几个越来越紧迫的问题出现在衡阳守军面前：粮、弹告罄，缺医少药，兵员严重缺乏。这些问题如果得不到及时解决，衡阳守军防线随时都可能为敌所破。

战前，蒋介石和他的国军统帅部，预计第10军守衡阳的时间是一个星期到十天，方先觉留了一手，在后勤保障方面，做了十天到半个月的准备，除了弹药、医药第10军必须依赖后勤部解决而受到限制，在粮食上，衡阳市民疏散以后，还遗下好几仓的粮食，守军在这种情况下，自然是不会客气的，只是日军飞机轰、炮弹炸以后，城内大火，仓库塌了，粮食仓压到了里面，有的被烧焦了，有的被水浸坏了，影响了质量，但不管如何，总还是在一段时间内可保不至于太饿，起码比日军要强，他们虽然到处烧杀抢掠，但毕竟有限，他们只准备了四天的粮食，侥幸抢到了一些谷子，或者到稻田里抢来一些稻穗子，设法脱碾，就放到钢盔用木棒子杵，杵出米来，再用钢盔做饭。

战斗刚开始的时候，军指挥所是设在湘桂铁路防空洞里，随着战况的变化，按预定方案搬到城内的中央银行。银行自是十分坚固，炮轰弹炸，虽有损坏，也是有限。银行地下室桌椅沙发，一应俱全，若不是战争环境的残酷，待在这里还是很舒适的。白天站到银行楼顶上，可以鸟瞰全城，如同古老的罗马，晚上，清风明月，颇似薛礼叹月。进入二线战斗，市民医院告紧后，为了指挥方便，方先觉将指挥部时常临时搬迁到薛岳原省防空司令部构筑的防空洞里。防空洞里有从前线撤回的预备第10师师部，张作祥指挥的军炮兵营营部，为着指挥方便，一直没有离开过第10军军部的战区督战官兼炮兵指挥官蔡汝霖也住在这里，与张作祥住一个用屏风遮住的小角落。洞里还有各总机、无线电台，拥挤不堪，白天晚间灯火通明。洞内如同轮船，按级别高低，各有舱位。方先觉与孙鸣玉、葛先才同在一个空间。战争开始以后，大量的繁杂的具体事务、难题，都被孙鸣玉参谋长统揽，腾出时间让方先觉考虑大事，筹划决策。军长与参谋长配合默契，孙鸣玉确实起到左右手的作用。方先觉对他是须臾不能离。当然洞内也有许多不好的地方。敌机轰炸时，洞内就像航行于大海上的轮船遇到了大风波一样，灯光全在激烈的颠簸中熄灭，洞内空气不流通，人多天热，呼吸相互循环，常有窒息的感觉，不过，这比起饮食的不断变化，就算不得一回事了。

　　刚进入战斗时，因紧张和忙乱，也因为习惯，大家对生活并没有什么特别的感觉，无非是鸡鸭鱼肉、稻米洋面这些军部人员见惯了吃惯了的食品菜式，士兵也因战斗大有改善，大米白面，大块白肉，大碗鸡鸭，司空见惯。大家吃是尽管吃，但多数人是糊里糊涂食而不知其味，军部指挥官与参谋人员在用心、用脑子，对食物的感觉已然远逊于平时，士兵每天都有生死之虞，对食物的要求已然退位于对生死的感觉。但是，人们慢慢感觉到了食物的变化，先是军部人员，鸡鸭猪牛肉，渐渐地不见了，鱼倒是顿顿一大碗，只是鱼却越来越小，越来越少了。其实就是这些鱼，也是日军的炮弹落在水塘里震死的，是伙夫冒着生命危险捡来的。米饭也越来越糙、硬，面粉做成的食品也成了灰黑色，甚至到后来，连鱼都没有了。毕竟，水塘也是有限的，鱼就更有限了，上到军长、参谋长、师长饭桌上的菜成了油炸花生米或油炸黄豆，其他人员的则成了青菜或水煮黄豆。方先觉喜欢喝酒，战前、筹划阶段，他喝酒从不用菜，战斗越紧张，他就越显得轻松、悠闲，喝酒也就讲究起菜来了。每顿都要就着菜喝几杯萧山葡萄酒，方先觉最初总要参谋长、葛师长陪着喝一杯半杯，偶尔也喊蔡汝霖与张作祥过来凑一凑，后来酒渐少，战斗却丝毫没有要结束的迹象，他也就开始控制了，每顿都自己一个人喝。像抽烟，方先觉烟瘾也与酒量一样，极大，他开始也很慷慨，抽烟时，见到谁来都扔一支，有时夜晚起来巡查，见到值班的参谋人员辛苦，扔过去一包半包烟，也是常有的事。后来也不行了，他一个人抽，有时一支烟还分成好几截吸。方先觉养了一只小黄狗，这是战斗开始前，他去集团军军部开会，返回途中在一农户家躲避日机空袭，正好一颗炸弹扔在农户的院子里，将院墙边上的狗窝炸了个底朝天，狗娘与一窝小狗崽子被炸得七零八落，不死即伤，有一只小黄狗，胖乎乎毛茸茸的，两个雪白的圆圈围着眼睛，像个小熊猫，又像个戴眼镜的憨憨的小博士，十分令人怜爱，它被炸伤了一条后腿，望着被炸得血肉狼藉的母亲、兄弟姐妹哀哀地叫着。方先觉十分不忍，敌机走后，方先觉已然出了院门，听到那只小狗还在叫，便又折回去，将小狗抱起。这小狗乖极了，方先觉一抱起它，便不叫了，用舌头舔了舔方先觉的手，一个劲地往他怀里偎，像个遇险的孩子终于找到保护人一样。这时农舍空无一人，不知跑到哪里躲日本鬼子去了。方先觉犹豫了一下，将狗抱回了军部，让医官将其洗刷干净，医好了后腿，成天带在身边。50多岁的副官处长张广宽，原是《正中日报》的编辑主任，一心向往军事生活，经方先觉的弟弟、第10军驻衡阳办事处主任推荐，到第10军当了方先觉的副官处长。张广宽从军不久，缺少军中严格的等级观念，

性格又诙谐，喜与人开玩笑，大家都挺喜欢他。有时与军长、参谋长也开玩笑，他们都不以为忤。尤其是与孙鸣玉最善，因为孙鸣玉性格也颇开朗，只是平素没有开玩笑的对手，军长方先觉沉默寡言，葛先才生性实在本分，周庆祥暴戾严格，容有略过分端正庄重，部属中虽有可言笑者，毕竟等级不同，不好过分。张广宽虽名是副官处长，实际上半路出家聊充而已，多是帮军长弄弄文字，半是朋友半是客，故两人常常互相开一番玩笑，博得大家一笑，也算是军中生活的调节。但张广宽多是上当。他年龄大了，耳朵不好用，有时孙鸣玉故意把要弄他的话用很认真的神态说得很轻，说完还大声问他："对吗？是我说的那么回事吧，张处长？"张广宽没听清，又不好多问，便顺水推舟地点头，连说："对的，对的。"直到大家哄然大笑，他才觉着上当。不过，张广宽也让孙鸣玉上了一大当，那天，战场情况好，又接到委员长电令葛先才获得"青天白日"勋章的奖赏，葛先才请方军长、孙参谋长、周师长、容师长、饶师长聚桌吃饭，张广宽忝陪末座。方军长很高兴，也很慷慨，一下拿出三瓶萧山葡萄酒来。喝至半酣，张广宽仰起喝得红扑扑的脸，擦了擦油光光、亮秃秃的大脑门子，笑嘻嘻地说："军长打仗，自然主要是靠四位师长，但军长什么时候也都离不开的四件宝贝也起了很大作用，比如帮助运筹帷幄，决胜于千里之外；赏心悦目、松弛神经；调节情绪、怡乐胸怀；开阔思路；等等。"孙鸣玉笑着说："你说说看看，说不好罚酒一杯。"张广宽说："烟、酒还有你孙参谋长是军长的左右手。"葛先才屈起指头算了一下："才三件，还有呢？"周庆祥面如秋水，端杯轻啜。容有略恍如无闻，若有所思。饶少伟左盼右顾，似欲速知。方先觉微笑无语，轻抚蜷伏于膝下的小黄狗。孙鸣玉敲敲桌子："张处长，你卖什么关子，说呀！"张广宽微微一笑，站起来，绕过桌角，走至方先觉身后，伏身想像军长那样轻抚一下小黄狗。小黄狗很机灵，对这老头也很警觉，看到他的手伸过来，一声不吭张嘴就是一口，好在张广宽手缩得快，才没被咬着，但也吓了他一大跳。张广宽皱着眉头回到原座，愁眉苦脸地说："军长的这个宝贝，也就是这德性，它以为我听不到也就看不清楚，又想咬我一口。"举座大笑，连周庆祥都憋不住破颜一笑。孙鸣玉才知道上了这老头的大当，竟把他与军长的狗等同为军长的四大宝贝。

方先觉对这小狗极好，小狗也乖得不得了，眷恋得不得了，方先觉睡觉，它跳到方先觉床前的沙发上伏着，一看有人走近，两只像戴着眼镜的眼睛，警惕地盯着人转。方先觉出外巡视阵地，它就伏到指挥部门口，傻傻地张望着，对谁都不理不睬也不吃不喝，方先觉一回来，它就撒欢着扑上去用尖利的小牙齿又咬又啃。方先觉这时不管多么紧张或者烦躁，都会弯腰把小狗抱起，心中会不由自主地涌动一腔柔情，宛若已回到以前与妻及儿女们在一起的欢乐时光，脸色与心情顿时就会缓和下来。方先觉每吃饭时，都要将好菜分一小碗放到身边的椅子上，让小黄狗蹲到上边吃。小黄狗前段时间嘴吃馋了，对黄豆、花生米不感兴趣，有天中午，小黄狗对着一小碗糙米饭和几粒花生米发了一会呆，汪地叫了一声，跳上桌子，似乎要看看方先觉吃什么似的。方先觉将碗与碟子推到小黄狗前面："你看看，你这个小家伙还以为我吃什么好的呢，一样的，一样的。你也别太娇贵了，我前线的将士连这也吃不上呢。"他放下碗，叹了口气，小黄狗发了会愣，也姗姗地跑出洞口，伏在那里傻傻地东张西望着。

前线，伙食一天不如一天，伙夫们送上阵地的饭桶，由细米饭而糙米饭而烧焦的米熬的粥，菜就更不用说了，后来干脆就没有菜了，菜桶是盐水漂着几片菜叶子而已。正常供给的米早就没有了，各部队各显神通，到炸塌烧坏了的房里去扒，扒到多少吃多少，扒到什么吃什么。米倒是不怎么缺，可惜多数已烧焦了或者被捂霉了，有时，连这种米也弄不到，即使烧成焦炭的米也要熬成粥汤类的液体送到前线去。战线后方的池塘里，鱼、浮萍，早已捕采食用一空。饿极了的士兵，有时竟不顾近在百米内的日军阵地"啾啾、咔嘣"发射的机枪、三八式步枪声，公然下到两阵地中间部位的池塘里去捕捞鱼虾。实在没有别的食品充饥时，在山上的士兵们挖草根、捋树叶聊以对付，城内的则捉老鼠、煮皮带，借以生存。后勤人员也想尽办法予以补充。预备第10师的一名叫杨清彬的老炊事班长，给岳屏山守军送午饭，发现敌我阵地交界处，有一口水塘，水塘边的淤泥地有几苑南瓜，翠绿茂密的南瓜叶下，遮护着几只大南瓜，此时，在守城官兵的眼里，南瓜可算得上美味佳肴了，他决意把南瓜摘回来，为小伙子们改善一下生活。这个善良的老伙夫头，这些天来，看到那些原来棒得像健牛似的小伙子一天天地瘦下去，尤其在吃完饭后，官兵们望着他，望着空空的饭桶的可怜巴巴的眼光，他心里难受极了，恨不得将自己身上的肉割下来煮给他们吃。他们都是他的儿子，他们打鬼子需要有力气，他亲生的儿子在第190师当排长，在日军第一期进攻时就被炮弹炸死了，他要把小伙子养得棒棒的，好有力气揍他狗日的日本鬼子。把饭送到阵地上，看着大伙吃完，他笑眯眯地许诺："今夜夜饭，保证大伙吃到好东西。""是什么，老爹？"大伙七嘴八舌地追问，杨清彬挑起担子就走，走到半山腰上才回过头来对战壕里还在抽着脖子望着他的小伙子们喊道："等着吧，到时就知道了。"大家知道老班长不会诓人的，都喜滋滋地等着夜幕的降临。

可惜小伙子们永远也等不到杨清彬了。送夜饭来的炊事员流着眼泪向大家讲述了杨清彬牺牲的过程。

返回时，杨清彬走到我方阵地边沿，将饭桶放下，朝着自己阵地的哨兵打了一

下招呼，拖着早就准备好了的一只大竹筐，利用地形匍匐蛇行到南瓜藤旁，摘下四只南瓜放进了大筐，正在摘最后一只时，因这一只生在被淤泥托住的竹篱上，他探出了身子，日军发现了他，枪响了，子弹从他右边呼啸而过，国军阵地的哨兵拼命喊他："不要摘了，快回来！"杨清彬不肯放弃已经到手了的东西，偏生这南瓜又很大，蒂把十分结实，他抓住南瓜连扯几下都还没摘下来，只扯得藤篱乱动，南瓜叶乱摇。"砰"日军射手的第二枪又响了，子弹这回从他左边擦过，打得他身边的泥土溅起一缕尘土。国军守军急忙组织机枪，准备掩护杨清彬，可是来不及了，在他终于摘下南瓜，正要把南瓜往筐里放时，"咔——嘣！"第三枪响了，只见他抱着南瓜扑倒在地上。国军守军见日军对一个做饭的老伙夫也不肯放过，心中愤怒万分，几挺机枪像暴雷一样怒吼起来，子弹像骤雨一样疾洒过去，打得鬼子抬不起头来。谁知杨清彬右手紧抱住南瓜，左手使劲攀着筐边沿不放，很多的鲜血流淌在南瓜上。大家只好连人带瓜、带筐，把他抬回了阵地。到达阵地，杨清彬就死了，杨清彬所在的连队闻讯去领回了他的尸体，也领回了南瓜，并按老班长的心愿，将南瓜煮好挑到阵地上来了。

一桶南瓜，在黄昏的夕照下，袅袅地冒着热气，在众多饥饿的眼神里飘着芬芳，但很久很久，没有人来动这一桶南瓜，也没有人来吃饭，直到有人说："吃吧，吃饱了，好有劲打日本，多打死几个日本鬼子，才是老班长的心愿，也才对得起他。"大家才上前开饭。

当然也有运气好的时候。第190师第568团第1营第3连，发现蒸水南岸宽约50米的沙滩上，有3头水牛正在吃草，对岸日军相距130米左右，他们也发现了牛，正虎视眈眈地注视着牛与国军阵地，想寻机会把牛抢过去，变为他们饭桌上的佳肴。但彼此都是麻秆打狼，两头怕，没有人敢轻举妄动，直到黄昏，视线内看物不甚清楚了的时候，国军抢先行动了。一上士班长跃出战壕，朝牛猛扑上去，牛见有人来，料是来者不善，慌忙里一个劲地朝水里扑，好不容易截住一只，这牛又不肯配合，拦不回。幸亏这上士班长是湘南农民出身，懂得牛的习性，上去用中指和食指钩住了牛鼻子，这头庞然大物才乖乖地被牵回阵地，而另外两头，却顺水游得不知所去了。这对第190师可是大喜事，容有略主持把牛肉分到第190师的每个伙食单位。第190师本来就人少，打到这个时候，不过数百人而已，牛又特别大，摊到每个人名下，也有数两。当然，这对胃囊已经大亏了的官兵们，无异于杯水车薪，可他们已多少时日不知肉味了，官兵们无不欢欣鼓舞。当晚，第190师整个阵地上空，飘荡出了牛肉的香味。容有略则喜滋滋地代表第190师将一条牛腿亲自送到军部，送给军长方先觉。方先觉也很兴奋，亲嘱军需处长孙广田，将牛肉切细一些，多掺和一些能找到的别的菜，争取给军部的每个人分一碗，他自己也只要一碗，只是额外要了一点骨头。当那碗瓜藤菜蔓熬牛肉端上来的时候，堂堂军长止不住喜上眉梢，喉头抽动，大喊："拿酒来！"军部欢声四起，碗筷乱响，就连小黄狗也欢天喜地地抱住一小块牛骨头，呜呜地啃着。小黄狗早已不那么娇气了，什么都吃，但也瘦得皮包骨头了。方先觉看到小黄狗的样子，叹了口气，将碗里的菜拨了一点给它。副官处长张广宽强忍住马上就要流溢出来的眼泪，走过来，将碗里的菜拨了一些给方先觉："军座，我老了，吃多了也没用，别嫌弃。"方先觉对着转身而去的张广宽的背影发愣，好一会，他才又低下头吃起来。

粮食缺乏，营养缺乏，天气却越来越热，蚊子苍蝇也越来越多。初日只有少数，其声如笛，由小而大，由少而多，尤其是阵地上，城里死尸枕伏，腐烂的尸首滋生喂养了大量的蝇群，既肥且大，一团一群，在空中飞翔、撞碰，声音之大，有如飞机临空；人之讨厌，好比讨厌日本鬼子；数量之多，伸手在空中随便一捞，保险总有十个八个的。到了后来，四个人吃饭，倒要六个人不停地驱赶绿头大苍蝇，这些可恶的家伙，也许刚从死尸上饱吸一顿，见到人吃饭，也毫不客气地将沾满尸水血污的脏身子扑了上来，再能忍的人，见了都无法咽下饭去。

到底是军部，好事毕竟要多一些。

战区在第10军的督战官兼炮兵指挥官蔡汝霖，职务虽是不甚高，但职责却不小，责任也重大，各师、团要炮火时，必得经过他。蔡汝霖人缘好，故师、团长有什么好事时，总忘不了他。有一天，第74军配属第10军作战的炮兵营陈营长来电话，神神秘秘地告诉蔡汝霖赶快到他那里去一趟。从他的口气和这些天来的经验，蔡汝霖大概知道必是离不开有什么好吃的了。如今战场上，只有四件事能让人高兴，一是战场的捷报，二是粮弹有着落，三是伤兵有医药，四是弄到了什么好吃的。蔡汝霖匆匆赶到，一看，果不其然，炮兵营部肉飘香味，人欢马笑，陈营长眉飞色舞地给蔡汝霖讲述了他弄到这只可以讲是"全城一只猪"的故事。

第74军炮兵阵地，在城郊石湾拐角处，该处偏僻荒凉，地形隐蔽，附近极少有农舍或别的建筑，即使有也早被炮火轰成平地了。有天黄昏，营部侦察班长急匆匆地闯进来，将陈营长拉到一边，告诉营长他上前沿侦察炮击目标时，发现城边一丛树林中有幢竹编茅屋，屋中有位孤老太太，更重要的是，老太太床底下有只猪，这只猪不知老太太用了什么法子养的，又肥又大。战乱年代，这样大的肥猪极少见到，他带了几个兄弟想去把猪弄来，可这老太太十分骁勇，你要弄走她的猪，她就跟你拼命。弟兄们看到她那白发苍苍的样子，又不忍过分用强，但眼见这么肥肥壮壮的猪弄不到手，又心有不甘，就跑回来向营长讨主意。陈营长听到猪，眼睛顿时就亮了。他挥了挥手，不能用强，否则传到第10军兄弟们耳朵里去了，丢第74军的人，买，出钱去买！他带着人急匆匆地赶到，向老太太提出买。老太太死活不干，

她说这只猪她已养了两年，吃、住都在一起，又是儿女又是伴，不能卖。陈营长吓唬她："日本鬼子马上要打过来了，他们可没有这么客气，见到猪，上去咔嚓就是一刀，捅死拉了就走，还不如卖给我们，你也得了钱，我们吃了也有劲，好去打日本鬼子，等到打跑了鬼子，你有时间喂多少猪都没人要你的。"终于把老太太说通了，但在价钱上又卡壳了。老太太信不过别的钱，她只要银元，而且，是100块，当时物价虽然很高，但一块银元可在市场上买一担谷子一只猪，显然太贵了。看来，老太太还是不情愿卖，但又不敢过分用强，想以价钱使他们知难而退。谁知陈营长想，身在大战中，生死尚且一线之间，钱是身外之物。要多了有什么用？非常时期，就要有非常之气魄，一咬牙，从营司务处要来100块白花花的银元，往老太太床上一放，招呼大伙揪住猪拉到屋外，几刺刀捅死，弟兄们抬了就走。老太太泪眼婆娑地看着这群如狼似虎的小伙子做着这一切，等到陈营长转身要走时，老太太叫住了他："我只要10块钱，剩下的你拿回去吧！"陈营长看了看老太太，心中一软，说："老人家，多了的就当是你儿子孝敬你的吧，我们现在活着，说不定待会就死了，原谅我们的粗鲁吧！"

说到这里，陈营长声音低沉下来了，蔡汝霖也觉得泪水爬出了眼眶。但这是一瞬间的事，肉的香味飘来，顿时又使他们兴奋起来了。

吃过之后，陈营长与蔡汝霖说："我们请你给方军长带三斤肉回去，听说方军长这人仁义，如果带生的回去，让别人做，必不忍独食，本应带一些去的，但确实太少，弟兄们太饿，只好如此了。我们已经煮熟了，你带回去悄悄地交给他就行了。不让别的长官知道对我们也好一些。"蔡汝霖对这个陈营长突然有了特别的好感，觉得这人仁义、细心，也周到，便答应了。但他特别找陈营长要了几根小骨头，细细地包好，这是为军长的小黄狗准备的，蔡汝霖希望这回方先觉不受任何干扰，痛痛快快地吃一顿，喝几杯。

蔡汝霖把纸包着的那三斤肉交给方先觉，方先觉拿着肉想了想说："难为陈营长还挂着我这长官，可我这长官无能，到现在仗还没打完，带累得他们也跟着我们第10军的弟兄们受苦。"说到这，眼圈都红了。蔡汝霖赶紧说："军长，你吃吧，还热着呢，小黄狗我也给准备了，你就安安心心地吃顿饭吧，吃饱了好带着我们打日本。"方先觉说："你让孙参谋长、张处长，还有我们的那位小朋友一起来。"他笑了笑："美味岂能一人独享，分而食之，其味更美。"

蔡汝霖知道方先觉指的小朋友就是空军分队长陈祥榕。

6月27日，陈祥榕因飞机被日军击中，守军连长张田涛将其救回，迅速送到军部后，军长方先觉因感空军的支持，闻讯后立即亲自赶去看望，叫来医官给他重新换掉张田涛在阵地上让医生上的药。陈祥榕很痛苦，想呻吟几句又不好意思，想咬咬牙，可惜又无牙可咬，只是咽下去了两口血水，又腥又咸，他想讲话，想向眼前这位陆军中将表示感谢救护之意，但一张嘴就痛。方先觉亲切地说："你不要讲话啦，你一定是饿了，让人给你弄点稀的来吃好吗？"一会儿，一碗热面汤端到他面前，他很想一口吞下去，可是办不到，只好又放回原处。当天下午三点半，城里又放警报，他还可以动，走到门口张望了一下，一看机型就知道是自己的飞机在城上空盘旋。他知道这是空军驾驶员一时弄不清守军的方位，在寻找地面与空中事先约好了的符号，他便把这个意思告诉了方军长。方先觉将信将疑地说："这确是我们的飞机吗？"陈祥荣肯定地回答："没错，这是我们的飞机，不要放警报了，快快铺符号。"负责联络的一位少校军官赶紧按方军长的命令，将符号铺了出来。陈祥荣一看，赶紧摇头，说："不行啊，方军长，符号太小了，只有两尺宽七尺长，这对空中那么高速度那么快的飞机来说，是没有用的。"方军长抬头一看果然这样，飞机仍然在盘旋。方军长赶紧命令管符号的少校说："快，与陈分队长商量一下，看弄多大的才合适，早点弄出来。"少校解释说："军长，这符号是按规定弄的呀！"方先觉一听就火了，一改平时的温文尔雅大声责骂道："混账，这是打仗，不是打官腔的时候，赶紧给我改过来。"衡阳的布多得很，商贩们战前走得匆忙，没能都带走，符号马上就改宽了。从此，只要自己的飞机一到空中就能发现地面的符号。而且陈祥荣的作用还不止此，只要一听到飞机叫，他就十之四五知道是哪家的飞机，要是亲眼看到飞机，那就能判断出八九不离十了。空军的兄弟们都挂着陈祥荣，有一天，专门扔下一个陈祥荣收的通信袋，袋中有吃的、用的，竟然还有一条"金钟"牌香烟。方军长嗜烟酒是人所共知的，后来没有烟抽了，幸亏有一机灵的卫士，平时悄没声息地将方军长和别的长官扔下的烟头捡起来，剥出烟丝晾干收好，供没有烟抽的方军长享用。方军长倍觉此烟的芬芳，戏称为"节约"牌。陈祥荣收到烟后，当即送给方军长五包，其他长官兄弟从一支到几支，均有馈赠。从此，陈祥荣既是方军长的空军顾问，又被方戏称为小朋友。

陈祥荣与蔡汝霖关系也挺好，上次的烟就送了他五支，这在当时那种环境中，可是笔不小的礼物。有一天陈祥荣曾羡慕地对蔡汝霖说："督战官，你人缘好，到哪里都能打到游击。"蔡汝霖知道，这是指下面师、团长有好吃的什么的时候，他总会被请去享用一番。空军朋友是娇惯了的，哪里吃得了这番苦，可他在这里又没什么熟人，条件差，自然熬苦了他。当时，蔡汝霖就答应他，下次有什么好事就一定叫上他，可是一直没有叫过他。还是方军长宽厚，到嘴边的食物忘不了分给别人。蔡汝霖不禁有了一点愧意，其实带上他又有什么，第10军就这么一个空军朋友，要是人家因此不欢迎他了，那充其量不过不去吃罢了，有什么大不了的。前线的官兵，指挥部的普通参谋人员不一样在过吗？

并不是所有的情况下，都能顺利地尝到美味的，军部副官唐阿琳，刚从军校毕业回来，听到第190师牵回一头牛的事情，而且自己也杂七杂八地吃到了一碗，他也就起而效仿，专门在休班的时候一个人转到草桥去找牛，功夫果然不负有心人，牛竟被他找到了，可刚牵着牛要走，日军的机枪子弹射了过来，连牛带人都被打到水里去了。军部的人听说以后，都很悲伤，方军长说："参谋长，告诉大家，只要能塞饱肚子，就不要去冒险送命了。"

城内的守军，不仅粮食困难，饮水也是难事一件。城内低洼，泉井如星，且水质清澈，战斗开始后，愈来愈残酷，血流如水，尸淤如泥，城内伤兵也越积越多，井水受到严重的污染，或腥如血或臭如腐尸，人闻之则呕，根本不能饮用，必须派人到江边去取水。日军在江东岸发现国军屡有人去取水，则派上特等射手，在几个取水点对面布上火力点，见有取水的即行射击，使国军无法取水，造成城里动乱。人取水时多有伤亡后，果然都视取水如畏途。参谋长孙鸣玉听到报告，即到现场查看，决定晚间取水，并在城内通向江边取水点对东岸一线全部竖起木板，挡住日军视线使日军看不到我取水人的行动，从而解决了这一难题。

人不吃饭尚可支持一二天，枪炮不吃弹药则马上不能吭声，第10军各级干部最担忧的莫过于弹药的日渐缺乏。守军的炮兵对日军威胁很大，但炮弹却难以补充。日军也深知这一点，千方百计地诱惑守军还击，企图消耗国军炮弹。战区派至第10军的督战官兼炮兵指挥官蔡汝霖认为，被围困城中，炮弹在很大程度上是城之存亡所在，所剩的炮弹十分有限，不到万不得已，是决计不能还击的，但一旦两军接火，各师、团就都纷纷来电话或要求火力支援，或要求火力阻止敌之援军，或要求炮火轰击敌之火力点，但能要到的非常之少。没办法，为大局计，只好得罪一些人了。一天预备第10师副师长张越群要炮火支援，蔡汝霖抱歉地予以婉拒。张越群很气愤，他在电话中大声说："你不是炮兵指挥官吗？你把炮弹留着干什么用，有那么好的目标为什么不打？"蔡汝霖答复他："张副师长，非我不肯，是不能也。炮弹越用越少，唯一来源是空投，又极有限，可以讲是杯水车薪，这次还不知要打到什么时候，没有了炮弹城就没有了保障。当然，如果阵地危急了，真需要了，那自然是要打的，现在你在火线上，到处都是敌人，如果发现敌人就打，打得过来吗？炮弹打完了，紧急关头怎么办？炮兵应当是守城的预备队，决战的主力军，不到必要的时候，不能使用，就如同我们的钱很有限，不能乱买东西，要留着钱等肚子饿的时候再去解决问题。"张越群很生气，但也无话可说，以后谁来要炮火蔡汝霖都如此一番。只是没想到，一会国军炮兵阵地惊天动地地响起来了，开始蔡汝霖还以为是听错了，认真一听，没错，是自己的炮阵地上美式野山炮在怒吼，蔡汝霖气急败坏，马上打电话找到炮兵营长张作祥："你怎么打炮，谁批准你打的？炮弹打光了我只有拿你塞到炮膛里去。"张作祥说："督战官，不打不行哇，葛师长用电话逼着我打呀，我是第10军的炮兵营长，师长要炮难办哇。"蔡汝霖一听，心中不禁叹息，不管如何，人家还是把你当外人，你不让打，他越过你直接让炮兵打，你有何法？蔡汝霖命令："我以战区督战官的名义，命令你立即停止炮击，否则报请方军长，军法从事。"炮声停息下来，蔡汝霖去找了方先觉，听了蔡汝霖的报告，方先觉有些尴尬："你是对的，上次是我带头破坏了规矩，现在纠正过来，通令各炮阵地，没有军部和炮兵指挥官的命令，不准打炮。"方亲切地拍了拍蔡汝霖的肩膀："你当炮兵指挥官最适当，你的原则性很强，该打不该打，你都敢坚持，这样反倒是好了。以我的经验来看，假如炮兵有求必应，部队有依赖思想不说，还容易引起大家的攀比，向某阵地打了多少发，向某阵地打了多少发，成天在计算，稍有不平，就会打官司。你只管硬，我以后给你撑腰，再说，你还是督战官，连我都还要服从呢。"

蔡汝霖对方军长说："像现在这种情况，我们对炮弹如同钱到手、饭进口，不能无节制，得有个规矩才行，不然还是不好办。"

方先觉想了想说："那好吧，我们搞一个规矩，光口头说不行，得正式一点，免得扯不清。"

当天，各师团接到命令：凡欲炮火支援，必须报请军部和炮兵指挥官批准，各炮兵营连每天每次发射，只准10发。

命令发出后，方先觉感叹："是弹药太少呀，又没有来源，我们也没办法，可说是不得已为之，假如有了炮弹，一定要打个痛快，让弟兄们消消气。"

这也正是蔡汝霖的想法。

迫击炮弹为步兵团的火力骨干，是团、营指挥官迅速左右战局的有力手段和有效武器。第10军各团的迫击炮连，每年有一个月时间在军干训班集中训练炮操与射击，标准高且严格，用以捕捉战机，克敌制胜。日军战史曾对国军的迫击炮有如许评论："中国军队在野战炮数量上远不及日军，不得已乃用其唯一国产迫击炮，与日军周旋，其弹药缺乏之情形，较日军尤甚。为节省弹药，炮手平时乃严格实施瞄准训练，迨中日战争后半期，其迫击炮已能与我野战炮相匹敌。第一线将校之伤亡，即全为中国迫击炮之功。"由此可见日军对衡阳守军迫击炮的敬畏。可惜，迫击炮弹也缺乏了。军属的各国产迫击炮连的炮口径不同，有81厘米的，也有82厘米的，到7月中旬81厘米口径炮的炮弹已经颗粒无存，82厘米的尚有库存数百发。孙鸣玉参谋长为平衡第一线火力，发动司令部所有的非战斗人员，将半数的82厘米口径炮弹交大家，以砖石磨去了1厘米，使其适合81厘米口径的炮发射，作最后决死之战用。每个人都拼命地磨，孙鸣玉处理完战事即来参加，许多人手都磨出了血

泡，甚至流血。方军长也来参加磨，他一边磨一边安慰大家："前线的官兵每日每刻都在流血，每一分钟都有死亡，诸君为国效命，此其时也。"

炮弹缺乏尚在其次，而整个坚守阵地战斗中起着重大作用的手榴弹，已严重缺乏。军部早就无弹可发，但电话铃总是丁丁零零地彻夜响个不停。电话最多的无外乎是："报告军长，马上送手榴弹来，要不顶不住了。"一次，周庆祥打来电话要手榴弹，孙鸣玉为难地说："周师长，你知道的啦，军里早就没有弹可送了，你叫方军长拿什么来送你？"周庆祥严厉地咆哮道："那我不管，军长把阵地交给我，我守不住，是我的事情，没有弹药，那是他的事情。"

电话线路不错，周庆祥的声音很大，坐在一边的方先觉听得很清楚，他从孙鸣玉手中接过电话，连声说："马上送来，马上送来。"放下电话，方先觉愁眉苦脸地问孙鸣玉："参谋长，怎么办？""你说怎么办？送吧，拿什么送？不送吧，周师长和前线官兵拿什么守阵地？莫怪周师长发脾气，那是急的，摊到你我头上，也都会这样子的。"

孙鸣玉很不满意周庆祥的蛮横，而且他也知道第3师方面，弹药不是很紧张的，更不是说不马上送手榴弹上去就没得掷的了。但他嘴里绝不会说出来，说出来只会加深方、周两人之间的矛盾，对谁都不利。而且，在心里，他对周庆祥还是有感情的，不管对别人如何，起码周庆祥对他孙鸣玉很不错。从感觉上讲方先觉是个好人，仁义、宽厚，远不像周庆祥那么难以打交道。但方先觉却远比周庆祥深沉，他对谁都是一个样子，跟着这种人，他是不会特别地对哪一个人格外关照的，虽然他也不会特别地整人。他的原则是一切都得靠你自己，看工作是否需要，他待你的好坏，也是看你是否做得好事情。周庆祥不同，除了他个人的好恶，他待人没有什么原则，好，拼命地帮你，不好，他也绝不会留情。从个人利益上讲，跟着周庆祥保持一定的感情只有好处没有坏处。李玉堂总司令就很看重周庆祥这一点，军队衡量下级的一个重要标准，就是看你是否忠诚，否则能力越强，危害越大。从大局计，又必须对方先觉尽心尽力，孙鸣玉只好谨慎地利用调节的权力，尽量不让这两只船相撞，至少在战场上尽量不相撞。

方先觉看到孙鸣玉沉吟不语，看来参谋长也是无法可想了，马上急得汗珠一粒一粒地从方先觉宽阔的前额上滚了出来。

孙鸣玉赶紧安慰他："军长，先不要着急，我来想想办法。"他拿起电话，按编制序列，接通各团团部："怎么，你们还有二三十颗手榴弹吗？好，马上送8颗到军部来，交给我本人。你们不够，我明天再派人送给你，先给我应应急。"这样，东拼西凑，终于弄了几十颗手榴弹，送到了第3师第一线。这个问题才解决，又一个问题来了，新街的敌人已冲了进来，与暂编第54师遗下的那个营在江边的电灯厂仅隔一墙，墙已被挖通，双方各自躲在一边往对方投掷手榴弹。饶少伟急了，向方军长请求："军座，恐怕我得去了。"方先觉连说："好、好，孙参谋长，从军特务营派一个排跟饶师长去。"

饶少伟被方先觉召回军部以后开初几乎没有事干，打仗他插不上手，军长召集师长们开会，他仅一个营，没有别的部队实力强，插不上嘴。时间稍久一些，他与参谋长孙鸣玉搞熟了，便在孙参谋长忙不过来的时候，主动去帮帮手，有时电话铃响了，他跑来跑去地帮着接接电话，传达个什么话，堂堂师长做起了参谋们做的事情。生活那么艰苦，他又得不到什么特殊照顾，但他从无怨言，战场上、后方有好消息传来，大家高兴，他也真诚地高兴。有了难题，他也急着去想法子。这一切，方先觉都看在眼里，也就谅解他放跑了两营人的事。都是带兵人，对这一点，是容易理解的，甚至相通的，何况他自己又没走，与怕死和对党国不忠是两回事。有时，外出巡视阵地，也常打招呼带着饶少伟一起去，开始，也常征询饶少伟的意见，有时有了好吃的，也主动叫上他，感情上逐渐融洽起来了。饶少伟去了不久，又来电话，向军长要求增加兵力，要求带手榴弹，孙鸣玉为难地告诉他，已无兵可派也无手榴弹可带，饶少伟说要找军长，方先觉在一边说："告诉他，找我也没有用。"

新街的旁边就是第3师的阵地，新街守不住，第3师马上就会受到冲击，周庆祥刚从阵地回到军部，正躺在孙鸣玉的床上，听到方先觉这么一说，勃然大怒，从床上一跃而起："我自己去吧，今年我已40多岁了，死也应当。"方先觉赶紧极力劝阻，周庆祥又说："如果我阵地上出了差错，如何对得起国家，又如何对得起你军长？"

孙鸣玉看不下去了，厉声说："现在任谁也无兵可派，无弹药可发配了，患难时期，理应和衷共济，同渡难关才是。"

指挥部一时沉寂无语。

都知道，孙鸣玉的话是实情。军部各处官兵、文书、军医、看护兵，早都已编成了战斗兵，炮兵指挥所只留了两个传令兵，但补充上去又打光了。周庆祥也觉得自己过分了一点，朝参谋长、方先觉点点头："我朝军部特务营借一个排，去阵地看看，力争自己将自己阵地上的事处理好。"

方先觉赶紧点头，孙鸣玉叫军务参谋去调人跟周师长走。

磨炮弹到了后来，不仅是磨迫击炮弹了，有时空投降落伞没有张开，以致炮弹变形，口径不适，无法装填，受迫击炮弹的影响，孙鸣玉也下令磨，炮弹感觉很灵敏，引信稍不注意撞碰了，就会炸响，磨得太急，弹壳高热，也会引爆火药。军部一姓姚的传令兵在磨一发变形的美式山炮弹时，方军长看见表扬他说："小姚，真行，力气大又肯卖力气，好好干，到时我给你升职。"小姚一听，大受鼓舞，更加拼命地磨了起来，没想到三磨两磨，不知怎么竟把炮弹磨响了，当场把小姚炸

死，幸亏小姚单独在一处磨，没有引爆别的炮弹，也没有炸到别的人。方军长闻讯出来一看，顿足后悔说："是我害了小姚。"孙鸣玉见此，下令军务处经管磨炮弹的事。从此，军务处叮叮当当，一天到晚锤修锉磨，方军长戏称：军务处变成了修造厂。锉修出来的炮弹，只要能装进炮膛，不管三七二十一，拉火就发射，这也算是弹药匮乏逼出来的。

战斗发展到一定阶段后，前线官兵普遍有着一种心态：不怕战死，只怕挂花。战场上死，则一子就死了，挂了花，也意味着死，只不过要比战场上当时死去费一番周折，多遭受一番痛苦与折磨。

首先，伤兵一般不能离开战场。刚开始还好，一负伤，即往城内送，到后来兵员缺乏，医官、政工人员动员伤兵重上前线，腿断了的，可伏在一处用枪射击，手指断了的，用手扔手榴弹，手断了的，可伏在战壕上帮着观察敌情。有的伤兵是多次负伤，多次被送下战场又多次被送上战场。再者，就是伤兵得不到应有的治疗。整个衡阳战场只有4个野战医院，所谓野战医院，充其量不过是个医治所而已，每个医院只有三两名医生，二十几个看护兵，医药奇缺。开始负伤的还能得到简单的包扎，到后来，伤兵越来越多，连用盐开水洗一次伤口都不可能。纱布、棉花都没有了，伤口连遮护都没有，只好在城里找到一些棉花，其中大都是用过的烂旧棉花，用水煮一煮，聊以代替药用。即使这样，也很快就用尽了，只好以烂布条、废纸张遮盖伤口。国军统帅部也派飞机空投过几次药品，但投下来的竟大都是八卦丹、万金油之类的东西，外伤药一点也没有，官兵们气愤地说："我们现在又不是患伤风感冒，要这些东西做什么用？"还有两回投下的是生姜、蒜头、红糖等东西，改善生活有些作用，但与枪伤、刀伤也没有什么关系。真不知道负责这项工作的官员是怎么搞的，恨得第10军的官兵直咬牙。但恨归恨，有总比没有要好。天气热，苍蝇、蚊子在人血、污水与潮热的养育下，繁殖特别快，个头也特别壮，无论白天夜晚，总是肆无忌惮地朝伤兵疯狂地进攻，叮、咬、吮，伤兵多是无力动弹，没有人照顾，只有任其所为。伤口受到污染后，开始发炎、化脓、溃烂、生蛆，伤兵有发烧等疾病的不知有多少，每天都有伤兵不堪其苦而自杀的，更多的是连自杀的能力都没有。第7团第1营第2连连长戴楚威上尉，因救火惹火上身被烧伤后，送到了城里，就像戴楚威这样的重伤，也只能用盐水洗一洗，算是消毒，然后用白被单撕成条状缠裹一番，栖身于断垣残墙之下，苍蝇、蚊子如雾似雨，驱不走赶不尽，更是打不绝。戴楚威头顶上，有一块没有包扎，本意是做空气流通用，一起负了伤的一位排长一天发现戴楚威头顶未被包扎的隙缝处，有什么东西在蠕动，挪到跟前一看，吓得大叫起来，原来，无数寸把长的大蛆纷纷扬扬、熙熙攘攘地在戴楚威已露出了白色头盖骨的头皮上又钻又拱。戴楚威开始痛痒难禁，继而正是如人所形容的万蛆拱身，麻痒无抑，抓，不能抓，碰，亦不能碰，到现在这个样子，连说话都没有多少力气了。伤兵们听到排长的叫声，都趋而视之，无不伤心流泪。戴楚威睁开双目，尽力而言："我是死定了，诸位要继续杀敌为我报仇，为国效命，哭什么呢，哭有什么用呢？"言讫，大叫一声，张目而逝，与戴楚威一起被烧负伤的几位士兵，也在后几天先后死去。

伤兵医院开初设在衡阳县政府附近的一幢房子里，房子小人又多，十分拥挤，气味难闻，但好歹还有个栖身的地方。日军对衡阳城实施轰炸，大投燃烧弹，7月10日，5架日军飞机飞临野战医院上空，盘旋几圈后，尖啸着扑了下来，又是打机关炮，又是扔炸弹，而后还扔了一大堆燃烧弹，还跑得动的伤兵、医护人员像炸了营的蚂蚁，急慌慌、忙撞撞地到处乱跑，跑不动的，只好躺在地上听天由命。日军飞机施暴以后，翅膀一抖飞走了，留下了一幅血肉狼藉的惨景，医护人员一清点，1000多名伤兵被炸、烧、打和墙垣倒塌压砸而死的有700名，再度负伤的有200多名。此时，城里已没有了房子，到处瓦砾，到处焦土，伤兵们无处可去，只得分散寄身于残墙断垣下，方先觉从指挥部去城郊巡视，看到了这人间悲惨的图景，禁不住伤心流泪，他让人叫来4名野战医院的院长，狠狠地责骂了一顿，但你军长都没办法，野战医院的院长们又有什么办法呢？也只有伤心流泪而已。骂了一会，方先觉突然想起天马山的防空洞，命令将负了重伤的官兵送到洞里去藏身。可洞里还有一些粮食和弹药、枪械，栖不了几个人，解决不了大问题。但除此以外，已没有别的办法了。

仅靠战前的物资贮备和衡阳所有，第10军是无法坚持下去的。1944年以后，日军的空中优势已经丧失，中美空军无论飞机性能还是数量，都已远远超过日军，第10军的官兵到后来大都可以从飞机发出的声音判断出是哪方的飞机，因为日机性能差，速度慢，噪声大，被戏称为"木炭车"，而中美空军飞机被称为"汽油车"，由此可见彼此的飞机性能上的差异。而离衡阳不远的芷江机场，是中美空军第3司令部的所在地。桂林也有中美空军司令部，往返航程短，一旦需要，很快就可以到达衡阳上空，还可以做较长时间的空中停留。但是运输机进抵衡阳上空进行空投，较之作战飞机要困难得多，日军在外围，高射炮、高射机枪俱备，运输机空投必须低飞，才能准确地把物资投到所需要投的地方，这样，日军的高射武器就给运输机造成了威胁。所以，运输机往衡阳守军阵地空投弹药，多选择夜间，夜间城郭依稀，山影朦胧，飞机把物资误投到日军阵地的情况屡有发生。为改善这种状况，陈祥荣建议在衡阳市中心，竖立一个直径约10米的圆灯作空投标志，凡是在夜间听到飞机声，大家马上仰头朝夜空察看，侧耳谛听，看是否我们的运输机到了，如是，

马上点燃灯指示投掷位置。有一次没搞清楚，误将日军飞机看成是国军飞机，结果招来大批炸弹。再次听到飞机声的时候，赶紧喊来陈祥荣，有了上次的变故，陈祥荣也不敢快速作判断了，结果不敢点灯，运输机在黑黢黢的夜空中转了很久，终于没法子知道往哪投，打道回府了，方先觉急得直跺脚。后来，又想出了一个法子，电告空军，飞机到了衡阳上空时就发信号枪，通知守军，守军再点灯指示空投位置。这夜，运输机来了，如约发出了信号枪，守军也如约点亮了指示灯，但日军也发现了守军点灯的用意，他们也依样画葫芦，点上灯，国军运输机辨别不出，又把运来的弹药物品错投到了日军阵地上。看到这一幕，大家都气得连话都说不出。夜间空投不行，只好电报上级批准，请空军冒险白天空投，但新的问题又出现了，因日军地面炮兵的因素，运输机只能在高空投掷。因为速度、判断、气流等原因降落伞晃晃悠悠地吊着东西又飘了很多到日军阵地，成千上万的守军在阵地上眼巴巴地看着大家千盼万盼的东西却得不到，反为敌人所有，那个气那个恼呀，真是没法子形容。空军空投物品时，每束炮弹均夹着香烟、饼干等物品，东西落到日军阵地上时，国军官兵可以清楚地看到日军兴高采烈地打开包裹，炮弹他们不稀罕，但饼干、香烟却宝贝得很，大吃大嚼，把香烟抽得云里雾里，有时还故意以此来馋、气国军。每次，当国军的运输机飞达衡阳上空，像白球样的包裹大大小小地从空中飘降下来时，国军官兵就喜忧参半，心怦怦地跳着，喜的是无论如何自己总可以得到一些弹药和其他物品，忧的是，至少有一半要落到日军手里和填不满的湘江中。次数多了，日军竟也像国军一样盼望运输机的到来，他们看到运输机一出现，就都扔掉枪，伸着脖子望着飞机，等飞机一开始往下扔东西，他们就都跑出阵地争先恐后地去抢，自然得很，好像这些东西本该就应是他们的。每看到这个样子，守军官兵就头都气大了，开枪吧，他们马上就还击，让你也抢不成东西。方先觉对此也大为生气，在请求上级空投的时候，亲拟电文稿，要求飞行员负责点，飞低一点，不要那么怕，衡阳守军在枪林弹雨中，在生病在每天都有死亡的恐怖中，度过了这么多的时日，你空军就不该冒冒险？孙鸣玉在把电文给无线台时，又将方军长的意思改缓和了一些，空军可是得罪不得，是他们第10军眼下的上帝，他们中的每一个飞行员的工作态度好坏和负责与否，都关系着第10军的切身利益。

即便将电文改了，空军也生气了。

那天，晴空万里无云，一群8架运输机腆着肚子飞来了，他们先是在国军阵地上空盘旋，一再降低高度，似要空投的样子，这回国军很高兴。方先觉和军部的幕僚及几位师长也挤在指挥所门口观看，方先觉在飞机的轰鸣声中大声对孙鸣玉说："这回空军兄弟是负责多了。"言外之意，是他的那个批评空军的电报起了作用。孙鸣玉正要说话，8架飞机竟一齐扭屁股转到日军阵地上去了，刚才还憋气的日军欢天喜地了，他们伸着脖子，拍着巴掌，一齐朝飞机似要投物了的地方跑去，果然，飞机越来越低，完全进入了日军的高射武器射程内，但日军竟不在意，不做火力阻拦，他们为什么要在意要阻拦呢？敌人的飞机简直跟自己的一样了，送东西这么负责，这会儿他们就差没有高呼空中中美空军万岁了。飞机开始投东西了，身子一偏一偏的，大包小包成串地朝日军阵地上甩。方先觉大发脾气，朝飞机狠狠地骂："这群混球，不是汉奸又是什么呢？"周庆祥抽出手枪对空就是一枪："应该电呈上峰，枪毙这几个家伙才是。"骂声未落，投到日军阵地上的东西竟轰隆隆地爆炸开了，刚才还在拼命地奔跑着去抢东西的日本鬼子，马上抱头乱窜，像炸了窝的黄蜂群一样。看到这个突然的变化，好一会大家才从气愤中回过神来。方先觉快活地笑着："这群调皮的家伙，差点把我气个半死呢。"孙鸣玉也笑着插嘴："这会儿，日本鬼子该生气了。"周庆祥把手枪装进套里，嘟嘟囔囔地说："我们都他妈的上了这群鬼小子的当了。"大家听了他这含意不明的话，都哄地大笑起来。可不是吗，空军运输机驾驶员给守军和日军都开了个不大不小的玩笑，只是日军损失惨重，国军开始生了会气。大概把飞机上的东西都扔光了，机群才从日军阵地上抬起头来，钻入蓝天，飞回机场去了。上了这回当，报复心极重的日军加强了空中警戒，只要看到中国飞机飞到衡阳上空马上就打炮打枪不准接近，一副不吃嗟来之食的君子样，空军又只好改成夜间投掷。

饶少伟师长与军参谋长孙鸣玉合计了半天，向方先觉建议说，鉴于衡阳是南北长、东西狭，夜间投掷，应在华岳寺山上及草河塔上各置一灯，以为投掷方向，己方空军对衡阳地形已经熟悉，又不像独置一灯，日军没法子仿做，投掷时，应充分考虑方向，东南风的话，就稍偏东一些，西北风的话就稍偏西。方先觉很赞成饶少伟的意见，要孙参谋长按饶师长的意思致电集团军司令部李玉堂长官，请他与空军协议。果然，这么一搞，是好多了，但也有不理想的，有好几次大约是降落伞的质量，降落伞大都没张开，东西直接扔到了地上，炮弹都变了形，等到用时，第10军的官兵得去又锉又磨地修改，才能装进炮膛去。只是过了些时日，不知是什么原因，连这些不尽人意的运输都没有了，不是说气候关系，飞机不能起飞，就是说发生了什么故障在中途飞回去了。在饥渴与痛苦中挣扎的第10军全体官兵，每临黄昏，就像痴心的情人在等待已变了心的爱人一样，在昔日他们相会的地方无望而又忠诚地等待着，祈祷着奇迹的出现。终于，有一天，电报说，今晚有大批飞机要来空投，马上，第10军指挥部云开雾散，孙鸣玉挨团打电话，告诉大家这个好消息，以安定众官兵的情绪。从进入黄昏，方先觉就率司令部除值班外的大小人员统统到外边观察，准备指挥部队接受搬运东西，还一再关照陈祥荣，一听到飞机声，立即点灯给飞机指示位置。以前特别受人欢迎的陈祥荣因这些天飞机突然不来了，被大

家冷落了好些天，陈祥荣自己也挺不好意思的，好像飞机不来是他的缘故似的，这下飞机又要来了，他很兴奋，跑前跑后的，大家对他都露出了笑脸，很热情，像是在补偿这些天来对他的冷落似的。陈祥荣也满面的笑容，似乎在说："看，我说的，我们空军兄弟不会扔下第10军的弟兄们不管的吧。"可是等啊等，等啊等，等到凌晨1时，尚不见飞机的踪影，周庆祥在一边一会儿侧耳谛听，一会儿仰面观察的陈祥荣吼道："来个鬼，妈的，像痴汉子等傻娘们，走，回去挺尸。"那情形，飞机不来俨然全是他陈祥荣的过错。方先觉安慰说："别急，再等会，会来的。"直等到东方发白，也没见到飞机的毛。没希望了，大家才快快不乐地回到司令部去。陈祥荣一个人急得在一边暗暗地直掉泪珠子。

当天早上第10军接到电报说已送来了多吨弹药，并说有一美军上士不慎随弹药坠了下来，请第10军查询到，并尽力保护云云。大家相顾瞠目结舌，啼笑皆非，都觉是白日见鬼了。当晚，方先觉亲拟电报发给李玉堂："……本军弹尽粮绝，城破人亡均系之于一线，切望副总司令督协空军迅速投弹粮于我，以确保人在城亦在……"翌晨得复电说："已令46军押送弹粮两船，希径派员洽收。"且不说日军在外围，江河均已被其控制，即使是可以突破控制，把粮弹送过来，电报既不说明到达时间，又不说明到达位置，到哪里去"洽收"呢？

第八章

　　相持阶段，战争狂人东条为保"一元化"统治，厉督衡阳战区贯彻大本营意图；松井飞抵横山勇指挥部，日本兵破阵夺地出生入死，中国军守城盼援如久旱望甘霖。

　　战斗进入相持阶段，说明双方都暂时无法把对方怎么样，尤其作为进攻者的日军，这更是力量衰竭的象征，从一切为了保证战斗进行的宗旨出发，日本军国主义者从来都是把下级官兵作为战争的机器，他们在战斗预想上，是四天从长沙到衡阳并攻下衡阳，根本没有作长期作战的准备，在粮食、弹药都急需补充的情况下，日军指挥机关不惜一切代价，向衡阳前线的官兵首先也是唯一地保证了弹药的使用，至于粮食，那就只有靠所谓的"以战养战"了，兵员严重伤亡带来战斗力的衰弱，则只有靠残余官兵的"武士道精神"与求生存的欲望来补充，实际上，也就是强而为之。

　　自7月11日起，日军开始了第二次全面攻击以后，第68、116师团基本上按原来攻击的路线，再度发起了攻击。然而，和第一次全面总攻一样，除仅夺取了小部分阵地外，仍然无所进展，兵员损伤却更为惨重。两个师团的基本战斗单位的长官——中队长已所剩无几，大部分的步兵中队已没有军官充任该职，变为由士官担任。中高级军官也有了少见的伤亡：1名联队长、6名大队长阵亡，使第二次总进攻不得不又停顿下来。原拟数日就要攻克衡阳，在付出了惨重的代价后，延衍了数十日还没有结果，严重地妨碍了"打通大陆交通线"，完成"一号作战"计划的日程，严重地影响了日军的士气，这使日军大本营大为震怒。

　　日军上层乃至日本政府，都十分关注衡阳战场的进展情况。

　　日本军政实行"一元化"统治，战争狂人东条英机一身兼任日本政府首相、陆相和参谋总长，指望靠独裁统治排除一切障碍，竭尽国力去支持战争而最后赢得战争，以抑止国内的反战情绪，维护独裁统治。但是，事与愿违，国际上反法西斯阵营的逐步强大，使日军在太平洋战场一败涂地，再无东山又起的希望，东条英机就把全部的指望放在中国战场上，唯愿迅速实现"一号作战"计划，以挽救日本政府、日本军队逐步走向衰亡的趋势。但是东条英机失望了。第11军两个精锐师团，面对中国军队无论兵员数量、装备质量都不及日军一个师团的第10军，竟像鬼打墙一样，转来转去几十天，还在衡阳城郊，这哪里像是天皇陛下的军队？东条英机对他非常信任的、曾与他一起共事达8年之久的日军大本营作战部长真田将军说："你必须严督对华派遣军，限时将衡阳攻下，尽快进入中国之大西南，否则，时间一久，就回天无力了。"真田将军对派遣军总司令畑俊六大将婉转地传达了东条英机的意思，畑俊六自然知道事态的严重，不敢怠慢，即派他的参谋长松井久太郎将军亲赴长沙第11军司令部，与横山勇中将商讨尽快进占衡阳的计划。

横山勇对第68、116师团久攻衡阳不下也是十分气恼，这不仅使他在大本营和派遣军司令官面前丢了脸，也严重影响了他的整个作战意图。

衡阳城，在横山勇看来，充其量能起个钓饵作用，以其为基点达到聚歼第九战区主力的主要目的，所以他以第68、116两个师团攻城，亲自指挥第3、13、27、40等四个师团连续运动于衡阳之东，以伺机邀战聚歼国军第九战区的主力。这既是为了掩护进攻师团外翼安全的需要，也是为了进行"一号作战"二期作战的攻占桂林与柳州的需要。谁知，薛岳这个滑头的广东佬，却不上当，带着他的主力离衡阳不远不近地虚虚实实地耗着——你跟上去，他像泥鳅，哧溜不见了；你离远了，他又像一只老猫，悄没声息地出现在你身边，虎视眈眈地盯着你，使你不寒而栗。而方先觉指挥的第10军，也争气得很，任你两个师团攻得天昏地暗，他还是像钉子一样扎在衡阳城。

横山勇轻觑衡阳，不是没有道理的。

6月16日进攻长沙的是伴健雄中将指挥的第34师团，原利末广中将指挥的第58师团。长沙是湖南省省会，中国军队第九战区长官部所在地，无论其兵力配置还是城防工事及地理状况，都要比衡阳更不利于日军，但这两个师团从16日开始进攻，到18日上午就攻占了长沙，将中国军的第4军打得作鸟兽散。第68、116两师团，按说，也是日军中的精锐师团，第68师团不用说，自编入第11军以来，次次出战，均是攻在先退在后，是刀刃盾面之材。第116师团擅长攻坚作战，在1943年常德作战时，特地从第13军调至第11军，师团长岩永旺中将曾肩负统一指挥各师团进攻常德的重任，正是在他的指挥下，国军第57师余程万将军的八千子弟兵才血染常德城。但是这次两个师团的表现却颇为不佳。

松井久太郎参谋长带来了大本营与派遣军司令部的意见，使横山勇颇费踌躇，因为如果要按上级的意思就必须往衡阳增援兵力，这就意味着要放弃与薛岳的主力决战的意图，进而打乱了他的整个部署。横山勇是个有主见的战场高级指挥官，他曾数次与大本营对华派遣军司令官的意见相左。在1943年常德作战时，他公然违背畑俊六按大本营的指令发出的再度攻占常德的命令，他认为战场的情况变化太快，常有意料之外的事情发生，远在万里之外的大本营怎么能够料到一切呢？战场指挥官的最高才能的表现，就是能够一切从大日本国民、天皇陛下的利益需要出发，灵活相宜地处置战场上发生的一切事情。现在，之所以出现这种境况，完全是第68、116两个师团的拙劣表现所致。他的心境，随着松井参谋长的不断催促在不断地恶

劣，但他不便对松井假以颜色，于公，松井是衔命而来，且是派遣军的参谋长，于私，1943年违背上级再度进攻常德命令那次是松井飞抵实地考察后认为横山勇的决策是实事求是的，从而取得了大本营与畑俊六的谅解。他只好告诉松井，他要想一想，17日再做具体规划。

翌日，横山勇刚舞完战刀，正接过卫士高野递过来的绣着樱花的旧白毛巾向一盆清冽的凉水走去。毛巾上的樱花是他的爱妻美智子亲手绣的，她要让她的丈夫无论走到哪里都要记着樱花，记着京都的樱花。美智子笃信佛教，丈夫出征时，她无声地流着泪，把一个护身符亲手绣佩在横山勇的衬衣左胸，把一打绣着樱花的毛巾叠进行囊，横山勇看着她，知道她还有话，但没法说出来，妻信佛，崇仰从善，丈夫是战将，职业是杀人，妻一向尊敬丈夫，对他的事从不干预，但她心里却更是希望他最好是另一种职业。横山勇理解她，也很爱她，但他效忠天皇，热爱自己的事业，有着男人雄心勃勃的追求，自然是不会因为妻的信仰而放弃这一切。只是到了中国，每在洗脸擦澡使用毛巾，看到毛巾上盛开着的樱花，他的嗜血的心灵就会变得恬淡、宁静一些，甚至还常会涌起一缕缕美好的情思。也许，正是因为这些，横山勇因为没有特别的恶行，没有在日本战败后像其他好些军官甚至师团长一样被送上绞刑架或进入巢鸭监狱，只是被人认为是一名职业军人在从事与他的职业相符的事情而得到了法律的饶恕。

松井参谋长来了，他后面还跟着一位矮胖的戴着眼镜的大佐。横山勇认识大佐，他是派遣军的作战主任天野。原来，松井到达长沙后，畑俊六大将又接到了真田中将的电报，告诉他，务必在近期攻占衡阳，不得以任何理由推搪。畑俊六知道，这是命令不是征求意见了，因此，他也不像派出松井那样是来与横山勇商量，他让天野大佐是来传达"迅速收拢部队，以主力攻占衡阳"的命令的。

已无回旋余地，横山勇只好遵命施行。他命令重炮部队，利用已概略完成的长沙到衡阳的急造公路，向衡阳进发，并命令第40、58两师团，独立第7旅团、第13师团的一部，就地向衡阳集结，他本人也准备不日南下，亲到衡阳指挥作战。

闻知大部队增援衡阳的消息，第68、116两师团又喜又急，喜的是终于有了支援，急的是这回第68、116两师团的脸是丢尽了。特别是堤三树男中将，横山勇对第68师团了无建树较之第116师团更为不满，在电话中已毫无情面地斥责了他一顿。堤三树男受到斥责后，想到战斗没有进展，全是志摩源吉作战不力，因此对志摩源吉也非常不满，认为他徒有虚名，就毫不客气地狠狠斥责了他。堤三树男注意到，志摩源吉受到斥责时非常痛苦，脸上的肌肉在不断地抽动。训斥完毕后，一个劲地"哈依"的志摩源吉表示，如再作战不力，就一死以谢天皇陛下。岩永旺与堤三树男商定，从现在开始，虽无全面进攻的能力，但重点进攻是要搞的，起码在大部队到达之前，争取有些进展，挽回一点面子。

堤三树男认为，久攻不下，是中国军队第10军凭险而据，如无险可凭，第10军断无还击能力。他们设计将第10军官兵调出阵地，来个调虎离山，在空地上决战，或者能达到各个击破的目的。

方先觉接到报告，说日军原配备的西南地区的炮兵已撤到江东岸去了，在西北地区的炮兵撤过草河并在耒河及草河各架浮桥一座。方先觉马上与孙鸣玉等到前沿去巡视，发现日军炮兵过河后，即在东站及望城坳一带占领阵地。傍晚，所有辎重骡马及大批伪装部队灯笼火把，旗鼓大张，分两路过耒河、草河，在江东岸、欧家町、望城坳一带纵火，不久，望城坳一带传出了激烈的枪炮声，好像是与国军的援军接上火了。其他阵地也注意到了这一情况，好几个团长先后来电话要求出击，恰在这时，蒋介石来电报指示："无论兵员如何缺乏，必须编足数营向增援友军方向出击，否则敌必以为守城部队无力而不退矣！"方先觉一律告诫，没有命令不准轻举妄动。他怀疑，日军一向诡秘，如国军援军已到他们必然会怕首尾受击，一定是悄悄撤出，何必如此大张旗鼓，肆无忌惮的，还纵火表示集合地点，架桥、打枪表示通过路线？派出的侦察人员回来报告：日军撤出、运动的人为数很少，而且多已又悄悄地转到原阵地上去了。方先觉证明了他的判断是对的，下令各部队，一律严守阵地，不准出击。方先觉对战区督战官蔡汝霖说："战区对战场情况不了解，就不要把日军佯退的事报告给战区了，免得引起误会。"蔡汝霖早就将自己与第10军融成一个生死与共的整体了，自然对军长的话言听计从，连连答应，可是没想到，两天后薛岳亲自来电报问："敌军退却，为何不主动出击？"方军长拿着电报反反复复看了好几遍，一声不吭，其他人却不断地把眼光瞟着蔡汝霖，弄得蔡汝霖很不自在。参谋长孙鸣玉的脸色非常难看，他气愤地说："难道长官信不过我们，还专门派了谍报员不成？"蔡汝霖无从解释，只好对方军长苦笑一下，站起来走了出去。

日军一计不成又生一计。

诸葛亮云：用兵之道，攻心为上，攻城为下。日军对衡阳守军开始进行心理战。日军飞机飞临衡阳上空，先空投少量的香烟等物品，再抛出大批的传单与所谓的"归来证"。归来证像10元钱的钞票大小，传单上印着："能征善守的第10军诸将士：任务已达成，这是湖南人固有的顽强性格。可惜你们命运不好，援军不能前进，诸君命在旦夕！但能加入和平军，决不以敌对行为对待。皇军志在消灭美空军。"方先觉及时组织政工人员，下令对部队进行反欺骗宣传、教育，将拾获的传单、归来证一律就地烧毁。事后，日军史料说："城破以前，中国军队没有一个兵士、军官来降，这实为数年中日战场之珍闻。"这说明，第10军这项反日心理战是

很成功的。

日军看到他们的各种伎俩都未成功，只得实施武力进攻了。从7月22日起，日军的炮火猛增，每于日落前、拂晓后，实行猛烈炮击。步兵则经过适当整编后，在炮火的掩护下，有重点地对国军阵地进行攻击。

7月23日，日军第34师团步兵第218联队第3大队接到命令：配属第133联队作战，归黑濑平一联队长指挥。因第133联队在攻下张家山以后，3000人只剩下250人左右，而且，这250人都已疲惫不堪。第3大队接到命令后，先向衡阳市区西方迂回，再转向南方，在两路口西南约700米处扎营。这时第3大队计有第9、10、12等三个步兵中队和一个机枪中队，共有兵员600多人。第11中队另有任务未能随队行动。第3大队原与第218联队的其他大队一起，负责自辖神渡至小西门、演武坪以西阵地的进攻，联队司令部设于蒸水北岸一个小山丘上的白色天主堂。第3大队的任务，仅是负责侦察中国军队的行动，每日不断地向联队司令部提出敌情报告，伤亡不大。第3大队长锻冶屋少佐在营田战役中阵亡后，由第9中队的中队长渡边上尉接任大队长的职务。第9中队中队长则由资格较老的石井中尉接任。渡边大队长带领大队在碧绿山丘下，淋夜露，迎朝阳，也被中美空军P-41型飞机数度轰炸。不久，大队又沿铁路南下，向东北方向前进，过了火车站台不远处，各中队散开待命，渡边大队长带各中队的中队长登上了衡阳西站西北方的张家山。因为张家山是黑濑平一的第133联队攻下来的，也因为第133联队绝大多数官兵均战死在这座山上，故日军把其称为黑高地。张家山原来是红土秃山，有为数很少的几棵树和绿色的灌木植被，现在山上已草木全无，红土大概灌溉过太多的人血，红得格外瘆人。黑濑平一联队长早已在飘扬于张家山顶的第133联队的队旗下等待前来配属的第3大队了。

在黑濑平一身后的斜坡上，250名官兵排着队，在等候新队友的加入。他们都衣衫破烂，脸多被炮火熏黑了，只有两只眼睛还有白的地方在闪动。第3大队的中队长们，在渡边大队长的带领下，向第133联队敬礼拜旗。黑濑平一还礼后说："第133联队的旗子，是我们的骄傲，它不会落下，长官要我们把它插在哪里就能插在哪里，希望第3大队能和我们一起保持这个荣誉，保持我们长久的武运。"

拜旗仪式刚完，黑濑平一马上命令部队疏散进入战壕，刚开始行动，中国军队的迫击炮弹就呼啸而来，没有来得及隐蔽的日军马上哀声四起，血肉横飞。这就是中国军队给刚上张家山的第3大队上的第一课，也告诉了第3大队当时133联队攻克张家山时死伤那么惨重的原因。

日军占领张家山的第133联队的伤兵，由本联队的官兵转移到张家山的东南方的山边上，这山边上，有一悬崖，悬崖下是通往零陵与桂林的大路，悬崖为高15米的75度左右的坡，有官兵负伤后，便将之或搬或背或抬，弄到悬崖边上，将伤者头朝上脚朝下急滑而下，再由下面的担架队抬走。悬崖下其脏无比，因为这里既是伤兵求生的通道，又是山上日军的天然厕所。东南山崖，与中国军队的阵地相背，山崖上依稀生长着一些结实的灌木，日军肚腹告急时，便急匆匆地跑到崖边，拉掉裤子，掉转屁股，攀住灌木，朝山下方便，即使白天也很安全。日军供给困难吃食杂乱，喝水更是没有干净可言，又正值夏天，因此闹肚子的特别多，上厕所也就特别勤。人多，时间长，山崖下的积攒也就特别多。伤患者由此放下，常常是先惊起一团团黑雾般的红头大苍蝇，这苍蝇大如牛虻，真可谓器大者声亦洪，嗡嗡的叫声也十分之大，不细听，还以为是飞机临空了。或者活生生的，或者要死不活的，或者缺胳膊少腿的，或者只有出气没有进气的，一个接一个地滑到坡下，红头大苍蝇也像一团团的黑雾般跟着追到山崖下，在山崖下等着的担架兵，懒洋洋地将遍体屎污的伤患者扔进担架，再懒洋洋地运走。第3大队的官兵看了无不摇头咂舌，但也没有什么法子改变。

　　7月24日，黑濑平一联队长在张家山的24据点，给渡边大队长辖下的3个中队下达了任务，具体是第10中队攻击的目标为肖家山，日军亦称之为56据点，第12中队攻击目标是东右侧的山丘，黑濑平一用平板的声调，布置完一切，只说了一句："诸君，为了天皇陛下，出发！"

　　各中队分别按部署很快进入了战斗岗位。第10中队的中队长井崎易治中尉很快安排好本中队的战前准备，便开始注意观察第12及第9中队的动态，这两个中队之所以列于现在的位置，目的是使中国军队驻守的34据点处于完全暴露状态，在攻克中国军队的据点以后即可沿湘桂大道进袭。第12、9中队所驻位置距离34据点只有200米。该处是斜射地形，突进攻击距离只有七八十米。看一切就绪，井崎命令中队轻机枪枪口对准34据点，准备开火，联队直属机枪中队中队长前田上尉，也下令将重机枪对准了34据点，只等着一声命令，便可开枪射击，这几十米的道路，可以说是鬼门关，生死全在一线之间。信号弹飞起，日军一个中队接一个中队地向前奔跑。首先是12中队奔向中国守军阵地的55据点，所需时间大约在15秒到20秒之间。不知是什么原因，控制这几十米路段的34据点未发一枪，想来是34据点的守军遇到了特殊情况，否则无法解释放着这么好的练活靶的机会而不打——即使有机枪掩护，每个中队也要在这段路上死上四五个人。接着是第9中队，一大群人飞奔，也没有遭到射击，再下来是两个重机枪分队朝前跑去，也平安无事。重机枪分队与已经先期到达的部队将一切布置完毕，负责掩护后面冲上来的部队，最后上来的，是第133联队残余官兵混合编成的一个小队。黑濑平一联队长是个极要面子的人，也是一个决心非常坚定的人，为了保持这个小队的战斗力，连联队的副官也编入了这个小队。在阵地上，第3大队的全体官兵都在自己的位置上盯着第133联队的这个小队

的行动。在第3大队官兵的心目中，这个小队是一直声名赫赫的133联队的缩影、代表和象征。黑濑平一报复心极重，也疑心极重，他看到第3大队的几个中队都顺利通过，中国守军的34据点一弹未发，怀疑这是中国军队有意制造假象，以麻痹他黑濑平一，待到第133联队残余通过时，再突而发难，专门对这个小队进行打击，不放过第133联队的最后活口，以报复黑濑平一联队这些时日对中国军队的疯狂冲杀。黑濑平一下令，第3大队与联队直属的轻重机枪一律瞄准34据点，一旦34据点有所动静，几十挺机枪的子弹就会像雨一样泼过去，掩护这个小队越过这七八十米死亡地带。

像运动员一样，第133联队的残部终于出场了。哇，这就是第133联队？昨天站在张家山上，还看不出来，今天一走动，第3大队的官兵简直不敢相信自己的眼睛。看他们跑步的模样，哪里像是跑着通过死亡地带，活脱脱一幅戴着10公斤重铁镣的重刑犯在放风的图景，两只脚仿佛被大地吸住了，抬不起来，身子像被大风刮动了的树，枝晃桩摇，形状非常狼狈。在第133联队这个小队自己看来，他们肯定认为自己是在跑步，但在第3大队的官兵们看来，这就是梦游，是伤残人士的运动会。第133联队的这个小队，通过这段地带，时间是第3大队平均时间的3倍。

看到133联队残余官兵的这副样子，第3大队全体官兵并没有一点看不起他们的心理，只是觉得自己的心在缩紧。从第133联队的目前，似乎看到了第3大队的明天。战争中的弹雨杀死人，战争中的恐惧、饥饿、劳累、神经的高度紧张，一样可以夺走人的健康乃至生命。

算是他们的运气好，34据点自始至终没发一枪，平安到达了指定位置，第3大队的官兵才都松了一口气。

井崎看右侧没有威胁，便急忙指挥中队进入攻击的位置。第10中队到达离攻击目标60米左右的池塘边缘时，炮兵开始按预定计划射击。第10中队有一门炮专门实施支援，井崎用重机枪补充，全连队开始冲击，先是猫腰奔跑，距离近了以后，便开始蛇行曲进，到了目标跟前的30米左右处，全队停下，让炮火轰击目标前的障碍物和目标。炮弹就在眼前炸裂，散发出烫人的热气。炮弹落点高不过几米，远不过30米，炮弹炸裂时弹片飞翔的哨音，飞溅起的碎石泥土，全沸沸扬扬地在第10中队耳边、眼前回响，飞舞。随着声浪荡漾开来的气体，如同烤箱散发出的热气，扑撞在脸上、裸露的皮肤上，刺痛难忍。终于，炮击停止，冲击的信号升起，3大队的3个中队一跃而起，扑向目标。到底是生力军，疲惫之师抵挡不住，多则3小时，少则2小时，3个中队全部攻克了目标。

但黑濑平一的原第133联队残部却没有这么好的运气了，他们3次勉强拼命试攻了58据点，都被击败，不仅损兵折将，而且让中国军队产生了轻敌之心。黑濑平一虽然强悍，但官兵毕竟筋疲力尽，体能意志均已发挥到极限了，你就是把达摩克利斯剑悬到他的头上，也是无能为力了。根据这种情况，岩永旺中将令第218联队接防黑濑平一的第133联队的所有阵地，原第218联队辖下的第3大队亦归建。第218联队也是日军中的精锐，岩永旺中将曾担任第218联队的联队长。现任联队长是针谷大佐。岩永旺命令218联队担当30号据点起至58据点的攻击任务。岩永旺中将的具体部署是：第133联队残部负责确保市立医院北侧的34、55、56据点，沿线布防，俟机待命；第120联队负责攻击虎形巢、张家山，经范家庄至西禅寺等地；第109联队担任自西禅寺西侧、西禅寺及天马山向大西门进攻任务。

7月31日，渡边大队长接替驻守30号据点的第133联队，继续完成攻击58据点的任务。交接阵地完毕，渡边上尉更改了攻击计划。第12中队先行负责攻击58号据点，第10中队负责支援。大队部设在30号据点。58号据点是中国军队防守的杏花村东侧的141高地，由国军第3师第9团第5连负责。第9团团长是肖圭田上校，第5连连长是刘村声上尉。日军第12中队，以30号据点西侧山麓为突击发起位置，该处距国军防守阵地仅10米。第10中队位于肖家山之西约300米、30号据点之南约200米的一个小山丘上。在山丘一隐蔽处，配置了9个掷弹筒的发射台，构成射击各目标的火网，同时战壕内配置了阻止国军攻击的投掷手榴弹的投掷小组和游动狙击手。当天天气酷热，炎阳西斜时，联队司令部发出了各所属部队同时发起进攻的命令，第10中队听到命令，9个早已准备就绪的掷弹筒同时发射，布置在前沿的两门迫击炮也随之轰响。顿时，58号中国军队的阵地火光耀眼，黑烟如云。按照预先的部署，每个掷弹筒第一轮轰击是发射4发弹，炮弹发射完毕，奇怪的事情发生了，负责主攻的第12中队中队长山口没有按照步炮配合要领立即发出攻击命令，炮弹炸起的烟尘、碎土早已散完，第12中队仍然在发起进攻的预定位置纹丝未动。第10中队中队长井崎非常纳闷：这是怎么回事？井崎仔细地观察，发现58号据点一侧有个机枪火力点，这个火力点设置得非常奇巧，无论用肉眼或者望远镜，都找不到它的具体位置，但日军的炮火一停，这个机枪火力点立刻狂射，弹群密集，覆盖面大，弹点准确，对攻击部队形成了极大的抑制，如果硬要强行攻击，不但会使部队造成很大的伤亡，也极少有成功的可能。井崎摇摇头，心中叹息这个机枪阵地魔鬼般的威力，或者可以说这就是个魔鬼机枪阵地。大概山口中队长没有按命令发起进攻的原因，也是在于发现了"魔鬼机枪阵地"。联队司令部看到第3大队没有战斗行动，又发来严厉的命令，要求无论任何原因必须马上按预定计划立即发起攻击，支援部队再度进行火力支援。井崎按照命令开炮，但弄不清楚"魔鬼机枪阵地"的火力，仅可起到抑制性的作用。如果要想达到掩护效果，就只有朝山口中队现在所在地20米路右端、每间隔3米作移动射击，只是因为这可说是步炮同步，距离太短，极有可能造成误伤。时间紧迫，无法多做选择，只好按时开炮，作臆测性盲射，尽力起到在现有条件下

所能起到的作用。

　　山口中队长指挥他的第12中队开始攻击，井崎的掷弹筒、迫击炮急速地发射。这时正是黄昏，太阳已是西斜，山与树木均罩上了一层阴影，山口中队是由东向西攻击，受太阳光线的影响，对目标看得不甚清楚，冲锋时的发射也有很大的盲目性，对被攻击的目标造成不了大的威胁。而中国守军居高临下，地处隐蔽，以逸待劳，且又顺光，攻击者的一举一动尽入视线，每发一弹都对攻击者造成威胁。井崎中队长在望远镜中清楚地看到了攻击者的一切行动。山口中队长指挥尖刀分队先是从位置上跃起，迅猛地朝目标扑去，但中国军队从阵地上发来的枪弹，迫使攻击者起来、卧倒，再起来冲锋一段又再度卧倒。第12中队终于逼近阵地时，守军掷出了大量的手榴弹，泥沙、烟雾一片一片地升起，进攻者连同守军的阵地一起，在井崎队长的望远镜的镜头中呈混沌状。井崎正着急，天突然下起了倾盆大雨，将阵地上升腾的烟雾一洗而净。进攻者的行动又重新清晰地出现了。井崎看到，雨水淹覆了的路面上，山口中队正在艰难地蠕动着。进袭战线仅有12平方米面积，中国军队的枪弹也如同骤雨般落到了这片狭小的地方。枪弹不仅来自西禅寺及57号据点，更大的威胁是"魔鬼机枪阵地"，它不在正面，进攻者既要对付主攻方向的中国守军，又要分心防备侧面，而守军的正面、侧面的据点构成了相互支持、相互掩护的形状，其火力织成了火网，日军白天进攻，确实可谓不惜代价了。意志，在没有实力作为基础的情况下，同样会苍白无力。山口中队全力以赴，有些士兵嗷嗷地狂叫着像出膛的炮弹般冲击，但"肉弹"毕竟挡不住铁弹，在子弹与手榴弹的作用下，第12中队在进攻的路线上留下好多具尸体后，无可奈何地垮了下来。稍稍整顿了一下队伍，山口中尉又开始攻击。他知道，第3大队对58据点志在必得，哪怕剩下一兵一卒也要打下去。这时天已完全黑了下来，只有炮弹的爆炸的闪光时断时续地撕破黑暗的帷幕，指示着日军进攻的目标。井崎无法看到山口中队的进攻，他只能谛听着炒豆般的枪声，从双方的武器所各自具有的特点的爆鸣中，来判断进攻的情形。较远距离的黑暗中的压制性盲射很快结束，从发起进攻的位置到达国军阵地前沿这一段距离，山口中队显然要比白天快。手榴弹炸响了，"魔鬼阵地"的机枪疯狂地吼着，手榴弹的闪光中幢幢人影不断地仆倒、飞腾，日军三八式步枪"叭——嗙"的声音越来越稀疏，越来越弱，就像林涛怒吼中的受伤的野兽凄凉而痛苦的悲鸣，这样持续了十几分钟，枪声、炮声、手榴弹声突然都沉寂了下来。井崎知道，从一般规律判断，山口的进攻是失败了，但作为山口的老同学，井崎十分了解山口对天皇陛下的忠诚、作战时的机智与勇敢，或许，山口另辟蹊径占领阵地也未可知。井崎在凶吉未卜的黑暗中忐忑不安地等待着，揣测着，谋算着。终于，井崎等来了大队本部的命令。渡边大队长命人传来命令："山口大部分人员玉碎，中队长山口中尉头部中弹，现已昏迷，不能继续指挥作战，由第10中队中队长井崎中尉接替山口中队的任务。山口中队残部编入井崎队。"井崎在黑暗中伫立了片刻，命令见习士官羽根准尉集合队伍，准备接防。部队大量伤亡，基层军官已难以为继，羽根准尉是第10中队除中队长以外唯一的军官了。井崎本人率中队指挥班数人匆匆赶到30号据点的大队本部。渡边大队长正焦虑地在大队本部思谋着，怎样才能尽快地得手中国军队的58号据点，井崎镇静甚至是一副若无其事的样子走到大队长渡边的跟前听取指示，久历战场，弹雨枪林，井崎清楚部下的任何紧张、惊慌失措都可能影响上级的决心，干扰上级的意图。或许是事情已考虑成熟，或许是受井崎的影响，渡边大队长很快下令："尽可能地利用黑暗摸上去，开展短兵作战，最好是混战，用刺刀解决问题，使侧方'魔鬼机枪'无法发挥威力，使中队由多面作战变成单面作战。"

井崎接受了任务，走到发起的位置，羽根按命令带着中队尚在原地等待。

一阵阵的山风，刮薄了天空的云絮，星星若有若无地在天边闪烁，刚至中天的月亮时隐时现地露出惨白的脸来，照见了山口中队发起进攻的位置。阵地上积尸累累，几无下脚的地方。伤者横卧，喊爹喊娘的叫痛声呻吟声来自四面八方，血腥味厚重地撞入鼻腔，进入肺腑，阵地笼罩着悲惨的气氛。井崎的心在紧缩，他不愿他的中队看到这种血腥的境况，他决定先清理战场，将尸体与伤者搬走，以免影响中队的斗志，尽管，他知道第10中队的结局和眼前这种境况只有一步之遥，甚至还会更惨，但他要带着他的中队尽力去避免，至少，在他们死伤前不至于有更重的心理负担。

山口中队只剩下13个健壮者，加上井崎的指挥班数人，在井崎的指挥下开始清理战场，黑暗中搬运死尸非常辛苦，但更为难更辛苦的还是转移伤者，有时，明明还在挣扎着呻吟呼喊，一会儿就声息全无了，开始井崎还以为是伤者在坚忍，马上他就发现自己错了，不吭声了的必定是成了迎接中元普度的新鬼。井崎强忍着心中的悲苦，下令部属：为避免伤者因为移动增加痛苦与死亡，暂时只搬走死尸。死尸搬走后，才传令羽根准尉带队进入阵地接防，这时，一件意料不到的事情发生了，山口中队的伤兵一看到援兵到达，想到自己生存有望了，便都感动得放声大哭，伤兵一哭，受到感染的井崎中队官兵触景生情，也悲从中来，止不住放声大哭，阵地上顿时一片凄楚。井崎赶忙下令不准哭，为了防止再度互相感染，井崎带领大家开始转移伤兵。山口中队有40多名伤兵，伤兵和战死者一样，每个人身上都被捆着一根绳子，有的是捆绑在腰上，有的是圈套在脚踝上，还有的是直接勒在脖子上，有的还是两个人被捆在一起，究其原因，是进攻一再失败，伤亡累累，为了便于收容，收容人员将倒卧者顺便捆起来，能走时便拖着走，既省些力气，又减少收容

量，也减少收容人员的伤亡。至于被收容的伤兵在收容人员的拖拉中被石头木块树根撞碰摩擦，那也就顾不得这许多了。收容者捆绑伤亡者，有时收容者也伤了，捆绑者便也成了被捆绑者，最后一个被搬运的是第12中队的中队长山口中尉，他的头部被两粒机枪子弹击中，一粒擦过头顶，像犁铧犁的一样，子弹在山口的头顶犁出了一道槽沟，一粒从左耳贯进，从鼻腔中拐出。山口除了身上仅着的一条短裤，其余衣物都被脱掉了。山口的热血和汗一起混合杂凝，在脸上身上横一缕竖一道地纵横交错，面目恐怖狰狞，两名士兵为给山口解热，找了两片芭蕉叶替他扇风，风没有多少，"叭啦、叭啦"的响声倒是不小。井崎走过去蹲下，握着山口的手说："山口老同学，喂，是我，是井崎在和你说话呀。"山口自然是听不到了，他的左耳被子弹洞穿，右耳已然震聋。更可怕的是，明明是头部中弹，他却摸着肚皮说："这里痛死了，你们帮我治疗这里好吗？"但其他方面的感觉却很准确，也很灵敏，他反复地要求："帮我把短裤脱了，热死人了。"井崎无计可施，只能安排士兵把山口送到稍后一点的山坳里，中队主力也暂时撤到那里待命。此刻，离天亮还有两个小时，井崎中尉又回到30号据点的第3大队本部，向大队长渡边上尉要求更改修订有关攻击的命令与计划。渡边认真地听了，只强调：8月1日正午再行攻击的时间不能变，第10中队攻击时没有部队与炮火的掩护不能变。至于冲击时的具体细节，则完全由井崎自己来定。此时，渡边上尉已十分疲乏与焦灼，井崎不好再提什么要求，只好回中队等待攻击时间的到来。

山口中尉带着他的中队采取夜间强袭策略，意在利用夜幕迅速接近攻击目标，但他们忽略了侧方"魔鬼机枪阵地"，结果使第12中队的士兵一个个地成了中国军队练习射击的活靶子。井崎作为负责支援的中队长官，比进攻的山口更清楚地看到这一点，所以他认为，如果不消灭这个机枪阵地，要想攻击成功，无异于痴人说梦。为了弄清这个机枪阵地的准确位置，井崎与山口中队的残存者、受伤者，反复交流了看法。从他们攻击时受伤的地段、位置、弹着点，来分析这个机枪阵地的所在地。经反复观察，分析，最后井崎认为，这个机枪阵地在山口受伤处路端西侧或其他部位右方20米左右的地方。如果这个分析准确，仍属中国军队掌握主动，这也就是说，第3大队指挥部呈完全暴露无防的状态。中国军队与其相距不过40米，双方都处在不知本身危险的状态下，可以说是不知者有福。井崎得出这个结论，立刻与第9中队的队长石井中尉联络，请他特别注意保护大队部。为了清除这种危险，井崎命上士班长堀本将中队主力带往隐蔽地点待命，自己亲率羽根小队悄悄地进入了大队部背面的斜坡上。这时，东方即将发白，夜空中露出淡淡荧光。

8月1日清晨，晨曦初现，井崎伏在坎上往斜坡下瞧去，70米左右远有一白色房屋，战壕自井崎所在的山梁斜划过山腰，从白色的房屋下穿过。井崎率队自战壕而下，徐徐下袭。战壕的上半部没有人看守，连放哨的都没有，这说明中国军队伤亡非常严重，同时也证明他们尚未采取任何防范措施。当日军从发起攻击的阵地上通过时，他们才在一侧开枪杀伤日军，至于日军发起攻击的起点的位置在哪里，他们似乎不知道，也不深究。接近白色房屋的时候，中国守军发现了他们，先是用枪阻止日军进攻，但战壕弯曲，深窄，能见度差，杀伤力很小，日军很快就到达房下。该屋驻有八九名中国士兵，他们又拿出了拿手好戏——投掷手榴弹。手榴弹的威力在战壕也受到阻碍，无法实现大面积杀伤，降非手榴弹投到脚下，否则不能对进攻者造成多大的威胁。相反，日军从战壕往上面的白色屋中扔手榴弹，杀伤力却很大。两方用手榴弹互相攻击，20分钟后，中国军队在这里的守军全被手榴弹炸死，日军第10中队仅东田上士一人阵亡。出现这种情况的重要原因就是中国守军对情况不明了，处在被动状态，本来占据的地理优势也丧失了。这时天已大亮，但房屋中仍然光线暗淡，看不大清楚墙角。这座白色的房子面对公路，门口、窗口都已封闭了，涂上白色。井崎想了解对面的情况，四面查看了一下，发现有个通气孔，由通气孔向对面窥视，果如预想一样，正是使第3大队损兵折将的被井崎命名为"魔鬼机枪阵地"的守军一个据点。阵地内有两挺白朗宁机枪，与井崎现在所在只隔7至8米。公路宽约5米，屋子内部宽约两到三米；这个屋子由木头构造，内里没有任何设施，自木屋到公路环绕多层铁丝网，掘有多层战壕，阵地上有15名中国士兵，大多数都手握手榴弹怒视日军。公路上与屋内都用铁丝网围护，阵地十分坚固，日军难以进攻得手。这个阵地距山口中弹的地方大约30米。思谋良久，井崎将羽根叫到身边，低声向他说明了第10中队的作战计划。井崎告诉羽根：第10中队准备当日12时正式进攻58号据点，届时，由羽根小队负责攻击眼前这个"魔鬼机枪阵地"，以在中队主力向58号据点运动到山崖下，冒死往上攀登时，竭尽全力牵制其火力。具体做法是，当中队主力运动到58号据点的山崖下时，羽根小队立即向"魔鬼机枪阵地"进攻，"魔鬼"无法再行掩护主阵地的责任，掉转枪口与羽根小队战斗，中队主力即乘这一火力空当攀登悬崖。羽根是个健壮、机敏而又勇猛的日军军官，参战以来屡有建树。他对眼前这位中队长十分佩服，认为井崎谨慎、冷静，很有头脑，所以对井崎所下达的任何战斗命令，从不怀疑其准确性，只是一心去完成，但这回他却担心了：面对如此坚固的阵地，自己这个小队长到底能发挥多少作用？还有，眼前这个"魔鬼机枪阵地"在自己的小队发起攻击时，它会用多少火力，用多长时间来对付自己？这段时间对中队主力来说有多少价值与作用？另外，手榴弹战的间隙能延长多久？这无论对羽根小队的攻击和中队主力向58号据点的攻击，都是能否完成任务的关键。犹豫再三，羽根还是把自己的疑虑报告给了井崎。其实，这也正是井崎所担心的，只是，眼下一时确实想不出更好的办法来，暂时也只能这样，战

场情况瞬息万变，看到时能否有奇迹发生吧。井崎让羽根小队守在白房子内，自己回到中队主力所在地，召集堀本、屉内、久保田等上士详细研究，决定编成攀登人梯组6组，每组3人，障碍破坏班2组，每组也是3人。人梯组兼负突击任务，由分队长堀本上士率领，障碍破坏班兼突击任务，由分队长屉内上士率领，井崎中尉自率17名士兵负责阵地保卫任务，久保田上士率20名士兵承担发射掷弹筒做炮火掩护的任务，人梯组、破坏班均轻装上阵。在羽根小队向"魔鬼机枪阵地"发起攻击、造成火力空当时，攀崖人梯组就有了一半胜算，使对方转向羽根小队，如果这一半机会使攀崖人梯组攀崖成功，那夺取58号据点就有了一半可能，最后只在与58号据点的守军之争了。如果这一半可能使之夺得了阵地，就有了占领阵地的六成把握，下一步就是防止中国军队的反击。防止反攻的关键武器是手榴弹，中队主力每人配备手榴弹4枚，羽根小队每人配备手榴弹2枚，这些手榴弹是井崎中队的全部家底。夺取58号据点后，井崎要求突袭队迅速控制中国守军右侧守备部队机枪阵地的直通战壕，以防对方侧防部队撤退。人梯组进攻前，屉内上士先率破坏班到达58号阵地的山崖下，将铁丝网切断，开辟出进攻的道路，攀崖人梯组随即而至，开始攀崖。

一切所能想到的都想了，一切能准备的都准备了，井崎中队在忐忑不安地等待着那凶多吉少的时刻的到来。

12点，读秒开始，各就各位，羽根见习官、井崎中尉、渡边上尉、第3大队参谋长前田上尉、针谷大佐、田村副官等，都在自己的位置上注视着自己的手表。按照预定计划，时间到了，羽根小队立刻向"魔鬼机枪阵地"掷手榴弹，58号据点守军反应很快，立即往羽根小队所在的位置对"魔鬼机枪阵地"实施火力支援，并在井崎中队主力进攻的道路上投掷手榴弹。手榴弹爆炸，炸出了白烟、碎石、尘土，宛如烟幕弹，手榴弹投掷得越多，烟雾越多也越浓，很快像一团不断簇生的黑雾缭绕着阵地。"魔鬼机枪阵地"缺少应付背后突袭的准备，一时不知所措了，出于本能，他们全力开始对付羽根小队。机会难得，井崎为抓住良机，当即决定亲自上阵，他带领屉内上士的障碍破坏班闪电般地奔向突袭道路，剪断了铁丝网。58号守军发现了日军的行动，机枪、步枪、手榴弹像雨打芭蕉，又如铁锅炒豆"嘭嘭啪啪"，没完没了，但因没有"魔鬼机枪阵地"这个侧射火力点的支援，守军虽然居高临下，但复杂的地形与障碍物减弱了火力的威力，对日军除了迟滞进攻的时间外几乎没有什么杀伤力。堀本上士带着人梯攀崖小组及时赶到，井崎协助堀本上士开始攀崖。进攻开始，堀本上士手指处，在白雾黑烟中，第一组飞奔而至，第二组随即跟进。第一、第二组并立崖下，同时高喊："攀崖开始！"顷刻之间，殿后的日军依次踏踩前人后背的子弹盒，再踏前人之肩、钢盔，以叠罗汉的方式架起了人梯，节节上升，向崖顶爬去。屉内组的士兵顺序攀爬，转眼爬到崖顶，正要进入阵地时，来自西禅寺及57号据点的侧射斜射火力发生了效用，西股日军借着手榴弹爆炸时冒出的白烟进入阵地的同时，人梯遭到阻击，中间部位的士兵被击中，身子一晃，倒了下去，踏在别人肩头的日军士兵跌落地面。井崎厉声喝令急速补充，再向上爬，旋即又覆旧辙。但守军前沿阵地投掷下来的手榴弹已然大量减少，白烟、浓雾开始变淡，随着徐徐而来的山风，丝丝缕缕地随风而去，手榴弹投掷的减少给进攻的日军正面减少了阻力，但又让守军的侧面对主阵地支援的火力据点提升了能见度，使日军的整个活动都在其主阵地以外的配属阵地守军视线之内。很快，恶果就出来了，人梯基部被射了，人梯像墙脚被突然挖空的墙，稀里哗啦地倒了下来。倒下去了，在井崎中尉的厉声喝令中，又重新重叠起来，重新攀爬。人梯死伤，立刻递补，一波一波地飞奔而来，架成新的人梯。

羽根小队到了艰难的时刻，在与"魔鬼机枪阵地"对峙时，很快就有了伤亡，牵制力相应大减，更要命的是"魔鬼机枪阵地"已然发现了日军的意图，竟然以少量的兵员、火力来对付羽根小队的牵制，主力则全力以赴向攀登山崖的日军射击。"魔鬼机枪阵地"越来越凶猛，朝着人梯不停地喷火，不断有日军士兵架成的人梯在"嗒嗒嗒"的白朗宁机枪的吼叫中，在血浆飞溅、血雾飘洒中跌落崩毁，被摔或负伤跌落者爬起来，再叠架上人梯又往上攀，又再被击倒，像古代冷兵器时代以尸代石，堆尸作阶一般。井崎中尉亲见本中队死伤惨重，切齿顿足，伤心不已。本来，第10中队已经无力实施攻击，渡边大队长、针谷大佐都在前沿将这一切看得清清楚楚，但针谷大佐没有下令停止攻击，他认为攻坚战全在于士兵的勇敢与指挥官的坚定，攻、守双方拼意志、拼消耗，哪一方气馁了、消耗大了、意志崩溃了，哪一方就输了。一个中队在他们眼里只是局部，但在井崎眼里却是全部。他看到打到现在这个样子，上级都还没有下达停止攻击的命令，简直是视士兵的生命如蝼蚁，别人可以这样看，可以这样做，但他井崎不能，用士兵的生命去做明知不可为而偏要为的事，拿与自己朝夕相处的兄弟们的生命垫底，没有比这更使井崎更不能忍受的了。他情愿承担因为违抗命令所产生的一切后果，在各级长官的注视下，他径自下令：停止攻击，撤回待命攻击位置。

数次的反复进攻，山崖下已死尸集垒，伤者枕藉，呻吟哀鸣之声不绝于耳，井崎开始了撤退前的救人运尸工作，他先抓住伤者的皮带往下拖送，一个人往返数趟，救了5人，崖下还有15名伤兵，井崎中尉、堀本上士，竟站在上次山口头部中弹的位置，阵前指挥搬尸运伤。日军每隔3至4秒钟就向"魔鬼机枪阵地"投2枚手榴弹，趁手榴弹爆裂时爆出的浓烟白雾沙石尘土的掩护，收容人员迅速跑到崖下，不管是抓到受伤者的手腕、脚踝还是皮带，抓住就不放，拖着就往回奔走。投出2枚手榴弹，有差不多10秒钟影响中国守军"魔鬼机枪阵地"的发射。在这10秒钟期

间，"魔鬼阵地"的机枪手，在手榴弹爆炸时要低头躲避弹片碎石，手榴弹炸裂后再抬头，再好的射手瞄准也要三四秒钟，视线还要受到没散的白烟沙尘的影响，因而，井崎估计过了10秒再度投掷手榴弹，争取5秒钟安全抢救时间，抢拖6米就到了安全地带。抢救伤者搬运死尸工作总算比较顺利地完成了，抢救过程中，由于诸士兵行动敏捷，没有新伤出现。接着靠日军的手榴弹掩护撤退行动。守军的机枪不停地响，虽然准确度差，但弹点覆盖面很大。日军的手榴弹投掷出来，"魔鬼"机枪手抓住机会，探出头来，一阵猛射，密集的弹雨中，日军再也无法投掷手榴弹，堀本上士、井崎中尉马上就暴露在"魔鬼"机枪射手的眼中，"嗒嗒嗒"，3发机枪子弹飞来，堀本腰中两弹，井崎膀中一弹，都负了重伤，转瞬间救人者成了被救之人。堀本、井崎被拖回，经临时包扎，井崎中尉又坚持指挥中队。阵前统计，井崎中队阵亡6人，重伤后送10人，轻伤8人留在阵地坚持作战，羽根小队阵亡5人，重伤6人，轻伤3人。

特别令羽根与井崎痛心的是，3名新兵穿越机枪阵地的铁丝网时被打死，尸体悬吊在铁丝网上，摇来摆去。因在"魔鬼机枪阵地"前沿，是其有效控制地域，尸体无法取回。

针谷大佐对井崎擅自下令停止攻击非常愤怒，他从30号据点大队部打电话来质问："再不多久就可以登上山崖夺取阵地了，为什么中断？谁下的命令？"在一线指挥的3大队参谋长前田上尉接到电话，听了大佐怒气冲冲的责问，他默默不答一词，伸手就将电话线扯断了。井崎中队进攻死伤累累，渡边上尉与前田上尉都没有下达停止进攻的命令，是因为这次攻袭战的一切都是联队本部决定的，针谷大佐在30号据点，非常清楚地看到了战场上的一切，他不下达停止攻击的命令就谁也不敢下，但这并不是说渡边上尉与前田上尉没有下达停止攻击命令的想法。针谷大佐的质问惹怒了前田与渡边，尽管军纪森严，但在忍无可忍的情况下，他们还是要寻机反抗。前田、渡边上尉都认为联队长针谷大佐不了解衡阳守军的情况，也不了解衡阳的地形，一味强调强攻硬取，完全不理会大队长渡边与大队参谋长前田的意见，期望这天12时这一没有准备的一战取胜，结果徒令第10中队官兵去送死。针谷联队接防黑濑联队阵地后，渡边大队长曾在针谷联队长赋予第3大队攻击58号据点的任务时要求：具体进攻时间与进攻细节由第3大队自己定，保证在联队所要求的时间内攻下目标。但针谷联队长粗暴地否定了渡边与前田两上尉的计划，把山口与井崎中队进攻的时间定在正午和黄昏，方式则是集团式冲锋。而渡边大队长与前田参谋长的意见是上午9时或者黑夜，因为9时的太阳已升起来个多小时了，太阳的热量蒸发水汽，使田野山间升腾着若有若无的微风，而阳光又正好斜映着58号据点的侧防阵地——现在被井崎中尉命名为"魔鬼"的机枪阵地，使之视线受到影响，以增加冲击成功的机会。而黑夜进攻，除了以夜色作掩护外，正是发挥日军单兵作战长处的意思。具体进攻的方法是，在没有有力的炮火支援的情况下，以散兵多头进攻，摸上去一个算一个，摸上去一组算一组，上去后即在崖上头固守，掩护后续部队上攻。井崎中尉接受攻击任务后，也提出了与大队两上尉相同的意见，但渡边只能违心按联队本部的意见否定了井崎的请求。现在他们亲眼看到山口、井崎两中队死伤惨重，心中自然怨怒，他们认为针谷大佐的进攻计划是无谋之命，是想以士兵的英勇的强攻硬取而造成的死伤来向前联队长、现师团长岩永旺中将证明第128联队威风不减当年，是以期望侥幸夺取阵地来与黑濑联队一比高低，至于下属官兵的死活，他则是不大放在心上的。渡边、前田岂能不心中愤怒？

井崎同渡边、前田的心情相同，但他犯了擅自下令停止进攻的错误，按战场纪律他将受到严厉惩处。井崎怀着即使被施以处罚也要向大队两上尉争取改变作战计划的心情来到了大队部。井崎以绷带扎紧了膀子，又以三角巾吊住因膀子受伤而不能动弹了的胳膊出现在大队部。渡边与前田没有任何责怪井崎的意思，只字不提撤退的事。一见面就问："井崎君，你看有没有什么好办法可以尽快攻下58号据点，如有，说出来，就按你的办法执行好了。"井崎知道，渡边与前田的这一许诺，是山口中队与自己中队官兵的鲜血换来的，渡边与前田同样也期望战斗计划改变，因为只有亲身参加战斗的人才最了解战场情况，才最有如何去进行战斗的发言权，换句话说，要想由井崎去攻下阵地，最好充分听取井崎的意见。井崎要求，根据上级的意图和目前的实际情况，攻击时间以翌日天亮为宜，攻击方式则根据有无炮火支援、有多少炮火支援再做具体构想。此外，井崎请求：首先补给蓝色或者红色的瓦斯弹2发，手榴弹100枚。渡边表示，一切按井崎的计划，所有请求均照准，请求上级补给。

针谷大佐由基层军官成为高级军官，其历程自然是以战斗来铺垫的，他对战场上的基层官兵的心态以及会引起情绪变化的各种情况是很了解的，所以当前田上尉愤然弄断了电话线时，马上合计起了井崎擅自撤退的原因。他对自己的部属的服从性与勇敢是绝无怀疑的，他们之所以这样做肯定是忍无可忍了。此时，他有些后悔没有认真听取渡边的作战计划，撷取其长处。但亡羊补牢犹未为晚，他马上命令联队直属通讯中队长原田中尉率5名通讯兵前去接通电话。原田中尉按命到达前进指挥所后，前田上尉说："请转告联队长，电话线是我弄断的。"他拿起断了的电话线晃了一下："喏，断处在这儿，联队长什么时候想按实际情况有效地改变作战计划了，我们再把电话线接上。"前田上尉留下两名士兵准备在适当时候接电话线，其余遣归。原田回去晋见了联队长，如实转告了前田的意见，针谷心口火气突然腾地蹿起：如此大胆，还了得？但针谷能在战火纷飞的严酷环境中成为联队长，

自然有其不同寻常的地方，下属如此大胆，当然不是好事，但战斗的最终目的是达成自己的意图，取得战争的胜利，既然下级的意见可取，那又何必计较态度呢？退一步讲，即便要计较，那也要等从战场上下去以后，功过清楚，赏罚分明，目的明确，才是为将之道。他召来渡边大队长，详细地听取了渡边的意见，完全认可，表示一切按井崎的意见去进行，并询问需要什么支援，渡边大队长立即转达了井崎的要求。井崎中尉认为：敌我双方在狭小的战场上交锋，迫击炮、步兵炮、重机枪等长程火力武器都不很适用，没有火焰喷射器、手榴弹、九六式轻机枪等短程火力有效。因为火焰喷射器只有工兵联队配备两具，如需要则得呈请师团批准，程序复杂，现时间紧迫，无法请准。除此之外，针谷大佐对井崎的要求一切照准，针谷还请渡边转达他本人对井崎的行动果断、虑事周密及战斗成绩表示欣赏。

日军218联队长针谷大佐与所属第3大队一场危机，在针谷大队长本人的疏导下，就这样化解了。

羽根小队残余人员与中队主力残部，退回待命位置以后，因经历艰苦的作战，一个个疲倦至极，站着想坐着，坐着想躺着，很快，一片狼藉的旷野上响起了瘆人的此起彼伏的鼾声。夕阳已然西沉，黄昏已过。井崎叫醒班长以上人员，一起商讨再度发起攻击的详细计划。这时渡边让人通知：瓦斯弹因极度缺乏，未能核发，代配两个小型发烟筒，手榴弹申请100枚也只配发60枚。这些还是渡边上尉执针谷大佐的命令到上边争来的。井崎知道只能如此了，虽然只有两个发烟筒和60枚手榴弹，也还是增加了胜利夺取阵地的可能。假如没有这些还不是同样要战斗？他马上向来人表示，请他转达井崎中队对联队、大队诸长官的谢忱。井崎将两个发烟筒，一个配发给羽根小队，另一个配发给屉内上士。井崎规定，羽根小队的发烟筒掷于"魔鬼机枪阵地"的前方，屉内上士的则扔在58号据点与侧防机枪阵地之间的地带。发烟筒所发的烟幕低浮扩散，晨间无风，遮蔽效果可保持15分钟。有了这15分钟，队伍可以在崖下活动、攀登而没有为中国军队的机枪阵地提供清晰的活动靶子的危险；有了这15分钟，就可以有夺取这两个阵地的五分可能。攻击时间井崎定于8月2日拂晓之前的4点钟。4点钟，天还未亮，但南方的夏夜，尤其是上半个月，夜晚也有相当的能见度，所以井崎规定羽根小队长先扔出发烟筒，然后屉内上士再掷，其余人员按编组迅速冲达崖下，搭成人梯攀爬。开完会，已到夜半，除了哨兵，所有人员都已进入梦乡。井崎环视四周横七竖八、呼呼酣睡的兵士，心事如泉涌，感慨如潮，或许现在他们还在睡，到了拂晓，枪声一响，他们中的许多人的一睡就成了最后一睡了。他们在家乡倚门而望的白发苍苍的老母，日夜悬念的娇妻、女友，就将一生一世都在做无望的期盼的梦。井崎不知不觉中，合掌祈祷，祈求战事顺利，祈求中队人员平安，祈求中队人员的故乡的亲人平安，也祈求皇军武运长久、天皇陛下万岁，同时在他的心灵深处，他最为感谢的是菩萨保佑大家终于活着度过了艰苦而又危险的一天。

8月2日凌晨3时半，羽根小队派传令兵来报告：他们小队已完成战前准备。羽根见习官是个勤勉的军人，但他又细心得像一位新任的小学老师，他交代传令兵向井崎中队长报告，说羽根小队这回斗志很强，都有夺取"魔鬼机枪阵地"的决心。井崎中尉对羽根很放心，知道他会去做他所能做到的一切，所以对传令兵嘉勉了几句，就让他走了。中队主力方面，久保田、屉内上士，也分别派人来报告已准备就绪。

凌晨4时稍早一点，各就各位，等待攻击的命令。

屉内上士点火待命，准备4点钟一到，羽根小队投出烟筒时发出的轰隆声后4秒钟，他再将发烟筒投到指定位置。

投出的发烟筒开始咕噜咕噜地冒出白烟，手表的针指向4点零30秒，是时无风，烟雾先是横向扩散然后徐徐上升，渐渐扩大，形成的形状与浓度都较预想的要好，两处烟幕，在相互扩张后，很快合二而一，将中国守军的"魔鬼机枪阵地"慢慢笼罩起来，围裹起来。58号据点的守军非常机警，只投了3枚手榴弹就不再投了，此时日军在暗处，国军在明处，胡乱投掷炸不到敌人，反而暴露了自己的位置。当烟幕裹住了"魔鬼机枪阵地"后，羽根即与所属士兵闪进烟幕中，逼近阵地，接二连三地甩出手榴弹，"魔鬼机枪阵地"还未来得及做出反应，便被炸得一塌糊涂了。过了好一阵，从混乱与惊慌中醒过来，"魔鬼机枪阵地"的残余守军才开始与羽根小队互掷手榴弹，机枪却没有法子再打响了。

时机成熟，井崎中尉向中队主力发出立刻进攻的命令，各分队立刻开始进攻，爬上人梯。攀登山崖成功。井崎中尉站起来时，恰有两枚守军扔下来的手榴弹闪着红光爆炸，那是阵地守军扔至崖下的最后两枚手榴弹，而"魔鬼机枪阵地"因被羽根小队所控制，不能发出一弹，使攀登悬崖的士兵如入无人之境。很快，悬崖顶上，晨光熹微中，一个接一个的人影向西横进。黎明时分，58号据点传来了大野下士的吼声。大野满脸胡须，皮肤白净，身躯猛壮，声如响雷。大队长渡边在30号据点的大队部清楚地听到了大野下士的吼声，他是第一个冲进58号据点阵地的人。井崎中尉登上山崖，朝大野下士狂吼的方向前进，大野正陷于苦战，疯狂地朝渐渐溃退但又尚不甘心放弃阵地的守军投掷手榴弹，守军仇恨地朝这个野蛮而粗悍的侵略者回敬手榴弹。中国守军人多，终于站住了脚，开始反攻，为了争夺一座碉堡，双方将手榴弹你投过来，我砸过去，黎明的晨光中，红火闪闪，烟尘飞溅，夹杂着一声声惨叫，毕竟日军手榴弹充足，有备而来，又是生力军，且一举登崖成功，从气势上已压倒了中国军。混战一阵，这座碉堡终为日军占领，这座碉堡的出

口处修有战壕，循壕可以进到中国守军的阵地内部，中国守军放弃了这个阵地的进出口，大野下士身负重伤，仍然把守着这个要害之地。由出口往下看，可以看到通往东面"魔鬼机枪阵地"的深壕，天大亮的时候，羽根小队终于占领了"魔鬼机枪阵地"，但羽根小队也付出了惨重的代价。"魔鬼机枪阵地"被日军发烟筒围裹以后，羽根小队借烟幕掩护逼近，一阵手榴弹使猝不及防的阵地守军顿时丧失了反抗能力，15人中有9人当场死亡，6人负重伤，羽根认为阵地唾手可得，一马当先冲进去，谁知人刚闯进阵地就觉得腰部一寒，一把锋利的长刺刀迅捷地捅了进去。这时狭窄的长壕里烟雾弥漫，能见度很低，他身后的士兵没有看到羽根中刀被刺，跟着闯了进来，还是同一把刺刀，又从左肋捅了进去。被捅中的日军士兵没有来得及哼一声就栽倒了。羽根趴在地上，偏头偷窥，只见一位手握上着刺刀的俄式步枪的中国士兵，满身黑烟尘土，满身血污，在他身后还有几名伤兵挣扎着爬动。羽根突然跃起，纵身抱住握枪等待入壕日军的中国士兵，并放声大喊。日军涌了进来，负伤的中国士兵纷纷竭尽全力与日军做殊死搏斗。结果，阵地内15名中国士兵全部阵亡，日军有羽根重伤垂死、3人战死、1人轻伤，余下7人占领了阵地。自此，死伤日军上百人的"魔鬼机枪阵地"，终于被日军摧毁、占领。

天大亮，对中国军队有利，他们对地形熟悉，日军在明处，国军守军充分利用地形，隐蔽得很好，在阵地上活动的日军，一个接一个地被冷枪打倒。占据58号据点东端碉堡的屉内上士，在碉堡入口处观察阵地，被国军一军官发现，他从士兵手中要过一支步枪，"砰！"屉内当场血溅荒野，命丧黄泉。在壕内的5名士兵，被藏在壕内一拐弯处的一名中国军队士兵开枪杀死一人，还有4名士兵重伤。转瞬间，东端碉堡的守备力量全部瓦解，成了失控目标。最先攻入中国军队阵内的大野下士和他的分队，是占领西端碉堡的主要力量，来自西禅寺、天马山的枪弹，使这个分队的4名士兵身负重伤。接替堀本上士的龙光上士，也在井崎中尉附近被来自五显庙的狙击弹射伤坠崖毙命。登上崖要命，登不上崖也要命，下崖一样要命，井崎中队进退维谷，来自西禅寺及57号据点的交叉火网，截断了在58号据点上的井崎及17名士兵的退路。中国军队反攻之初，没有鼓余勇再作努力，似在喘息，为下步将日军驱下阵地作准备，日军也在将残部重新编组，阵内暂时安稳下来。

中国军队为了夺回失守的阵地，逼近公路以北地带，连同西禅寺、天马山、苏仙井、57号据点、岳屏山等阵地的兵力，约在上午9点钟部署完毕，乾坤一掷，开始了正式的反攻行动。反攻战的激烈，是井崎在几年的侵华战争中所仅见的。井崎毕业于军校步兵科，反复演练过阵地战，那时觉得那项课程过分辛苦，来回奔跑，反复地争夺，稍有不对，必遭教官呵斥，还得重来，一天课程下来，累得躺在地上就不想再起来了，与现在真刀实枪的阵地争夺战一比，那简直就是小儿科，抛开战场主要特征的死亡、流血不说，仅只与军校阵地争夺战的课程相比，其辛苦程度、时间的长久，都是军校的学员生活所不能比拟的。9时整，中国守军从各对58号据点有制约作用的阵地发来炮弹、机枪及步枪枪弹。特别是迫击炮弹，其准确度、落弹技巧都非常高，多数时候炮弹都直接打进炮火轰击时日军躲入的战壕里面，这是日军没有办法效仿的。而火力的变化、集中、组合，都让人叹为观止，战争到了接近最后的关头，兵死将伤，尚能如此协同、配合，可说是体现了第10军的训练有素，很有战场经验。8月2日，是井崎中队所有活着的人员一生中感觉最漫长的一天，他们成了第3大队留置在58号这一狭窄阵地的活靶子，他们孤军揳入，所有的行动都清晰地、毫无保留地暴露在中国守军的视线之内、炮火控制之下。来自西禅寺等各中国军队阵地的侧射、斜射、多层射，均以井崎所夺取的58号阵地为目标。井崎中队的人在国军严密的控制下，不能活动，不能调遣、编排、组合力量，只能在壕内缩肩勾头地打九六型机枪，投掷手榴弹来抵抗。被日军赶出58号阵地的中国守军也想在阵地下端的战壕探出头来冲击，因30号据点已是日军的大队部，阵地正好对贮集58号阵地溃下来的中国守军有制约作用，日军以一个班、三挺机枪压制住他们的行动，使之只能蹲在壕内作战。双方都处在了相互压制相互制约的僵持状态。因58号阵地的日军与从此阵地上溃下来的国军距离已超过手榴弹的投掷距离，国军便使用迫击炮对58号阵地的日军进行轰击。58号阵地为东西长约30米、南北宽约9米地带，已被炮弹反复轰击，中国军队将阵地从东端起，每隔5米视为一个区间，连同阵地南斜面宽约4米至5米地带，定为炮弹落点，再以西边碉堡附近为起点，依序集中轰射，后来判定平地中央部位为井崎的指挥所，又改为从中央向西不断轰击，这使井崎与他的中队现在尚侥幸活着的人，领略到了中国军队第10军优秀细致的炮击艺术，领略到了被人宰割的痛苦。井崎在军校步兵科就读时就对掷弹筒的发射感兴趣，战场的历练，使他愈加对这一短兵相接的阵地中能发挥卓越作用的武器有兴趣，常亲自操纵、发射。实践经验与理论学习，井崎确有心得，如今与中国军队的迫击炮发射者、组织者的本领相比，顿感多有不如，心中涌起了惊讶、敬佩、恐惧三种情绪。每当炮弹自空中呼啸而至，他唯有赶紧指挥，招呼大家低头、藏身、躲避。有时，井崎还呆呆地想：中国军队的炮兵指挥官是何等样的人物？是我一样的男子汉吧？如果能将他请到大日本帝国的军校去当炮兵教官，那一定是卓能胜任的，真想一睹庐山真面目。井崎还在胡思乱想，炮击突然停止，接着几股中国军队迅速逼近，向井崎阵地投掷大量的手榴弹。中国军队判断日军的手榴弹即将用尽，便在火力的掩护下，攀上了15米高的山崖。为夺回西方碉堡，中国军队改向阵地斜面投掷手榴弹，向西面渐渐逼近，西面碉堡的日军支撑不住了，放弃碉堡逃

回井崎中队的主要阵地，中国军队占领此堡，便以该堡为基点向前推进，很快推到了第二壕的拐角处。这个地方是日军夺取58号阵地后对于58号阵地的最后防线，再退一步，则58号阵地就属于中国军队的了。这时，自阵地中央部位向东起一带防地的日军，仅井崎本人及属下士兵13人。到了关键时刻，井崎站到了第一线，最前端的是竹下中士，他手持3枚手榴弹，第二人是山中上等兵。井崎除指挥中队残部外，还兼充山中上等兵的弹药手。井崎身后是10名士兵，他们在壕内一字排开，争夺近在咫尺的第二壕拐角地方的控制权。从这个转角向日军攻来的中国士兵，已有8人在山中上等兵的九六型机枪准确而疾速的射击下死去，重叠在那里，成了后来攻上来的中国士兵的掩体。在这狭窄的阵地上比较合用的武器，日军仅剩山中上等兵手中的九六型轻机枪。

中国士兵的数次攻击都被山中上等兵的九六型轻机枪吼回去。他们似乎无力再攻，退到拐角一侧不动，井崎正想招呼竹下中士监视，让大家喘口气，炮弹却又呼啸着自天而下，炮弹密集落下，此起彼伏地炸裂开来，土沙随着飞起，落到井崎等人的脖子、后背，溅进耳朵、鼻孔。炮弹卷起的灼人沙尘令人窒息，井崎命令山中上等兵用衣服盖住机枪、备用的弹夹，子弹也要盖好，以免沾上太多的沙土，使机枪出现故障，要知道，那挺机枪就是井崎中队全部残余人员的生命哇，关键时刻，只要机枪一卡壳，中国士兵一冲进来，一切就都完了。井崎还警告，只要炮击一停，中国士兵肯定会马上冲击，大家要十分警觉，为了在中国士兵冲进来时能马上爬到战壕顶上与之肉搏，井崎指挥大家用刺刀在壕壁上挖出了落脚的坑洞——中国军队的战壕到处都是一个样子，深且窄，行动极为不便。

豪雨般的炮轰停止，中国军队的士兵自阵地西斜面一个接一个地奔向碉堡，在壕内传递手榴弹投向日军。中国士兵在壕内将头伸出缩进，井崎等人都看得清清楚楚。井崎遗憾手榴弹已经用尽，否则投至对方壕内，杀伤力量是很大的。当然，如果没有来自控制58号阵地的中国军队各方阵地的火力控制，能爬上壕顶，痛痛快快地用刺刀一搏死活，也比现在窝在这里强。但手榴弹没有了，爬上壕顶，不要说挺身拼刺刀，只要一探出身子就会被来自各方的子弹穿成筛子眼。

唯有坚持了，能坚持多长时间坚持多长时间，以生命向天皇陛下效忠吧。井崎从上往下看，弯弯曲曲的战壕里，中国士兵一个接一个地隐蔽着朝前冲来，井崎告诉山中上等兵，一定要看清楚中国兵的面孔后才能开枪。一是子弹已坚持不了多久，二是准确有力的杀伤对中国军队才有震慑作用。

58号阵地如同楔子，深入中国衡阳守军二层防线的防御阵地，割裂了守军阵地相互的呼应、支持，日军企望以58号阵地向外扩张、侵延，一步一步地将中国衡阳守军挤逼开去。日军第11军116师团长岩永旺中将十分关心58号阵地能否掌握在井崎中队手中。第128联队是他当年指挥过的联队，士兵官佐大都是来自师团长本人的故乡大阪和乐，这些年来，第128联队与他枪林弹雨里求生存，刀光剑影中立战功，128联队的士兵官佐是他忠诚的子弟兵，是他的骄傲，也是他的希望。他相信这个联队，也十分关心这个联队的每一支小队伍的表现。当中国军队开始对井崎中队所掌握的58号阵地反攻时，岩永旺中将走出第116师团的前线指挥部，手持望远镜向井崎中队的阵地瞭望。岩永旺中将与前不久被中国守军迫击炮群击中的68师团佐久间为人中将一样，从战斗开始就很少待在师团本部，多在前线活动。岩永旺中将的镜头里，开始是被炮弹炸起的铺天盖地的烟尘沙土，58号整个阵地，如同一团飞腾的雾状液体。炮击停止，烟尘由浓到稀，由厚到薄，终于，中将的镜头出现了钢盔的闪动，耳朵里响起九六型机枪疯狂的吼声。几番轰击，几番冲锋，烟尘散尽，那几个钢盔依然历历可数，依然活跃如常，58号阵地依然掌握在井崎手中。身材出乎寻常高大的岩永旺中将，取下望远镜，环顾簇立左右的幕僚，傲然地说："看，到底是我们和乐来的人哇。"众幕僚都面露得意之色，他们也大都是和乐的子弟。有的不是和乐子弟的幕僚，不是出于附和就是出于敬佩，都纷纷赞叹"是打得不错，和乐人勇敢善战"。师团长听了这些赞叹，更加面孔带赤，兴奋得像喝了二两白酒。

第218联队联队长针谷大佐看到井崎中队终于攻下了58号阵地，心中放下了一块石头，这是他接防黑高地以来，取得的唯一可以炫耀的战果，他在心里对黑濑平一颇为佩服。严酷可以使士兵与官佐将体力发挥到极限，但他们不能贡献出自己的心智，针谷不同，他严厉，但他目标是战场取胜，只要能达到这个目的或者有利于达到这个目的，他针谷可以宽容不利于维护军纪的事情，甚至可以宽容部属对他本人的冒犯，师团长岩永旺中将也很欣赏他这一点。与岩永旺一样，针谷也在通过望远镜与师团长一起经历着情绪的曲折。当联队一参谋用电话把师团长对井崎中队的赞扬传过来时，他心中荡起了一阵激动，骄傲地欢呼，你黑濑平一瞧瞧，我们和乐人到底如何，就不信比不过你。针谷大佐也是和乐人，机械工程师的儿子。针谷大佐乘炮火轰击的空当，用6号无线电要通了井崎中队的步话机。"喂，什么？本中队正在抵抗中，不能行动，正在忍耐，到目前为止仍是13人。什么？中将嘉慰了我们？请转告师团长，我们和乐人绝不会怕死而丢脸，请他放心，人在阵地就不会丢失。"井崎扔下话筒，以手捶地，大喊："师团长说我们和乐人是不可战胜的！"阵地上顿时炸出了一群野兽似的狂嚣。

激烈、紧张、关系到个人生死存亡与团体荣誉的战斗，使井崎中队残部全体陷入了高度的兴奋，吃饭、喝水、大小便，都忘记了，人的意识、体能，都自觉地协调到了战斗上。8月2日晨至半夜12时，的确是井崎中队最长的一日，众人滴水粒米

未进。

几番炮击，几番拉锯般的进攻与反进攻，连羽根小队在内，井崎中队只剩下19人，19人中有5人带伤坚持作战。人的体能毕竟是有限的，针谷大佐亲自关照渡边大队长：做好饭，派人千方百计地把饭送上去，一定要送到阵地上去。饭做好了，装进竹篓子，渡边大队长亲自物色了大队本部通讯班长和田一太郎上士，命令他一定要克服一切困难，按联队长针谷大佐的指示，以及他大队长的命令，将饭送上去。

58号阵地是孤阵揳入，中国守军已用火网隔断了58号阵地与日军后方的一切联系，连一只苍蝇飞过也难逃守军的眼睛。和田一太郎多次修线往返各阵地，行动敏捷，熟悉道路，多次巧妙地避过了国军各阵地狙击手的眼睛和枪弹，58号阵地的井崎中队，都眼巴巴地望着抱着竹篓猿猴般敏捷快速地向阵地奔来的和田。眼看就要接近阵地了，和田兴奋地直起腰来，向井崎中队举了举饭篓子——这个小小的疏忽要了他的命，就在这一瞬间，西禅寺阵地的一挺轻机枪尖锐而暴怒地吼叫起来，12发子弹就像一窝大黄蜂，闪电般地钻进了和田的身体，和田像被重拳击中一样，一下子扑倒了，饭篓压在了身下。鲜血喷泉般涌出，浸进了饭篓，一篓饭很快被血浇透、染红，和田片刻间就伏在竹篓上返驾扶桑了。

井崎看到这一幕，通过电话告诉渡边："送饭太危险，不要轻易损了弟兄们的生命，这一篓饭我们自己去抢回来。"天黑下来，井崎派人把和田的尸体和一篓饭抢了回来。此时的饭团已被和田的血凝固，又脆又硬，但因战斗暂停而突感饥饿的士兵顾不上许多了，抓起人血渗浸的饭就吃，塞饱肚子再说。

吃饱了人血掺和的饭团，考虑中国军队在北斜面构筑工事，明晨又会展开进攻，井崎与所属人员在突袭通道两侧用竹篓装沙，垒起两尺高的防弹墙，山崖上也挖了踏脚台阶，以便上下。

夜，渐渐地深了，新的一天即将开始，新的死亡威胁也在临近，井崎与他的部属心中又充满了新的恐惧。12时，大队部发来命令：井崎的第10中队所占领的58号阵地由第1大队接防。第10中队撤下来，暂做休整，而后另有他用，在第1大队未到达之前，阵地仍由第10中队确保。对于死亡的恐惧，对于新的一天到来的威胁，突然化为乌有，井崎与他所有的部属兴奋至极，他们无不虔诚地合掌祈祷：天皇陛下保佑。兴奋之余，他们又有了新的担心：接防部队何时到达？来接防的部队是和田中尉的第2中队，是秦野的第4中队，还是相干田中尉的第1中队？他们的命运会如何呢？

接防部队终于到达了，井崎以极低沉的声音向第1中队介绍了阵地的情况，他心中清楚：这实在不是转防阵地，而是在转嫁死亡呀，明晨天亮，第1中队的官兵又得像自己和自己的中队一样，在这块狭窄的阵地上成为中国军队的活靶子，由于从极有可能走向死亡的境地转向生存希望较大的境地的兴奋，由于一个军人终于因为残酷的死亡而升起对于死亡的恐惧的羞怯、惭愧，井崎不敢向第1中队来接防的人细细地看一眼。接防的人同样明白这是在接替什么，他们也没有多言，默默地接下一切，也准备默默地承担一切。

办完死者的埋葬，伤者的后送，井崎带着他疲惫不堪、伤痕累累的残部，踏着血染的道路，无言地走下了58号阵地。

7月22日到7月26日，日军主要对国军阵地实施炮击，特别是对一些地段进行重点进攻。由于国军炮弹多靠空运，时断时续，对日军炮火不能保证施以压制，国军伤亡很大，阵地损毁也很大。重点进攻因日军只是新的总攻前试探性的进攻，兵力也未能有所补充，故几乎没有成果。到了27日，日军大部队已近衡阳，补给也部分运抵，为了在大部队到达前有所作为，第116师团师团长岩永旺中将、68师团师团长堤三树男中将，分别严令自己的部队竭尽余力向前推进，以业绩向友军和大本营证明自己是英雄的部队。日军飞机一反常态，27日一早飞抵衡阳上空大肆轰炸，这拨来了那拨走，像走马灯一样。午后3时，日军补充重炮尚刚运到，立即草创阵地，对国军西南阵地猛烈炮击两个小时。日军重炮弹药足，威力大，震天撼地的爆鸣、巨大的伤亡使国军将士的士气受到了影响，黄昏时分，日军开始对易赖庙前街、西禅寺、杏花村的141高地、苏仙井高地、花药山等阵地全面攻击。

残部对残部，但日军比国军有更大的优势：增援部队不日即可到达，部分补给已经运抵，人在外围，官兵心理压力小，而国军则增援无日，补给几无，死守如守死，衡阳已几近一座愁城。唯一的优势是攻难于守，但守军的工事已被日军的炮火破坏殆尽，几乎无优势可言。如此两军相战，优劣立判，国军勉撑残局而已，日军则力图开创新局。

中国军队的最高统帅蒋介石，自始至终是关注衡阳战场的，作为军事家，他深知衡阳对于整个中日战场乃至全世界反法西斯战场的重要性，作为政治家，衡阳战场打得越惨烈，坚守得越久，对他本人在国际国内的地位就越是有力的加强。所以，各级每份有关衡阳战场战况的战报，蒋介石都要亲自过目、处理，对出现的各种新情况，蒋介石都有详细的处置意见。这在蒋介石作为中国最高军事统帅的生涯中，可说是仅见的，足见蒋介石对衡阳战场的重视。

27日，国军参谋总长和侍从室林主任分别向蒋介石转呈方先觉将军关于衡阳战场当日出现的新情况。蒋介石阅后长叹，满脸痛苦之色，无可奈何地写道："守城官兵艰苦与牺牲的情形，余已深知，余对督促增援部队之急进，比弟在城中望援之

心更为迫切。余必为弟及全体官兵负责，全力增援与接济，勿念。"当日黄昏，一架飞机仅携此笺的数百张复印件飞低衡阳上空抛洒而下。

虽然只是一笺信件，但对饥渴的衡阳城来说，望梅也是可以止渴的呀，毕竟是蒋委员长的亲笔信。委员长相当于皇朝时期的天子，天子金口玉牙说话斩钉截铁，岂能有变？加之堂堂一国之君，对他区区第10军一个军长一口一个"弟"地称呼，这对第10军将士也是极大的荣耀，自然，对鼓舞士气也有作用。

据守易赖庙前街的是3师7团1营。

易赖庙前街是衡阳西北方向的二线主要防御阵地，它外连易赖庙后街，内接益阳路、市邮政局，直通第10军司令部所在地的中央银行。

易赖庙前街的主要工事是地堡，沿线500米一字排开，日军以被占领的阵地为发起进攻的位置，以手榴弹开道，掩护，想一个地堡一个地堡地攻破占领。日军前段时间，炮火主要是以袭击摧毁西南阵地为主，对西北方向有所疏漏，加之地堡形状矮伏，目标小且又坚固，炮击不易造成大的损坏，易赖庙前街的工事相对来说还是相当完整的。

7团1营营长穆鸿才，军校十三期生，继原营长许学起之后任营长。

穆鸿才面对强敌，镇静地命令所属残余人员，充分利用地堡之坚固、之隐蔽，予日军以阻滞打击，要与日军一个地堡一个地堡地争，不到万不得已，不能放弃一个碉堡、一寸阵地。

日军在地堡的机枪前无法前进一步，重炮远距离轰击地堡费多而得少，手榴弹对地堡除了扔进去和以烟幕为掩护外，几无作用，日军指挥官在众多的部属的死亡前踌躇了一番，决定将迫击炮和野山炮调到阵前来，向地堡平射，以求直接命中。守军如无地堡可以掩身，则丧失了唯一的优势。这一决策非常有效，日军将火炮推到阵地前500米外，放平炮口，瞄准地堡平射，500米距离，对炮来说是短距离，大略瞄准即可射中目标，对守军的轻武器，则属较远距离，对500米以外的操炮的日军构不成太多的威胁。日军炮手无需太谨慎地开始了摧毁地堡与其他形式工事的炮击。火炮平射威力极大，只要击中，地堡无有不应声而毁的，瞄准又很从容，一次击不中，可以多次，直到击中为止。日军细致地击毁一个地堡向前推进一步，好几座地堡内的守军根本没有多少作为就糊里糊涂地与之同归于尽了。如此大半天下来，易赖庙前街路口的地堡几乎全部被毁，守军被迫开始与日军正面交锋，到了27日夜晚，日军步兵以中队为单位向易赖庙前街阵地纵深阵地冲锋5次，每次都被击退。易赖庙前街阵地与城西南地区的阵地不同，此处基本是平地，只要地堡被破坏，日军就可以相当容易地扑进地堡之后的二线阵地工事，中国守军几乎是与日军在同一条件下作战，攻、守之间，地形优势区别不大，守军守阵就相当困难。每次日军冲锋，都进到了二线阵地的战壕，7团1营确实不愧为第10军的基础部队，能打硬仗。第7团第1营是该团三个步兵营中战斗力比较强的一个营，每在关键时刻，第1营都会出现在关键的地方。前任团长方人杰曾称第1营为第7团的"当家儿子"，方人杰因丢失阵地被撤职查办，由第9团副团长鞠震寰接任后，鞠震寰仍然将第1营当作刀刃用。日军对纵深地带的5次冲锋，每次都被第1营官兵击退，有两次日军占领外壕不退，第1营官兵以手榴弹和大刀将进攻日军差不多整中队建制地炸死、砍杀在壕内，第1营也伤亡很大。28日上午，一个日军中队，踏着填满外壕的敌尸，冲进了前街东北角。营长穆鸿才集中全营所剩的百余名官兵反攻，穆鸿才手持一挺轻机枪，身上挂满了子弹带，腰上插着一圈手榴弹，在队伍前面大踏步地前进，轻机枪"嗒嗒嗒"地冒着火舌，子弹夹一排一排地被吞进枪膛，间或还有手榴弹出手。日军借着被炸塌了的房架、废墟、外壕，以小队为战斗单位，撒花生米般地想落地生根、遍地开花地赖着不走。穆鸿才指挥部队将计就计将日军各小队间割开来，各个击破，彻底清除。日军十分顽悍，国军第1营英勇非常，直打到黄昏，阵地的枪声才平息下来。穆鸿才喘了口气，抬起早被汗水浸得灰白、被弹片撕成条条缕缕的衣袖，擦了把满脸的黑灰血污，与本营第3连连长王守先提枪环巡阵地，走至一倒塌房架前时，一名重伤未死的日军猛扑上来抱住猝不及防的王守先，穆鸿才趋步向前解救，日军伤员拉响了手榴弹，穆营长、王守先为国捐躯，日军伤员更被炸得魂过奈何桥。鞠震寰报告师长周庆祥，派调8团附邹亚东少校继任1营营长，第3连连长由该连中尉排长吴俟颜接任，日军战至这时，也无力再度进攻。

第3师第9团第3营残部130余人防守西禅寺，自范家庄、汽车西站一线阵地失守后，西禅寺就成为城西阵地右翼的支撑点和全阵地的突出部。日军一度集中炮火轰击西禅寺，原有两幢高大的庙宇被轰成平地。寺周围多株合抱的松、柏等常青树，都或被炮弹直接命中而折，或被多发落地炮弹连根拔起。由于栅栏高竖，随倒随修，外壕既深且宽，日军在第二次全面总攻击以后的相持阶段畏难地不敢越雷池一步。27日夜，日军利用白天所发的炮弹、毒气弹对西禅寺守军造成的伤亡，连续三次发动猛攻，每次还是以中队为建制单位，大都没能越过外壕。日军损兵折将，无功而返。

28日，是个南方夏季的晴天，太阳早早就撒出了万根银针，不带偏袒，不存私念，无论国军或者日军很快都感受到了它的威力。在飞机、炮火一个小时的轰炸以后，上午9时许，日军大约以一个大队的兵力，分由西南两面冲进，踏着尸体垒成的阶梯向阵前崖壁攀登。继阵前战死的第3营营长孙虎斌少校任营长的赵寿山是个勇敢直爽的山东大汉，他甩掉了早已脏破得不成样子的上衣，光着膀子，手执驳壳

枪，一边来回在阵地上奔跑指挥，一边随手枪击驳壳枪可达的目标。一个中队的日军由公路两侧越过被炮火破坏的守军尚未来得及修补的工事缺口，突入阵地，赵寿山营长除命令其余方向留守几名官兵观察瞭望以外，尽其所有之兵，前往迎击，苦战两个小时，日军百十余人全部葬身西禅寺，第3营官兵仅余30来人，还有半数带伤。团长肖圭田上校，集中团部零散人员和直属分队约120人拨归第3营，由赵寿山指挥。赵寿山等增援人员一到，即行修复工事，准备迎接残酷的战斗。日军进攻失败，残余人员均在重新组队、喘息。

杏花村141高地西面偏南，位于张家山之西，长衡公路从高地之北延通苏仙井，直逼五显庙，是为南面偏西的要害阵地，由第3师9团2营5连据守。141据点北有天马山支援，东西两翼有苏仙井高地及西禅寺的掩护，坑深壁坚，形势强固，占了地利、人和之便，日军数次试图由公路北进，都被5连阻止在外壕前。

五显庙与苏仙井中间高地，为国军衡阳守军西南阵地的核心，是日军进攻的重点。方先觉军长非常重视对这一阵地的把守。军工兵营营长陆伯皋中校老成持重，多谋善断，不仅工兵专业在第10军无人可出其右，指挥步兵作战在同级军官兵中也无人可出其右。方先觉命令陆伯皋带该营残部坚守。陆伯皋知道本营官兵遇水搭桥逢山开道是所长，冲锋陷阵、真刀实枪与战斗部队相比却有不如。他在如何扬长避短上开动了脑筋。日军尚在城外一线阵地与守军厮杀的时候，他就带领所部发挥工兵的特长，在阵地对敌一面的230米的平地，挖成宽15到20米、深12到15米的尖底外壕，用卷有倒刺的铁丝网平面架设于外壕中的两壁之间，像是安置了一张硕大的钢丝床，又像布了一张大罗网，在罗网两翼伏有两连人马，等着逼日军入网。27日深夜，日军悄悄摸到外壕边上，还未发出冲击的命令，两翼国军突然开火，平面了无遮拦，深壕就在眼前，不知深浅底细的日军纷纷跳进壕中准备抵抗，谁知一跳进去，顿时铁刺穿肉，刺带倒钩，深陷入骨，拔抽之间，痛得哭爹喊娘，有骨头硬的，拔出一只脚，前面又都是同样的铁丝，深夜黑天，目不过尺，何处细辨？踩上去又是同样下场，再不怕痛不怕死的汉子，也在这颤悠悠、摇晃晃铁刺暗伏的罗网上张皇失措，举步维艰了。日军后续部队看到前面自己人已进入外壕，立即加快速度增援，到了壕边，两翼机枪一响，急怕之间，夜色之中，顾不上多看多考虑，当然都把早已有自己人跳进去了的战壕当成避难所了，哪想到却是可以下去，不能上来的陷阱？如此三拨人马，全被赶下深壕。有些强悍的日军，强忍着皮肉之痛，靠近壕壁，以刺刀掘挖出踏脚之阶，企图爬出。谁知壕壁高，挖至一半则无处可攀，自然难以挖，即使侥幸可以探出头去的，平地两翼伏兵即以机枪扫射，攀爬之间，转动不便，还未探出半个身子早已血溅深壕。一计求生不能，一些日军则想弄穿铁丝网进入壕底，好不容易刀砍枪击弄成一个窟窿跳入壕底，反而连铁丝网都上不来了。更多的日军是蹲坐，等待天明或有奇迹发生。谁知天亮之刻就是他们死亡之时。28日天刚透出鱼肚白，陆伯皋以两翼部队抄挡于正面，防止日军援救壕内的人，自己则亲率10名机枪手，将机枪架于壕上，居高临下，对准几乎无法反抗了的日军狂扫猛射，壕底一片惨叫声，半个小时后，则寂然无声。600多名日军成了600多具尸体。酷夏时节，血水相浸或日或雨，尸体很快腐败，罗网之上，炮火之下，陆伯皋无法掩葬，他在阵地上目视黑烟般盘旋其上的苍蝇，感慨地说："要不是你们东洋鬼子欺负到家门上来了，我陆伯皋何敢用此毒计？当年诸葛亮火烧藤甲兵，自认大折阳寿，我陆伯皋又何尝忍心于此？只是国仇家恨，不得不如此耳！"言讫泪如雨下，观者无不惨然动容。

日军后继部队，不知前面是否百慕大三角区，几百人转瞬间踪影全无，这在日军的战史上是不多见的，因此暂时不敢贸然进攻，只是用炮火轰击发泄仇恨。

花药山阵地在湘桂铁路修机厂、打线坪、市民医院失守后，马上成了城南二线防御阵地的突出部分。日军要清除的，是预备第10师28团第1营残部缩编成的一个连。日军占领阵地的大部后，军部搜索营何映甫营长奉方先觉军长的命令，带营直属部队80多人，前往进攻，战成拉锯，3次进攻，官兵伤亡惨重，何营长亲自操起机枪扫射，被一粒子弹穿肩而过，当即重伤倒地，副营长曾广衡接替指挥，由原28团1营的一百三十多人加搜索营八十多人，拼杀到只剩下二十几人。28团团长曾京，请示葛先才将军同意，放弃对花药山的争夺，残部退于岳屏山。

争战到7月29日，中国军队衡阳守军第10军的城区西南北方向的外围阵地均被日军占领，守军缩防在西禅寺、杏花村141高地、五显庙、岳屏山一线。

8月1日，日军集中炮火，掩护步兵攻打杏花村141高地与西禅寺阵地。杏花村141高地就是日军218联队第3大队井崎易治中队攻打的58号阵地。激战到第二日拂晓，据守141高地的第9团2营5连官兵全部阵亡，阵地陷落。日军稍事整顿，戈指天马山。9团团长肖圭田上校深知141高地的重要，遣6连反击，几次拉锯，虽只恢复一半阵地，与日军呈胶着状，但遏止了日军的余勇，阻滞了日军向天马山进攻的步伐。

日军与此同时，也再度对西禅寺攻击。日军3次突入阵地，3次均被营长赵寿山率部将其赶出。第四次突入之敌，将赵寿山和他的下属挤出了阵地，团长肖圭田命令，不惜代价，夺回阵地。赵寿山两次反攻，第二次身中数弹，他浑身是血，振臂疾呼："英雄、孬种，就看此举！"他一马当先，满身血污，面日狰狞，声若奔雷，部下勇气大增，争先恐后，将日军驱逼到一角，刀枪之下，日军做了异乡之鬼。赵寿山草草裹伤，继续率残部百余人坚守阵地。军长方先觉，命令拨辎重团一个营补充第9团，9团团长肖圭田又从这个营中拨出一个连加强西禅寺。

从6月23日到8月1日，第10军坚守衡阳近40天，预备第10师3个步兵团及直属

部队伤亡达百分之九十以上，第3师3个团伤亡达百分之七十以上，190师尚存官兵约400人，暂54师一个营仅存数十人，军直属部队除辎重团尚存官兵500余人外，其余搜索、特务、工兵、通信、炮兵营尚存兵力不及三分之一，步兵团的军官几乎伤亡殆尽，每每在一次战斗中，特别是在反攻中，连续晋升数个营长，最高纪录为在日军与第3师8团争夺五桂岭的战斗中，半日之内连续晋升5个营长，5个营长都先后壮烈殉国。更重要的是中国军队外援之兵渺不知处，粮弹医药补充了无来源，而日军占据外围，活动自如，大量日军不日即可投入攻城之战。衡阳危在旦夕。

8月1日，中国军队第10军军长方先觉中将致电中国国民革命军中央军事委员会委员长蒋介石称："本军固守衡阳，已经月余，幸我官兵忠勇用命，前仆后继，得以保全。但其中可歌可泣之事实与悲惨壮烈之牺牲，令人不敢回忆。自开始构工迄今两月有余，我官兵披星戴月，寝食俱废，终处于烈日烘炙与雨浸中，与敌奋斗，均能视死如归，克尽天职。但其各个本身之痛苦与目前一般惨状，职不忍详述，但又不能不与钧座略呈之：一、衡阳房舍，被焚被炸，物资尽毁，幸米盐均早埋藏，尚无若大损失。但现在官兵饮食，除米盐外，别无若何副食，因之官兵营养不足，昼夜不能睡眠，日处于风吹日晒下，以致腹泻腹痛，转为痢疾者，日见增加，既无医药治疗，更无部队接换，只有激其容忍坚守待援。二、官兵伤亡惨重，东抽西调，捉襟见肘，弹药缺乏，飞补有限。自午卅辰起，敌人猛攻不已，其惨烈之战斗，又在重演，危机隐伏，可想而知！非我怕敌，非我叫苦，我决不出衡阳！但事实如此，未敢隐瞒，免误大局。"

实际上，电报所称的"幸米盐均早埋藏，尚无若大损失。但现在官兵饮食，除米及盐外，别无若何副食"，还是打了很多折扣的，经过月余的飞机、炮火的轰炸，城市实际上多已烧焦，米盐早已无法保证部队了。方先觉所以如此报告，是不愿叫苦，让蒋介石担心。至于兵员的伤亡情况，因蒋介石一再关照不准上报，怕城里有间谍，让日军知道国军第10军兵力的消耗，加速对衡阳的攻击，所以方先觉在电报中没有报告部队的伤亡情况。

8月2日，国军飞机飞临衡阳上空，投下蒋委员长给方先觉中将的复电。复电说："我守衡阳官兵之牺牲与艰难，以及如何迅速增援，早日解围之策励，无不心力交瘁。虽梦寐之间，不敢或忽；唯非常事业之成功，必须经非常之锻炼。而且必有非常之魔力为之阻碍，以试炼其人之信心与决心之是否坚定与强固。此次衡阳得失，实为国家存亡所关，决非普通之成败可比，自必经历不能想象之危险与牺牲。此等存亡大事，自有天命，唯必须吾人以不成功便成仁，以一死报国之决心赴之，乃可有不惧一切，战胜魔力，打破危险，完成最后胜利之大业。……第二次各路增援部队，今晨皆已如期到达二塘、贾里渡、水口山、张家山与七里山预定之线。余必令空军掩护严督猛进也。"

任何事物，包括意志，都是有度的，到了极限，便不能再坚持了。第10军在内缺补给、外无援兵的情况下，与多出近3倍兵力的两个日军主力师团加部分配属部队奋战了一个多月，可谓精疲力竭了，如再无援兵到达，城破人亡只在早晚之间。这一点国军统帅部是清楚的。方先觉本人与他的指挥机关更是清楚的。到了7月最后几天和8月的最初时日，第10军官兵都无时无刻不在盼望援军的到达。方先觉、孙鸣玉、蔡汝霖等人，每夜都在中央银行防空洞上面聆听城外援军与日军交锋的枪声。有时听不见，便用两手护着耳朵凝神地注意听着，副官处长张广宽因年纪大了，耳朵听不大清楚，总是东张西望地问这问那，方军长有时见到他那紧张兮兮的样子，也常不由自主地受到影响，以为有什么可以庆贺的事情发生了。援军的枪声也好像故意与人开玩笑似的，忽近忽远，听到近了，大家都兴奋欲狂，一切似乎都很光明。枪声给第10军的将领们以无限的快慰。但枪声远了，大家又不由自主地皱起眉头，内心里不知是怨恨抑或希望，乃是一种说不清楚的甜酸苦辣的滋味。有一天配属的炮兵营陈营长来电话说：援军的枪声打得很激烈，他听得很清楚。听他的声音，很是兴高采烈的样子。因他的炮阵地靠近北郊，听得是要准确一些，所以大家跟着高兴了一阵子。过了好一会，方军长又命孙鸣玉打电话去问，陈营长很失望地回答说又听不到了，指挥部顿时气氛就变了，每个人脸上都换上了一种悲惨的颜色。

一天，忽然传令兵跑来报告，他听说有一连援军经过军部门口向南去了，援军头戴钢盔，肩扛轻机枪，队伍整齐，神气十足。空谷传音，孙鸣玉看了看方先觉急于求证的样子，马上打电话询问，才知是配属的46军炮兵连，因为炮弹打完了编为步兵，从炮阵地路过军部到第一线去作战。大家闻言，如同百度高温马上降到了零点。看到大家这个样子，孙鸣玉参谋长忽然显得信心十足，说："委员长说援军到了外围，那肯定是到了的。"他拿出好几封电报，一一摊开："看，这么多援军告诉了我们到达的地点，那还有错吗？"他换成一种悲天悯人的口气："这么多援军，敌人怎么受得了？"一边说一边用红蓝铅笔在墙上的地图上一一标明援军的位置："照这个态势看，敌人不得了，援军未进敌人必退，我早就判定，我们不过40天苦战而已，40天一定解围。"

孙鸣玉在大家的心目中，是向来判断准确、计划周详，处置亦很迅速的。战区督战官兼炮兵指挥官蔡汝霖当时说："你要准备守城的战术材料，将来也会有用的，那时第10军是英雄部队，第10军的长官都是大英雄。"

孙鸣玉似乎很兴奋："没有别的，当参谋长的就是对地形要熟悉，连一个巷子的宽度都要清楚，这样布阵设防才会心中有数，才可能给军长当好参谋。"蔡汝霖

转向副官处长张广宽："你要预先准备好各方贺电的回电稿，以免临时来不及，因为一个字不适当就会得罪人。"他又转向军长方先觉："军座你的事就更多哩，向军委会述战，特别是要接见记者，回答记者提出的各种问题。"

方先觉也似乎被大家的兴奋所感染，回答说："哈，我别的都不怕，恰恰就怕两件事，一是向委座述战，委座严厉得很，到时心中一慌，说错了话就砸了；二是怕会见记者，记者喜欢听吹牛皮的话，我不会吹，记者又很啰嗦，到时弄得我连休息的时间都没有了。这样吧，打仗时，我当军长，指挥打仗，到时诸位哪个自告奋勇当军长，替我方先觉帮忙解围如何？拜托了。"煞有介事的样子，惹得大家都笑了。

笑过之后，情绪反而更坏，在座的人没有哪个不知这是空中楼阁，聊以安慰他人也聊以安慰自己罢了。国军之间，争名夺利尔虞我诈，为保自己发达而保存实力，谁肯真心实意地为解围去拼命，去损失自己的部队？在座的都在军中官场混了几十年，哪有不明白这一点的。

还是方军长打破了沉默，他坚定地说："哪一部援军先打进城来，我一定向委座叩头，请示给这一友军的长官颁一枚青天白日勋章。"

方军长起身，到自己的屏风隔成的小空间去倒一杯酒出来，边啜边望着天花板出神，那只与他形影不离的小黄狗，看到他在喝什么，马上跳到他膝盖上，仰头望着方先觉，方先觉苦笑着摇摇头，将酒杯往狗鼻子下凑过去。小黄狗马上打了个喷嚏，跳下了方先觉的膝盖，一如从前蜷伏到他脚旁去了。看到这一幕，大家都微笑了一下。方先觉这些天来，是手不释杯，打一天仗一杯酒，从早啜到晚，而且常是面露酡色。他注视着蔡汝霖："督战官，你说，到底衡阳的前途会如何？"

蔡汝霖考虑了一下，回答："上峰对衡阳的保卫，对守城部队的安危，一定是很关切的。尽管在解围的过程中会有困难，但总是能够解围的，一定会有办法的。"

方先觉轻啜了一口酒说："但愿如此，不过实话还得实说，你们跟着我方先觉，这回恐怕是要与我和第10军做瓮中之鳖了。想我方某受党国大恩，早已将身许国了，到时，我决当以死自誓。诸位以后如何，只要不负党国，不辱本军，就请另做谋算。"

蔡汝霖赶紧安慰方先觉说："委座对衡阳是一定要救的。第一，衡阳是中国控制西南的唯一据点，衡阳若失，西南就等于少了一半的保障。第二，衡阳之战维系着我国在国际上的声誉与地位，敌我都十分关注，一个志在必得，一个志在必守。以兵力而论，我们外围第9战区有几十万主力，城内还有我们第10军，虽然伤亡惨重，但战斗力绝不亚于普通友军之一个军。从整体上看，兵力还是我们占优势，而且，我们是以逸待劳，敌人是以劳攻逸；我们是看关守家，官兵士气旺盛，同仇敌忾，敌人是侵人家园，道义上失了一着；我们是一面作战，敌人是三面皆危，制空权亦已在我们手中，因此，如果衡阳失守，岂不影响我们的国际地位吗？第三，委座既已预示我们到时一定会指挥陆空大军前来挽救衡阳，我想救衡阳也是给下次守城的部队有所信。"蔡汝霖想了想，又说："我们希望解围，但不希望立即解围，假如守两天援军就到了，那恐怕任何一支稍微可以打点仗的部队都可以做到，那也就显示不出我们的精神。所以苦守时间越长，越显得第10军战斗坚决；援军进攻越缓，就越会使人觉得守军的伟大，古今中外，凡成就威名者，全是由艰难困苦牺牲奋斗中得来的，好比看戏一样，赵子龙单骑救主，若不是身入百万兵中，把阿斗救了出来，哪里有他的戏唱？要想报效国家、民族，成功成名，找不到机会也是枉然。想来，很多人都希望进得城来与我们一起获得这一荣誉，但是他们没有这一机会，我们现在有了这一机会。忍一时之痛，可获得流芳千古之誉，我个人就觉得非常荣幸。这次委座选定第10军守衡阳，是对第10军的格外信任，格外器重，也是给我们第10军一次表现有着与众不同的素养的机会。"

方军长突然大笑起来，他说："说得好，督战官一席话，对大家如醍醐灌顶，既是如此，我们还有什么可忧愁的？"

正说着，译电员送来两封电报，一封是蒋介石拍来的，电报说："援军不日可达城郊，奉行解围之任务，诸君尽可放心对敌。"另一封是第10军后方办事处处长方先守拍来的，电报的内容是："黄涛、王甲本两军，确已奉令解围衡阳，现在正破敌阻滞向衡阳靠近，兄可做好里应外合之准备。"

将介石类似的电报、安慰已很多了，可很少见到真章，大家对他的许诺多是将信将疑，方先守是军长方先觉的亲弟弟，又是第10军的后方办事处处长，与第10军血肉相连，休戚相关，断不会谎报军情的。看来，解围之事坐实了，方先觉与大家才真正高兴起来。一高兴就有了情致，他把手中的酒杯朝孙鸣玉一摆："参谋长，召回各师长，今晚咱们自己在军部唱戏，一来庆贺援军终于起动，二来鼓舞一下士气，三来嘛，听了督战官今日一席话，确有如读十年书之感，诸位以为如何？"

"好！"还有什么好说的，大家自然是赞同。

月亮正圆。方先觉、孙鸣玉、周庆祥、葛先才、容有略、饶少伟、蔡汝霖端坐在银行的平台上，台下是幕僚、勤杂人员；台上是演员，台下是观众。看军长、师长和督战官唱戏，这可是开了洋荤，尤其是在这样生死悬于一线之间的非常时刻，更是使人觉得非同寻常；也有人担心，将军们叱咤风云，纵横战场可以，演戏唱歌行吗？可千万别让大家伙扫兴，让将军们为难。致开场白的是参谋长孙鸣玉将军，他站在台上，煞有介事地先向台下抱抱拳，然后向四面的青山、河流或旷野抱拳一转说："非常之时刻，非常之人演非常之戏，给非常之观众看，这体现了革命军人

之乐观精神、藐视敌人的胆略。诸位不仅是个人看，"他又把拳对着不倒的青山、不息的河流转了一圈，"还代表在阵地上作战的官兵、代表已献身忠君爱国之事业的袍泽来看。"他宣布："现在演出开始。"

第一个出场的是190师师长容有略将军。

容有略的夫人叫徐佩琼，系容的表妹，徐佩琼出生在广东的一个富有侨商人家，家中众亲戚多是名门，徐佩琼自小受到良好的教育，酷爱音乐，钢琴、小提琴样样精通，容有略与徐佩琼青梅竹马，自小受其影响，也颇爱乐器，尤工琵琶，即使枪林弹雨之战，行囊中也像方先觉带酒一样带着一支，无事就弹奏一曲。今晚他表演的是独奏《十面埋伏》。重地垓下楚王兵疲将乏，军帷帐中，力拔山气盖世的西楚霸王尚在拥姬豪饮，汉兵借着夜色，悄悄逼近垓下，很快达成十面埋伏，霸王余勇可贾，几千子弟忠胆义肝，刀光剑影，血飞肉溅，几经冲杀，虽杀不出重围，汉军也冲不进霸王阵中，智计百出的韩信，授意汉兵齐唱楚歌，乡情缠绕，楚兵勇意顿怯，前无古人后无来者的盖世勇士项羽，知大势已去，乌江之上，旷宇之下，演出了一场千古绝唱霸王别姬……琴声轻重缓急，侠骨柔情，刀砍斧杀，无不或揪人心弦，或励人奋进，或使人柔肠百结，或使人豪情万丈，闻者无不耸然动容。

接下来是督战官蔡汝霖，他的节目是清唱，京戏《捉放曹》中的曹操唱段，蔡汝霖从军多年，均是幕僚，闲无事，喜听京戏，一来二去，自己也喜唱了，虽不是什么造诣很深，却也颇为老到，一曲下来，博得了大家热情的掌声。

周庆祥是农家子弟，虽是家有余钱，毕竟土财主耳，少年之时混迹乡里无赖，却颇有灵根，迷上了乡戏，因一位老先生二胡拉得好，他跟着乡戏团多处乱跑，专听这老师傅胡琴伴奏的节目。老师傅看他如此痴迷，大有忘年知己之感，又见他聪明伶俐，想将一身的本事尽授于他。可周庆祥喜欢归喜欢，却从来看不上卑贱的艺人职业。他马马虎虎地跟着学了些时日，得了些皮毛。军中生涯，戎马倥偬，一有空闲，拉上几曲，虽不高明，也可寄托情怀，聊以自娱。今晚他拉的一曲《苦作乐》，情景交融，感触真切，倒也感人，博得大家真诚的喝彩。

余下的诸位将官或唱或说或操乐器，均有节目，就连最不擅此道的葛先才也说了一个不甚可笑的笑话。

轮到方先觉了，方先觉沉默不语，台下也沉默不语。

方先觉还沉浸在容有略的《十面埋伏》所勾起的情绪中。容有略触景生情，弹了一曲《十面埋伏》，而霸王兵败垓下，自刎乌江，却是他故乡的故事，他自小尊敬霸王的豪侠勇力，更佩服汉王的智计才略，他们龙虎相斗，最后一个剑刃加身，一个跃蹲宝座，开创大汉八百年基业，成者王侯败者贼，自古亦然。当年家乡人祖的旧事今日又在自己身上重演了，最后，自己的下场是刘邦，还是项羽？当然，不同的是，项羽、刘邦是兄弟之争，内战而已，如今方先觉所打的民族之战，道义所驱，不能让步，而且，刀剑加身随时都有可能，胜，却绝不能与高祖相比。败，得必死才是。

衡阳前途到底如何？他心里还在想。

蔡汝霖走到方先觉跟前，轻声说："军座，该你了。"方先觉看到蔡汝霖，就想起了蔡汝霖午后的那段话，《十面埋伏》在勾起了联想万端的同时，也激起了他的豪迈之情，到底是丰沛子弟啊。方先觉猛地站起来，双臂大张，高声吟诵道："大风起兮云飞扬，威加海内兮归故乡，安得猛士兮守四方。"少顷又大声吟诵道："生当为人杰，死亦为鬼雄。至今思项羽，不肯过江东。"他说："项羽不过江东，是无颜见楚中父老，我们不出衡阳城，是国家之所托，民族之所望，第10军之所愿。项羽败垓下，我们要努力奋战，争如汉王威加海内兮归故乡。"

将士们顿时热血沸腾，男人们的血脉偾张了，大地沉寂了，连天马山方向的爆豆般的枪声也停下来了，只有豪迈之情如千军万马，在男子汉们广阔的胸怀之间奔腾。

南郊终于传来了隐隐的枪炮声，城外的情报站与援军第62军联系上了，报告给了军部。方先觉急命孙鸣玉与62军军长黄涛取得联络。联络上后，黄涛说他已到达黄茶岭前，请第10军派兵去接应，并约定了与接应部队联络的信号。方先觉与黄涛很熟，曾多次配合作战，他很不信任这个瘦高的成天嘟哝着谁也听不懂的话的广东佬，又去电询问军委会，当日，飞机投下委座电令："援军所达位置确实，着守军向黄茶岭出击，接应62军援军进城。"

看来，援军达临衡阳城郊确是真的了。

方先觉决定派兵接应62军进城，他叫来了军部特务营营长曹华亭，他给曹华亭斟了一杯萧山葡萄酒，说："华亭，今日本军长要敬你一杯酒。"

曹华亭双手接过酒，两腿一绷一并，大声说："谢谢军座。"一仰脖一口喝下，顿时，曹华亭满脸溅朱。曹华亭身为中校特务营长，多年来执行特殊任务，出生入死杀人如麻，浑身是胆，却无酒量。今日军长恩宠有加，敬酒自然不敢推却也不会推却，曹营长又心如细丝，非年非节，此时敬酒，必有特殊之命，心情激动，加速了酒力的发挥。

"华亭，本军长待你如何？"方先觉问。

"军座待我恩重如山，如再造父母。我本孤儿，是军长收留了我，教我读书写字，将我培育成人，出入军长左右，军座但有所命，虽赴汤蹈火，在所不辞。"

曹华亭本是湖南湘北一地主的儿子，少年时为非作歹，为害乡里，被父母赶出，从此四处流浪。当时还在做团长的方先觉一日作雪中游，发现在雪地冻饿将死

的这个半大小子，一时起了慈心，将他带回团部。曹华亭虽然顽劣，也知好歹，被赶出家门后，经了苦难历练，颇有悔悟之心，加之他自小喜欢打架斗勇，非常崇拜真刀实枪驰骋疆场的军事生涯，就死心塌地地跟着方先觉，当勤务兵、卫士、卫士排长，慢慢地当到了特务营长。

方先觉拍拍曹华亭的肩膀："论公，你是部属，论私，你我情同兄弟，这次我派你去接应援军，任务重大，我方某个人倒还好说，第10军的弟兄们，衡阳城的安危，就看你能否将援军接应回城了。特务营是眼下本军唯一一个整建制的营了，可说是最后的本钱，非到万不得已，不会拿出来的，现你带去，老弟，千斤重担，系你一身，于公于私拜托，拜托！"

曹华亭热泪盈眶，低低地说了一句："我绝不负军长。"

当夜曹华亭带领特务营150人，编成突击排，巧妙地避开围城日军，直插黄茶岭方向。

曹营长到达高岭，高岭与黄茶岭相距仅1000米，肉眼都可以看清楚是日军在黄茶岭活动，而且绝无经过激战的痕迹，这就是说，援军根本没有在黄茶岭，也没有到过黄茶岭，甚至连接近都没有接近过黄茶岭，那62军的报告，蒋委员长的电报，岂不是空穴来风？如此大事，岂可虚报？曹华亭不死心，他命原是特务营连长、现充任突击第1排排长的王光生上尉："你带人摸到黄茶岭去看看，看到底有无援军来过，特别看看那些日本兵是不是我援军装扮的，弄清楚了，赶紧回来向我报告。如确实来过，我们顶着这道闸门，如没有来过，我们要立即打回去，与军长和众兄弟共生死。我等着你，不见你回来我不走，你多时回来我多时决定走还是不走。"

半个小时左右，王光生上尉摸到了黄茶岭一线，发现这一带日军活动不多，但山上大约有一个中队的日军在驻守。王光生伏在刺丛中，潜近日军阵前，侦得确是日军，四处又仔细察看了一番，除了日军初进黄茶岭与国军搏斗的痕迹外，不见友军。王光生侦得仔细，正准备撤回去向曹华亭报告，日军发现了他们，在进行火力侦察以后，开始了反冲锋，王光生的突击排被压在一条大水沟里，曹华亭见状，即指挥所属的人员冲下山来，在高岭与黄茶岭之间的开阔地带，架起机枪掩护，一个冲锋过去，将日军下山来的大约50至60人赶回去，王光生的人才从水沟中爬了出来，清点人数，王光生的突击排30人，18人阵亡，3人负伤。王光生本人负了重伤，刚来得及把情况向曹华亭讲清楚就死去了。日军人少，看到曹华亭他们救人后退回高岭，也不来追赶，只是加强了戒备，偶尔打打冷枪。

援军未至，所有人都悲愤满腔。曹华亭将众人集合起来，说："现援兵未至，我们已经出城，如果大伙要逃命，现在是好机会，但我本人决定回城，与军长和第

10军的全体兄弟共生死，大家兄弟一场，不愿与我走的，也可站出来，我不怪大家，你走就是。丑话说在前头，来的时候我们是来迎接援军，所以避开日军，回去的时候没有了负担，为给城中守军减轻一些压力，我们暂且扮一回援军的角色，从外围打进城，去逢山开道，遇水架桥，不管遇到多少敌人，我们坚决打，能打多久就打多久，到时无论是谁，都得给我出力，否则，别怪我手下无情。"他环视了围着他的100多名兄弟，眼圈红了，"其实，人生一世，活到100岁是死，30岁也是死，只要死得壮烈，就可谓死得适逢其时，我们今日为国为民，哪怕就死了，也可以讲人生圆满了。"

说完全场肃穆，没有一个人出列，也没有一个人顾盼，全都静静地等待着曹华亭的命令。

方先觉等着曹华亭带回援兵，第10军也等着。曹华亭走后的当天夜晚，城西南方向响起了激烈的枪声，响了一会又不响了，过了一会又在另一个地方响起，像是一支部队在游动作战。他询问了孙鸣玉，孙鸣玉趴在地图上看了很久，肯定地说："那一带阵地我们早已放弃，没有部队了。只有曹华亭带兵出城从那个方向走的。但是，如果曹华亭接到了援军，那声势肯定要大得多，如果没有接到援军，那……"孙鸣玉看了一眼方先觉的脸色，"军座恕我直言，他们就恐怕很难回来了。不错，张金祥是进城了，但那时局势还不是很明了，张金祥也没有尝到今天这样的滋味，现在局势明了，曹华亭也尝到了苦难的味道，他们还会回来吗？"

方先觉肯定地说："参谋长，调兵遣将，你是行家里手，知人之明，君不如我，曹华亭一定会回来的，他一定不会舍我方先觉而去的。不信，你就等着看。"孙鸣玉说："既然军长这么信任曹华亭，那肯定不会有错，但他们出城是悄无声息，回来也该悄悄潜回。"

"不，"方先觉摇了摇头，"必是曹华亭无疑，他肯定没有接到援兵，所以故意虚张声势，遇到阻拦就打，以减轻城内压力。"

孙鸣玉无语。

方先觉无语。

第三天下午，满身是血的曹华亭大步冲进军部，见到方先觉就放声大哭，他边哭边说："华亭无能，没有发现援军踪迹，率部回城沿途作战，所带去的150人，仅15人回城，与军座共生死，余均战死，他们都是好男儿哇。"言讫，昏倒在地。

方先觉亲手扶起曹华亭长叹一声，无语。

孙鸣玉长叹一声，也无语。

只有黄昏的阳光，从洞门口斜射进来，给地下室增加了一抹惆怅、黯淡的色彩。

整个第10军指挥部寂然无声，像本来正在高速转动的马达突然没了动力，一下子全停下来，曹华亭让大家的希望破灭了，委员长白纸黑字、友军信誓旦旦、情报言之凿凿的事情尚且如此，又还能指望什么呢？

消息迅速传到部队，引起了部队躁动不安的情绪。方先觉决定巡视阵地，以安抚军心。

方先觉、孙鸣玉、蔡汝霖带着几名卫士来到一线阵地，一见到阵地上的守军，方先觉就先致军礼，对在一线浴血奋战的官兵表示敬意，然后，他就大声宣布："诸位兄弟，再坚持几天，援军很快就会到达，我们守城就要成功，千万不能懈怠，免得功亏一篑。"但这时他心里五味杂陈：蒋委员长常说有援兵要到，是不是也像我这样出于无奈，为了安抚军心？可我是军长，只能在一个军的范围内调遣部队，他是统帅，有什么部队不能调遣的呢？那么，衡阳第10军，在蒋委员长的心目中到底是个什么样的位置呢？他百思不得其解，唯有在心中苦笑。巡视到了花药山阵地，从军部赶来送公文的一名传令兵跑过来，气喘吁吁地报告："报告军长，援军已经进城，我在马路上亲眼看到的。"方先觉将信将疑，凝神片刻。副官处处长张广宽来电话报告说："据军务处罗科长报告，说他亲眼在城内看到一团援兵，臂戴'正'字臂章，已经过了马路，到衡阳县党部附近宿营了。"方先觉想了想，怀疑地说："是神兵？为何不见任何通知，也没要派人出城接应，就没声没响地进城？"孙鸣玉问蔡汝霖："长官部直属部队，是戴'正'字臂章吗？"

蔡汝霖回答说："不是'正'字，长官部所属部队戴的是'诚'字臂章。"方先觉马上对孙鸣玉说："立即通知张处长，让他亲自带人去调查，看是否援兵真的到了。如不是，不要声张，告诉我一声就是了。是的话，立即通知我，我好安排有关事宜。"10分钟以后张处长来电话报告："经调查，确无其事。"

回到军部，方先觉分别向蒋介石、薛岳、王耀武、李玉堂去电报求援，电报的主要内容都是："衡阳危在旦夕，个人事小，国家事大，救兵如救火，无论如何，请派一团兵力冲进城来，我们自有办法。"方先觉一边拟电报，一边流泪："好像是我方先觉个人在求人一样，要是我方先觉个人的事情，我早就放弃了，你爱帮不帮，大不了死了拉倒。"

回电倒是挺快的。

蒋介石的回电是："再守三日，援军即可进城。"方先觉长叹一声，心中想：三天前，你还说援军已经到了黄茶岭，要派兵去接应，结果援兵没有接到，却差点损失了一个战斗力很强的营。在这封电报中，为什么不说明先前说的到了黄茶岭的援兵现在到哪里去了呢？纯粹骗人啊。

薛岳的答复是："苦斗苦干，必生必胜。"

李玉堂的回电是："勿功败垂成,坚持最后5分钟,援军已抵头塘。诸君尽力效忠党国,捍城卫池,我李某于公于私,均不会坐视不救。"

王耀武干脆只字没有。

各级的电报,像雪片一样飞来,都是有关援军到达城郊某地的情况,方先觉对孙鸣玉说:"以后,有关援军的电报,都不要送给我看,也不要等着我处理,你们也不要看,权当它是中央社的消息。"

中央社的消息,历来是假的多,真的少,人们多是姑且听之。

听到方军长的话,大家都是相对苦笑,不再存有希望。以后,每次见面,如果提起有关援军的话题,每个人几乎都会唱起两句京剧唱词:"不提那援军则还罢了,提起那援军令人失望。"这唱词,本是副官处长张广宽有天与方先觉喝酒讲到援军时情不自禁地唱出来的,很快,第10军军部几乎是所有人员都学会了。

8月1日以后方军长是成夜成日地手不释杯,小黄狗平时本来很少乱叫,成天跟着方军长不离左右的,到了这时,它动不动就到处乱跑乱钻,狂吼狂叫。有一次竟跑出了军部,还是葛先才从阵地返回时发现抱了回来的。方先觉把小黄狗放在桌子上,说:"你也慌了?是不是也想离我而去?唉,如果是这样,你就走吧,逃命去吧,我不勉强。"他把小黄狗抱到军部门口,轻轻地拍了一下小黄狗的屁股,小黄狗回过头却不回身,瞪着湿润润的眼睛望着方先觉不走,方先觉挥挥手,皱着眉头:"走吧,走吧,别假仁假义的了。"这时,奇怪的事情发生了,小黄狗突然转过身来,窜到方先觉身边,对准他的小腿就是一口,好在它小,又隔着大马靴,小利牙只在方先觉的腿肚子上留了点小青印,小黄狗咬了方先觉以后并不逃开,只是仰着头对方先觉呜呜地叫,方先觉呼吸倏然急促起来,他弯腰拍拍小黄狗的脑袋,大声说:"好,我错怪你了,难得你如此忠心耿耿,不肯舍我而去,那你就留下与我们一起共生死吧。"

见者,无不感慨唏嘘。

日军全部突破城外围阵地,中日两军开始街巷之战后的接连几天,飞机连续投下蒋介石关于援军的电报。有封电报的内容是:"明日,62军一定从西北攻进城之大西门,79军一定攻进小西门,他们都有自信力,一定可以攻入,希望派员引导。"其中空投件中,有个通信袋,袋中有张蒋介石亲笔写给方先觉的小纸条,纸条上写着:"弟勿着慌,勿着急,援军明日定可进城。"

作为战区督战官的蔡汝霖,看到这种情况,觉得自己有责任以督战官的身份向第九战区司令长官发电求援。蔡汝霖的电文是:"敌如光芒,我如缝妇,且衡阳市早成一片瓦砾,无法巷战,敌欲攻取衡阳城,似有限令,危在旦夕,应请转饬援军限时攻入。"

薛岳回电报说："已再三严令援军钻隙攻入，希望坚忍固守，必生必胜。"可是到了明天的明天，还是没见到援军的影子，作为一国之领袖、三军统帅的蒋介石以及第10军的各上级长官如此肯定，言之凿凿地通报援军情况，自然不能说援军乌有，可是，第10军直到城破也没见到过一个援军，那么，到底有无援军呢？如果有的话，这些援军到底到哪里去了？

第九章

　　蒋介石对两支援军发出最后通牒，62军官兵奋威逞勇两抵衡阳城郊，79军中将军长空手搏白刃血洒荒岭。

　　孤军孤战，苦撑月余，弹尽粮绝，人员伤亡殆尽，残城残部，盼星星、盼月亮、盼空气、盼阳光般盼望援军。

　　中国军队的最高统帅蒋介石、第九战区司令长官薛岳、直接指挥衡阳作战的第27集团军副总司令李玉堂，在衡阳守军最艰苦的时日，几乎每天都在允诺：援军即到，解围有日。但城中第10军官兵每每都是只听雷响，不见雨来。几十天，连个援兵的影子都没有见到。

　　那么，到底有无援兵？援兵到底在哪里？结论是：援兵有，还不弱，但到达不了衡阳城，他们在整个衡阳战斗中，整个都在向衡阳城进击的途程中。

　　中国军队统帅部对衡阳作战的意图，是诱使日军逐丘争夺，到处付出流血的代价，以空间争取时间，消耗日军的有生力量，以衡阳为塞，堵截日军于衡阳一带，然后以空中优势与敌后的抗日力量，切断日军补给线，进而反守为攻，围歼日第11军主力，以达到阻滞、破坏日军"一号作战"计划的目的。而日第11军司令官横山勇中将，意图却是以衡阳为诱饵，诱使中国军队向衡阳聚集，然后将薛岳麾下的30个师紧紧羁住，进而歼灭，为此，纵使耗费一点时间也并无不可，这虽与日军大本营的作战计划有抵触，但作为前线指挥官，横山勇拥有相机处理一切的权力。

　　作战长时间没有结果，日第11军作战主任岛贯向横山勇建议："衡阳机场既已占领，衡阳城内守军顽强，急切之间难以攻下，不如让前线部队作撤退假象，给中国军队造成本军攻城不下，绕城西南而去的错觉。如此，中国外围军队必定前来反攻，而城中守军也一定出击，本军则可达到歼灭中国军队第九战区主力的意图。"横山勇采纳了岛贯的意见，但城内方先觉识破了日军意图，没有上当。城的外围部队却因反应麻木碰巧未上其当，可笑的是国军统帅部却根据衡阳城的一份密报，认为日军不支已然撤退，到处鼓吹衡阳大战已经取胜，延误了对衡阳的救援。实际上，日军过高估计了自己的力量。按当时的情况，日军攻城的68、116两师团第一次总攻衡阳受挫，补给十分困难，可说是弹少粮稀，兵员伤亡也很严重，已是虚弱不堪，只要国军统帅部集中两个军的力量，一鼓作气便可将日军围城的两个师团击溃并消灭其大部，援军进而进城，与第10军并肩守城，日军的"一号作战"计划多半在衡阳城前就难以举步了。但是，由于国军统帅好大喜功，急于求成，轻听轻信的原因，轻易地错过了这一时机，从而帮助日军越过了这一难关。

7月12日，蒋介石才匆匆下达两军解救衡阳城、援助衡阳守军的命令。

"（一）围歼衡阳之敌获得补给后，攻击再兴，颇为激烈。（二）决加强外围兵力，速解衡阳之围。（三）着李玉堂督率第62军，即由衡阳西南迅速猛攻敌背，务期一鼓歼灭围攻之敌；第79军应协同第62军向衡阳西北郊猛攻，并以第63师由北向南协力永丰方面之攻击，以资策应。（四）湘江东岸各军，亦应向预定目标猛攻，配合作战。"电报刚接到，蒋介石侍从室主任林蔚文又打电话来命令："（一）第62军、79军，除各派一部歼灭白鹤铺金兰市各附近之敌外，主力应即向衡阳猛烈攻击前进，不得受该两处之敌牵制。（二）元日，第62军必须占领谭子山。第79军必须占领演陂桥及其西南地区。（三）寒日，第62军必须占领东阳铺、三塘。第79军必须占领新桥、英陂、神仙市。（四）删日，第62军、79军齐头向衡阳附近各敌猛攻。"

这个时候，62军尚在祁阳洪桥一带，79军尚在蒸水以北，根本无法按命令到达指定区域。

早在6月30日，62军接到蒋介石的电令说："据飞机侦察，陷长沙之敌约两三万人，分两路沿湘江两岸继续南下，该军即以一个团守备洪桥，主力集结祁阳，拒止沿湘桂路西进之敌……"接到命令后，第62军军长黄涛中将即命第151师第451团团长陈植上校率团守备洪桥，其余部队开至祁阳集结。7月1日，林蔚文来电话说："蒋委员长命令：'着62军守备祁阳赶快构筑工事。'"当晚，黄涛召开团长以上人员的会议，研究守备祁阳部署。在重大任务交错情况下，直接指挥衡阳作战的李玉堂将军要第62军担任衡阳外围作战，蒋介石要第62军守备祁阳，权衡比较，黄涛决定听蒋介石的，而且在以后每当出现多头指挥的情况，都以蒋介石或者侍从室主任林蔚文的命令为准。62军准备守祁阳，祁阳城内既没有弹药储存，又没有强固工事设备，城郭纵横约是两至三里。根据现代化作战特点，兵力长时间地过分集中于某一固定地点，炮击、飞机轰炸就会造成大量伤亡，如是，祁阳城内守军不能超过一个团的兵力。黄涛命令157师副师长侯梅为祁阳城守备司令，率领该师469团固守祁阳，其余部队在城郊选择阵地构筑据点工事。祁阳城位于湘桂铁路和湘江交通要冲，抗战以来居于后方，一向安定，市面商业繁荣，物资积聚不少，城市居民约有三四千人，侯梅奉守祁阳城后，报请军部同意，按照抗战时期防止空袭彻底疏散城市居民的紧急措施，限令五天内将全城居民、物资、牲畜等全部疏散完毕，第六天，守备部队禁止百姓进出祁阳城，并挨家挨户清查物资和木材，强行征用以构筑工事。

7月3日，守备洪桥的151师451团受到日军一个联队的进攻。第451团奋起抵

抗，死守洪桥不弃。到第二天，日军后援部队陆续沿湘桂路西进增援。第62军参谋长张深少将，根据这种情况，将日军的行动综合成如下三种可能：（一）日军可能先攻祁阳。（二）日军可能对洪桥和祁阳两面进攻。（三）日军可能以一部分兵力监视衡阳守军，主力则向西进击。黄涛认为第三种可能最大。他将敌情与自己认可的判断上报给了侍从室主任林蔚文并蒋介石本人。当日深夜，蒋介石电令："着第62军迅速派兵增援洪桥作战，拒止敌人西进。"由此可以看出从一定意义上讲，蒋介石是同意了黄涛的判断了，他认为攻衡阳的第68、116两师团的日军的目的是能攻占则更好，攻占不了再起其牵制作用。这也是蒋介石没能坚定地及时解围衡阳的原因之一。

7月5日，第151师师长林伟俦少将奉命率兵两团并配属军部炮兵一连增援洪桥。部队刚刚到洪桥境内就发现第451团右翼受到日军的迂回侧击，情势危急。林师长急令炮兵就地作阵，掩护步兵攻击。彻夜激战，6日凌晨，第451团右翼的日军退守一红土高地，高地高于第451团阵地。既对第451团起着辖制作用，又对后援日军起着滩头阵地的作用，要想守住洪桥，有效拒止敌人西进，必须夺下红土高地。林伟俦以一个团的兵力集中攻击，一个冲锋就到了山顶，营长吴安中带人追击溃退的日军，一负伤仆地的日军军官突然跃起，双手挥起指挥刀连连斩杀败退的日军士兵，像野狼一样狂嚎着，意图坚守阵地。吴安中见状双眼冒火，劈手从身边一士兵手中夺过一支步枪，"砰！"一枪就让那日本军官的脑袋开了个小染铺。日军退得更快了，红土高地便为第151师所掌握。7日，日军为西进，再一次仰攻红土高地。日军在烟幕的掩护下，几次攻到了半山腰，都被国军用手榴弹和轻、重机枪赶了下去。遗下的尸体，日军每在下撤时，都用绳子绑住死尸的脚踝往下拖，但守军的火力太猛烈，没被拖下去的还很多。黄昏后，日军退至山脚稍后一点的地方扎营休整，准备于次日进攻。林伟俦亲自带人到山腰打扫战场，缴获了日军部分武器、军用物资和文件。日军几次尝试，知道红土高地无法攻下，便在与红土高地对峙的一小山丘上构筑工事，夜间用探照灯左右照明，在阵前的铁丝网上挂着铁皮罐头盒，只要听到铁盒响动，便枪吼弹响。就这么僵持到11日，已将师部从红土高地搬到洪桥镇的林伟俦，突然接到了白崇禧亲自打来的电话。白崇禧当时担任国军副总参谋长，用兵打仗智计百出，享有"小诸葛"的声名，为国军很多将领所仰慕。与白崇禧本人说话，尽管是电话，一般将官都会大有受宠若惊之感。白崇禧说："林师长，你们辛苦了。因道路被破坏了，无法乘车来看望大家，请转告全师官兵，委座问候他们，何总长问候他们，我白某人问候他们。"林伟俦简要直捷地回答："谢谢，谢谢委座、何总座、白副总座记得我们。"白崇禧可能觉察到了林伟俦的冷静，很有些意外地在电话那一头笑了一下，问："前方情况怎么样？我军伤亡大不大？士气如何？"林伟俦几无停顿，便立即回答："我军正与进攻日军僵持，没有激烈战斗。我军有些伤亡，但不大，官兵士气很高，请副总座转告委座，第151师全体将士一定尊崇委座训示，抗战到底。"白崇禧说："好，委座会知道的。"他的语气变得严峻起来，"据飞机侦察所得情报，敌人在株洲附近纷纷渡过湘江西岸南下，其主力很可能很快西进，特别注意加强工事，准备打大仗、恶仗。"说完，白崇禧没等林伟俦说话就挂上了电话。大概他知道，今天，他是听不到"请副总座多提携"之类的话了。林伟俦这会儿倒是发了会儿愣，也放下了电话。看来，白崇禧与蒋介石已经是通过气的了，还是把注意力放在防止日军西进上。

白崇禧打完电话后一会儿，军部副官黄惠清少校陪一美国记者带着翻译来到了林伟俦的师部。

62军整个对美国人没有什么好感。6月中旬，桂林美军训练处主任坦斯少将曾派了一个联络组到62军军部。这个联络组共6人，其中1名少校、1名上尉和4名美军士兵，他们携带着报话两用机和一些先进的通讯设备、计算器材。62军原列为美械装备部队，联络组一面调查62军现有人数和缺乏的武器、弹药、器材的数量，分别列表填报，一面每日索取当日敌情及战况。美军官兵骄横奢侈，每日都要吃鸡鱼肉蛋，还要喝啤酒，稍不如意就大发脾气。62军因有求于他们改善装备状况，军长黄涛指示参谋长张深将军：无论他们需要什么，只要办得到，就要去办。如此折腾了大半个月，仅给62军送来冲锋枪6支、卡宾枪10支、报话两用机4部及其他一些通讯器材。有次，联络组借故回桂林后就没有消息了。所以，62军的官兵认为，美国人不地道，不义气，没必要交朋友。

美国记者是先到祁阳62军军部的，出于中国的礼节，黄涛委派副官黄惠清陪同这位坚持要到前线去亲眼看一看战斗的美国记者到了洪桥。美国记者似乎不在乎林伟俦的冷淡，他很认真地查询了连日来洪桥的战斗情况，拍摄了一些缴获的日军的武器、日军军旗、日军身上佩戴的千人针布及神剑等物的照片，然后坚持要到第一线阵地去察看一番。考虑到他是记者，安危为高层所关注，林伟俦亲自陪同他到了红土高地。美国记者胆子很大，他叉开双腿站在阵地上，放眼望去，日军的活动便历历在目。美国记者大叫："这么好的目标，如果用炮击，那不是太好了？"林伟俦出生于上海一个颇有资产的商业家庭，受过高等教育，精通英语。他不等翻译译出，便用英语回答："这里现有配属军部炮兵一连，只有士乃德山炮4门。"美国记者又惊又喜，想不到这位在前线指挥打仗的中国将领还精通英语，不由得又伸出手去握住林伟俦的手，连连说："OK，OK！"不知是称赞林伟俦，还是说一个师只有4门炮也能打这么漂亮的仗。美国记者放开林伟俦的手，蓝眼睛一转："你们师炮兵太少，火力不够，我回去，给你们要一营炮兵来。"当时林伟俦想，专管装备

的美军桂林训练处，在我62军连吃带喝那么久，才给我们弄来十几支枪，你一个记者到阵地晃了那么一下，张口就是一营炮，哪有这么好的事，胡吹，听听就罢了，过后就忘了它，别当有那么回事。记者没有在洪桥逗留，也没有再去祁阳，当日就回桂林去了。离开前，再也没提到炮的事，林伟俦本来就没抱什么希望，所以也没放在心上。没想到，记者走后，桂林真派来了缺一个连的炮兵营，该营全新美式装备，炮是美制七五山炮，共6门，通讯、指挥设备也很先进，配有小型的报话机。只是因公路被破坏，随炮携来的弹药不多，可谓美中不足。尽管与美国记者许诺的一营炮兵差欠一个连，但黄涛、林伟俦也欢喜不过，意外之财嘛。看来，美国人中也有说话算数的。

其间，第62军曾数次接到守卫衡阳城的第10军的求援电报，该军的第151、157两个师，一师守祁阳，一师要守洪桥，拒阻敌人西进，军委会又没有改变第62军的任务，只能以小部队作些扰乱性的活动。这个时候，黄涛发现了日军的一些新情况：从白鹤铺到衡阳35公里的公路上，经常有日军的骡马运输队来往，还有日军骑兵队巡逻。盘踞在白鹤铺约一个联队的日军，日夜搬运木材，赶做工事，架设铁丝网，堵塞公路。据此，黄涛与参谋长张深判断，日军并没有积极西进，似乎在做阻止我军东进救援衡阳守军的准备。看样子，日军对衡阳是志在必得。11日下午，黄涛将这一情况与判断，一并电呈国军最高统帅部与统帅蒋介石本人。

第79军中将军长王甲本中将接到蒋介石7月12日解围衡阳的命令的时候，正在衡阳西渡杨家大屋的军部出神。王甲本虎背熊腰，为人豪爽粗犷，像典型的北方汉子性格。6月上旬，他奉命率军增援长沙作战，部队日夜兼程，由石门县赶到湘乡谷水，长沙已经落入日军掌握中。旋即，又接到国军统帅部的命令：由谷水赴衡阳，配合第10军在衡阳外围作战。沿途多有阻隔，接到解围命令的时候，部队尚刚进入未变更外围配合作战任务前的位置，王甲本正在思谋下步行动。

衡阳西渡杨家大屋在蒸水北岸，按解围命令指定第79军进入位置，该军首先必须立即渡过蒸水。连日来天降大雨，蒸水陡涨，水流汹涌，浩浩荡荡。战前坚壁清野，大凡民间船只统统焚毁，仅有一只小火轮为蒸水两岸国军小股人马来往作渡，掌握这只小火轮的是第74军，第74军军部在常德。两个师数万人马加辎重，仅此一只小火轮，如何过渡？俗话说车到山前必有路，先赶到岸边再说。王甲本来不及多作思谋，便挥军蒸水西岸。

第62军接到命令后，黄涛问张深："你说，能按命令赶到指定位置吗？"张深扶了扶眼镜："军座说赶得到就赶得到，军座说赶不到就赶不到。"黄涛怔了一下，若有所悟地点点头，不言语了。

第62军对这次赴衡阳救援任务多有不满。一是离开原来的战区来配属作战，多方受到干扰。比如62军一进入九战区，就被薛岳来了个下马威。薛岳因其胞弟薛叔达在第151师第452团当团长，直接电令黄涛抽调第151师到湘江东岸归薛本人直接指挥，黄涛生气不过，幸得参谋长张深献策，抬出本军是委员长亲自命令前来配合衡阳作战，如需分割须电告委座本人批准方敢奉令的理由，才将薛顶了回去，使62军得以全军集中作战。二是配属作战。胜，功则难得其分；败，则难诿其过。三是上峰本已允诺为62军改换美式装备，后又不明不白地不改了，想来想去也可能是因为这劳什子的救援任务，时间太紧，来不及换了。黄涛在刚抵达湖南奉命到衡阳湘桂铁路火车西站开会时，曾对国军后方勤务部湘桂铁路线区司令官赵光斗说："我军这次是来流血流汗，出命出力，为第10军夺功的。"加之统帅部判敌不明，临时调军，劳心劳力，急如星火，更使第62军普遍有反感情绪。

第151师放弃洪桥阵地，直奔白鹤铺。白鹤铺在今祁东县，是洪桥至衡阳必经路段。占领了白鹤铺的日军早就有了准备，工事修构虽是草创，但已颇具规模。林伟俦在洪桥打得还是很不错的，但在白鹤铺，他却踟躇不前了，找了个与白鹤铺守敌相对的高地，将部队展开，作游斗似的对峙。

与此同时，157师师长李宏达率师从祁阳到达了风石堰，与阻敌展开了争斗。

李玉堂命令黄涛：沿途阻敌，能打垮则打垮，能消灭则消灭，急切之间攻不下又解决不了的，就钻隙或者绕开。第157师元日必须全师占领谭子山，寒日必须占领东阳铺。第157师当时的位置在谭子山西南，如此又须折北向谭子山，到了谭子山以后，又折东南向东阳铺前进，走了弯路，耽误了时间。实际上，侍从室主任林蔚文对委员长下达的解围命令的补充电话的意思是：要第62军元日占领谭子山、寒日占领东阳铺，是指第62军整军向衡阳前进。第62军共有第151、157两个师，按当时态势和两师所分别处在的位置，当然是指151师元日占领谭子山，第157师则是占领谭子山东南地区。寒日第151师沿公路、铁路向五塘前进，第157师向东阳铺前进，删日两师并列或重叠向衡阳攻击前进。由于命令的不吻合，费了很多周折，耽误了很多时间，好不容易到达衡阳东南郊10公里左右处的头塘地域，黄涛又接到蒋介石的电令："第62军在衡阳近郊，须准备七天以上的战斗，且务须节约第一线的兵力，多控置预备队。"黄涛还未来得及铺开队伍，蒋介石又来了一电令："衡阳西南郊，敌约二千，连日猛烈攻击该军，须派一二个团，即夜钻隙挺进城郊，直攻敌人侧背，则敌围自解，兄之进援任务亦可立即达成。"蒋介石的指挥艺术，既有即兴创作，亦有周密考虑，其中，即兴创作就有很多想当然和随意的成分，对第62军解围衡阳，数日之内四次电令，四则电令中又有两则内容颇异。前两则，为集中两军齐头并进，解围衡阳，后两则则是以少数兵力钻隙向衡阳近郊挺进，主力则准备持久战斗，令前线指挥作战的将士们不知所措。黄涛根据当时情势，把两师兵

力控制在头塘、二塘一带活动，想等79军进入指定位置后，或许以少数兵力撕开围城日军，冲进城内，主力在敌背构一进攻阵势；或许两军齐头并进，使日军背腹受敌，以解衡阳之围。

第79军正在渡蒸水。

一只小火轮，每趟充其量能载60人，往返一趟约需40分钟，第79军两万余人，加上辎重骡马，小火轮至少要往返400趟，400趟，至少要13天才能将全军运过蒸水。没有别的办法可想，有总聊胜于无，运过去多少算多少，只有靠这只小火轮慢慢地来。王甲本也命令工兵扎木筏子，扎好三只，各上一班、一排人不等，好不容易划到河中间，水流急，冲力大，没法越过中间那道水脊线，纷纷被冲到了下游，三撞四荡，三只木筏翻了两只，除了几个水性极好和碰巧抓到了漂浮物的爬上了岸外，其他人大都几沉几浮就没有了踪影。另一只失控后直冲了十几里，才被一水边的横生木挡住，十几名官兵才沿着那横生木攀爬到了岸上，得以逃生。武装泅渡就更没可能，王甲本只好耐着性子等。到了第四天，小火轮的驾驶长突然告诉在岸边指挥渡江的王甲本："军部命我们当即赶回常德。"说完，未等王甲本有所表示，即将火轮开离岸边，扬长朝下而去。王甲本气得拔枪朝天射击，喝令止住，小火轮哪里肯听，水送风送，转眼间，小火轮就去得远远的了。王甲本一想：74军还有4只小火轮，加上刚走的这一只，共有5只，如能借来一用，虽是眼前耽误了点时间，但总体上讲，还是节约了时间。

王甲本马上与第74军联络，第74军不予理睬，李玉堂知道后即直接与第74军商量，第74军军长邱维达仍是不买账，他回答李玉堂：第74军委座随时要调遣的，应是风里、水里、火里都时时可以去得的，到时因为没有船，部队调遣不出去，委座怪罪下来，那还了得？没奈何，李玉堂只好电告直接指挥第74军的国军第24集团军总司令王耀武，才将5只小火轮调到蒸水运送79军。

第79军终于大部分运过了蒸水，但62军因79军长时未至，背腹均受日军威胁，已将部队转移到了铁关铺以南地区。第79军一看，也在原地逡巡不前了。

轰轰烈烈两个军，搞了这么长时间的解围战斗，衡阳城守军只远远地听到了几声枪炮的响声。

7月22日，黄涛、王甲本接到蒋介石的命令："衡阳危急，兹命令：一、我衡阳外围援军，应集中全力，先突破衡永公路附近之虎形山，及汽车西站以西敌人阵地，再图扩张战果。二、第62军应以一部监视衡阳南侧之敌，集中步炮主力，于黄泥坳附近向虎形山方面推进，归入李副总之指挥。三、第79军应集中主力，由贾里渡方面向汽车西站以西敌阵地突击，以收夹击之效。四……"7月23日，蒋委员长又有电令："李副总部即日进驻62军军部，直接督促，积极向指定之目标突击。"

旋即又令："一、衡阳周围之敌，久战疲惫，我应趁后续部队未到达，先将鸡笼街之敌歼灭，继续增援前线，击破衡阳以西地区敌人，以贯彻打开敌围，与第10军会合之目的。二、第62军仍依既定计划，以主力向衡阳西南地区进攻。第4集团军新开来的第46军及彭壁生部，归李副总司令直接指挥，先将鸡笼街一带之敌歼灭后，再沿公路加入第62军右翼方面的战斗。三、第79军仍以既定计划向衡阳汽车西站方面攻击，第51师归王总司令直接指挥，适时加入有利方面之战斗……"

如此一而再再而三详尽严厉地下令，足见蒋介石真是急红眼了，黄、王两军不敢懈怠，匆匆向衡阳进攻。

7月27日入夜时分，第151师师长林伟俦指挥第452和第453两团到达雨母山下。雨母山在谭子山与三塘之间，辖制通往衡阳的大道，部队要想顺利到达衡阳，必须占领雨母山。雨母山标高约400米，全无树木，白天接近困难。林伟俦决定夜袭。27日深夜，第452团两个营分两路进攻雨母山。第452团团长薛叔达，是国军第九战区司令长官薛岳的胞弟。但是此薛不同彼薛，薛叔达此时才26岁。数年前，薛岳把他推荐给国军第七战区司令长官余汉谋，薛、余两人相交颇厚，余便任命薛叔达为第62军第151师第452团团长。二十多岁的人，意气风发，但没有战场历练且又心有所恃，平日无论打仗还是训练，多有别出心裁之举，因林伟俦亲自督阵，薛叔达情绪颇高，亲自带队冲锋，一个小时就将雨母山攻了下来，28日天亮时分就将阵地巩固在手。当日，薛叔达留下一连人马固守雨母山，率主力鼓起余勇，几个冲锋，又夺下了东阳铺。东阳铺在三塘东南，是日军卫护进攻衡阳的第68、116两师团侧背的屏障，丢了自然不甘心，便组织队伍向薛叔达的阵地猛攻，拉锯3次，日军都未得逞。黄涛怕部队遇敌即打，耽误到达命令指定区域，下令能绕则绕，不能绕的留少量部队与日军对峙，主力尽速到达东阳铺一带集结。28日夜晚，第62军军部到达离前线东阳铺5公里的古山寺。围攻衡阳的日军感觉到了中国军队援军的逼近，即分出部分兵力，想在侧背建立一道防御线，阻滞援军的前进。日军以一个大队的兵力向雨母山进攻，雨母山守军仅第452团一个连，日军全线进攻，守军防不胜防，正当危急的时刻，林伟俦到达雨母山右侧高地，眼见日军攻势凶猛，即令453团增援，将日军压了下去。林伟俦命令第452团第1营营长崔直行少校率营固守雨母山、团长薛叔达率2营3营向败退之敌猛追猛进。薛叔达因攻打雨母山、东阳铺有功，得到林伟俦的赞扬，心中十分得意，想再接再厉，打出战绩来证明一下自己的才能。说来也怪，薛叔达这人不怕他哥，别人见到薛岳，无不敬畏三分，薛叔达不然，大庭广众之下，也敢扫他哥的面子。第三次长沙会战，薛岳打了胜仗，得到蒋委员长的赞赏和民众的拥戴，高兴得很，专门回老家一趟，遍邀父老乡亲、

达官名流设宴庆贺。酒至半酣，薛岳一改往日老成，站起来大声朗诵："但使龙城飞将在，不教胡马度阴山！"众皆站起来拱手赞叹，有一长髯乡绅，颤颤巍巍地举起酒杯说："国有薛岳，民之幸也；日因薛岳，天之败也。"在大家的掌声中，老先生越发来劲了，正摇头晃脑地要再吟什么，薛叔达大声说："这些话，等到日本人败了再说吧，要不，牛皮吹破了，可没得线缝。"众皆愕然，薛岳愣了一下，汗如浆出，放下酒杯，转圈一揖："小弟言之成理，薛岳不该张狂，何日将倭寇驱出国门，再在此摆酒，敬请各位父老、贤达。诸位，恕薛岳孟浪，告辞了！"薛叔达也不怕黄涛，尽管黄涛是军长，且此人又治军严厉，如有不妥，多是军法从事，大到就地枪决，小到撤职禁闭，都是他黄某一人而决。薛叔达到第62军任团长，黄涛是不情愿的，他是个讲求实际的人，团长，是风里雨里、生里死里都得去的，他薛叔达，战区司令长官的亲弟弟，一个白面高鼻、骨瘦如柴的年轻仔，能当团长？但上峰任命，黄涛嘴上不好说什么，脸上却多有表现。有次分派任务，黄涛故意问："薛团长，你能干得什么呢？"薛叔达昂然而起："你能干什么我就能干什么！"此言一出，全场皆惊，黄涛脸上红一阵白一阵，不知做什么反应好。这时林伟俦"啪"地一拍面前台案，骂道："娘的，卫士，将目无官长信口雌黄的薛叔达拖出去，重棍责打，没有我的命令，不准停手！"薛叔达极力挣扎叫骂，林伟俦骂道："你个黄口小儿，敢出如此狂言，你骂一句我加你10棍，你就是蒋委员长的亲弟弟，我也敢活活地打死你，不信你就试一试！"

在座的人没有一个不相信林伟俦说的是真话，此人平素沉默寡语，怒，则如雷霆霹雳，笑，就似气贯长虹。第62军上下，莫不敬畏。

薛叔达不敢挣扎更不敢叫骂了，老老实实地任卫士将其掀翻，责打。直打得皮开肉绽，满座人面目失色，军参谋长张深才喝令卫士住手。他对薛叔达说："你虽是团长，但比起军长、师长，你是下属，而且论年龄，你是小弟，冒犯官长、兄长，你说该当何罪？今天看在薛长官的分上，我向你们师长讨个人情，就不再责罚你了，但以后若再犯，我恐怕就没这个面子了。"此后，薛叔达收敛了许多，在林伟俦跟前小心谨慎。林伟俦对薛叔达一如平常，脸如静水，更使薛叔达摸不着底，又敬又怕。这次薛叔达战场表现很好，林伟俦破例表扬了几句，使薛叔达受宠若惊，恨不得立即将日军一举歼灭。薛叔达求功心切，追击日军时，没有加以认真搜索，追到头塘附近一个大村庄的边缘时，受到了日军的伏击。村庄系木板瓦房和部分树皮茅草盖顶的土石垒成的房子组成，团团相转，互相倚立，庄子四周，几十棵垂杨大柳，枝茂叶盛，败退到这里的日军在房顶、树顶架上了机枪，薛叔达缺少战场经验，又一意孤行，不顾副团长钟敬敷的一再劝阻，顾不上仔细察看，便命令官兵冲进村庄。日军等452团人马大都进了村庄，树上、房顶上的机枪突然狂叫了起来，手榴弹一颗接一颗地扔下。钟敬敷赶紧率一连人占据一房顶，与日军对射，要掩护薛叔达冲出庄子去。薛叔达大声说："庄子是我要冲进来的，你带人走，我来掩护！"钟敬敷厉声喝道："我走了，你就走不脱了，你走了我还可以想办法的。"薛叔达鼻头一酸，即率队向庄外突围。日军占领了有利地形，尽管火力受到了钟敬敷的牵制，也不断有人被击中从树上掉下来，但仍具有很强的阻击力，在出庄的过程中，部队死伤很多，团指导员刘大光也受了重伤。出了庄子，又被伏在湘桂铁路上的日军火力压到了一条大水沟里。庄子里的敌人暂时放下薛叔达不管，集中力量来对付钟敬敷，日军人多火力猛，又是有备，尽管国军非常顽强，仍然无济于事，几次冲击肉搏，一连人很快伤亡殆尽，钟敬敷也力竭战死。日军清理了庄子，又回过头来与湘桂铁路上的日军夹击薛叔达，薛叔达的情势非常危急。林伟俦在薛叔达追击去后，突感不妥，马上亲带第453团随后跟进，薛叔达被庄内与湘桂铁路日军夹击时，林伟俦正好赶到。林伟俦马上命令第453团从右翼向庄内日军侧击，又命师部搜索连占领湘桂铁路右侧一高地，掩护第452团收容集结。因林伟俦的及时掩护，第452团残部得以脱逃。薛叔达本人被日军火力压到大水沟后，心情十分紧张，这时部队已处于单兵作战状态，他几乎没法辖制部队。林伟俦指挥第453团与师部搜索连向日军发起攻击的枪一响，他顾不上观察，心想，坏了，这下第452团数面被围，后援无继，看来是没有希望了。他在两个卫士的带领下，顺着水沟一侧，利用茅草的掩护，脱离了战场，当晚，径赶到师部。恰巧军长黄涛已经赶到师部，黄涛问："你的部队呢？"薛叔达哭丧着脸回答："一营尚在固守雨母山，其余两营均被日军消灭。"黄涛讥讽他："你不是挺能干的吗？"薛叔达经他一激，意气又上来了，脖子一梗："那你枪毙我吧！"黄涛双眼瞪圆："你以为我不敢？"又怒气冲冲地补充："我先等你师长回来！"薛叔达气闷，走出师部，突见第452团第2营的一名连长和两名排长朝师部走来，大惊：坏了，刚才我向军长报告两营人马已被日军消灭，一旦军长见到他们，岂不是认为我在说谎？肯定会加重处罚我的。他快步上前，将三人叫到一边，掏出一把钱来，让他们赶快走，回家、到别的部队去打日本都行，只要暂时别让军长、师长看到。这一幕，被随后而出的黄涛看得清楚，他喝令将那连长和两名排长叫过来一问，薛叔达的行径立时暴露。黄涛马上命人将薛叔达看管起来，林伟俦在雨母山右侧将452团两个营的残部收容集结后，回到师部。黄涛把情况一说，征求林伟俦对薛叔达如何处分的意见。林伟俦沉默无语。

黄涛说："谎报军情，脱队私逃，败军丧师，纵部下离队，哪一条都是死罪。"

林伟俦这才开口："此人本质还好，出现这种情况，主要在他缺少历练，非他本人之过，实是让他当团长的人之过也。非常时期，执法从严，以他的作为，杀了

他，连薛长官也说不出什么来，但我们自己心实难安。况且，我们入湘作战，诸事还要多仰仗九战区的关照，余司令长官与薛岳司令长官交好，处分重了，余长官的面上也不好看。"

黄涛急了："那你说就这么结了？"林伟俦摇摇头："不，战后，我们将薛叔达送还余长官，请余长官再将他送还薛长官。烫手的馍馍让他自己拿着。眼下，在全师官兵前做个交代：他薛叔达攻雨母山和东阳铺有功，丧师有过，功过相抵，以观后效；欺瞒上级，纵逃部下只对他本人言明，使他知其利害，不再扩散。"

黄涛听了，连连点头，一件大事就暂时息压了下来。

薛叔达经此一事，好像突然成熟了许多，他指望在这次战斗中有些功绩，以赎过失。林伟俦给了他这个机会，让他再带452团作战。

雨母山、东阳铺阵地巩固后，黄涛将军指挥所搬到了雨母山右侧的一个小村庄。在那里，黄涛召集师、团两级长官会议，研究敌情后，决定由157师470团团长李达派一个营，接替151师452团固守的雨母山阵地。林伟俦指挥452团、453团及157师471团向衡阳汽车西站攻击前进。这3个团中，除薛叔达外，453团团长陶相甫、471团团长丁克坚，都是黄埔生，历经百战，出生入死，其辖下是战斗力很强的团队。如此分派兵力，足见黄涛也是下了本钱的。

7月30日，薛团在左，陶、丁两团在右，向衡阳西站前进。

薛叔达挥团沿东阳铺通衡阳大路前进，至头塘附近与日军遭遇，发生了激战，双方僵持不下，在湘桂铁路线上活动的日军，又从一侧对薛叔达团进行攻击。薛叔达这番沉住了气，他对营长们说："我薛叔达上回丢了脸，这次要找回来，找不回来，我这命也就丢在这儿算啦。咱们来个君子协定，我好赖不济也是个上校团长，如果我离开了阵地，诸位自管撒丫子，如果我没走，哪位敢先开溜，我可没咱们林师长那么大的雅量。"话毕，枪一举，上了一线。452团一蹲，日军也动不了，日军一动，452团跟着就前移，逼得日军恼羞成怒，纠集兵力，想一下子将452团吃掉，但这回452团不但非常顽强，也相当谨慎。日军攻，他立即停下，草创阵地抵抗，日军见急切之间啃不下这块骨头，想舍掉回缓，452团又不徐不疾地粘了上去，弄得这股机动日军恼火至极，但又无可奈何。

陶、丁两团见薛叔达羁住了这股机动日军，便迈开大步，不顾一切地向衡阳近郊前进。他们在击退了衡阳南郊之敌后，继续尾随逃退之敌向衡阳西站突击，三次遇到敌人反攻，第一次有四百多人，来势凶猛，准备一举将陶、丁两团赶出阵地，陶、丁两团及时调整部署，形成交叉火力，将反攻日军大部击毙在阵前。此后两次攻势，都是一次比一次弱，纯粹是日军死要面子。死要面子更得不到面子，三次反攻受挫后，日军龟缩回站内一排砖房，不住地利用窗户往外打枪。你不攻了我来攻，陶相甫、丁克坚两团长协议了一下，派出陶团第3营，由少校营长梁玉琢带领，少校营长李天任率丁团一营，突然向日军发起进攻，日军尚未反应过来，3营人马便冲了进去，残余日军很快就丧失了抵抗能力，一个接一个地被清除了。在车站，缴获手枪、军刀、望远镜等物甚多，并搜得军用地图约有两担，至于一般的武器弹药就更多了。经查询证实，这里曾是日军岩永旺中将指挥的116师团的指挥部，因国军增援部队上来，岩永旺及时转移了指挥部，只留下一个大队的日军看守保卫一些尚未来得及转移的物品。没想到，陶、丁两团生力军，几乎没费多大的劲就将已疲惫不堪的一个日军大队全部歼灭，端了岩永旺的老巢。

黄涛对解围的理解，就是将方先觉的第10军残部从城中救出来。所以，151师师长林伟俦在陶、丁两团占领火车西站后，便及时地命令通讯兵架通了师部与前线陶、丁两团的电话，便于及时掌握情况，准确指挥，也是为了将陶、丁两团的阵地巩固起来，以便第10军从城中，从陶、丁撕开的口子突围而出。62军占领城外南部，日军后援部队未到，攻城日军残部无力与生力军作战，被迫退集城外北部地区。这正是第10军出城的大好时机，从南边只要突破城内与城外中间一层日军薄弱的防线，即可突围成功。陶、丁两团长按林伟俦的命令，派出453团第1营副营长葛天宝率领一个班，穿越稻田和日军贴城的攻击部队，到城下想与城内守军取得联络，未果，退回。丁克坚又命令号兵吹号联络，同样得不到响应。其实，黄涛还是不了解国军统帅部衡阳作战的意图，蒋介石就是要以衡阳城来淤塞日军，阻滞日军南侵的脚步，毁灭其"一号作战"的计划，所谓解围，实际上是利用外围部队打击日军的有生力量，减轻城内守军的压力，帮助延长守城时间。方先觉深知这一点，没有蒋介石本人的命令，方先觉是不敢弃城而走的。如果仅仅是第10军出城，在日军后援未到之前，任何时候可以突围而出。因此，别说陶、丁两团与第10军联络不上，就是联络上了，第10军也不会弃城而走的。

7月30日，黄涛将62军自7月12日接到解围命令以后的情况电报蒋介石。7月12日以后，62军迂回湘桂铁路南侧，超越白鹤铺、谭子山之敌，攻占衡阳南端雨母山敌人阵地，挺进到达并占领衡阳西站。蒋介石接到电报后，回电要62军于7月31日上午9时正，在衡阳火车西站附近按规定摆出陆空联络布板符号，待飞机侦察证实。

蒋介石统率大军多年，对属下军队为保存实力，打援时搪塞欺骗上级的种种状况十分了解。从7月12日下达解围命令，这么长时间，这么多部队在衡阳城外游荡，就是没法使城内守军的压力得到缓解，日军攻城的两个疲惫不堪、伤亡惨重的师团，仍然像两只残忍的大章鱼一样，牢牢地吸住衡阳城。方先觉频频地拍电报询问援军，惹得蒋介石生气、焦急，也有些对不住第10军的感觉，只好一口一个"弟"地鼓励，笼络方先觉坚持，许诺援军一定在什么时候会在什么地方出现，可

是到了那个时候，打援的队伍又没能在那个地方出现，弄到最后，好像是他老蒋在骗方先觉和第10军似的。方先觉对此恼火，蒋介石更是恼火，但恼火归恼火，明知这些将领在玩什么把戏，也得睁一只眼闭一只眼，水至清则无鱼，人至察则无徒，仗总得靠他们去打的。但现在不行了，他蒋介石久经沙场，知道第10军的能量已经发挥到了极限，再不给予实质性的援助，便城破在即了。于是，蒋介石要证实一下黄涛是否真到了电报中所说的地段，事关大局，那就马虎不得了。

黄涛庆幸没有作假，急令陶、丁两团按蒋委员长的要求在前线部队所在地，摆出陆空联络布板符号。果然，到了31日9时正，3架国军飞机准时出现在火车西站上空，在联络布板符号上面转了3圈，又到衡阳城上空转了一圈，扔下几个通信袋，向西飞走了。当晚，黄涛接到蒋介石的电令，内容是："62军迅速挺进衡阳近郊西站，着即传令嘉奖，盼即再接再厉，以解衡阳之围……"

黄涛得到嘉奖，便有些兴奋，当即传令陶、丁两团向衡阳城挺进，捅穿援军与守军之间的日军屏障。

陶相甫、丁克坚两团长遵令前进，与阻敌发生激烈战斗，因左翼薛叔达的452团在头塘附近被日军胶着，无法前进，虽是牵制着日军的力量，但陶、丁两团也因此成了孤军，孤军深入，历来为兵家之大忌，陶、丁两人也不想为了委座几句嘉勉之类的话把命搭进去。委座嘉勉之类的话固然荣耀，但与命相比，孰轻孰重，他俩都分得清楚。日军攻城部队虽已疲惫，伤亡很重，但船破还有几层底，再怎么的，回过头来对付你区区两个团还不是小菜一碟？因此，陶、丁两团基本上是原地不动，等待新的力量的补入。

陶相甫团长、丁克坚团长等待自己新的补充力量没等到，却等到了日军的援军。

为加速破城，遵从大本营和中国派遣军总司令畑俊六大将迅速向西南挺进的命令，横山勇命令增援第68、116师团。日援军由衡宝公路、湘桂铁路南下，到了衡阳城郊，首先进攻第157师第470团第1营坚守的雨母山阵地。第1营营长林志文，湖南湘乡人，中校军衔，为人豪迈，作战勇敢。日军增援部队虽大都是从长沙或别的战场上撤下来的，但经过一段时间的休整，也算得上生力军了。而林志文虽是打援部队，但苦于奔波，沿途多有战斗，补给又跟不上去，部队早已疲惫至极。日军一上来，就"呀呀呀"地端着雪亮的刺刀，大呼小叫地朝山顶冲。林志文驱动部属，弹炸枪刺，与日军三次肉搏，全营血洒雨母山，林志文死前尚带伤跃起，在日军队伍中挥动马刀连砍两名日军，最后怒目切齿倚于一石壁，日军端枪环绕半圈，久久不敢接近，直到气绝倒地，与之对峙的日军才长长吁了一口气。

雨母山失守。

黄涛的第62军指挥所，就在离雨母山不远的一个小山村里，他对日军的力量估计不足，认为雨母山守军最少也能坚持个一天半天，没想到一个回合，日军就将一个营全部歼灭。当他发现雨母山失守，才后悔自己的大意，急令157师师长李宏达亲自指挥470团和那个没能记下名字来的美国记者要来的美械装备炮兵营，全力恢复雨母山阵地。雨母山是62军进攻衡阳和在不利的情况下后撤的滩头堡，如果丢失，对62军的进退存亡影响很大。李宏达亲自督阵，先是炮火攻击，然后是步兵冲锋，反复冲杀，阵前、阵上遗尸累累，敌我难分，日、中军队官兵都是一个颜色的鲜血，掺杂交汇，浸透了雨母山褐色的土壤。但终因日军已反客为主，守牢了阵地上的工事、堡垒，李宏达几次挥兵冲杀均未成功，未能夺回雨母山阵地。

157师在雨母山与日军冲锋绞杀的同时，151师薛叔达团在头塘附近，陶相甫团与157师丁克坚团在衡阳西站与日增援部队发生激战。这时已是8月2日，日军增援部队已到达衡阳城郊，准备第三次对衡阳城发动总攻击。攻击之前，日军先要清除城郊附近的中国军队，以免碍手碍脚。衡阳火车西站，地处要冲，增援日军对火车西站发起了攻击。增援日军骄狂至极，大约是想用攻城显示他们的战斗力，日军军官指挥刀一举，疯了般的日军就像一群红了眼的野兽，根本不在乎脚下爆响的手榴弹、身边不断倒下的同伙、耳边尖啸而过的子弹，一个劲地弓着腰，瞪着眼，大踏步地向前冲。陶、丁两团一看子弹、手榴弹无法将日军阻在阵地以外，便跳出工事，与日军肉搏。在中国军人的热血和对祖国的忠诚面前，日军终于望而生怯，退了回去，阵地暂时保住了，但是，中国国民革命军陆军第62军157师171团团长丁克坚在与敌人拼刺刀时，身中五刀，流尽了最后一滴血，长眠在衡阳这块美丽而又多灾多难的土地上。中国军队的顽强，使得日军不得不压下骄狂的气焰，采取了谨慎的常规作战方式。日军集中重炮开始攻击陶、丁两团阵地，意图以炮弹来代替士兵冲锋，达到将陶、丁两团赶走或者消灭的目的。但两团官兵在没有接到退出的命令时，牢牢地固守在阵地上。炮弹炸起的碎砖烂瓦、飞沙尘土，纷纷扬扬地将人埋住，炮一停，他们又都拱了出来，严守在自己的岗位上。日军步兵待炮停之后又发起攻击。如此两日，日军毫无战果，国军也没能前进一步。蒋介石命令飞机配合增援作战，国军飞机飞临上空时，日军的炮弹就停止了发射，飞机一走，日军又开始发射。日军骄狂，炮阵地根本就没怎么隐蔽，只要稍微细致一点，国军空军就能发现。如果国军空军发现了日军炮阵地，并能予以压制的话，那对守城部队是极大的支持。但空军飞行员中，大有事不关己、应付了事的味道。飞机飞来时，只在衡阳火车西站以北地区投下炸弹就返航了，在上空侦察、判断的时间很短，投弹的准确性也很低，起不到太大的实际性作用，达不到协同作战的效果，尤其是在战斗的后期，空军恐怕是疲于应付，大有见怪不怪的味道，敷衍一下就飞回去了。8月2日，62军便衣侦探向军长黄涛报告，数千日军由湘桂铁路，经三塘附近南下，沿谭子山

守军与军部相连的电话线，直奔军部而来。大路两侧，居民纷纷南逃。下午3时左右，一股日军突袭军部，并截断了第62军与左侧后方部队的联系，对军部形成半围状态。黄涛沉着应战，命令缺少丁克坚第471团的第157师，除一部分监视雨母山的日军外，主力转移向左侧后方迎击这股日军。衡阳火车西站附近的第151师陶相甫的第453团、第157师丁克坚的第471团及头塘附近的第151师薛叔达的第452团撤回，共同迎击侧后之敌。黄昏时，军部又转移到铁关铺附近去指挥作战。

公平而论，第62军这次转移是不得已而为之。虽未能在日军援军到达之前全师攻击攻城的日军，有所保留地把大部队伍约束在后，但毕竟是投入了在黄涛看来已是尽己之可能的力量，现在侧翼配合的79军没跟上来，日军援军已经在城郊铺开，如不及早撤出，已成孤军深入的62军，结果会被敌裹住，下场比第10军还惨。第10军毕竟还有城可守，有凭可依，第62军没有，完全在与日军相同的地理条件下，与优势日军作战。

那么，王甲本的第79军哪里去了呢？

第79军大部渡过蒸水后，即遭到来自演陂桥一带日军的侵扰和阻击，因过渡工具缺乏，也因出于在蒸水西岸留一后退滩头堡的考虑，第79军未能全军而过，王甲本就带着军主力在蒸水岸边不远不离地与日军对峙着，战斗着。他担心一旦军分两处太远，不能全军而用，易为日军各个击破，眼下虽隔一蒸水，但毕竟枪炮之声可闻，一旦有事，即可过水会合，一起作战。

7月27日，直接指挥衡阳作战的李玉堂将军这样向蒋介石报告了战斗进行情况："……十、衡阳城郊之敌竟日以炮朝我第10军阵地轰击，并分组猛冲，均被击退。十一、我62军向衡阳西南攻击之151师，已进锯木厂边龙家町之线，白鹭塘敌图犯古山寺未逞。十二、我79军一部在五田亭附近向当面之敌攻击，其余对新桥西南之敌攻击，敌纠集后援兵力反攻，新桥再陷敌手，该军退至蒸水北岸，与敌隔河对战中……"

第79军是王耀武的第24集团军中的一个军，蒋介石的嫡系部队，因该军的行动既要受王耀武的直接指挥，又因执行解围任务为李玉堂将军所用，有时候蒋介石本人也来亲自指挥，多是无所适从，王甲本将军干脆动不如静，哪个的命令更适宜、更有利于第79军，便执行哪一个的。因此故，王甲本将军的第79军，在衡阳解围的战斗中作为不大。在7月27日以前和渡过蒸水以后的这段时间，由几封王耀武和王甲本本人向军委会、蒋介石等人呈报的战报，大致可以看出第79军的行动轨迹。

7月27日电："一小时到。渝部长徐、次长刘：5895密。战报：一、皓拂晓，70军所部向新桥攻击，于杨田桥与敌激战终日。英陂方面，敌增援六七百反扑，被我击退。龚师长所率之六个突击大队，经两日战斗，皓未进至望城坳、铜钱塘附近，与敌激战颇烈，毙敌小队长以下百余名，夺获轻机枪一挺、步枪四支及其他军用品甚多。二、金兰寺之敌，经我19师猛攻，伤亡过半，皓日我再兴攻击后，毙敌军官1、敌员百余，我夺枪13支，战刀1柄，并生擒敌116师团辎重联队兵吉田元弘一名。本日，我伤营长1、连排长14、兵200余。三、巧夜，敌分四股向我58师廖家冲、梅子坳、洪山殿、寒婆坳阵地夜袭，均被击退。四、东台山敌，经19师两夜痛击，不支，于皓日辰回窜涟水北岸……谨闻。职王耀武。午哿已忱。印。（邵阳）"

第79军所辖的两个师，无论人员、装备都是比较齐整的。王耀武的第24集团军统率的第73、74、79、100军，都是蒋的嫡系部队，战斗力在国军中都是比较强的，其中有的还是王牌军。如此齐装满员的一个正规军，与之周旋的日军最多不过一个联队，不但前进未果，就是对小股日军的打击也是相当小的，这足见第79军当时是隔岸观火，裹足不前的。

20日晚，王耀武有电报说："限二小时到。渝委座侍从室主任林5895密。战报：1.我79军在蒸水以西部队巧午攻占英陂之西，龚师长所指挥的突击队拂晓开始向衡阳北郊攻击，17日占领板桥鸡窝山赵家坳之线，并继续向望城坳、铜钱渡、贾里渡攻击中。2.金兰寺附近敌经19师于巧日继续猛攻，业已歼敌过半，本日我亦伤亡官兵190余名……"

7月21日电："限一小时到。渝委座侍从呈主任林：5895密。战报：一、79军在蒸水西岸部队，号午攻占年坡塘、沙坪、曾家冲各地，迄晚，仍对新桥猛攻中。龚师长所率各突击大队，号日已由贾里渡、铜钱渡越过蒸水，向衡阳城郊攻击中。唯望城坳及七里井等处，为敌交通要道，敌顽强抵抗，战斗异常激烈。本日毙敌400余，俘敌兵竺奉正一1名、步枪6支、小型电机1部及其他军用品多种，我伤亡士兵百余名。……谨闻。王耀武。午马辰。忱。印。（邵阳）"

7月28日电："限一小时到。军令部长徐、次长刘：5895密（54号表）。战报：一、79军突击队主力，养日以铜钱渡一带过河，攻占五里亭，激战颇烈。另一部由鸡窝山以西渡河，其余在贾里渡附近陷激战中。蒸水西岸后续部队，仍对新桥东南附近地区及神山市方面之敌攻击中。……19师马申起，乘敌出离据点，向我反攻之际，予敌痛击，混战至养子，毙敌小队长田中利南以下60余，夺获轻机枪1挺、步枪17支，本日我伤官7、兵70余名……职王耀武。午梗辰。忱。印。（邵阳）"

7月25日电："限一小时到。军令部部长徐、次长刘：5895密（54号表）。战报：一、79军向师一团，敬拂晓，续向二塘以东敌攻击，激战数小时，敌不支，向东南逃窜，复经我击，毙敌卅余，俘敌大野正四1名、步枪2支。同时，敌百余由新

桥附近东窜，被我于周家町、三塘闸截击，回窜洪山庙。其各突击大队，仍与敌战于贾里渡、三里亭附近。……职王耀武。午有已，孜。印（邵阳）"

7月26日电："限一小时到。渝军令部长徐、次长刘：5895密。战报：一、79军向师一团，有拂晓，由二塘续向当面之敌攻击，激战至午，毙敌数十，俘敌116师团兵茜门麻季等2名，获步枪2支及其他军用品等，我也伤亡官兵二十余。……职王耀武。午宥已。忱。印。"

7月27日，王耀武将军发给林蔚文的电报中，所提到的第79军，只有一句话："79军宥日攻击无进展。"实际上岂止是"无进展"，从王耀武很勉强奏报的一些战功的战报中可以看出，许多天来，79军就像一只追着咬自己尾巴的狗，看上去似跑了很远，实际上转来转去转了半天，抬头一看，还在原来的地方。

再看看王甲本将军本人的上呈电报吧。

7月28日电："即到。重庆委员长蒋：5895密。战报：本日拂晓后，我军藉飞机的掩护下，两线向蒸水南岸新桥、三塘附近1137高地、大旧山、观音山、头塘、真仙岭、龙头山诸要点猛攻，午前7时，先后将东南高地及观音山高地占领，至10时前后，战斗异常激烈。左翼铜钱渡、杨梅岭方面，本展5时有敌五六百，炮二门，由水渡山地区南窜，向我杨梅岭、铜钱渡突击，并侧背攻击，将杨梅岭包围。我龚师长由各方要点抽调零散部队，将铜钱渡东北之敌击退。但杨梅岭之围，仍然未解，副师长霍远鹏、团长周人纪在重围中，所部极力抵抗。至午后3时，官兵伤亡四分之三，该地旋即失陷。余线战斗正在激烈进行中。谨闻。王甲本。午俭未。智茂。印。（邵阳）"

7月29日电："即到。重庆委员长蒋：5895密。战报：一、新桥东南地区之敌，趁我渡蒸水南进，本日午前1时，由神山市黄焕渡河，攻我98师侧背，与我294团在蒸水两岸激战。至7时许，敌陆续增加至四千余，向我右翼积极包围，即抽调294团向神山市以北截堵，激战至12时，将敌阻于大桥邢东西地区。二、194师于昨日午后3时，将南窜之敌击退后，即以一部由金鱼井向水刷山之敌继续攻击，以解侧背威胁。黄昏后，敌三千余由头塘经杨梅岭附近，与水口山方面之敌联合，向我攻击，至本日拂晓，战斗更为激烈，至9时，蒸水南岸之敌，由我阵地间隙纷纷渡河北犯，前后向我包围。至午后1时，我各部将包围之敌分别击退，与敌相持于板桥东西地区。三、午前9时，有敌三百余，由金兰寺窜至演陂桥附近，经我98师搜索连及军之工兵营迎头痛击，现相持于竹杆邢以上地区。四、是役，敌企图大举向我包围，经我各部官兵苦战奋斗，始将敌各个击破，敌我伤亡均重，详情俟查明再报。谨闻。职王甲本。午艳戌。智茂印。（邵阳）"

第79军自从担负解围衡阳的职责后，多在蒸水两岸活动，按当时日军力量的分布状况，日军在衡阳城西北部的机动力量不可能大，但直到7月23日，军委会再令速解衡阳之围，才勉力达到衡阳城的西部，到达西部后，也没有大的作为，一直在贾里渡、铜钱渡、鸡窝山一带转悠，没能向城近郊迈进。客观地看，第79军出现这种状况，并非王甲本怕死，王甲本是职业军人出身，作战非常勇敢，身上有六处伤疤，其中三处出自抗日战场，主要是国民党军队战斗力就是将领的本钱，不到万不得已，这本钱是一点也不能丢的，丢了，就什么都没有了。旧习气太重，就算是王甲本一心一意地全力去解围，他属下的师长、团长们也未必肯全力以赴，多半会是应付命令了事。7月27日，蒋介石将第46军、74军一部投入战斗，协助第62和79两军作战，两军特别是第79军仍无进展，第62军撤出火车西站后，日军援兵已达，又加强了对国军援兵的防御，第62军再也没能进入衡阳城近郊。

8月2日深夜，第62军的陶、丁两团在衡阳火车西站附近脱离日军，尚未回到雨母山一带，追击的日军已到达铁关铺附近。军部直属队及第157师全力对日军展开激战。军部搜索营因突出步兵团十余里，被大股日军团团围在一个方圆不到一里的小村子，与后续部队的联系也被截断，形势几可说是百死而无一生。营长张灌炎振臂大呼："我们报效国家，报效父母，就在今日啦，冲！避我者生，挡我者死！除了以命换命，再无别法，杀哇！"全营官兵勇气大炽，围聚在张灌炎周围，像一股铁流无可阻挡地往外冲击。日军打惯了弱小民族，几时见过这种不要命的打法？真应了湖南的俗语：横的怕愣的，愣的怕不怕死的，不怕死的怕不要命的。日军虽然骄横，当然也怕这种不要命的。他们看到国军密密麻麻、一往无前地冲出包围圈后，才慌忙开枪，但为时晚了，国军已洪水冲垮堤堰般呼啸而去。此时战线已不是由南向北，而是由东向西，第62军在侧后被日军包围时，全军各部队都投入了战斗。在那时候，第151师部与军部联络中断，林伟俦即派一参谋率数人去军部联络，一去几个小时，没见去者回来，林伟俦判断军部可能在受到日军袭击后情况有所变化，于是151师师部从前线转移到雨母山南端高地。3日凌晨，警戒人员发现，雨母山左侧后高地已被日军占领，第151师师部归路已被截断。同时，日军也发现了第151师师部，两军相距不过两百米，日军先发制人，机枪、掷弹筒爆豆般响了起来，子弹、手榴弹像亚热带的豪雨夹杂北方的冰雹，一股脑地冲击着第151师师部所在地带。副师长余子武为掩护林伟俦率师部撤退，猝然之间手头无兵，便亲自率副官与师部特务排组织火力与日军对射。师部人员多是装备短程轻武器，人员又少，无法与日军正规作战部队抗衡，很快，余子武他们就被日军火力压得抬不起头来。余子武试图转移阵地，副官发现一挺机枪正瞄准他们，急忙跃起去拉余子武，机枪响了，这位27岁的关西大汉就把英魂留在了三湘四水，年轻的副官，热血也泼洒在这片已吸了太多人血的土地上。林伟俦在余子武掩护师部这段时间，已把师

部搜索连调动到自己身边，他正要把人换上去，替下余子武，忽然亲眼看到余子武血染沙场，心中又气又痛，也顾不上自己是师长了，大喊："罗连长，你带全连冲上去，把这帮万恶的鬼子给我碎尸万段！"师部搜索连罗连长即带全连冲锋。哀兵冲杀，自是舍生忘死，但毕竟以少数人仰攻多数人，未到半山腰，人便伤亡过半。卫士要林伟俦撤退，他坐在地上，左手斜抱着被卫士拖下来的余子武逐渐变硬的尸体，右手握拳擂地，大呼："不撤，哪怕一个人也要给我冲上去！"咬牙切齿，面目狰狞，全然失去了往日的儒雅风度。也难怪，余子武是个忠厚诚实的人，对林伟俦可说是一心一意地跟从，从没有像别的队伍中的一些副职对正职那样，当面唯唯诺诺，背后搞小动作。几次战场遇险，余子武都是一马当先或者带人断后，掩护林伟俦脱离险境。平日相处，两个都是沉默寡言的人，除了战事与队伍，很少有别的话可说，有时相对而坐，彼此无言，两盏清酒，几碟小菜，任时间悄悄流逝。如今，余子武走了，林伟俦岂不痛哉？无情未必真豪杰啊！正在万分紧张的时刻，陶、丁两团人马齐齐赶到，林伟俦大叫："陶团长，给我冲上去！"陶团长当然听不到林伟俦的喊话，但他久历沙场，对战斗情势一望便可知其一斑，稍作侦察，便大致知道是怎么回事了，立即指挥两团人马朝日军冲去。被压在山腰的师部搜索连得到援助，士气大振，两股人马会在一起龙卷风般席卷而上，这股日军被国军的气势压住了，吓怕了，慌慌忙忙地遗下一地死尸，溃了下去。

第157师在铁关铺方面与日军战斗，日军一股从铁关铺以南地区又迂回包围62军后方，全军后方行李及炊事人员一时颇为混乱，适由洪桥调回的第151师第451团的两个营赶到，打退了日军，得以安定军后方。从敌军遗尸上搜出的文件中得知，这股日军是独立混成第17旅团的，旅团长是野地嘉坪少将。该旅团一直在长沙外围活动，由此可以看出，日军协助攻城的援军正源源不断地南来。当天夜间，军长黄涛与参谋长张深研究后，调整了态势：把战线改变为由南向北，以主力占领马鞍山、尖锋山、铁关铺附近一带山地与日军对峙，原留在白鹤铺与谭子山监视这两处日军的第451团第1营、第469团第3营分别归建。

这个部署的变化，说明黄涛将军已不再打算挥军接近衡阳城了，或许，是他认为日军援军已到，衡阳城破在即，第62军已无力回天，因此作实力保存图。

第62军孤军深入，作战将近10天，后方补给地在祁阳，距离远且不说，部队又高度运动，交通运输常受到日军的阻截，补充非常困难，弹粮都接济不上，所属部队好的还能以粥充饥，更多的只能掠取民间田野瓜菜而食，实在无以果腹，便杀战马，或到老百姓家中寻找搜刮。湘南本是富庶之地，但战乱连年，兵匪为患，老百姓多已流离失所，昔日春绿秋黄的田野，已满目荒芜，昔日年节唢呐声声、神戏连台的山村，已人去山空、凄凉一片。黄涛亲眼看到自己的部属雪上加霜般地对老百姓进行搜刮，也只能感慨一番，喊几句"加强军纪，不准扰民"的口号虚应而已。有什么办法呢？安了民就打不成仗，非常时期，战事为重吧。

至8月3日，第62军自副师长至基层军官伤亡甚众，部队伤亡达十之三四，黄涛已有了休整部队的念头。但是，这天上午，蒋介石的命令到了。

蒋介石这回没有任何虚饰客套，在命令中劈头就说："着62军不顾一切牺牲，再迅速奋勇前进，如达到衡阳解围，官升级，兵有赏……"

黄涛、张深面对命令，久坐而无一言。排除黄、张两人当时的心态不说，就他们眼下的情况而言，第62军所属两师，在马鞍山、尖锋山、古山寺、铁关铺一带，敌援军已在头塘、二塘、雨母山、火车西站一带遍布重兵，第62军要孤军接近衡阳城，其困难已远非上次可比，可说是难于登天。但是那位远离战场的蒋先生知道什么呢？说不定他还会说上次你打进去了，这回也就可以打进去，鸟不是常在老窝里叫嘛。从蒋介石这封电令看，老头子真是急眼了，稍有不慎，很可能惹翻那位天威难测的先生，到时落个"作战不力，军法从事"的下场就太冤枉了，远的不说，守长沙的国军第4军军长张德能将军的尸骨还未寒啊！

无论如何，总不能让老先生捏住什么把柄。尽心吧！

他俩部署第二次进攻衡阳近郊。

第79军来自贵州，基层官兵大都是贵州人，善于吃苦，也能忍耐。受命解围后，虽然该军一直未能进入解围的核心阵地和进行核心战斗，但几个月来，由于上峰经常在目标不明确的情况下调遣部队，第79军千里迁徙，疲于奔波，补给困难，又常常作战，对部队战斗力损耗很大。纵观战场形势，王甲本知道衡阳肯定不保，在他看来，与其说将兵力消耗在一座已成废墟的城市，倒不如保存实力用在以后阻止敌人西进的战场上。作为个人来看，打援百劳而无一功，不如来日独当一面时再大显身手。8月3日以后，他感觉到了蒋委员长语气的严峻，不知怎么搞的，王甲本天不怕地不怕，连死都不怕，就怕老头子的那双眼睛，那眼睛阴森森地一盯人，让人脊梁骨都冒凉气。这次解围衡阳，尽管他未尽全力，但按一般战场经验，他是无可指摘的了。但他自己总觉得不踏实，非常时期，用人之际，蒋委员长从不吝啬对部属的嘉勉甚至溢美，但自第79军参加解围到8月3日，蒋委员长对第79军连一句慰勉的话都没有，这说明，老头子很不满意了。王甲本只得力图在以后的几天里做些补偿，只是太晚了，大势已去，所有部队对衡阳城的援救试图，都是聊尽人事，更何况，有人连天意都无心去顺，纯粹应付那个眼不瞎、耳不聋的老头子。

王耀武的战报大致概略出了王甲本和他的第79军在8月3日以后的战斗情况。

8月4日电："即到。重庆委座侍从室主任林：4355密。战报：……三、王军龚师，正向高家岭、板桥攻击前进。向师由集兵滩向南攻击前进中。赵锡田师胡团，

江日正猛攻江柏堰南窜之敌，王团一部向神王山之敌攻击，正战斗中。其突击队，袭击谢家冲敌，颇有斩获。……"

8月5日电："……王军龚师，支申与由杉桥、黄家冲突入之敌六七百猛烈搏斗中。向师一部，与由江柏堰南窜之敌，在松山铺、通天观附近战斗中。赵师续攻江柏堰南神王山、鸟连庙、毛栗坪等处，其突击队袭击九江渡铺西北之贯冲，颇有斩获。……"

8月6日电："……王军龚师，支日杉桥附近战斗激烈空前，阵亡营长黄狴煽下13员，伤6员，士兵伤亡310名。高岭以北附近之战斗，伤营长王流海以下2员，士兵伤亡41名。支日，向师大道庙附近战斗，伤官4员，兵40余。……"

8月9日电："……王军各以一营攻击高岭、板桥之敌，齐辰攻占板桥。又向师江日于江柏堰附近，俘敌58师团兵小林芳文一名。……"

即使几经溢美，从战报中的地段上看，王甲本军除了游击日军打些规模不大的仗外，几在原地不动。

62军军长黄涛准备抽调兵力，第二次进攻衡阳城。157师的469团配合军直属特务营、搜索营、军士营、工兵营、炮兵营等实力比较完整的部队，由黄涛亲自率领从右侧迂回，沿湘江西岸车江墟以北，再向衡阳南郊攻击前进。

黄涛的精明在于：明知解围无望，自己也无意死拼，但仍要做出孤注一掷的样子给统帅部看，他执行命令是何等的坚决，连军直属队都上了，由军长本人亲自率领，还有谁能说出什么来吗？攻不进去，乃非我不为而实不能也。主力部队却停留在外，这样黄涛本人虽然冒险到了一线，但部队实力却可以得到最大限度的保存。

黄涛率队打到离衡阳城还有六七公里的二塘地域，就遇上了日军援助攻城的58师团摆在外围的警戒部队，两军相交，各有所忌，日军怕援军真是不顾一切地撕开口子往里钻，给正在攻城的部队增加麻烦，援军怕日军死打硬拼粘住不放，双方一触立即撤开，各自守住阵地，以静待动。僵持了两天，打了两天的冷枪，看日军无隙可钻，黄涛也绝不想钻隙，便退回马鞍山、铁关铺一带山地固守。

蒋介石一心要解围衡阳。他曾亲口许诺方先觉，只要他守城一个星期到十天就算完成任务，如今已守城四十多天，其间他多次许诺"援军即到"或者"一定到"甚至"已经到"，如果解不了围，如何向第10军官兵交代？如何再取信于部属？他决定：第46军军长黎行恕中将率领所属甘成城师长的175师、蒋雄师长的新编第19师参与解围行列。该军配有坦克6辆、野山炮1营，是当时机械化程度比较高的一支部队。黎行恕率队沿湘桂线东来，增强第62军左翼由雨母山之间至三塘一线。第46军想露一手，在到达雨母山之间一个高地受到阻击时，以炮营、坦克掩护一个团冲锋，数次绞杀未能成功，黎行恕只好下令停止进攻，绕开这个高地，以坦克开路，攻到三塘时，再也无法前进了。

第62军两个野战师，在第46军右翼古山寺、尖峰山、马鞍山之线与日军冷战、游斗。第151师第451团第1营营长范兆元阵亡；第157师的尖峰山高地几次得而复失，营长任曙光因全营的连排长伤亡殆尽，士兵伤亡惨重，最后集合全营勤杂士兵数十人，亲自带领冲锋，没能恢复已失的阵地，悲愤之下，举枪自杀。

军部搜索营苦战得脱，进入山田寺宿营，拂晓，一日军大队跟踪而至，偷袭营地，因官兵死战疲劳，日军速度又非常之快，等到警戒人员有所反应，日军已进入2连阵地前沿，副营长柯克杰立即指挥部队奋起反击，手榴弹开道，刺刀见红地拼，迅速夺回了前沿阵地。2连连长苏松汉与柯克杰是姑表兄弟，又久在一起作战，配合相当默契，他一俟柯克杰将日军赶下阵地，进入机枪射击距离，立即集中全连的9挺轻重机枪，将暴雨般的子弹射向准备在前沿草创工事的日军，日军无险可依，偷袭又失手，只得置于死地而后生，作孤注一掷的拼搏，回过头来，又向国军阵地冲锋。这次冲锋与上次偷袭不同，上次是小心翼翼的，像个小偷，一旦被人发现，胆先怯了几分，这次是拼命，像强盗抢东西，抢了你的，不是你死就是我死，所以格外疯狂。中国军队迫击炮、手榴弹堪称陆军作战中的两绝，日军的掷弹筒，又是其在阵地战中的拿手戏，掷弹筒轻巧，便于携带，日军又训练有素，在什么地方都可以发射，在有效的射程内，可说是威胁极大，日军尤其用来对付机枪阵地和固定目标，几乎是一打一个准，中国军队吃了很多亏。这次，日军又用掷弹筒来对付给他们制造死亡的国军机枪阵地。日军呀呀地往前冲，国军的机枪马上"嗒嗒嗒"地响了起来，日军在中途突然伏下，后头的掷弹筒就响了，只听得"咣——嗵！咣——嗵！"国军的机枪阵地上不是机枪飞上了天，就是人的胳膊腿像树根柴棍一样被到处乱抛，如此几番，国军的机枪阵地失去了威力。营长张灌炎见状，只得命令再次突围，脱离险境后一查，副营长柯克杰阵亡，营军械员黄汉平牺牲，1连连长李克身负重伤，还有二十多名士兵阵亡。

搜索营是军里战斗力很强的一个营队，官兵都是经过挑选的，非到关键时刻，黄涛从来不把这个营直接派上战场。黄涛知道搜索营经过这两次战斗，伤亡比较重，便命该营到铁关铺一带休整兼维持地方治安。一天，有群众向张营长报告，在铁关铺街上有两个形迹可疑的人，张营长立即命令巡查队长带人前去巡查，其中一个见巡查队跑步前来，便混入民房，三转两转就不见了。另一个是日本间谍，仓皇潜入一个杂货店的楼上，企图顽抗，巡查队包围了杂货店，喊话令他出来投降，可他全无表示，队长便鸣枪示警，他也置之不理。队长火了，命令几个人上到房顶，揭开瓦盖，喝令他出来，他不但不出来，反而抬手一枪，将巡查队的一名班长击下房顶。战士们沉不住气了，不约而同地朝他匿身的地方开枪射击，将这个日军间谍

击毙了。下去一搜，他带有三支手枪，一支是三号白朗宁，一支是六轮手枪，一支是远距离作战用的"王八"盒子枪。他身上还有一些搜集到的我军的情报和有着"武运长久"字样的"千人针"等物品。

当然，日军也不是铁板一块，也有很怕死的。有天深夜，两个日军士兵到老百姓家中去偷鸡抢粮，被搜索营的巡查队发现，前往捕捉时一个溜掉了，一个被活捉。搜索营将这个俘虏五花大绑，高高兴兴地送到军部去领赏，军长也很高兴，亲自与曾留学日本的军部刑高参加以审讯。这个日军士兵将他所知道的一切全部招供了以后，请求免死。黄涛派人将他送到重庆集中，这个日军士兵后来加入了"反战同盟"，还多次与黄涛、邢高参等人通信联系。

日军援军已基本到达衡阳，日军第11军司令官横山勇也亲临衡阳，他一边指挥部队加紧攻城，一边在城郊外设置兵力，阻止国军援军逼近，现在，他要按大本营与畑俊六大将的意思先对付完城里的守军再说。解围成了城中官兵的期望与蒋介石的许诺。

衡阳，终于城破。但援军的事却还没有完。

蒋介石命令第79军接防衡阳近郊，他意图羁绊日军向西南进攻的脚步。

第79军所辖第98、194两师，王甲本以一个师接防三塘到雨母山阵地，另一个师接防铁关铺至马鞍山阵地，两个师，防线达50多里，如何防？王甲本心中已知道，这是老头子在给他创造"罪责"了。果然，大部日军打扫完衡阳城内战场，回过头来，像老鹰撞蛛网般，轻而易举地突破了第79军的防线。第79军全线溃退，退至雄虎岭，军部在一个大庄子宿营，第98师在军部左翼，第194师在军部右翼，按王甲本与黄涛的约定，第62军当晚扎营文明铺，两军四师，成犄角状，准备交替掩护撤退。天黑下来，第79军军部开晚饭，王甲本心中有事，一个人待在一家地主的堂屋中，宽大的八仙桌上，昏黄的桐油灯下，几碗战时所能找到的佳肴，不冷不热地摆在那里，王甲本左手捏着酒杯，右手捏着筷子，半天才轻啜一口酒，夹一箸菜，眉头拧成了一团抹锅布。军部人员都知道军长心情不好，不敢打搅，愈发显得他孤凄沉重。这时电话铃响了，第98师向师长报告，文明铺不知是谁的部队，用事先约好的联络手段怎么也联络不上。从死人堆里爬出来的王甲本马上扔掉酒杯，坏了，文明铺扎的肯定是日军，第62军不知跑哪里去了。第98师失去了文明铺友军的遮护，就三面全暴露给了日军。他已经失去太多，不能再让第98师丢掉，否则就完了。他决定亲自去第98师压阵，指挥撤退。王甲本命令甘副军长率军部前往青草塘待命，他带一个卫士班回头去第98师师部。军部在翌日天亮时分到达王甲本指定的青草塘，等到中午，既没有98师的消息，也没见到军长回来。甘副军长担心王甲本的安危，命令军务处课长刘润珊、二科参谋黄士仰带特务连的一个特务班返回寻找王甲本，军部则按既定计划向山区前进，迂回到武冈县地带待命。几天后，黄士仰刘润珊都赶回师部，他们向甘副军长报告："98师已从雄虎岭顺利撤出，料军长与该师一起行动，不会有什么问题的。"

其实，情况已非黄、刘二人的判断、分析。

王甲本离开军部去第98师的途中，碰到了在邵阳接兵因部队后撤奉命赶回的该军军部少校作战参谋欧阳润，王甲本告诉欧阳润，让他先别回军部，马上赶到98师去，命令98师顺次撤退，留一个营殿后，等他赶到时再与这个营一起行动。

几天工夫，王甲本已显得非常憔悴，他知道，在撤退的过程中是不能再出什么岔子了。他心中隐隐有种不祥的预感，但到底为什么，又说不上来。欧阳润走了几步，王甲本又把他叫回来，说："如98师没有被日军牵制，能全师而退的话，就都走，不要等我了。"欧阳润沉吟了一下，忍不住说："军座，你在电话中命令98师撤退不就行了，干吗非要亲自来一趟？"王甲本心不在焉地挥挥手："咳，大意不得了，大意不得了，还是亲眼看着他们撤退心安一些。"他又催欧阳润，"你年轻，快走吧，我们随后就到。"

这时王甲本身边有副官、卫士和作战课长等21人，没有任何部队，在战场上，一个军长这样行动是很少见的，况且又不是近距离。此时，他们已走了一个晚上，天都已经大亮了，这么远的路和复杂情况，中将军长王甲本此举确实出乎寻常。

欧阳润虽然年轻，但他奉命从邵阳赶到洪桥（当时军部在洪桥），到洪桥时军部已经撤走，他日夜兼程地赶了几天几夜的路才赶到这里，又累又乏，怎么攒劲走也走不快，过了一个来小时，王甲本又赶了上来。他叫住脸露惭愧之色的欧阳润关心地说："看来你也走累了，走不快就别勉强。反正也不在乎一会半会了。"欧阳润感动地点了点头，就随王甲本一起行动。

走了几里路，到达白地市附近的一块空旷地带，方圆几里全是农田，一条小溪把田野划成两半，溪上有座供行路人遮风躲雨的小木亭。王甲本刚准备带大伙到亭子上去休息一会，突然从后边赶上来一队日本鬼子。这股日军轻装，武器精良，速度很快。日军训练有素，发现了王甲本他们后，端在手里的三八大盖立即"咔——嗵"地响了，歪把了机枪也像刚下了蛋的一群母鸡不停地聒噪起来，这时王甲本与几名幕僚、卫士刚刚抢进亭子，日军的火力便将后边的人截断了。亭子右侧是一处土坎，小溪在那里拐了个弯，后边的人包括欧阳润，全都按战术动作滚下了土坎。欧阳润原以为这处土坎不会太高，能起个战壕的作用，到了沟底后可利用土坎作掩护而支援王甲本，没想到，滚下去才知道，沟挺深的，溪坎上全是刺蓬、藤萝、芭茅，铺天盖地，人滚了进去，半天都摸不着哪儿是哪儿。只听得亭子那边枪声激

烈，后来还听到了王甲本的几声怒吼，那吼声开始洪亮如雷，后来又惨厉至极。过了一会儿，一阵枪弹像暴雨般洒在刺蓬，又有许多颗手榴弹扔下来，欧阳润他们没有再动，因为灌木、刺蓬的缘故，也没人受伤，等到再没有枪弹射来，欧阳润他们心急如焚，就拼命挣扎，可是这个沟确实太深，等他们斩断藤萝拨开茅草，费尽气力地挣扎出来，再冒险冲上陡坎时，枪声已经平寂。他们小心翼翼地抬头一看，那股日军已经急急匆匆地远去了。一种强烈的恐惧感突然涌上心头：军长呢？军长怎么样了？欧阳润与其他4个滚下深坎的卫士，慌忙朝亭子上奔去。大家惊呆了，这是一幅怎样的惨景啊，4尺宽、丈把长的亭子里，活像开了个屠宰场，死在亭子里靠前一头的卫士们，尸体整整齐齐，一律都是头朝进攻的日军伏在地上，每个人都至少中了3枪，背上都有一个刺刀口，深深贯穿，但刀口都没有凝血，看来是日军怕他们不死，后来补上的；稍后一点，便是司令部的几位处长、课长和副官，他们的身上或刀伤或枪伤，尸体的位置或横或竖。有3位明显是肉搏而死的，胸前、腹部均有刺刀创痕。有一位课长被战刀从左颈到右肩斜劈一刀，尸体斜倚在亭壁板上，人早已断气了，可眼睛还睁得大大的，真可说是死不瞑目。这位课长还很年轻，面目英俊，受过高等教育，战场理论很有一套，王甲本很欣赏他。他总说先积累点实战经验，将来等不打仗了再写理论文章，争取做个军事学家，所以王甲本常常把他带在身边，大约是想帮他了却这番心愿吧，没想到具有宏远大志的他，却血洒这偏僻的荒野之间。王甲本死在亭子靠后一头，他死后不倒，身体靠着亭柱和亭栏杆的犄角，坐在亭子的长凳上，双目圆睁，凛然有威。他两手前伸，双掌内血肉模糊，刀痕累累，肯定是徒手与持刀的日军搏斗挫创的，胸间、腹部都被刺刀捅开，血流盈地，两肩、颈部均被战刀砍过，创深数寸。从战场的情况看，在卫士、部属的掩护下，他完全有时间也有机会逃走，只要越过亭子，或者跨过亭栏，跳下深溪，溪岸的刺蓬、茅草就会帮他的忙。但他没有这样做，也许，是战友的死亡激起了他的仇恨，使他奋起拼搏，直至死亡；也许，是一个统率数万大军的国军高级将领的尊严感，使他不愿藏身刺蓬，在来自东洋小岛的区区倭寇面前，丧失我泱泱大国的军人体面；也许，是他感到老头子已对他在解围衡阳的战斗中作为不大而十分不满，与其活着丢人受辱，还不如与鬼子战死一明他王甲本忠君爱国的心迹；也许，也许……总之，中国国民革命军陆军第79军中将军长王甲本英勇战死，不是死在炮下，也不是死在枪下，更不是在指挥部或夫人、姨太太的床上被暗杀，他是死在敌人的刺刀、战刀之下，是死在与敌人拼命的白刃战中。举目整个抗日战争，朝野内外，统率数万大军的中将军长，如此死法，可谓唯有他王甲本一人。壮哉王甲本，伟哉王甲本！国军军事委员会委员长蒋介石闻报，数日后即派军委会高参方靖将军去第79军担任军长，命令内写："该军军长王甲本作战不力，着予撤职查办，派方靖为该军军长。"悲哉王甲本！你血洒疆场，捐躯党国，却被"撤职查办"，如你不死，那该落个什么罪名呢？从这点来说，你还不如去死，幸哉王甲本！王甲本死后，王耀武呈请蒋介石给予抚恤，蒋介石草草一览，厌恶地在呈请单的天头写道："讲究人道，看在他过去略有战功又是殉职战死，予以抚恤20万元国币。"国币20万元，相当于现时的人民币两千元。这就是一个战死沙场的中将军长的结局。他指挥的第79军，在方靖将军的率领下，后来受命担任桂林外围右侧战斗，很快又是丧师失地。

第79军接防后，第62军略早于第79军退出战场，向后撤出，后第79军全线败退，为避免两军混杂，也为避免日军借机掩杀，两军约定，交替掩护而退，但第62军到达文明铺时，日军已经占领了那里，第62军只得绕道而过。第62军军部和第151师退到文明铺西北地区时，第151师即占领阵地，拒止敌人快速部队尾随追击，与敌战斗，自朝至暮，颇有伤亡。第62军军部和第151师被迫向芦洪司继续撤退。时有第458团第8连连长李锡光受重伤，由两名担架兵抬他走时，忽被敌骑兵从右翼迂回包围追到而遭杀害。28日夜间部队到达芦洪司，见该处挂着许多画有日本旗的灯笼和欢迎"日本皇军"的标语，查知是唐生明家乡，闻他参加了敌伪组织，第62军不敢在城内和附近村庄宿营，而在附近松山露营，警戒部队彻夜与敌发生战斗。当晚研究了情况和地形，认为如果向东安大道南行，左侧容易受敌侧击威胁，右侧则是崇山峻岭，只有小路通向云雾山，上界头可出武冈。乃决定分两路向西进入猓口，并派队占领猓口一高地，准备迎击敌人。军炮兵营因山高行动困难，该营长曾会奇率领炮兵部队星夜兼程退东安，直走桂省，因而与军部失去了联络，随后经过二十多天才归还建制。当第62军退到猓口云雾山时，望见芦洪司附近房屋被日寇焚烧，烟火冲天。第62军退至芦洪司以西的云雾大山时，发现敌人已接近猓口，该处山高林密，南北约一百多里，东西约宽三四十里，以为敌人不敢进入山区，可作喘息一时之计。不料敌人在无守军的山峰由汉奸带路而深夜爬上来了。因山高，整日云雾遮蔽，瞭望仅及数十米。黄涛在上界头因等候最后部队第451团到达，住宿一晚，翌日拂晓间受到敌人包围袭击，幸有警戒部队，仓促应战，得以脱险。这里补述一下：当黄涛由芦洪司向山区撤退时，曾与军部失去联络两昼夜，原因是那晚不在一处宿营，又未取得密切联系。随后黄涛返回军部时，迁怒枪杀了无线电站站长（该站长姓黄，原随黄涛前线指挥所行动），说他不听命令，擅自行动，后查悉该站长跟随军部撤退，此事黄涛事后亦颇自悔。接着据报有敌军约千余人从东安经白牙市北企图包围云雾山的第62军，在这紧急情况下，决定再经二渡水、回龙寺，渡过夫夷水而向武冈撤退。敌人快速部队追到二渡水时，因夫夷水不能徒涉，船只已被我军破坏，敌人没有渡河向武冈西进，转向南犯新宁和湘桂边境而去。

第62军脱离日军追击，到达武冈县城整理，第157师自洪桥和军部失去联络后，该师因在山地避开敌人追击正面，绕道回到武冈归建，时在9月3日左右。当时负责指挥湘桂路作战的27集团军副总司令李玉堂早已脱离第79军、46军、62军退到武冈城了。第62军由粤入湘参加衡阳战役，经过两个多月时间的作战，伤亡官兵共约六千余人，从衡阳退到湘西武冈后，曾经电请蒋介石补充兵员和弹药及服装，但得不到一兵一弹一衣的补给。当时李玉堂副总司令只有指挥机构之名，对于补给事宜全无办法，他还打算把第62军拖入贵州。但李所指挥的第79军、46军都已溃退桂境，仅有第62军随他退至武冈，因此第62军再不愿退入贵州。为了摆脱李的指挥关系，黄曾电第四战区司令长官张发奎请示今后任务，张随即复电要第62军迅速开赴柳州待命。第62军奉命后即由武冈经城步、龙胜、义宁、永福而到柳州。

第62军就是这样走完了他们解围衡阳的历程，此后转入了桂柳战役阶段。

对解围失败，国军国防部后来所编的《长衡会战》中，第六节作出检讨："我军逐次使用兵力，未能发挥最高战力，敌我在衡阳附近主力决战时，敌军迅速集中优势兵力，而我方则行动迟缓，逐次到达战场，如24集团军的74军主力久滞常德，而由广西方面抽调的46军主力，都是战斗尾期到达战场，且46军在紧要关头，全部在战斗中西撤，给敌以各个击破的机会。"其实，原因远不止此，比如国军派系之间隔膜甚重，保存实力，隔岸观火，谎报军情，搪塞、欺骗上峰等旧军队的陋习非常重，友军之间借故不联络，以避免协同作战。而"老头子"指挥有时犹豫不决，有时又异常果断，他把一切权力都紧握在手中，下级的主观灵活性极难发挥。在解围衡阳的最后关头，战场形势已有了很大的变化，他仍是没能把全部的指挥权交给前线将领——比如王耀武、李玉堂，还是坐在那里越级指挥，结果不仅解围不成，还给下步战斗造成了困难。

日军关于衡阳战役的史料也如斯说："其实，敌人之援军的3个师，已于其间到达衡阳附近，但经我40师团迎击之后，已弃衡阳掉头南下，其后又有援军来击，也是一触即回，数军轮番使用，形不成突击力，故衡阳为我所破矣。"

第十章

原拟一日破城，血战一月未果，东条内阁下台；横山勇亲临一线指挥第三次总攻，志摩少将蒙羞战死；国军上校为国舍身成仁；虎头蛇尾方先觉下令放下武器，泪洒城破千古一曲悲歌。

中日战场的形势，很大程度上决定着日本东条英机独裁政权的命运，而左右中日战场形势的，就是看竭尽日本国力去实施的"一号作战"计划能否顺利达成，衡阳战役则又在其"一号作战"计划中有着举足轻重的作用。

参与衡阳战役的日军，辜负了东条政权的期望，小小的一座衡阳城，胶滞住了十几万一贯自以为无坚不摧、无往不胜的日军的脚步，四十多天，未能越衡阳半步，加之太平洋战场上的失利，使东条政权深感挽救颓势无望，国内，主战派怨其无能，反战派责其发疯，各种势力的作用，终于导致了东条政权的垮台。7月18日，也就是日军第11军的68、116两师团第二次进攻受挫以后，东条英机这个战争狂人向日本天皇递交了辞职书，要求内阁总辞职。随之，小矶国昭、米内光政联合内阁上台，东条英机所兼的内阁陆军大臣和大本营陆军部参谋总长等职务，也被同时解除，日军第11军前司令官、在第三次长沙会战中一败涂地的阿南惟几将军继任陆军大臣，关东军总司令官梅津美治郎大将接任日军大本营参谋总长，战争机器依然在开动。阿南上任后即通过日军对华派遣军总司令畑俊六大将谕令第11军司令官横山勇：务必在近期攻克衡阳，向中国大后方的西南地区推进。在新的内阁看来，东条政权可以倒台，也应该倒台，但有一点他们却是共同的：大日本帝国的利益、霸权要维护，日本天皇陛下的尊严、日军的面子不能丢。后内阁和前内阁的目的一致，只是方式或有不同，所以他们需要尽快解决衡阳战场上的麻烦。

国民政府军事委员会需要衡阳，军委会委员长蒋介石本人也需要衡阳，中国在世界反法西斯阵营中的地位同样需要衡阳，需要衡阳抵抗住日军的进攻，磐石般淤塞住大西南门户。

曾在7月中旬，美利坚合众国总统罗斯福致信中国元首蒋介石本人，说："……我决定将史迪威从缅甸召回中国，使他在您的直接指挥下统率所有的中国军队和美国部队，让他全面负责，有权协调和指挥作战行动，阻止日军的进攻浪潮。我认为中国的情况非常严重，如果不立即采取果断而适当的措施，我们的共同事业就会遭到严重的挫折……"蒋介石对他的信的后两句话十分反感，难道只要让你那个蓝眼睛的高个老头来指挥就是适当的措施了？不用他我们就不行了？危言耸听的美国佬！他断然决定仍让史迪威那个小老头依然驾驶着他那辆美式吉普在亚热带的丛林中跌跌撞撞地奔波。事情果然不像罗斯福论断的那样：没有美国佬指挥，中日战场上的形势就不可收拾了。第10军坚守衡阳城四十几天，仍像是报纸上所常吹嘘的那样固若金汤。几年来，日军横扫东南亚，轰炸珍珠港，马踏俄罗斯，哪次不是攻哪个目标哪里就为其所占领？你们美国佬做不到的，我们中国人做到了，中国的国际地位迅速因之提高。关键时刻，衡阳战场为国军、为中国，也为蒋介石本人争了光。

为了各自的利益，日本天皇要攻破、占领衡阳，蒋介石要保住衡阳。围绕衡阳，蒋介石调兵遣将，力图解围；日军大本营严令横山勇，近日必须攻占。

两军相遇勇者胜、快者利。

8月1日，经过近10天准备的横山勇，等各援助攻城的部队到达衡阳附近的指定位置后，披藏好其夫人的珍赠与"天照皇大神宫"神符，从长沙的日军前线指挥部起飞，降临衡阳机场，他要亲自指挥攻城战斗，他要亲眼看看守住这座孤城的中国军队的骨头有多硬。

在衡阳西南一座名为光孝寺、规模不大但结构颇有特色也很坚固的庙宇里，50来岁，身板笔挺，着戎装，蹬马靴的横山勇将军发布了第三次总攻衡阳的命令。横山勇命令："一、第40师团南下，占领衡阳西南区域，阻止中国军队援军攻近衡阳城郊，减轻攻城部队的压力。二、第58师团南下，加入西北面攻城战斗。三、第13师团北上，与68师团一起从南郊攻城。四、第3师团从茶陵转进耒阳地区，随时准备加入攻城作战。五、第116师团仍负责西面攻击。六、其余各师团和军直属部队，在湘江两岸，阻击来援的中国军队，使其不能逼近衡阳。"

在下达正式命令前，日军汽车运输队已将36吨弹药经长沙至衡山的概略公路运至衡山，因至衡阳的公路创面太多，沿途常有国军阻击，汽车车队行驶目标太大，遂用骡马将弹药驮至衡阳，补充攻城并增援部队。眼下的日军是人强马壮，弹药充足，一俟各部队到达指定位置，即可发起进攻。

横山勇预定，一日攻下衡阳城。

以原有的两个师团再加两个师团的生力军，共4个师团，攻一座由一军残部守卫的残城，应该说，横山勇以一日来预定，已是对国军第10军极大的重视了。

为了慎重，缜密的横山勇再一次把每支部队的具体位置都做了安排。一旦攻占了衡阳城郊的全部外围阵地，部队进入城下，北门，由第58师团负责占领并从北门攻入，军直属炮兵（包括野战重炮部队的100毫米加农炮营、150毫米的榴弹炮兵营）配属掩护。

58师团是受过攻城专门训练的特种部队，具有很强的战斗力和攻城技能，师团长是原利末广中将，下辖两个旅团，51旅团的旅团长是野沟式彦少将，52旅团的旅团长是古贺龙太郎少将，都能征惯战，富有战场经验。58师团在另一师团的配合

下，不足三日就攻下了湖南首府长沙，现士气正旺，哪把区区衡阳这座残破的孤城与被饥饿、伤痛所侵扰得疲惫不堪的数千守军放在眼中？

西门，则是116师团的。配属掩护的是炮兵第2联队、步兵炮队、速射炮队。

116师团多年来纵横之处，所向无敌，没想到在衡阳城下栽了。岩永旺中将开初对第10军还是重视的，但他认为第10军再怎么顽强，也不会比去年寒冬的常德之战更难打吧？但是意料之外的事情终于发生了，他本想在协助攻城的部队到达前，驱动残部进攻，争取有些战果，以挽回些颜面，但中国衡阳守军连这个机会都没有给他，使得他在横山勇司令官到达衡阳时不敢立即去晋见——败军之将，愧对长官。但横山勇没有责怪他一句，仍然让他负责一个城门的攻击，足见司令官对他还是极其倚重的，岩永旺在军司令官眼里、在派遣军乃至大本营长官的眼里毕竟还是岩永旺。在得到这一安慰的同时，他也决意在最后的阶段拼命一搏，争取最后有所表现。

东门，由赤鹿理中将指挥的13师团的65联队和140联队负责。山炮第19联队配属掩护。

南门，由68师团和13师团的116联队共同负责。独立山炮第5联队、步兵炮队、速射炮队掩护、配属。

横山勇在宣布兵力配置的时候，特别看了一眼堤三树男，虽然无话，但堤三树男感到了司令官的不满与责备。是啊，刚当上师团长，毫无建树，连个晋见礼都没有，他堤三树男还有什么可说的呢？这倒也罢了，更使他不能忍受的是，横山勇司令官竟然将南门交由两个师团负责，这分明是对他堤三树男的能力的轻视和不信任，这使他不由得迁怒于志摩源吉，要不是因为临行前横山勇司令官的特别交代，他哪会把前线指挥权全交给他志摩源吉？如果他一来就把全部权力要过来，战局肯定不会是现在这个样子。志摩源吉呀志摩源吉，你不仅辜负了横山勇司令官和我堤三树男的信任与尊重，你也害得我把脸面都丢光了。志摩源吉，你真是徒有虚名。在横山勇抬头看堤三树男的那一瞬间，他当着横山勇的面，满怀怨怒地狠狠地盯了志摩源吉一眼。大多数在座的高级军官都注意到了堤三树男这一眼，但没有人看出志摩源吉有何反应。横山勇注意到了，志摩源吉深幽的双眼里，漂浮着难言的悲伤。横山勇陡地涌起了对堤三树男那一盯的反感，他对忠勇的志摩源吉又有了更深一层的理解，因此他特别说了一句："志摩，拿出威风来，东门还是要拜托给你的。"

志摩源吉刷地立起，没有说话，两行污浊的眼泪从他那拼命睁着的眼里顺着长长的脸颊缓缓而下。

堤三树男低下了头。

空中，日军空军第5航空军受命配合第三次总攻衡阳。第5航空军出动了轰炸机第6、第16、第44等三个大队，战斗机第1和第8两个飞行团。

8月3日，一切准备就绪。当日午夜，横山勇伫立在松林茂密、林清龙吟的山坡上，青光闪闪的指挥刀划破黑黢黢的夜色，日军对衡阳城的第三次总攻击在横山勇的亲自指挥下开始了。

日军轰炸机，一批接一批地出动，对衡阳市区、西南两面高地、城郊尚存的部分守军阵地，进行了地毯式的轰炸，一直延续到翌日拂晓。中美空军是极少在晚间出动的，那些养尊处优的空中骄子，是不会在夜晚出来冒险的，所以，夜空，是日本空军的舞台，他们把白天让给中美空军。飞机刚走，城外四周万炮齐鸣，这些骄狂的日本鬼子，来不及草创炮阵地，他们有的干脆就把炮推到山顶上，直接对准目标干。有的把炮直接推到守军阵地前面，对准守军掩体、工事残堡、断壁直接射击。

衡阳城，像汪洋中的一只破船，在炮声、炸弹的爆炸声中震颤、起伏、摇晃、颠簸。

日军各路大军在惊天动地的喊叫声中向守军阵地发起了攻击。除江防及蒸水方面外，守军阵地的每一区域都遭到日军自杀式的冲锋——他们几乎不利用地形也不做任何战术规避动作，只是平端着上着刺刀的三八大盖"呀呀"地狂叫着朝守军阵地奔去。其攻势之猛、兵力之大、火力之强、持续时间之长，都是衡阳之战开始至今所未有的。衡阳西南半壁大约450米的正面阵地，全为弹雨硝烟所笼罩，守军官兵在阵地上举目四顾难辨东西，只能从日军射来的"啾啾啾"子弹的飞行声，炮弹"嗞嗞嗞"撕破空气的声响，来判断日军所处的方位。枪声、炮声、喊叫声混杂在一起，声波的冲击使很多守军官兵耳鼻流血，甚至失聪。守军大炮已经早就没有了炮弹，大炮大部分销的销毁了，埋的埋藏起来了，无法对日军还击，只能听凭日军的狂轰滥炸。在日军强大的炮火轰击下，守军许多官兵被炮火埋葬了，侥幸没有被炸死、没有被炮火掀起的铺天盖地的土石烟尘所深埋的，待日军炮火一停，马上掀掉身上的积灰淤土，继续用手榴弹和刺刀反击日军进攻。

第3师8团，自城外突入城中归建时，是一个编制比较完整的团，军长方先觉立即亲自将之控在手中，基本上成了军预备队，哪里危急了，军长马上从8团调兵，大的到整营，小的到一个班，团长张金祥实际上成了传达军长命令的兵力调度员。但也正因为如此，8团在以后漫长、残酷的战斗中，为巩固、坚守阵地，起到了重大作用。在日军开始第三次总攻前，军长方先觉专门把张金祥叫到军部，亲手给他斟了一杯"萧山紫葡萄酒"，对在座的各位师长、幕僚们说："张团长为守衡阳是立了大功的，书生从戎，满腹经纶，又能打仗，是可堪大用的人，如果衡阳不守，我方先觉死在这里。"他目光朝在座的几位师长一扫，特别意味深长地在周庆祥脸上停

了一下："哪位出去当了军长，一定要替我向委座举荐张团长。"周庆祥注意到了方先觉目光的停留，心中有些感动，情不自禁地点点头。

时光对于人的交流沟通，是难以用长短来衡量的，平淡而无味的岁月，可以磨蚀两个共同生活在一起的人的一生，却无法将他们的心灵之路开通，而如果某一事件引发了人的心灵的激烈冲撞，哪怕只是时光长河中的一个小小的涟漪，也会像闪电划过夜空，照亮彼此的面目乃至灵魂。四十多天的艰苦残酷的守城时日，把周庆祥、方先觉的命运紧紧地联结在一起了，吃饭、睡觉、打仗、忧虑、悲欢、期望他们都在一起，在一起共同经受、分担，彼此从未离得这么近，从未这么真切地感受过对方。战争如此残酷，生与死只隔着一层薄薄的纸，任何时候，任何一发子弹、一块弹片或者一个意外的事件，都会轻而易举地使生命终结。这时，功名、利禄，在共同的敌人、在随时都可能张臂拥抱他们的死神面前，已像狂风中的云彩，很快就散淡了，远去了。军长如何？师长如何？团长又如何呢？死了，如同一个普通的士兵，只是地下的一堆枯骨，地上的一丘黄土。排除了功名利禄，他们唯一的隔膜消失了，他们看待对方就真实、客观了。方先觉再一次认定并且佩服周庆祥的勇敢、果断以及丰富的战场经验，而方先觉的开阔胸襟、大度容人、知人之明以及缜密，越来越为周庆祥所敬重，他们彼此心契，生与死将他们紧紧地绑到一起了。

张金祥听了方先觉的交代，自感当时决定进城那一闪之念是何等正确。这并不是说因为方先觉许诺要向蒋委员长举荐他，那是没有多少实际意义的，在这种残酷绝伦的守城战斗中，一个团长的生命和在前线冲锋陷阵的士兵没有多少差别，关键在于他的心迹已被人所认识，所欣赏，古人讲"士为知己者死"，人之一生，有知己如此，还有什么可求的呢？张金祥喝干了酒，向军长、师长、参谋长敬礼，怀着一个中国青年知识分子正直忠勇的军人之心，壮怀激烈地走上了自己的阵地。

张金祥手头还有两个营的建制，但实际兵力不过一个半连而已，第3师，尤其是他这个团，还是好的，预备第10师的团长们，按实际兵力计算，大约连个连长都当不上了。张金祥就指挥着这些人马，坚守在五桂岭北半部。8月2日开始，日军的飞机轰炸、炮兵轰击、步兵轮番冲锋，张金祥的前沿阵地已整个翻了个个儿，到了8月3日黄昏，阵地大部分陷于敌手。坚守前沿阵地的第3营，仅剩下二十几个人，营长蒋国柱身负重伤，带着这些人退到阵地一隅，利用一短壕，作暂时性抵抗，徒劳地等待永无可能的增援。蒋营长知道，放弃这块阵地退到另一块阵地，另一块阵地马上又会成为前沿，反正早晚要血洒衡阳战场的，那么，在这块阵地死和在那块阵地死、早死晚死又有什么两样呢？与其被日军像驱赶羊群一样赶来赶去，还不如在阵地上坚持到底。张金祥在二线阵地，他看到前沿阵地大部丢失，即与第2营营长苏琢亲率仅有的六十几个人向前沿阵地发起反攻。反攻前，张金祥在队前说："弟兄们都是有见识的了，这回不像以往，四周围得像铁桶似的，援军拼上命也打不进来，我们更打不出去，个人开溜也没希望，现实是：打是死，不打也是死，咱们就绝了这活命的念头，别当缩头乌龟！拼，拼死一个够本，拼死两个就赚了，拼出男人的志气来，拼出我们国军的威风来！大伙跟在我后头，冲！"一支被疲惫、伤痛、饥饿折磨得已失了人形的队伍，蹒跚但坚定地朝被日军占领的阵地扑去。从6月到8月上旬，这片土地浸进了太多的雨水和血水，黑色的土地变成了红黑斑驳的淤泥，四十多天，官兵们不理发，不修面，成天蹲在坑道里，坑道里多是淤泥污水，脸捂得泛白，脚浸得肿胀，人饿得身子轻飘飘的，胡子头发蓬蓬勃勃地乱长，像野草般爬满了头脸。就是他们，在南国初秋的淅沥细雨中，踏着血雨浸润的淤泥一步一滑地夺回了被日军占领的阵地。营长苏琢中弹，他倚在一棵被炮火灼焦了躯干、被弹片削去了大部枝丫、被声浪撕去了树叶的板栗树上，大口大口地喘着气，对想要扶他躺下的团长张金祥说："团长，死，其实也不难受，站着死，可能比躺着死要好受一些。"说完，就断气了。一片残存的金黄的板栗树叶，晃晃悠悠地飘了下来，轻轻地捂住了他没有闭上的双眼，想必，他对这个世界的最后印象是一片金黄。

苏琢，湖南浏阳人，出生于一个农村知识分子家庭，享年31岁，国军第10军3师8团2营中校营长。

张金祥与官兵们几十天来已见过了太多的死亡，他们对于痛苦、恐惧、伤感都已不太敏感，只有保住阵地的念头十分强烈，在这个念头的驱使下，他们把苏琢掩埋在这棵大板栗树下。官兵们想，来年春到时，苏琢便和这棵大树融为一体，青枝绿叶了。

打到午夜，终于将残敌清除，巩固了阵地。

预备第10师28团曾京团长的情势更为严重，他所防守的接龙山、岳屏山阵地，是日军炮轰的重要目标之一，炮弹像犁地般将阵地上所有的工事、残堡全都犁了个底朝天，日军步兵发起攻击后，残存的官兵们已经无险可守，只能在被最后落下的炮弹掘出的弹坑里抵抗日军。日军冲上一个山头，守军全部战死，曾京身边已无兵可以调遣，他亲率团部18名杂务兵反击，冲到山顶，一脚将太阳旗踢倒。方先觉军长闻报，非常感动："曾京过得硬，国难识忠臣。曾京我信得过他，他就是好朋友，好部下，不叫苦，不求援。"在岳屏山另一端阵地，是该团第3营营长翟玉岗和第2营营长余龙带着两个营的残部防守，两个营不足百人，日军在这里拉锯似的攻击与反攻击，来回10次，都未能进入阵地核心。翟玉岗的右腿被一粒子弹贯穿，虽未打碎骨头，但已极难走动，他跑不动就走，走不动就挪，最后挪不动了就爬，鼓舞、指挥大伙抵抗日军攻击。2营营长余龙也是右大腿被日军子弹贯穿，不同的是他的骨头被打碎了，趴在地上爬不起来。但他还有眼睛、有嘴，他用眼睛观察敌情，

用嘴下达命令、指示方位，硬是迫使日军没能攻上阵地。

由军工兵营、炮兵营及29团第2营残存官兵混合编成的守军据守五显庙、苏仙井中间地带，经日军连日炮击和飞机轰炸，地面工事和外壕大部被毁，但设于外壕外面的铁丝网和木栅却发挥了阻止日军的巨大效能，日军一波一波的冲锋，都被守军用手榴弹炸退，日军尸满外壕，血如溪流。

第3师9团据守的天马山、西禅寺及杏花村141高地，为128联队第3大队占据了阵地一部分，但尚有大部在国军掌握中，日军如不设法夺取这些阵地，就无法到达衡阳城下。团长肖圭田按周庆祥"人在阵地在"的要求，以少数兵力做正面抵抗，其余兵力分散阵地两侧，支援正面，杀伤日军，终于使守军一直坚守在阵地上。

第3师7团据守的杨林庙与易赖庙前街阵地，因日军进攻一面多是水田、池塘、洼地等被战前蓄上了水的泛滥区，只有几条很狭窄的田埂般的道路可以接近。过去的一个月中，日军在这一地段的进攻大部是在夜晚，白天目标太明显，试想，在宽阔地带，踏着四面汪洋中的狭窄的田埂进攻，有多少人可供做活靶打的？这次进攻不同了，在炮火的掩护下，日军白天也开始攻击，尽管守军的伏地堡多被日军炮兵、飞机炸毁，但日军在顽强的国军守军面前也没讨到好处，小路边的水洼里到处都是死尸，原来清亮的水，变成了紫红色的。4日，杨林庙、杜仙庙方面被一个日军小队突入，第2营营长侯树德趁敌立足未稳，带领该营残部三十几人扑了上去，激战之后，将日军全部消灭，但他身边连带伤的加上自己也只剩下五人了。易赖庙前街方面，日军猛打猛冲，人如潮水般涌到，第7团团长鞠震寰指挥残部堵住东溃了西，堵住了西又溃了东。黄昏时，日军一个中队侵入前街，与国军第1营短兵相接，展开逐屋逐堡的战斗。第1营只剩下二十几人，在这块小小的阵地上，前后有许学起、穆鸿才、邹亚东三位营长阵亡，三个连的连长除第1连连长丁树忠外，其余都换过了三茬以上，而且全部血染易赖庙前街。现在，这个营的军官仅剩下第1连连长丁树忠1人，还身负三处重伤。这二十几人就在他的带领下，与进攻的日军做殊死的搏斗。鞠震寰见易赖庙前街阵地危急，不得已拿出了最后的力量，心想撑到几时算几时吧，他命令第3营营长王金鼎增援。这时，王营长的百几十号人也所剩无几了。鞠震寰手提枪口尚在冒烟的手枪，又对王金鼎说："尽心吧，打到什么时候算什么时候，至于我鞠震寰，如守不住阵地，那也只有一死报师长了。"

横山勇看到以这么猛烈的炮火和占压倒优势的兵力，又打了两天多，仍然连衡阳城的外围阵地都没解决，他沉不住气了，在指挥部挨个摇通每个师团的电话，找到每个师团长只说了一句话就挂断电话去摇另一个，这句话很简单，很多中国孩子都会。这句话是这样说的："八格牙路！"骂完了，扔下电话便喘粗气去了。

这句话像鞭子，抽得整个前沿阵地的日军像陀螺，更加疾速地旋转起来。

8月5日，日军拿出全部家当，对守军城郊的外围阵地进行了搏命式的攻击。

青山街、西禅寺、天马山、五显庙、岳屏山、接龙山、五桂岭北半部至外新街，所有的守军阵地每一处都在这一天有两次以上的争夺。虽然方先觉频频调动军辎重团尚存的唯一一个营和第3师师部的直属队，先后向各个阵地驰援，帮助临危阵地的守军固守、反攻，但已显得越来越难支撑了。第7团团长鞠震寰负了重伤，第9团团长肖圭田也身中两枪，血染战袍，但都在勉力支撑着战斗。

是日午后3时，军长方先觉召回在前线督战的各师师长，在城中中央银行地下室召开了紧急会议。参加会议的有：军长方先觉，军参谋长孙鸣玉，师长周庆祥、葛先才、容有略、饶少伟，战区督战官兼炮兵指挥官蔡汝霖，副官处处长张广宽负责会议杂务。

作为军一级的作战指挥部，这里已显得十分冷寂了，前线的电话基本上不通了。很少有电话铃声，卫士、勤杂人员大都上了前线，剩下的一些幕僚、参谋们，开始默默地焚毁文件，做着最后的准备。方军长的小黄狗，皮毛早就失去了往日的光泽，在一堆喝空了的酒瓶子中间钻来钻去。

方先觉神情十分凝重。他说："现在，我们的关系比父母妻子儿女还要密切，我们大家的生命变成了一条生命，大家还有什么好办法，可敞亮地说出来。"

生死攸关的时刻，生死攸关的问题，大家的心都忽地提到了嗓子眼上。但是，急归急，担心归担心，谁又能想出什么万全之策来呢？七嘴八舌地议论吧。

"突围？"

"现在还来得及吗？"

全是问号，议来议去，没有任何结论。

周庆祥"呼"的一声站了起来，吼道："突围，蒋委员长他答应援军进来，到现在也没有一个援军进来，我们不能坐以待毙，管他，先突出去再说！"

葛先才手中拿着一本《常德会战检讨会议录》，拍着书说："突围，没有命令倒还好说，存亡之际，相机行动也无大错，更重要的是我们早已完成守城任务了，但是伤兵怎么办？委座对余程万训示说：'你如何当人家的长官，能忍心将你负伤的官兵舍弃私自逃出？'伤员这么多，带又带不走，不带走的话，我们突出去了，就算委座不责备我们，全国同胞也原谅我们，我们又于心何忍？"

方先觉听到这里，突然放声大哭。

谁能不说蒋介石的这个训示不是道理呢？方先觉早就听过这个训示了，只是此情此景，自然感慨更深：突围？不行。不突围？也不行。除此以外，只有一种选择，只有死！真到了无可逃避的时刻，作为军人，当然会慷慨激昂义无反顾地去死，如果还

有办法，为什么又要去死呢？蝼蚁尚且贪生，想到贵州遵义城中，等待着、盼望着他的美丽的妻和一大群天真可爱的孩子，真是有如万箭穿心。而城内外，数千名伤残官兵都在眼巴巴地望着他拿主意、想办法，可他偏又想不出什么办法来。

方先觉怎么能不哭？无情未必真豪杰。

周庆祥也哭了起来，他的哭与方先觉不同。方先觉的哭如同决了堤的洪水，震天撼地，一发而不可阻挡，从大到小，层次分明。周庆祥的哭，如同荒原上的寒夜中，一只孤独的失去了孩子的母狼在狂嗥，似断似续，用对生命的全部渴望和对于伤害了自己的敌人全部的仇恨，在哭、在吼，听了让人震颤、发怵。

他俩这一哭，大家都流开了眼泪，连卫士都蹲在角落里抹泪水，只有孙鸣玉一声不吭，他还趴在地图上查找什么，专心致志的，好像眼前发生的这一切与他无关。

周庆祥的嚎叫哭吼停了下来。他红着眼睛叫道："我在第10军近20年，从来没有打过这么苦这么残酷的仗。这次，里面兵员伤亡十之七八，弹尽粮绝，外面不是没有援兵，为什么几十万大军就是打不进来，为什么？这难道不是天意？"他特别把"天"字咬得格外的响亮。果不其然，大家都望着他，只有督战官蔡汝霖不易觉察地皱了皱眉头。周庆祥注意到了大伙的反应，他接着说："救常德时，我带着部队一天一夜跑了一百几十里路，没有马骑，更没有车坐，鞋子跑烂了，不跟脚，干脆甩了鞋子干，现在同样有援军，可他们就是打不进来，不知道的，还以为我们在城里享福呢！"即便是在非常时期，周庆祥对周围的一切都具有过人的洞察力，他盯着蔡汝霖说："幸好还有督战官跟我们在一起吃苦，还有我们饶师长给第10军作证明。现在看来，靠人家不行，只有靠自己了。可我们自己要有个主意才行呀，就算我们不怕死，总要给大家谋条生路才行的。"他瞥了一眼葛先才，又开始哭嚎起来。

方先觉突然站了起来，"啪"地一拍桌子，说："你们每个师长，只准留卫士四人，其余一概派到前方去作战，如查出谁多留一人，无论是谁，按公说，就算你们是违抗命令，往私里说，你们不仗义，对不起朋友！那时，我方先觉好说话，军法不好说话！"他的眼睛突然灼灼有光，一扫刚才的悲愁与往日的文雅，恰巧，他心爱的小黄狗一下跑了过来咬着他的裤脚往外拽，他飞起一脚，小黄狗像一只黄色的皮球，被踢到了对面的墙上，脑袋正好撞上了墙壁板。小黄狗惨叫一声，抽搐了几下就不动弹了。指挥部突然静了下来，蹲在墙角和门口的卫士都刷地站了起来，师长们都大惊失色，连孙鸣玉都惊异地从地图上抬起了头，心中赞叹，英雄岂无怒，贵在其时耳。方先觉毕竟是方先觉。

方先觉望都没有望小黄狗，自顾说："哪怕只剩下一兵一弹，也不准说突围的话。我方先觉起誓，绝不私自逃走，必要时，我们还都到军部来，要死也死在一起。如果大家决定自杀，我一定先动手。要知道，我自杀了，你们不死，纵然逃脱了，委座也不会饶恕你们的。纵使委座开恩，让你们苟且活下去，你们自己也无法为人，更无法带兵。"

葛先才站了起来："我们坚决执行军座的命令，如果谁敢违抗，我就充当执法队的角色。"

容有略已失去了昔日少年将军的风采，圆润的脸庞已经消瘦变成了刀条状，以前朗朗星目，已浮上了一层云雾，但文雅不改，气质依然，他用细长的手指一弹桌面："军长，什么时候都是军长。"

饶少伟本来就只有一营兵在衡阳，人们的心目中他起的就是一个营长的作用，何况他竟私自让一个团的兵力离开战场。他本人也很有自知之明，很少在公开场合发表自己的意见，他只用自身的行动，向第10军、向方先觉证明自己放走了人不是个人怕死，也不是为了自己。慢慢地，他得到了大家的信任与敬重。这时，他也表达了自己的意思："40岁是死，100岁也是死；在床上是死，战场上也是死；既已投身军旅，就已将身许国。死，又何妨、何怕？埋骨岂须桑梓地，何必马革裹尸还！"

蔡汝霖虽然无兵，也无权，但他是"灶王爷"，可以上天言好事，也可以上天告阴状。蔡汝霖知道自己这个角色当好了，皆大欢喜，当不好，讨万人嫌；太谦虚了，人家不把你当回事，太张狂了，人家恨你入骨髓，所以担任幕僚多年，深谙人事的蔡汝霖，总是恰到好处地表达自己。他说："委座、战区司令长官终会知道诸位对党国的忠诚的。我蔡汝霖一如既往，荣，沾第10军的光，死，跟第10军一起死，没别的话可说。"

周庆祥沉默了一会，问："如果失去了联络，我们在哪集合？"

方先觉坚定地回答："还在这儿，我就在这儿不动！"

人走了。地下室更加孤寂、空旷。

方先觉、孙鸣玉、张广宽沉默无语。许久，方先觉走过去，抱起口鼻流血的小黄狗，流着眼泪说："非我无情，不得不如此了。"他叫住一个卫士，"将小黄狗抱出去埋了，埋深一点，别让人看到，防止他们挖出吃了。"方先觉知道，城里伤兵成群，饥如饿狼，只要叫他们发现了埋的地方，小黄狗连毛恐怕都剩不下的。

目送卫士用件破军衣裹住小黄狗走了出去，副官处长张广宽走到方先觉跟前，说："军长，这几天，我连占了几卦，总是不好，不敢向你报告。"

"怎么个不好法？"方问。

"三卦，两个下下，一个中下。"张广宽回答。

孙鸣玉想了一下："你不是主帅，自然不灵。来，你教军长，让军长亲自占三卦看看。"

方先觉看着孙鸣玉："这玩意儿确实灵？"

"试试看，也许灵的。"孙鸣玉让张广宽取来卦，交给方先觉说，"试试吧，试试。"方先觉按张广宽的教导，口中念念有词，双目微闭，双手朝上一抛，两片陀螺剖开似的梓木片在空中转了两个筋斗，"咣"地掉了下来，巧巧地，两卦的截面都朝地覆下。三个人六只眼睛，四只掠过一片悲愁，两只充满疑惑，方先觉连问："怎么样？怎么样？"孙鸣玉说："来，还有两次。"方先觉的眼光黯淡下来。又是两次，第二次与第一次一样——下下；第三次一卦阴一卦阳——中下，总的三卦，与张广宽上次的一样。张广宽叹息："不可补了，方军长，我受你赏识，无以为报，我年已60岁，活也无益，你正当英年，为党国效忠大有可为，你走吧，与参座一起走。我化装成你，师长们回来了，我自可支应；日军来了，我与他们谈判，拖延时间，好让你们从容走开。日军只要以为抓住了你，就会放松很多的。"

方先觉心中一热，搂住张广宽的肩膀："论职务，我是军长，论年龄，你是我的兄长，实话跟你说，我想走，可是不能哇，你的这份心我们领了。要走，你走吧，我同意你走，你可以带四个卫士，多了也无用。我与参谋长是不走了。"

张广宽流着眼泪："你都不珍惜这条命，我还有什么可珍惜？和你们死在一起，也算是我这辈子没白活了。"

三个人相对而立，泪流满面。

当晚，入夜以后。

衡阳城郊日军倾所有之力，对守军阵地全面进攻，浓密的弹尘烟幕笼罩着城里城外，空气中全是呛人的硝烟味，炸弹爆炸时的红光，如同焰火，一朵朵地迸溅，闪烁不绝。日军飞机又进入了他们夜的舞台，狂轰滥炸，城内的伤患官兵，被炸得血肉横飞，四处滚爬，哭嚎悲鸣，惨绝人寰。

五桂岭北半部两度被日军突入，最后一次已将大部阵地占领，方先觉命令190师570团占领二线阵地的官兵九十余人，增援张金祥，部队拨归张金祥指挥。张金祥有了这九十余人，不亚于平时突然手中有了一个军，顿时信心百倍，勇气大增，两个小时后，把日军大部消灭在阵地上，小部赶了下去，又将阵地夺了回来，稳住了局势。

岳屏山、接龙山的28团阵地打到下半夜，被日军夺去了三分之一，日军一部分冲向团指挥所，曾京团长带着几个卫士和参谋人员拼死抵抗，师长葛先才闻报，立即亲率卫士班和勤杂官兵三十几人前往增援，曾京团长、2营营长余龙、3营营长翟玉岗，见到葛师长在这种时候还亲临第一线，都勇气倍增，一股脑将日军赶到阵地一隅。余龙、翟玉岗的大腿均已化脓，腥臭难闻，但他们带伤战斗，趴在地上向日军投掷手榴弹，大家齐心合力，将挤到阵地边上的日军全部消灭。阵地虽然恢复了，但所有的官兵全部加起来，不过七十来人，七十来人如何防守这么宽的阵地，可不防守又怎么办？

军属工兵营营长陆伯皋指挥建制达六个整营级的单位镇守苏仙井阵地，他曾自嘲说："我这当营长的架子越来越大，指挥这么多营打仗，可我这架子越大底子就越虚，这么多营，人还不到一个连，这么看，我还不如继续当我的工兵营长。"陆伯皋是个有勇有谋的优秀指挥官，在他的阵地上，常有些能减少本军牺牲，令日军胆寒的机关出现。日军的炮火轰击停下以后，他命人将地雷与手榴弹串到一起，两个一簇，像一根瓜蔓上结的西瓜，这里一簇，那里一团，全都是用动石掩盖着固定的，成弧形布置在阵前，一根细而韧的钢丝穿过这些雷、弹的塞环，总的一头为陆伯皋所亲自掌握。日军进攻的时候，"呀呀呀"地奔过来，快到阵前都没有枪声拦阻，他们还以为国军都被皇军"死啦死啦的干活了"，都放心大胆地往里冲，刚进到雷区，在堑壕里的陆伯皋一拉钢丝，手榴弹、地雷，一个接一个地爆炸，日军没想到这一步，没被炸死的正在犯愣，守军的机枪响了，日军像被割草一样割倒了一大片，只能狼狈而退。

苏仙井阵地还是掌握在陆伯皋手中。

天马山阵地经过三次往复冲杀，被日军占领了前半部。第9团团长肖圭田、第29团团长朱光基、第30团团长陈德垇，都在天马山阵地的后半部分统率残部作战。朱光基、陈德垇两个团长此刻都成了"班长"，朱光基手下仅11人，陈德垇团长加上配属的预备第10师师部特务连手枪排长韩在友少尉的残部3人，共18人，不过半个排而已。韩在友原是葛先才的贴身卫士，性格粗犷，胆子大，调他带手枪排来配属作战的时候，葛先才还专门打电话告诉陈德垇："看严点韩在友，别让他乱来。"陈德垇当然明白葛先才的意思，但战斗打到这分上，也就顾不上这么多了。两个团，就这么几个人，依然担任宽约百余米正面的守备。第9团人马多一点，但也非常有限，按兵力计算，肖圭田比排长大一点，比连长又还小一点，因而成了阵地主力。

这天晚上，在师指挥所的葛先才格外不安，甚至有点心惊肉跳，衡阳之战打到今天，其间也常有这种感觉，但自从在军部开会以后，他的心就安静下来了，人，最大的畏途莫过于死，既然已经抱定宗旨去死了，又还有什么可担忧的呢？在会后几个小时的战斗中，他甚至有一种"民不畏死，其奈我何"的体悟。但是，这会儿不知是何使然，他的情绪急转直下。正在他心神不定的时候，陈德垇团长来电话了，他在报告了战况以后，语调低沉地说："师长，你不要太难过，韩在友，他牺

牲了，我有负师座所托，你骂我吧。"葛先才几十年带兵打仗，枪林弹雨，身边不知多少故旧亲友成了亡魂游鬼，他见惯了流血，见惯了死亡，自己也多次流血，多次与死神亲近，但他很少有过韩在友阵亡前的这种感觉，足见对韩在友的感情。听到陈德坒报告这个噩耗，他的眼泪忍不住流了下来，问："陈团长，你说说，他怎么死的？"

日军第二次总攻受挫以后，部队伤亡很大，葛先才命令师部参谋主任吴成彩上校，将师部特务连手枪排改装，全排官兵一律配用缴获的日军三八式步枪，准备增援苏仙井南端高地，配属30团团长陈德坒上校指挥。韩在友临行前去向师长告别，葛先才神情沉重地拍拍他的肩膀："在友，上战场，真刀实枪地去干了，你怕吗？"没等韩在友回答，他又接着说："非常时期，连我的手枪排都上了，确是不得已了。三八式子弹很少，给你装备的不够用，你要注意在阵地上搜集，别到要用时不够，那可就抓瞎了。"

韩在友呵呵笑着："师长，我这辈子有运气，跟着你这么久，混得像个人样了，我很值价了。现在，你又把我这个手枪排换成了'三八排'，更威风了，没什么可怕的，日本鬼子不也就是一个脑袋两只眼睛吗？大不了与他拼个死活。师长，你就放心地让我去，我这辈子就盼望你能派我个大用场。"

葛先才心里抖了一下，牵着韩在友的手走出师部大门，心灵之镜，映照、闪动着这样一幕：北国深秋，风啸水寒，燕太子丹简袍素服，一脸凄绝；侠士荆轲，短打轻装，悲壮满怀，双手长揖，别于易水河畔：风萧萧兮易水寒，壮士一去兮不复还。冷兵器时代，荆轲只身匹马，武器不过地图中卷着的一把剧毒匕首，深入虎穴狼窝般的秦宫刺杀秦王，荆轲此去，自是永无生还的希望。而韩在友此去，虽不是必死，生还希望却是极小，多年的生死相依，多年的朝夕相处，感情毕竟不同于寻常。历经战场的人都知道，老军人对于卫士，对于长期在自己身边工作、生活的人，情感、信任大都胜于血缘之亲。葛先才心潮起伏，情感汹涌，而韩在友却谈笑风生，神情自若，走到队伍前，回过头来敬过礼，即带队疾跑而去，连个头都不回。葛先才懂得他，他是怕葛伤心才故意如此的，这可是个知冷知热的孩子，他越是这样，葛先才越觉得他可爱，心里也越是难受。目送他走远了，想了想，他还是回到师部给陈德坒团长打了那个要他看住韩在友的电话，这在葛先才，也是少见的举动。

韩在友到了阵地，按陈德坒团长的命令，将全排在负责防守的阵地正面铺开。他的阵地与日军相距大约200米，日军第二次总攻后的相持阶段，每天，他在阵地上大叫大骂："狗屎皇军，来吧，看老子如何收拾你们这帮杂种！"有次，他把一件白衬衣用血涂成太阳旗状，弄根棍子撑了起来，对面的日军看到，以为是守军投降了，都笑着挤到前沿来看，韩在友在一旁高声叫道："看着，老子用你们的枪来收拾你们，消灭你们！"随着叫骂，"咔——嘣！"一声枪响，一个日军应声栽倒，日军睁大眼睛茫然不知所措：刚才还要投降，怎么一下子就变脸了？还没反应过来，"咔——嘣！"那要命的声音又响了，又一个靠前的日军栽倒了。这下，他们才明白，狡猾的"八格牙路"，在欺骗他们！急忙隐蔽，这会儿，又一个日军栽倒在堑壕里，永远也起不来了。韩在友看到日军惊慌失措的样子，非常得意，他把自制的太阳旗扔在地上，自己跃上堑壕，孩子气地对着鬼子阵地拉开裤子，朝着太阳旗洒了一泡热气腾腾的尿。手枪排这帮小子也都野性十足，都模仿他们排长去干一下，开始日军还以为他们在搞什么宗教仪式什么的，待看清楚了，气得肺都炸了，歪把子机枪"嗒嗒嗒"地扫了过来，两个小伙子一头栽倒了。这个玩笑开得太不合算，韩在友的那个排仅剩3个人了，他随陈德垈撤退到天马山坚守。

韩在友的死几乎没有什么特色，和在保卫衡阳之战中阵亡的许多官兵一样，一发子弹轻轻巧巧地就夺去了他的生命。只是死时也像活时那样喜欢顽皮，和大伙开了个玩笑。打退了日军的一次进攻后，他对团长陈德垈说："团长，我好想睡一会儿，日本鬼子上来了你再叫我。"陈团长点了点头，韩在友就往旁边走，当时陈团长没怎么在意，以为他去找地方合一下眼。可过了会，他回过头来，却见到韩在友伏在堑壕里不动，陈德垈笑着骂了句："妈的，这小子，倒挺能随遇而安的。"陈团长也就不去打搅他。日军上来了，枪炮齐鸣，阵地上的人本来就很少了，很快就不支，韩在友却还伏在堑壕里不动，陈德垈骂道："妈的韩在友，你这小子真他妈的睡死了？"韩在友还是不动，陈德垈也就顾不上去叫他，等到好不容易将日军打退，陈德垈生气地过去踢了还伏在战壕里的韩在友一脚，喝道："还不起来？你小子也太能睡了！"踢了一脚，不动，又踢了一脚，感觉不对，他俯下身去将他翻过来一看，陈德垈的气一下子跑到爪哇国去了：韩在友眉心上中了一枪，弹洞圆圆的，伤口边上只渗出一丝血迹，大量的血从子弹的出口——左后脑流出来，看样子，他是死了有点时间了，血已凝固，但到底具体是什么时间被子弹打中的，那就不得而知了。陈德垈很难过，不仅仅因为韩在友曾经当过师长的贴身卫士，为师长所赏识，就连陈德垈本人也挺喜欢这个机智、幽默、勇敢、打仗挺有办法的小伙子。

葛先才听完韩在友的阵亡经过，沉默了好一阵，最后说："是军人，就得有战死沙场的准备，谁都不能例外。在友虽是死了，但死得勇敢，死得其所。你先把他埋在天马山，深埋一点，做好标记，到时告诉我，战后我们再安葬他。"

到了8月6日拂晓，天马山仍然掌握在守军手中，与50米开外的日军成对峙状态。

西禅寺阵地南部，天亮前为日军攻克，坚守阵地的师搜索连仅剩10人，退到北

端高地，与日军缠斗不退。

易赖庙前街及青山街彻夜为优势日军所攻击，青山街被一股200多人的日军所突破，负了重伤的王金鼎营长指挥部属苦战，已呈不支状态。鞠震寰团长左腿骨已被子弹打碎，不能行走，便找来了两根两米长的竹竿，横夹在腋下，命两名卫士抬着去指挥。师长周庆祥闻报，亲自手拎长剑短枪，率卫士排及师司令部共70人驰援。周庆祥左手执剑，右手端枪，身着短装作战服，杀气腾腾地冲入正与守军拼刺刀的日军群中，枪击刀砍，日军连连嚎叫。山东习俗，男人多会武术，兵荒马乱的年代几乎人人都会几手，周庆祥从少年时期开始练武，从军前已小有所成，到部队后真刀真枪地干了好些年，远非那些花拳绣腿见不得真章的江湖好汉可比。现在，发泄着对日寇的仇恨，他更是刀奔要害，枪击中宫，前面总是飞溅起一片血雾。官兵们见师长露了这一手，都大为振奋，连喊连杀，日军很快被逼到了阵地一角，被大家团团围住，刀枪并用，本来已充溢着血腥与死亡的战场上空，又增添了许多凄惨的狂叫与新的亡魂。这股日军除小部分脱逃外，大部分被歼灭。周庆祥杀兴未落，举剑四顾，见数米开外，一仆地日军突然跃起，朝后狂奔，周庆祥看也不看，顺手一甩，剑如利箭，直奔日军后背，只听到又是一声惨叫，长剑已透其背，直至没柄。大家围簇在周庆祥身边，崛立在到处都是血污、死尸的战场，如同一群雕像。

8月6日凌晨3时，日军从西北郊的演武坪攻进城来，这是第10军与日军打了46天后日军首次侵入城内，这意味着守军大势已去。

首次破城并侵入城内的是日军58师团。58师团是受过特种训练的专门攻城的部队，但这次破城，58师团倒是没有用上什么特技，而守城部队的一个小小的疏忽，让58师团捡了个便宜。

守卫演武坪阵地的是第190师568团2营5连，连长是罗夫上尉。该连阵地以旧护城河的一段为外壕，这段外壕宽约十米，深约两米多，水很深，淤泥也很厚，日军多次进攻都被阻于壕前，日军既无法越过，也不敢下壕涉水攀登。在5连的阵地右后方，有一个临时聚集伤员的地方，几百名伤兵中，还有一些能够勉力行走的，因为医护人员都上了前线，他们就担负起了照顾重伤患者的任务。这时的伤兵已基本没有任何医疗措施可以采用了，连极简单的饮食也无法保障。城内早已无食可觅，这些轻伤员就冒着生命危险，常潜伏着到对岸去搜取粮食、野菜甚至青草。为了过河，他们用竹竿和门板搭了个便桥在壕上，回时就将桥撤回。5连阵地守军明知这样做有为敌所乘的危险，但因为他们都十分可怜这些伤兵的处境，而且，说不定什么时候，他们也会加入这些伤兵的行列中去，也就未加干涉。狡猾的日军注意到了这一点，他们开始假装不注意：故意将部队让开，让国军伤兵随便采摘野菜青草，连续有两天，日军没对这个地段进行攻击。5连官兵以为日军被打怕了，不敢从这个地段突破了，也就疏于防守了。这天天刚黑下来，夜色中，几个或提筐或背篓相互扶持着的人影朝伤兵搭着的便桥走来。守军以为是伤兵从野外归来了，也不怎么在意，待到了桥边时，这些相互扶持的人突然散开，从筐里篓里取出枪来，端着就朝便桥上冲。守军发觉，已来不及了，一小股日军已通过便桥进入守军阵地，与守军搏斗起来。乘着守军与日军小股部队作战，无暇顾及阵地正面的时候，大股日军突然出现，旋风般从便桥卷进了守军阵地。

5连连长罗夫见状，仰天大嚎："兄弟们，我们是引狼入室的罪人，今日不死，不足以谢罪第10军众袍泽！"他抱起一捆手榴弹，打开盖子将拉环紧扣在各手指头上，冲向敌群，一声惊天动地的爆炸，罗夫与几名日军同归于尽。中尉排长黄学云见连队群龙无首，自动出来指挥，他一边让大家退到工事犄角，缩小阵地正面，一面将手榴弹尽可能收聚于一堆，用一根绳子穿过拉环，将一端系之于壕壁上，然后与众兄弟再往前冲，日军猛力将守军压了回来，守军再无可退，索性聚在一起不再抵抗。日军以为他们屈服了，狂笑着围了上来，等到这群日军走近了，黄学云突然跃起，扑到那堆手榴弹上……5连坚守演武坪阵地官兵全部殉职，演武坪前沿阵地失守。日军转而围攻左翼第3营阵地。

黄学云中尉，浙江上虞人，黄埔军校十七期生，时年23岁。

第3营营长鹿精忠麾下，此时兵员仅余一个排左右，日军越过护城河进入城区的约两个中队的人马，根本不把已丧失了外壕掩护以至无险可守的3营这点子人马放在眼里，一个冲锋上去，就把鹿精忠逼到了阵地内缘。第二个冲锋就与守军绞到了一起，开始了短兵相接的白刃战。正万分危急，568团副团长李适率师军械官墨德修及团部杂勤人员二十多人，前来增援，李适一边跑一边挥舞着手枪大叫："第3营的兄弟们，先顶住，不要怕，我是副团长，带人增援你们来了！"正喊着，突然扑倒在地——日军一粒子弹射进了李适的腹部，血流如注。墨德修军械官想让士兵将李适背回团部包扎，李适拒绝说："我是副团长，你们是我带来的，我回去了你们怎么办？第3营的兄弟们怎么办？"他以左手捂住肚子，费力地站起，右手举枪连连射击，踉踉跄跄地向前冲去。血汩汩往外流，一使劲，手捂不住，肠子都流了出来，衣服裤子都被鲜血浸透了。官兵们见了，无不感动，都舍了命地拼杀，终于将日军赶出了3营阵地。大家把李适扶进阵地，墨军械官劝他说："副团长，你放心，我在这里顶住，你还是回团部去。"李适摇了摇头，满脸凄苦地说："大伙尽力吧，我不行了。"说罢，头一歪，便永久地沉默了。

李适，国军第10军190师568团副团长，中校军衔。他平时为人和蔼可亲，爱护士兵，处事果断，多有战功。时年31岁。

日军从3营阵地一侧，冲入衡阳县政府一侧的天主教堂，将天主教堂作为进城的滩头堡。天主教堂极其坚固，是全城唯一框架尚存的几幢建筑之一。日军进入教堂后，即在四壁凿了很多枪眼，在断墙处垫了砖石以做掩体。师长容有略亲率师参谋长李长佑上校、参谋主任王杰上校和师部的五十多人，向天主教堂进攻，但日军已有险可凭，好不容易从此进城，自然不能放弃，容有略无法攻下。

军长方先觉闻报，急召军特务营长曹华亭至。方说："华亭，日军突破了演武坪进城了，你说怎么办？"

"打他回去，我们营还有百十号人，这是眼下全军唯一还有点战斗力的队伍了，我分一半让副营长带着保护你，剩下的我带去增援演武坪。"曹华亭说。

"华亭，实话给你说，如果城破，我是不打算出衡阳的，我向委座保证过，只有自杀。假如能撑得久一点，也许援军会冲进来，这样我还可能有救，如果现在城破了，日军冲进来，我是非死不可的。所以，你堵住演武坪那个缺口，也许就是救了我一命。"方先觉动了感情，眼圈红红的："全营你都带走，别担心我，能撑多久撑多久吧。"

曹华亭"啪"地一个敬礼："军长保重，华亭去了。"转身就跑回召集部队去了。

曹华亭带队到现场一看，天主堂内的日军武器精良，又有险可守，急切之间难以攻下，扬汤止沸不如釜底抽薪，先绝了日军大部队进城的路再说。他将队伍一部留下监视天主教堂内的日军，一部绕过天主教堂冲到原5连阵地，将留在那里坚守待援的日军肃清，既堵住了后来日军的进路，又截断了天主教堂内日军的退路，彼此又呈对峙状态。然而令守军不安的是，天主教堂内的日军，像人的肌体内长出的一个大脓包，稍不注意就发作。在这个战斗过程中，曹华亭的特务营残部死28人，伤21人，第2连连长井启弟阵亡，尚有半数可战。

到了8月6日上午9时，日军大部已逼近城下，守军城郊外围阵地，部分被日军从后截断了与城中的来往联络。国军守军与日军搏斗，主要手段是肉搏与手榴弹，枪弹只是一种辅助。全日鏖战，恶报频传，日军已如泛滥洪水，四处泻流，守军孤城残部，防堵无及。

方先觉自知到了最后关头。此时，他反倒镇静了，任何事情，到了未可避免的时候，就坦然地去迎接吧。

他下令采取了两项紧急措施。

一、将已编训的军部各单位尚在留用的幕僚及勤杂官兵，全部分配至市区各巷战工事中去，准备巷战。二、抽出铁炉门以南负责江防任务的暂编54师留下的步兵营残部，以其三个连分别控制接龙山北侧、苏仙井、司前街附近。其原有江岸防务由军医院医护人员及暂编54师师部遗下的部分幕僚与勤杂官兵接替。

日军68师团57旅团的旅团长志摩源吉是怀着非常痛苦的心情,从军司令官横山勇将军的指挥所走上总攻位置的。多少年来,尤其是进入中国战场后,志摩源吉一刀一枪地为自己赢得了军人的体面与尊严,但是在衡阳这座孤城前,他却丧失了多年以流血与生命换来的声誉。这并非完全是自己的怯懦或者所辖部队的质变,而是守城的这支队伍太顽强。当然,随着战争日渐接近尾声,他越来越多地认识到中国战场是埋葬日军长久武运的战场,下层军官与士兵已没有在以往的战场上那种泼命干的劲头,上级对这次战斗的严酷、时间的长久明显没有周密的考虑,粮食供应不上,弹药也一度受到了限制,这使部队的战斗力也受到了一些影响,致使久攻衡阳而不下。按日军晋升的常规,佐久间为人师团长阵亡以后,他志摩源吉是当然的接替人选,但上级却派来了新的师团长。起初,他心里很难受,职务在日军那种情况下,与享受无缘,但作为男人,他有指挥欲,希望得到,尤其是希望得到应有的尊重。职务也意味着天皇与日军大本营、对华派遣军乃至11军对一个人的战功、才能的认可,志摩源吉没有得到这个职务,他从内心里感到了不被重视的失落的痛苦。出于对天皇陛下的忠诚,出于对日军整体利益的服从,他压下了个人的情绪。堤三树男到任以后,对他表现出了上级对下级一般不应有的热情与尊重,一方面,他的心理得到了某种平衡,志摩源吉毕竟是志摩源吉,任何人都不会忽视他的存在,自己之所以未能担任师团长,那肯定是上级有另外的更有益于大日本帝国和日军的整体考虑;另一方面,他又有了惶恐和不安,是不是自己的情绪有所流露被天皇陛下觉察到了呢?对于后一种可能,他采取了补救措施——堤三树男让他干什么,他就去干什么,并且尽力去干好,以消除他的疑忌、戒心,让堤三树男好放开手脚去干,尽力地发挥他的才能。但是,这么长时间过去了,志摩源吉没有战果,他堤三树男也没有什么特别的办法。作为下级,久战无功且损兵折将,受到上级的责骂,自然无可非议,但假如这个上级更无作为,还把责任推给拼死作战的下属,那自然又当别论了。出于对军纪的考虑,也是军人的习惯使然,他对堤三树男对他的责骂、埋怨,都未作任何反抗或者不满性表示,但横山勇对堤三树男那责备的眼神,以及对他的抚慰,让他终于感到了温暖,也感到了自己真实的需要——他是一个需要被长官"哄"着去冲锋陷阵的军官。从那一瞬间起,他决定死在衡阳战场,为了让天皇陛下知道自己的忠诚,为了让鲜血洗去自己的耻辱。他不会自杀,那样太不明智,但他可以自杀式地战斗。从那时开始,他就一直在一线,哪里最危险,哪里的战斗最紧张,他就到哪里去,而且从不注意隐蔽。

这天中午时分,他在市民医院附近指挥作战。市民医院的左前方是花药山,花

药山前是岳屏山，岳屏山前面是中皇宫，到了中皇宫就到了衡阳城下。守军已基本没有了机动能力，他们几乎没有了增援，但也正因为如此，他们不撤退，因为也无处可退，就在原地拼死抵抗。这样，仗反而更难打了，人一旦抱定宗旨要死在那里，对手往往要付出比平时高一倍甚至几倍的代价才能达到目的。志摩源吉的57旅团，进攻面大大地缩小了，但除了援军上来给予弹药补充外，本旅团兵员并没有得到补充。一个多月的生死搏斗，饥饿、伤亡、疲惫也同样折磨着他们，一个旅团中，几乎没有多少健壮的官兵了，志摩源吉就驱动着这支队伍一次一次地向着守军阵地发起攻击。堂堂一旅团长，完全成了战斗士兵，没有马靴，没有耀眼的军衔，唯一代表着旅团长权威的是他那长长的指挥刀和为全旅团官兵所熟悉的粗壮的身躯。第三次总攻击开始后，志摩源吉就没有设立指挥所，哪块阵地的守军最顽强，他就出现在哪里。他没有传令兵，他的命令直接下达到每个战斗员，他也不带作战参谋，他所需要攻克的地域的形状、位置、高度，守军防御工事的位置、火力的角度，他都已烂熟于胸。很难想象，他的身躯真像装了电瓶的马达，一旦开通就没停止转动的时候，他到哪里，哪里已经沉寂的日军又为之躁动起来。由于他在前沿阵地来回奔跑，大喊大叫地指挥，连守军都渐渐地熟悉他了。防守五桂岭的第3师8团团长张金祥很早就开始注意他了，从他的姿态和行为中感觉到了他的不凡，决定敲掉他。为了不打草惊蛇，达到一举成功的目的，张金祥和团迫击炮连连长刘和生商议，将两门迫击炮隐蔽到接龙山前沿，将炮口对准按常规志摩源吉一定要出现的地段。果然，日军进攻岳屏山受挫后，志摩源吉又拖着长长的战刀出现了。200米左右的距离，连战刀上闪亮的反光张金祥和刘和生都感觉得到。张金祥问："有把握吗？"刘和生点点头："放心，他死定了！"刘和生亲自走到炮前操炮，准备发射。

这两门炮还有8发炮弹，是张金祥想方设法留下来的，有好几次，战斗已经十分残酷了，只要有两发炮弹就可以改变局势，但张金祥还是没有将这几发炮弹打出去，也许是志摩源吉命该绝了，张金祥不愿用两发炮弹扭转一个阵地的局势，却要用8发炮弹来对付一个虽然有感觉但无法确切知道其身份的人。刘和生天生是和迫击炮有缘分的人，按资历和战功，他早就可以去当营长了，但他坚持继续当他的迫击炮连连长。他可以算得上是半个迫击炮专家，尤其是亲自操炮射击，一般是十拿九稳。

志摩源吉站住不动了，刘和生静声屏气地瞄准，开炮！刘和生的身子一抖，一发炮弹尖啸着朝志摩源吉扑去，就在同一瞬间，另一炮手的炮弹也出膛了，志摩源吉被烟雾吞没了。"打！别停，把炮弹都给我打出去！"张金祥坚决地命令，他仿佛把对日本侵略者的仇恨与愤恨，全部发泄到了志摩源吉的身上。

8发炮弹打完了，阵地上从此再也没有见到过志摩源吉的身影。可惜的是，事隔多年后，在台湾的张金祥才从日军有关衡阳战场的战史上知道，那次炮击的目标是中日战场上声名赫赫的志摩源吉少将。志摩源吉当场就死了，死得极惨，一发炮弹直接穿过志摩源吉的腹部，他当时就像纸做的风筝一样被炮弹撞得飞起来了，人掉下来前就已气绝身亡。

横山勇认定是堤三树男的责备侮辱了志摩源吉，刺伤了志摩源吉的自尊心，从此对堤三树男有了厌恶之意，后来借故把堤三树男的职务解除了。横山勇精则精、明则明矣，但他还是不懂志摩源吉的心，堤三树男伤害了志摩源吉不假，但要他命的却是横山勇自己对志摩源吉的抚慰与同情。

到了6日的下午3时，五桂岭阵地的北半部、岳屏山，先后为日军突破、占领。方先觉命令：防守接龙山北侧的暂编54师的步兵营1连，归属张金祥指挥，苏仙井的2连由曾京指挥，在当日黄昏，两团长各自带领一连人马向占据五桂岭北半部和岳屏山的日军反攻，其目的已不在夺回阵地，而在于迟滞日军向城下突进了。

入夜，西禅寺、外新街两处阵地失守，守军全部战死，无一生还。其余残存阵地，都与日军形成犬牙交错的状态，国军官兵拼死抵抗不撤退，不转移，与日军缠斗。这时守军杀敌的有效武器手榴弹已经全部用尽，子弹也为数很少了，只有靠刺刀维持。

8月7日，守军危机四伏，日军攻击正凶。国军的地面援军仍在远离城郊的地方与日军警戒部队游斗，无法接近衡阳城区。蒋介石心急如焚，他生气地责问参谋总长何应钦："长腿的进不了衡阳，长翅膀的呢？也飞不进去吗？换给你们去守守城看？"

"长翅膀的"惊闻"老头子"发了大气，一改往日的倦怠，衡阳上空助战第10军的飞机突然增多了，美军14航空队的，中国空军的，从早到晚，常有二三十架飞机在空中呼啸着投弹、扫射。衡阳守军所以能坚守这么长时间，中美空军功不可没。四十多天中，中美空军损失了五架飞机，牺牲了三名飞行员。

到了最后的时刻，"老头子"又发怒了。他们竭力而为，替守城的第10军兄弟出最后一把子力气。但是，空中力量毕竟不能把地皮提着四边兜起来，把敌人扔到江里去。城里热望的是地面援军，只有地面援军才有希望把大家救出去，几千名伤兵，为数不多的战斗员，一面拼命地挡住自己所能挡住的敌人，抱着必死的打算，一面关注着城郊外有无援军的枪声，怀着求生的欲念，期望千分之一的奇迹发生。但是，奇迹永远也不会发生了，军部已开始在做善后工作。

孙鸣玉将图表、计划等作战资料统统卷在一起，点火焚烧。他苦笑着对副官处长张广宽说："看来，我们当不成英雄了，也不会有人请我们去讲英雄史了，这些

东西也就不用保留了。"顿了一下,他又说:"如果委座知道我们的难处,我们又能侥幸生还,说不定有人也还会请的,那也不要紧,还是那话,这些资料都记熟在我的脑子里了。"

战区督战官兼炮兵指挥官蔡汝霖命令张作祥:将所有的大炮全部炸毁,不准有一门炮资敌。他自己就将督战手册与炮兵资料等全部销毁,他是个精细的人,连一张纸片也没留下。

方先觉坐在屋之一隅,默默地注视着这一切。

这时空军分队长陈祥荣进来了,这些天太紧张,大家都顾不上他。陈祥荣本是自由的,不受第10军的节制,他本可以有很多机会一个人从缝隙中钻出去逃走,但他不愿这么做,几十天共同的忧患与苦难,他觉得他与第10军的弟兄们不可分离了,尤其是对像慈父又像兄长的方军长,还有督战官蔡汝霖、师长葛先才……他愿和他们一起经历最后的时刻。

方先觉叫住了陈祥荣:"小朋友,跟我们一道拼吧,我们死活在一起,如何?"

陈祥荣知道,这是方军长怕他现在做出城的打算,而现在已非昔日了,走出去只有死,想把他留在身边,毕竟是军长,安全系数总要大一些的。陈祥荣点了点头说:"放心,军座,我会死活与你在一起的。"

8月7日天亮时分,日军一个大队突破青山街,第3师7团2营王金鼎营长与该团2营营长侯树德,同为安徽太和人,又是军校十五期1队的同学,因为与方先觉的故乡毗邻,也因为这两人都忠勇上进,数有战功,同为军长方先觉所赏识,而他们两人又情逾手足。这次他们两人各带自己营队残部坚守青山街,相互约定:分工不分家,相互支援。日军突破青山街三次,前两次均被王营长率该营残存的17人打退,第三次,王营长的手榴弹用尽了,日军乘机冲了上来,王营长奋起抵抗,中弹身亡,赶过来支援的侯树德营长将日军赶下阵地后,与2营的残余12名官兵抚尸痛哭一番,然后利用日军整顿队伍,准备再次进攻的间隙,堆积了些被日军炸塌的木质房子的杉木壁板,将王营长火化,然后侯营长把骨灰拢集一堆,用一件衣服裹起来悬吊在腰间,他发誓要为王营长和众多死难的同胞报仇。

青山街两营残部,加起来不过二十几个人,已经无法抵御日军的进攻。团长鞠震寰还是让人抬着他亲率暂编54师所遗营的第3连残部前往救援,打到上午9点,兵员所剩无几,鞠震寰本是倚坐在一处断墙下指挥,见日军潮水般冲上来,他怀着必死的念头,左手一撑地,刷地站起,右手手枪连连击发,就近的日军连连应声而倒。日军恨他枪法奇准,伤人太多,想活捉他狠狠地折磨,但鞠震寰背靠断墙,单腿独立,凭手中一支枪,竟使日军无法靠近。日军大队长恼羞成怒,亲自端一挺歪把子机枪,瞄准鞠震寰恨恨地骂道:"八格牙路,死啦死啦的有!"鞠震寰轻蔑地朝端着机枪准备发射的日军大队长笑了笑，仰天长呵了一口气，像是终于盼到盼了很久的事情，叫了一声："周师长……"与此同时，机枪响了，断墙与鞠震寰的身体粘到了一起，机枪还在疯狂地响着，断墙的残砖碎屑，又与鞠震寰化为了一体。

上校团长鞠震寰壮烈殉国，青山街失守。

日军从青山街冲进城内的司前街，直到湘江岸边，把衡阳城截成两段，设在中央银行的军部已在日军步枪的射程以内。

演武坪方面，后续日军与占据天主教堂内的日军相互支援，后续日军在前面进攻，天主教堂的日军在背后射击，曹华亭所率的残余人员，像馅饼一样被挤夹在一起，眼看大势已去，曹华亭又担心方军长的安危，就带着仅剩的五名士兵撤回了军部。

中午时分，城外除小部分阵地外，大部已经失守，日军已经进城，部队正在城中利用断壁残垣和废墟抵抗日军向军部的冲击。

各师长如约到达军部，大势已去，无力回天了。

这时军部仅有军长方先觉中将、军参谋长孙鸣玉少将、第3师师长周庆祥少将、预备第10师师长葛先才少将、第190师师长容有略少将、暂编54师师长饶少伟少将、军副官处处长张广宽上校、军辎重团团长李绶光上校、副官王洪泽少校和几名卫士。

方先觉问："事已至此，大家还有何法？"

沉默不语。

"那好，大家既无话说，参谋长，我说你记，向委座拍最后一封电报，我们做事要有始有终。电报拍发完毕后，参谋长你负责立即炸毁电台。"显然，方先觉是早已将电报内容想好了的，他早已预见到了这个时候。孙鸣玉少将将电文开头拟好后，方先觉念道：

> 敌人今晨由城北突入以后，即在城内展开巷战。我官兵伤亡殆尽，刻再也无兵可资堵击，职等誓以一死报党国，勉尽军人天职，决不负钧座平生作育之至意，此电恐为最后一电，来生再见。职方先觉率参谋长孙鸣玉，师长周庆祥、葛先才、容有略、饶少伟同叩。

口述完这中外皆知的史称为"最后一电"的电文，方先觉吩咐："事已至此，大丈夫生又何欢，死亦何惧？诸位有什么事放不下心的，需要交代的，都分头去想想，到时我们再一起从容成仁。"

8月8日清晨5时，日军从演武坪、青山街等处逼近市中心，防守大西门的预备

第10师28团团长曾京眼看日军快冲到军部了，带着身边的十多个人冲进军部，对方先觉说："军长，走，我们保护你冲出去，现在很混乱，还有机会。"方先觉厉声斥责："曾团长，你回去，你的阵地在哪里你就应当在哪里。"曾京头一摆："弟兄们，走，回大西门。军长，你多保重。"方先觉目视着曾京："你也保重。"曾京读懂了他的眼神，他的心一热。事隔五十多年后，这位在武汉市建筑管理局职工宿舍内养老的人还记得他长官的那个眼神的含义，方先觉仿佛在说："你走吧，你不比我，我是军长，守卫衡阳城的主帅，我一走，影响就大了，我不是守常德的余程万。"

曾京把头转向闻声走出来的葛先才，葛先才当然懂得曾京的意思，他瞥了军长方先觉一眼，无声地摇了摇头。曾京回头冲出了军部，奔向大西门。

曾京刚走，曹华亭带着几个士兵，挥舞着手枪杀气腾腾地进来了，他一进来就嚷嚷："各位官长，你们自行决定该怎么做吧，军长交给我带走，你们谁敢攀他，别怪我曹华亭翻脸不认人！"说完，他对身边的士兵一努嘴："给军长换上衣服。"其中一个兵"哗"地抖开一件长衫，跑过去就要披到方先觉身上。方先觉一把挡开，厉声喝道："曹华亭，你要干什么？"曹华亭回答："军座，你放心，我已侦察到了一条出城路线，我保证护送你安全出去。"方先觉说："你走吧，我不走，我说过的，我绝不突围，我决不出衡阳城。"曹华亭道："那话哄哄'老头子'可以，他也哄你嘛，当不得真的。快走，要不来不及了。"曹华亭指挥两个士兵跑过去架方先觉，方先觉刷地抽出手枪："曹华亭，你再乱来，我枪毙了你。"曹华亭也大声回答："枪毙了我，也要把你弄走！"说毕，他亲自扑过去架方先觉，方先觉后退一步，把枪贴近自己的前额，说："华亭，别逼我，你再往前一步，我就自杀！"曹华亭止住脚步，惊愕地望着方先觉，厚厚的嘴唇抖动了一下，流血不流泪的汉子流下了两行浊泪，他长叹一声："既然如此，那就罢了。"他对带来的兄弟摆摆手："你们走吧，我在这陪军长。"方先觉劝他："你留也无益，你也走吧。"曹华亭惨淡一笑："华亭再无出息，也还懂得个'义'字，你也别逼我走了，否则，我也只好自杀。"曹华亭说毕顺手夺下方先觉的手枪贴住自己的太阳穴。方先觉热泪长流，无言地冲曹华亭点了点头。曹华亭顺势把枪收进自己腰间，将方先觉扶到椅子上坐下。

在城中，各处战斗仍在惨烈地进行。

预备第10师28团3营营长翟玉岗少校，因腿负重伤不能站立，便隐伏在一处破屋中，虚掩上大门，拉一桌置于门侧，再将一张椅子摆到桌上，人费尽力气爬到桌上坐到椅子上，手执一门闩，一名日军推开门探头进来，翟玉岗手起闩落，正敲在钢盔上，日军士兵当即脑浆迸裂，应声而倒。尾随其后的日军一小股人马闻声闯了进来，翟玉岗举起门闩与他们搏斗，翟玉岗人少势单，腿又负了重伤，被日军摁倒在地上用刺刀逼住了。翟玉岗假装驯服了，慢慢地坐起来，他乘用刺刀指住他的日军不备，一跃而起，双手攥住日军的刺刀往自己胸口一拉，"哧"，一股鲜血喷得那日军一头一脸，翟玉岗松开手倒下了，再也没有起来。

翟玉岗营的4连连长李濬上尉负了重伤，日军以为他死了，没人注意他，他就躺在翟玉岗阵亡的那座房子对面的阶沿上，他亲眼看到翟营长战死，心中十分愤慨。他将仅剩的两颗手榴弹放在身下，揭开盖，将拉环扣在手中，等那伙日军从房子中出来，他趴在地上大喊一声，日军不知出了什么事，赶紧跑了过去，他们刚在李濬身边围定，李濬突然翻过身来，叫道："来，请你们吃手榴弹！"手榴弹响了，日军被炸得血肉横飞，李濬壮烈牺牲。

第28团1营营长赵国民，在巷战时腿部又中了一枪，他斜躺在一处废墟上，日军想把他做俘虏抬走，等到日军靠近了，他抬手连连击发，连毙三名日军，日军恼羞成怒，数枪齐放，赵国民少校立即血溅废墟，英勇殉国。日军走后，藏在废墟背后的赵国民的部属钱顺生、何登亮，敬佩赵营长的为人，冒着生命危险，在这天黑夜以手掘土，将赵国民掩埋。

第30团有一群伤兵聚居于一破房内，他们每人都留有一颗手榴弹，为的是最后一用。日军在屋外大声吆喝，他们在里面叫骂，日军士兵火起，一脚踢开大门，一看，是群伤兵围坐在一起。日军士兵心怀轻视，狂笑着大步走近，这群伤兵中的一个大喊："拉！"手榴弹此伏彼起地响了，屋子中没有了一个生命。

军部工兵营副营长有一个叫李向阳的同学来投，要求参与打日本鬼子，为避免特务潜入内部，战前曾有规定，各部队不准接纳新来投军的人，因此李向阳只能以客人的身份住在队伍里，后来战斗惨烈了，他也不等命令就自动上阵，不久负伤，与工兵营的几名伤患居于一间被炮弹炸得百孔千疮、摇摇欲坠的破板房内。日军来搜索前，他与同房内的伤患者商量，弄来汽油，待听到日军声音逼近时，他将汽油遍洒各处，等日军进屋搜索，李向阳划燃火柴扔向洒汽油处，火立刻像一条蓝蛇，"嗖"地窜到各处，木板立刻火焰四起，风烟浓烈，日军还未反应过来，烈火已经封门盖顶。熊熊烈焰中，仍然可以听到李向阳的说笑声："没想到，还有这么多鬼子替我们陪葬。"声音一如平常，全无痛苦状。

日军冲进了190师师部，师长容有略已去军部，副师长潘质在指挥部指挥战斗。日军冲进师部前，潘副师长遣散了师部所有人员，一人着整齐戎装，佩戴着少将军衔，端坐在办公桌后面，桌上放着一支手枪。日军闯进来一看，连连敬礼，退到大门口，留下个岗哨警戒看守，其余的搜到别处去了。

此时，除一部分日军在城外继续攻打天马山、五桂岭以外，大部已从四处进

城，渐渐地逼至第10军军部所在地中央银行附近，曹华亭率参谋、卫士及少数几个幕僚守住军部附近的堡垒，日军冲至距军部600米左右的商务印书馆时，就再也无法接近军部一步。

方先觉踱出地下室，慢步上到楼上平台，缓缓环视着衡阳城郭。过去，这座古老而美丽的城市有二十万人口，中日战争时期，这里出现病态繁华，人口骤增到三十多万，高楼大厦，鳞次栉比。现在，全城仅剩下了中央银行、聚兴城银行、县政府、宪兵营、县党部、三青团、雁峰寺、中正堂几座建筑结实但也已残败不全了的房子，还有在那市中心鸟瞰全市的钟鼓楼，巍然屹立着。方先觉眼看这抗战重镇马上就要落入敌手，眼看上千名伤患袍泽和正在战斗的部属还有自己马上就要陷入不可知的命运，他心中悲苦至极。他仰望西南，喃喃自语："委座，我方先觉已经尽力了，没有辜负你。"

方先觉匆匆走下平台，召来曹华亭、卫士和幕僚们，说："你们已陪我尽到了最大的责任，你们各自想办法寻生路去吧，我就死在这里了。"他伸手一摸枪，才想起枪被曹华亭拿走了，伸手向卫士们要枪，卫士们自然不肯，方先觉只好作罢。他扭头问："师长们呢？请大家来，一起死吧！"师长们来了，孙参谋长也来了。周庆祥一进来，就高声说："对不起了，军长，我不想死，我已传你的命令通知五桂岭挂白旗了。"方先觉一听，大声喝道："周师长，你要害得我成千古罪人啦！"他对曹华亭说："你给我把周师长绑起来！"曹华亭上去要动手，周庆祥说："好，曹营长，你来抓我，我不反抗，只要你一抓住我，没有人反对军长，军长就得死，你要他死吗？"

曹华亭不动了。

周庆祥说："军长，死了算啥，不明不白的，要打日本也要先活下来，委座也会体谅我们曲线救国的，万一将来上峰追究下来，我来担待。我就不信他们全能怪我们，我们落到今天这步田地，他们就没有责任？"他转过头去，目露凶光，对几位师长和孙参谋长吼道："哪位还有什么话说？"

大家把眼光转向了方先觉，方先觉狠狠地一拍桌子，流着眼泪说："好，就是这样干了，不是我们对不起国家，而是国家对不起我们，不是我们不要国家，而是国家不要我们！"接着，方先觉就让参谋长孙鸣玉拟定投降条件。

孙鸣玉所拟的条件是："一、我们是参加和平政府的，不是投降，请不要将此事发表。二、保证生存官兵安全。三、收容伤患并予以治疗。四、第10军不出衡阳，保存第10军建制，驻防衡阳补给。"

方先觉看了一遍，又读给大家听："哪位还有什么意见吗？"

葛先才建议说："应当加上一句，埋葬国军战死者骸骨。"

周庆祥不耐烦了："哪有那么多条件，人家答不答应呢？"

葛先才大怒："不答应就拼他个鱼死网破！"

"好了，好了，先这么着。"方先觉一边亲自添上葛先才的建议，一边打着圆场。添完后，方先觉在上边签了字，让周庆祥与张广宽带上一个日语翻译去与日军谈判。日军116师团的指挥官答复说，对投降表示欢迎。关于所提的保留建制、不杀俘虏等要求也同意。日军要求方先觉亲自到五桂岭116师团指挥部去面谈，国军必须立即停止抵抗，将武器集中在南门外马路两旁。方先觉都照办了。日本国的《朝日新闻》在8月13日刊载了战地记者小田岛报道的这一事件的经过："该军长等旋随部队前往投降谈判场所涂仁中学，我部队长偕幕僚长以下诸人，于该日午前10时45分在学校防空壕内开始谈判。壕内置有一张木桌，部队长坐在正面，方军长坐在他的对面，该军长两侧为第10军参谋长孙鸣玉以下诸人依次而坐。狭小的防空壕内充溢着紧张的情绪，烛光在摇晃，敌机的声音响彻云雨密布的天空，大的芭蕉叶伪装了防空壕的入口。部队长突破紧张的空气，以严厉的口气凛然地说：'本官以日本军最高指挥官的资格向贵官提出这样的要求……'他拒绝了敌军所提出的多项投降条件，提出我方面的无条件投降要求书，并且很严厉地说：'请及时答复。'部队长的视线集中于军长脸上，方军长听了翻译的话以后，低声确定地回答：'服从这个要求。'部队长说：'至于解除武装的事，回头听日军指示。'这样衡阳守军全面地向我军无条件投降了，时已12时，在投降书上签了名的军长脸上表现了动摇不定的恐惧。最后我方某参谋长向方军长要求道：'请命令衡阳重庆军即时停止战斗行为。'方军长当即请参谋长命令全军停止战斗。方军长会同我部队长又把服从全面投降的事告知各师长，各师长也都无异议地同意了。部队长最后声明，各师长的身份皇军负保障之责。这感动了投降我军的敌将们，会见终了后走出来的方军长及各师长的脸上浮现了一些安静的情态。"

对于这一报道，当事人方先觉在时隔32年后的1976年进行了否定。他在台湾对日本《产经新闻》记者古屋奎二声明，说他们当时不是投降，而是和平谈判停战。方先觉在叙述当时的情况时说："8日上午，有自称为日军第11军使者的竹内参谋来接洽停战，当即告诉他，我们绝没有投降之意，同时提出：一、保证生存官兵安全，并让他们休息。二、收容伤兵，并郑重埋葬阵亡官兵等条件。竹内说：'中国军勇敢作战的情形，不仅在此地的日军，就连日本天皇和大本营都有所闻。'他特地表示敬意，并对我方的条件完全同意，而日本记录说我们投降，甚至有说是举行了投降仪式，是绝对错误的，我以军人的名誉发誓没有那回事。"

关于细节，沧桑半个世纪，确实难以溯寻得更真切了，但方先觉的第10军在守城47天后，终于放下武器，停止了抵抗，而且把部队按日本人指定的地点集中在一

起，这是无可置疑的。8月8日，日落时分，日军占领了衡阳全城。

这天是个细雨过后的晴天，到傍晚，天际出现了火烧云霞的晚景，太阳隔着一层薄薄的云，像个大铁饼在里面愤怒地抽动着火焰燃烧着，那层薄云像被烧得通红的一块形状巨大的铁板，把远山映得如同一片血海，情状凄美而壮观，直到夜色降临。

从6月23日日军在衡阳城郊的耒水河畔，向190师568团第1营杨济和营长防守的新码头前进据点打响第一枪开始，到8月8日止，国军陆军第10军以不到两万人守一座孤城47天，成功地阻挡、迟滞了能攻善战的日军第11军数十万人进军我大西南的步伐，是中国抗战史上正面交战时间最长、敌我双方伤亡最多的空前惨烈的城市争夺战。

衡阳之役，国军第10军大约伤亡15000人，其中阵亡约6000余人。日军伤亡根据战后日本战史记录，计有19380人，其中军官战死390人，负伤520人。中将师团长佐久间为人、少将旅团长志摩源吉均丧生于衡阳战场。

在此之前，日军攻占星洲和马来西亚的时候，只动用三个师团，损失兵力9657人；夺取缅甸的兵力是四个师团，伤亡只有1289人；扫荡印尼全境，是使用三个师团加一个旅团，损失了2624人；而为攻占衡阳区区一座孤城，日军竟投入五个师团、一个独立旅团和一个重炮兵部队，旷日持久达47昼夜之久，而伤亡人数却远在上述诸役之上。就中日战场上比较，12月20日重庆《大公报》曾以《向方先觉军长欢呼》为题发文："衡阳失守后将近一个月，敌人继续发动攻势，大家以为全州是第二个衡阳，而敌人一腿就跨过了大榕江，全州不战而弃。桂林名城天险，调重兵，聚粮械，连布置防务的负责人都说'桂林能打三个月'。结果啊，36小时而陷！桂林一带的将军们，请你们照照方军长的镜子，你们还有什么颜色？方军长啊，谁知道还有更糟糕的事情在后头，柳州弃守之后，敌人马不停蹄，跟踪入侵，陷宜山，越怀远，破金城，踏河池，蹂南丹，窜六寨，破下司上司，突黑石关，过中捞河，闯过了独山，进军千里，直如无人之境。在这极短期间内，由柳州到独山这一条直角的曲线上，多少人民破家荡产，流离逃亡，更有多少物资损失，生命死亡。国家养兵，谁叫他们这样无用？……"由此可见，第10军虽然因为最后放下武器停止抵抗而有了个不光彩的结局，但其战斗过程和战斗成绩以及此战产生的深远影响，比前比后，比外比内，都可以说第10军是一支英雄的部队，是国军在抗日战场上表现最为出色的队伍之一；衡阳战役也是中日战史上一个以少胜多的典型范例，连日军战史都称其为日俄战争以来的又一个"旅顺要塞之战"。第10军官兵在战场上表现出来的前仆后继、浴血奋战的勇敢顽强和强烈的爱国主义精神和蔑视优势敌人的气概，则永远为后人所敬重，所纪念。

衡阳失守的消息传开，社会各界反应强烈，大都对衡阳战役持热情赞赏的态度，对方先觉最后的行为抱以同情与谅解，因为他确实是在弹尽粮绝、兵员伤亡将尽的不得已的情况下出此下策的，而且此举也确实使大部分伤兵得以保全生命；对统帅部指挥及各路援军解围不力最后使第10军有个不光彩的结局普遍表示不满。

蒋介石接到方先觉的"最后一电"，当即热泪盈眶，用颤抖的手在当天的日记中写道："悲痛之切，实为前所未有也。"衡阳最后陷落的消息传来，蒋介石更是悲痛万分，电令全国军队于8月20日上午6时，各在军旗前默哀三分钟，藉表敬悼，他亲手拟就电文，说：

> 此次敌寇进犯衡阳，历时47日之久，战斗之猛烈，为抗战以来所未有。我官兵坚强抵御，以寡敌众，在敌人步炮空军联合猛攻并施放毒气之下，浴血搏斗，壮烈无前，坚忍苦战，屡挫凶锋。寇军抽调精锐，五次增援，无不受我守军之痛创；而我奉命守城之第10军誓死搏斗，寸土必争，伤亡殆尽。8日寅刻得方军长来电称"8月7日，北城为敌突入，即在城内开展巷战。我官兵伤亡殆尽，刻再无兵可资堵击。职等誓以一死报党国，完成军人之天职，决不有负钧座平生作育之旨意。此电恐为最后之一电，来生再见"等语，览电肃然，至深悲痛，其慷慨就义，视死如归，可谓壮烈极矣！现方军长本人虽生死未卜，而其生平不屈之志，实为全国同胞所深信。我第10军全体官兵对于此役，不仅发挥我革命军人以一当十、以百当千的精神，亦且实践作战至最后一兵最后一弹之训条，洵无愧为我总理之三民主义之信徒，与革命军人以身殉国之楷模，足重我民族存仁取义、千秋万世之光辉。兹定于8月20日上午6时，为全国军队各在军次集合全体官兵，为衡阳殉国守军默哀三分钟，藉志敬悼。我全国官兵应知军人天职，决不惜牺牲，与阵地共存亡，成功则克敌制胜，勋垂青史；成仁则气壮山河，光照日月。务各振奋策励，以第10军此次在衡阳壮烈牺牲为模范，共誓必死之决心，益历奋斗之精神，同仇敌忾，为已死同胞复仇，为国家民族雪耻。有我无敌，前仆后继，以达成神圣之天职，而争取抗战最后之胜利！特此通电，仰转属训勉，并将此电令朗诵。一体遵行，以副本委员长与全国同胞之殷望。

9月14日，重庆《大公报》载《衡阳47天》一文中，曾明确作如下评述："衡阳只是湖南之战中的一个据点，在其前的有长沙的失守，在其后的各路援军纷纷进攻。而以衡阳打得最为激烈，打得最持久，结果也最悲壮……我们以为衡阳之战贡

献至大，不仅向敌人索取了代价，也给中国军人做了榜样。衡阳战后，敌军整理准备了将近一个月，现又发动攻势，战斗正在湘桂边进行。拿衡阳做榜样，每一个大城市都打47天，一个个地硬打，一处处地死拼，请问日寇的命运还有几个47天？中国人民人人尽责，以不愧为战时的人民，而中国军人也必然人人奋斗，以不愧为战时的军人。拿衡阳做榜样，湘桂线上的敌人，它若再冒险前进，应该处处是衡阳，苦打硬拼，处处打它47天，不如此，我们就对不起衡阳守军了！"

遗憾的是，令蒋委员长和《大公报》失望了。衡阳战役之后的湘桂、柳州等战役，不要说47天，无论是桂林还是柳州，国军连3天都没有坚持住就纷纷溃退了，以至有了12月13日《大公报》题为《向方先觉军长欢呼》的社论，这篇社论在称赞方先觉和第10军的同时，狠狠地鞭挞了衡阳战役以后各路守军的败绩。

12月20日，重庆《救国日报》龚德柏社长亲撰题为《方先觉不愧张睢阳》的社论说："抗战8年，战死疆场的英雄烈士，至少数十万人，而保卫疆土，至死不屈者，亦不在少数，但其对国家贡献之大，于全局胜败有决定作用者，当推衡阳之守。方先觉军长，率万余疲惫之师，持朽劣之城，以抗志在必进之二十万倭寇，其必失，自属意中。这样毫无成功希望之任务，使贪生怕死者当之，必闻风而逃，不能权持一到两日。观于地形较优之长沙、全州、桂林等地放弃之速，更足证明。但方军长毅然担任这种艰巨任务，仅持血肉长城，与必死之倭寇硬拼到底，卒使敌人想尽方法，施尽卑劣手段，仍不获逞，最后乃请其（天皇）敕谕，激励将士，又猛攻五日，始攻破我防线，方军长因弹尽援绝，防无可防，始被敌人俘虏。这在方军长与其部下，真百分之百尽了职分，不论对于国家、对于长官、对于国民，均无愧色……"

此外，《扫荡报》《中央日报》《亚洲人报》等官方、民办以及国外的报纸都有纪念文章或者社论发表，无一例外地称赞了衡阳战役。

1944年8月12日，毛泽东在延安《解放日报》上发表社论，他首先称赞道："守衡阳的战士们是英勇的。"但他又确切地指出了衡阳失守的症结之所在："但是他们的努力没有人支援。"他特别批评了国军统帅部，说："何应钦在中枢纪念周上说，'在全般战略上言，吾人实不忧敌人打通平汉、粤汉两线之蠢动。'真是非常写意之至！政府的措施中，没有一件是号召和组织民众起来参加保卫衡阳的。"

放下武器，停止抵抗后的第10军的官兵们的命运如何呢？

第十一章

　　一念之差，英雄沦为阶下囚，壮士有人，不死又作飞将军；天良总在，方先觉借力逃归重庆，民众宽容，舆论盛赞第10军。

8月8日，方先觉下令所属各部放下武器停止抵抗的时候，城外天马山、五桂岭、岳屏山等还有部分阵地掌握在守军手中，城区西南也还被守军控制。当五桂岭方面挂出白旗后，有人向190师师长容有略报告，还说投降命令是方先觉下的。容有略对副师长潘质说："不可能，方军长是不会下这个命令的，我去军部看看，你告诉大家，要打下去。"在场的几位团长都表示赞同，坚持要打下去，要不，就前功尽弃了。容有略到了军部，就没有可能再回到190师的阵地上，但190师的弟兄们忠实执行容有略的命令，即使是后来孙鸣玉参谋长亲自下达了方先觉停止抵抗的命令，不仅190师，别的师也还有很多官兵不肯放下武器，城里城外，到处都是零散的枪声。当时，蒋介石的统帅部、第九战区和直接指挥衡阳作战的李玉堂，都还不知道衡阳失守，下午，中美空军飞临衡阳上空，撒下了蒋介石的一纸电令："明天援军一定可以到达。"接着又扔下许多弹药和食品，表现出空前的热情和大方。日军把弹药和食品欢天喜地地留下了，其中有识得汉字的读了一遍印在纸上的蒋介石关于援军的电令，再用日语讲给同伙听，这些家伙乐得捧着肚子直转圈。他们把纸条塞给中国士兵，自己大口大口地吞吃着飞机投下来的食品，嘻嘻哈哈地说："援兵的，你的；米西米西①，我的。"大家看到这些肺都要气炸了，但谁又敢说什么呢？到了第二天，国军指挥机关知道衡阳失守了，又派飞机来扔东西，但这回是炸弹，整整炸了两天，日军被炸着的不多，倒是国军有近千名伤患被自己的炮火埋葬了。直到13日，衡阳城内外才没有了国军抵抗的枪声。

日军尽管没有像以往那样每攻克一个地方，就大肆屠杀伤患和停止了抵抗的国军官兵，但他们完全把第10军的官兵作战俘对待，全无优待。

日军一共设立了四个集中营，方先觉和各师长加参谋长孙鸣玉被日军68师团的一部人马押送至市南郊的欧家町天主教堂软禁，称为黄茶岭集中营；有四五百人被囚禁在湘江中间的一个小岛上——东洲，称为东洲集中营；还有第190师的一部分被关在耒河口衡阳机场旁的一座汽油库里，叫做耒河集中营；其余部分编成两三百人一队，被日军押着到城外修桥补路，称为流动集中营。日军对方先觉等高级

---

① 米西，日语吃的意思。

将领，在生活上是优待的，对师长以下的官兵却十分残酷。他们每日把尚能够行走的第10军官兵，用枪托驱赶着到郊外去抢掠老百姓尚未来得及收割的水稻，每人每天只给一碗谷子和一小匙食盐，国军官兵们在石板或水泥地上将谷壳搓剥去，置于钢盔或铁锅、瓦罐等容器中煮成粥喝，米太少，为解饥，在熬粥的时候只好多加些水，稀到端起来喝时，一呵气就可以使碗里起波澜。日军对待国军伤兵，全无人道，粮食不够，更缺医少药，很多重伤号相继死去。四个集中营中，最惨的是东洲岛上的集中营。这个小岛四面环水，抢掠粮食很困难，国军官兵饥渴难耐，有些士兵便去偷摘农民栽种的南瓜，日军一旦发现立即用刺刀捅死。日军认为，这个地方既被日军占领，那么这里的一切便都是日军的战利品，没有日军的批准，谁敢动一草一木，都"死啦死啦的"。还有些日军将违背他们这一逻辑的国军官兵当做活靶，轮流练习劈刺。有一个国军班长被日军劈刺了几十刀才抛入江中。后来，方先觉知道了这个情况，便与日军交涉，日军不予理睬。耒河口、流动集中营都有类似的事情发生，第10军的官兵们无法忍受这种非人的生活，反抗、逃跑的越来越多。

蔡汝霖与陈祥荣在流动集中营。

在方先觉与几位师长商讨，向蒋介石拍发"最后一电"的时候，蔡汝霖这个战区督战官兼炮兵指挥官就忙着筹划逃脱的事情去了，所以在"最后一电"中没有蔡汝霖的大名。在日军逼近军部的时候，早就着好士兵衣服的他，乘乱拉着方军长的"小朋友"、空军分队长陈祥荣，一头扎进敌兵队伍中去了。

日军赶羊般赶着蔡汝霖等一伙人向汽车西站走去，中美空军的飞机在空中盘旋、侦察、俯视着这群战俘不像战俘、降兵不像降兵的昔日战友。陈祥荣站在马路中心，仰望着飞机，回想起自己昔日在天空中的自在劲，恨不得生出双翅，也飞回到天上去。要不，就干脆扔下一堆炸弹来，死了就百了。但是飞机绕了几圈，好像认出了他们不忍下手一样，翅膀一抖，蹿上高空，朝南飞去了。许多官兵都像陈祥荣一样长叹了一口气，失望地朝前走去。蔡汝霖他们糊糊涂涂地出了城，在百孔千疮的马路上走了大约一个小时，沿途经过的地方，废墟瓦砾堆上，到处都是遗尸，遗尸有的被火烧成如同一段焦炭，有的身首异处，有的粉身碎骨，有的因死得太久，被雨水泡得肿胀如一堆海绵，死尸上面，蝇如黑雨，臭气熏天，惨不忍睹。到汽车西站后，又继续走，直到西禅寺才停下。寺庙已被炮弹炸得难遮风雨了，连寺外的百年古柏老松不是枝叶凋零就是冠断腰折，或者干脆从上到下烧成一个光溜溜的黑柱子，有的甚至连根都被拔起来了。日本兵将被炮弹震得东倒西歪的几十尊佛像稀里哗啦地推倒，又叮叮当当地扫地出门，清出一块场地来给他们自己住，而将蔡汝霖他们圈在寺庙空地，任日晒雨淋，蚊叮虫咬。

当时正值秋老虎逞凶的季节，天气热得让人窒息，加上已有很长时间无吃无

喝，作呕、昏倒者比比皆是。西禅寺有几处池塘，池塘里的水本是淤水，水色发黑发绿，现在每处池塘又几乎都泡着几具到十几具浮尸，泡得有些时日了，水面上已漂着一层油沫，平时别说会喝这种水，连想一下都会连胆汁都吐出来，但现时可顾不上这么多了，国军官兵用手荡开油沫浮物，或窝手捧水喝，或趴下去鲸饮。有通汉语的日军挖苦说："看，他们喝他们自己人泡出来的油了。"一位排长，抬起头来大喝："对，奶奶的，老子喝了自己人身上泡出来的精髓浮油强身健体，好替他们报仇，杀尽你们这些狗杂种的日本鬼！"听懂了这位排长的话的日本鬼子，不但不恼，反而走过来伸出大拇指称赞说："你的，英雄大大的。"大家没想到这次冲突就这么轻而易举地解决了。

蔡汝霖与陈祥荣，还有蔡汝霖的副官老王，在庙外看到一国军上士手里拿着一条20厘米长、10厘米粗细的冬瓜，冬瓜显然没长成，青油油的瓜皮上还有厚厚的一层绒毛。蔡汝霖的副官老王上去讨，说："来，按老规矩，见一面，分一半，我们三个人分你一半，你一个人留一半。"

上士瞪着眼睛说："干什么我要分给你们一半，这东西是我找到的。"

情急之下，老王忘了他们改装成士兵的身份，他对上士喝道："你瞎眼了？别狗坐花轿不识抬举，"他伸手朝蔡汝霖一指，"这是我们督战官。"

谁知不提这倒好，一提这反把上士惹急眼了，他指着蔡汝霖的鼻子骂道："你们这帮狗官，开始说要人在城在，人亡城亡，现在还有这么多人在怎么就不打了？当俘虏、打白旗，现在还摆官架子？"

正吵着，两名日本军官跑了过来，大声斥责："什么的干活？"

蔡汝霖的心一下提到了嗓子眼，生怕这位上士道出他们的身份，不禁偷偷地觑了这上士一眼，老王和陈祥荣也吓得脸色煞白，正不知如何是好，这上士开腔了。他在这两名日军跑过来之前，已眼明手快地把冬瓜扔到一蓬草丛里藏起来了，他比划着对这两名日军说："他们，原来和我打过架，他们人多，没打过，现在，我有你们给我撑腰，我要打回来。"

两个日军军官中的一个，眼睛一瞪："嗯，打架的不要！"

日军走远了，蔡汝霖他们才松了口气。

上士到草蓬中拾起冬瓜，瞪了他们三个一眼，转身就走。走了几步，顿了一下，又转回来，把冬瓜放下，从地上捡起一块竹片，把冬瓜划成四片，一人送了一片，自己留了一片。那一片冬瓜，是他们几个吃过的食物中最甘美的。

在西禅寺住了一天，蔡汝霖他们又被押回城内，先是恢复城内的交通，清除废墟和堆积的死尸，后是到城外修马路，抢割水稻。那些天，国军飞机轰炸频繁，日军故意将蔡汝霖他们这群人在没遮没拦的地方赶来赶去，诱使国军飞机轰炸自己人。很多人因为遭罪，恨不得立即被自己人的飞机炸死，但又怕没死只伤更受罪，便在飞机来时尽量躲藏一下，可马路光秃秃的，无处可藏，他们便揭开阴沟的石板盖钻进去，趴在阴沟里。蔡汝霖、陈祥荣与副官老王约定，如果谁受了重伤，没受伤的人便用石板将受伤的砸死，免得其活受罪。国军飞机如果投的是炸弹，炸弹落下的地方便是尘土飞扬，弹片四溅，如投的是燃烧弹，便火光耀眼，当时是谁也不知道谁受了伤或者遇难死了，等到光熄尘散，则见躺倒的、坐着的、血流满地的、叫爹喊娘的、不能出声了的、身断头碎的、无手无足的，侥幸不死不伤的人，望其一眼，无不满目凄惨，顿生恻隐、恐惧之心，但到了这步田地，也是谁也顾不得谁了。开始，国军飞机对翼下的自己人，虽知有日军掺杂其中，但怕殃及池鱼，不忍下手，但美军驾驶员驾驶的飞机则不然，他们不管三七二十一，见到人不是投弹就是射机关炮，虽然大多数死者是国军，但日军也死了不少。所以日军对美国人、美国飞机恨之入骨，常跑到国军人群里去寻找美国人特别是美国驾驶员和炮兵指挥官。有个日本军官说，在开战不久，他们亲眼看到一架飞机迫降在国军与日军的阵地之间，一名飞行员也被中国军队救走了。蔡汝霖和陈祥荣都出了一身大汗，好在蔡汝霖是战区督战官兼炮兵指挥官，和部队基层打交道少，没几个人认得他，而认识陈祥荣的人就更少了，他们现在又隐瞒身份，一时半会倒不会有什么危险。看来，日军是吃国军的炮兵和空军的亏太大了，所以才对炮兵指挥官和飞行员有这么大的仇恨。日军不放心，专门叫来一个汉奸，让他来辨认。这个汉奸东张西望了一阵，看到蔡汝霖年纪比较大，也还相当富态，便走到蔡汝霖跟前问：“你是个中级军官吗？是干炮兵的还是步兵？”

蔡汝霖回答：“你看我像个厨子似的，有当中级军官的命吗？我只是一个司书，抄抄写写的事是我做的。”

汉奸站着没动，还是在那一个劲地打量蔡汝霖，弄得他心里直发毛。一边的军直属炮兵营一位副营长见状机敏地说：“我们这里全是军佐军衔，中级军官胆子大，又有兵保着，你能抓得到他们？早跑得没影喽。只有我们这些胆小的没敢跑。”那副营长见汉奸还将信将疑地站在那没动，不禁心头火起，凑过去贴着汉奸的耳朵说：“我看你还是赶紧走的好，听说这里还有军部特务营的兵，他们可是胆子大，打黑枪也厉害，你要是真找出个把中级军官来，把他们哪个惹烦了，会出事的。”汉奸后退了一步，左右看了看，赔笑着说：“是的，是的，全在你老兄提了个醒。”他回过身对日军说：“这里没有炮兵指挥官，没有飞行员。”说完，向日军哈哈腰，又回头向蔡汝霖他们神秘地一笑，赶紧溜走了。

化险为夷，心放回到肚子里，但想到那汉奸回头的笑很快又担起心来，他会不会回去又告密呢？总之，在这里是极不安全的，三十六计，走为上计，他们三个商

量：赶紧逃走，找个机会，越快越好。一起走目标太大，他们决定分头走。陈祥荣决定先走，他会游泳，蔡汝霖不会游泳，等机会成熟了再由老王照顾着逃。

8月12日，陈祥荣趁在城外修马路，躲进了路边的一条大水沟，再顺着水沟往上跑，跑到估计日军看不到的地方时，他爬出来，拐进了一条江防战壕，在战壕尽头跑进了湘江。陈祥荣是福建人，自幼极喜游水，当了空军飞行员后，又经过极严格的游水训练，所以技术极佳。湘江此时虽已到了仲秋水瘦时期，但仍然浩浩荡荡，气势汹涌，人跃进水里，就像飘进去了一根羽毛，很难左右自己。陈祥荣历尽千辛万苦，顺流漂泊，泅了大约三个小时，终于从樟木寺地带上了岸。

陈祥荣在衡阳保卫战的后期，和全军所有人员一样，生活十分艰苦，尤其是连清洁水都喝不上，经常吃不干净的生食物，喝不干净的水，结果患了痢疾。他逃跑时，痢疾刚好，但身体已经十分虚弱了，在游水的途中，陈祥荣又碰到了日军的船，他潜进水里憋了好一阵子气，待到日军船过去了才敢露头。游了一阵，又肚子痛得浑身直抽筋，好几次他游不动了，筋疲力尽了，真想沉下去一了百了，但出于对生命的热爱，也出于对复仇的渴望，他想回到部队以后，自己一定亲自驾着飞机到衡阳来，把日本鬼子炸他个底朝天。他拼命替自己打气，终于游到无人处上了岸。这时，天已快亮了，陈祥荣不敢再等，立刻摸索着往前走。天是黢黑的一团，风在刮，雨在下，他又饿又累，浑身疼痛，为游水减少阻力，临下江前，他浑身上下只留了条小裤衩，此时深秋雨夜，又有了一丝寒意，地形不熟，也不知走到哪里了，只好大概地摸索着向前走。天，渐渐地放亮，他看到了晨光中高耸的黑影幢幢的衡山，他根据衡山判断了一下自己所在和要去的方位，向高地走去。在这一段途中，他随时都可以听到日军的口令声，到处都能感觉到日军的活动，他像一只灵敏的草狐，一旦嗅到或闻到了危险的味，立刻就伏下去，隐蔽好，待到危险消失了，又或者爬或者跃进。他通过了七条小河，到了公路上。公路是日军防护比较严密的路段，大约每隔200米有一个士兵在来回巡逻。好像是与自己的飞机约好了似的，正在陈祥荣为如何通过公路犯难时，一队中美飞机呼啸而至，又是投弹又是扫射，日军只好跑到公路边山上的树林子里躲避去了。陈祥荣抓住这一难得的机会冲过公路，闯进了一丛灌木中，这丛灌木全是荆棘，他又慌不择路，一个劲地猛冲猛撞，弄得一身全被荆棘丛挂划得血淋淋的，到处都是伤，但他忍受住了这一切。

如此这般，风险迭出。饿了，随便趴在田埂、河边捧上几捧水喝一气，饿了，凡是能入口的，不管是草根还是树叶，扯上一把，捋上一手，塞进嘴里嚼，嚼了就往肚里咽。四天后，他走到了洪罗庙。到了宝庆后，空军司令部听到他的消息，专门派陈祥荣的队友用飞机把他接了回去。陈祥荣回到队友们中间，大家看到他那个样子，不禁都吸了一口冷气。他完全不像个二十几岁的青年了，又蓬又乱、长得扫肩了的头发，没有牙齿的嘴巴，放不出光的眼睛，说句话都直打哆嗦，站在那里仿佛就要栽倒一样。队友们都流下眼泪，分别拥抱过他，连话都说不出来了。

对陈祥荣来说，第一件事就是填肚子，但吃什么呢？飞行员们都是文化素质较高的人，他们知道这个时候，陈祥荣既不能吃营养太高的食品，又不能吃太硬的，还不能吃得太多。当年，一批苏联战俘从纳粹德国集中营获救后，受到了一顿极好的宴会的款待，战俘们暴食之后，便美美地进入了梦乡。没想到，第二天早上一看，这批获救的战俘竟一大半僵硬了。是谁下毒了？经过长时间的查证，结果论定是摄入了过多的高蛋白而导致的死亡。队友们自然不想让陈祥荣步他们的后尘。商量一阵，到街上去买了西瓜，西瓜是流质，又有糖分，容易摄入体内。西瓜刚一切开，陈祥荣就抢上去抓了一块往嘴里塞，他狼吞虎咽，脸都埋到西瓜里去了，弄得嘴角汁水长流，鼻子上、脸上到处都是西瓜屑。好不容易从西瓜上抬起头来，嘟囔的第一句话是："甜。"大家抢着把另一块西瓜递过去，他躲开，继续啃着那块只剩下瓜皮的西瓜。他一边啃一边喃喃地说："真是太好吃了，真的。"

从他身上，大家懂得了死里逃生的含义。

陈祥荣走了7天以后，蔡汝霖和副官老王随流动集中营到湘江边修路，夜晚就露宿在江岸边，此时不逃，更待何时？蔡汝霖决定逃走，他不会游水，但除了湘江可以假路而逃外，又没有任何一条生路可走，蔡汝霖与老王商议：哪怕就是淹死在湘江中，也强过死在鬼子的魔掌里，一定要逃！老王躲过鬼子的监视，悄悄地找到了四块方木，用拾到的废电线把方木捆好，藏放在江边一处石头窝里，只等一有机会，就让蔡汝霖抱着木头下江，顺流而漂，至于能漂到哪里或者能不能漂得过去，那就全看运气了。可是，老天爷仿佛专与人作对，一连几个晚间都是星光灿烂，明晃晃的月亮照得大江之中一草一木都清晰可见，根本无法接近江水，就是到了江里，也只会是给日本鬼子当活靶子。心中焦躁，急于寻找脱逃的机会，蔡汝森常常在偷闲时四处乱望。有次，他在铁炉门江边，亲眼看到江东岸一个日军军官，拉着一个抱小孩的妇女从房子中出来，那妇女穿一件被撕得不能遮羞了的旗袍，头发凌乱，一边哭喊一边挣扎，怀中的孩子也知道大难临头似的拼命哭叫，日军军官不耐烦了，一把推倒妇女，右手拉着那妇女的一只足踝，左手倒拎着摔在地上哭哑了声的孩子，大步走到江边，右手一甩，身躯娇小的妇女进了江中，左手再一甩，小小的孩子在空中划过一道弧线，像块石头一样落进了江里，很快就沉了下去。那妇女扔得近一些，大概生于江南水乡，多少懂得一些水性，她手刨脚蹬地朝岸边划来，日军军官抄起一块石头摔了过去，准准地击中了她的头部，水面上立刻洇开了一片血红，妇女停止了挣扎，一沉一浮地顺江漂下去，最后晃了几下，江水吞没了她。蔡汝霖感觉像被刀剐一样，弱不禁风的妇女和尚不知事的孩童何罪，碍着你日本鬼

子什么事了，非要下此毒手？！日军残忍如此，如不剿灭，哪还有人道可言？无论如何，非逃走不可，回去统率部队再与万恶的日本鬼子决一死战！

　　也真是心诚则灵，当晚，天乍变，云密布，雾随风卷，三步之外可闻人声不见人影。老王带着蔡汝霖摸过日军的步哨，找到四块方木扎成的木排，让蔡汝霖伏在木排上，他自己沉身水中，手搭木排一头，推送木排顺流而下。下到江中，蔡汝霖交代："现在我们开弓没有回头箭了，日军发现了，宁肯打死，也决不回去，日军巡逻船发现了，宁肯淹死，也决不再当俘虏。"老王一边蹬水调整木排方向，一边"呼呼"地吐着水，也不管蔡汝霖看没看见，只是连连点头。木排漂流到草河附近，这里江狭水急，流速很快，风涌波生，浪涛重叠，木排左旋右转、忽沉忽浮。幸好老王的水性好，人又忠诚，左拨右推，好几次转危为安，使木排漂移到了江东岸。日军在江上布置了汽船巡逻，好在是个小木排，一个人在木排上还是伏着，目标很小，天又黑得伸手不见五指，很难被发现，即使是日军汽船上的探照灯照到了木排，蔡汝霖也按老王事先的嘱咐，紧贴住木排，一动不动，日军也不以为意，以为是具死尸或是别的什么漂浮物。这些天来，江上的漂浮物多不胜数。他们由东岸再顺利地流到耒河附近，江水浪花中，日军在江两岸的嘈杂、呼啸依稀可闻。但生死关头，也顾不上这么多了，唯有冒险通过。其实，不冒险又能如何呢？人在水中，已是由不得自己了。好在顺风顺水，天又照顾，到了滕王阁仍是有如航行黑海之上。不久，听得马达的声音，以为是日军汽船，正慌乱间，老王开口了："不碍事的，是岸上的汽车。"过了一会，汽车开远了，没了声音，果然印证了他的话。木排漂到前面，看到一堆黑糊糊的船影，又以为是日军的给养船，蔡汝霖连叫老王把排推开一些，老王没理他，继续按原来的路线走。他们擦着船过，果然没事，是一只被击坏的、船老板或死或逃的破船锚在江侧。这时，老王与蔡汝霖的位置颠倒了，仿佛老王是指挥官似的。蔡汝霖心知他是对的，但心中不舒服，过了危险后就责骂老王目无长官。没想到平时憨厚少言的老王却说："正是我把你当自己的长官哩，要不我听你的，遇上日军我自己往水中一扎，他们到哪去找我？"蔡汝霖心里一热，不是吗，要不是老王，自己还不是在流动集中营里等死？真是患难见真情，这时还讲什么等级？蔡汝霖这么一想，便听老王的指挥了。

　　在木排上趴了整整一夜，蔡汝霖一动也不敢动，溅起的水波不时地劈头盖脸地撞了下来，浇得他如在水里泡过一样，四肢酥软。蔡汝霖想到自己毕竟是趴在排上，还没出什么力气，老王泡在水里，又是推木排，又是掌握方向，不知累成什么样了。

　　天边已出现了鱼肚白，两岸青山隐约可见，蔡汝霖和老王认为，天亮再在江中，目标就会被日军发现，考虑西岸是战场，老王费尽力气，将木排往东岸靠，蔡汝霖也趴在木排上用手帮忙拨划。靠岸后，为慎重起见，老王先到前面去侦察，蔡汝霖隐身水沟里等着。这时，远处传来一声鸡鸣，紧接着，附近农舍里也传来了此起彼伏的鸡叫声。听到鸡叫声，蔡汝霖怔了一下，忽然满心喜悦地站了起来，一边疾步往沟外走，一边大喊："老王别急，一块走。"老王正猫着腰，小心翼翼地向前走，听到蔡汝霖的喊叫，不禁愣住了：这是干什么嘛，一会胆小，见着个破民船都要小心地绕着走，现在到了尚不明情况的地方，又胆大得要命，乱喊乱叫的，叫敌人发现了岂不前功尽弃？蔡汝霖大步走过来，见到老王这个样子，憋不住哈哈大笑道："老王，这下该我指挥你了，你想，假如这儿打仗，假如这儿住着日本鬼子，你还能听到鸡叫吗？早叫那帮家伙全掳走了。"老王一想，也哈哈大笑起来，说："本来嘛，你是长官我是应该听你的，只是昨晚你在江上，不熟水性，暂时听一下我的。"

他们一边谈笑一边大步往村里走去，大有"江程一夜我身还"的感觉。举目四顾，晨雾缭绕，炊烟袅袅，田野如镶着金，两岸山峦叶黄山萧，鸡鸣狗吠，人声悠远，一派江南村野如画秋色。区区几十里，一边是屠宰场式的战场，尸骨累累，血流成河，一边是村人闲适，俨然桃花源中景，真是有地狱天堂的分别。蔡汝霖、老王感慨万千。

走到村口，见两个农村姑娘在井边洗菜、挑水，老王走近，很高兴地打招呼，谁知两个村姑像见到狼一样，尖叫一声，不约而同地拔腿朝村里奔去，连水桶、菜都不要了。蔡汝霖和老王惊讶地互相打量了一下，彼此的"尊容"把对方都逗笑了。四十多天的战场拼杀，十多天的亡命战俘生活，一夜苦难而又惊恐的漂泊，人失了形，头发长得像女人。

蔡汝霖上身着一件已经丝丝缕缕状的衬衣，下身着一条长军裤截成的短裤。老王更绝，上身穿一件无领子的黑衫马褂，还是铜扣子，闪闪发光，下着一条女裙，也不知他从哪弄来这么套滑稽得可笑的服装，浑身水淋淋的，恰如刚从水里捞出来的。这样两个人，突然出现在安宁恬静的山村，正如大白天现身的鬼，人家见了不跑才怪呢。正商议着如何办，村里走出一位身躯伟岸、神情飘逸的乡绅。这乡绅打量了他俩一阵，问："两位先生何方人士，来山野小村有何贵干？"

老王赶紧趋步上前，说："我们是第10军的，打日本鬼子，保卫衡阳。"老王为了加强效果，故伎重演，指着蔡汝霖说："喏，这是我们的战区督战官蔡督战官。"这回他连自己也报上去了："我是副官，王副官。"

乡绅显然见多识广，是个乡野才子、奇人，他淡淡地朝他俩环视了一番，笑说："我们乡里之人，不想沾人的光，也不想升官发财，所以不管你这个官还是那个官的，但只要你们是第10军的，是打日本的队伍，一杯薄酒，几碟野味，还是要

表敬意的。"说罢，他退到路边，左手曲到胸前，右手朝村里一拐，背微弯，做肃客状："请到寒舍让山民对抗日将士略表心意。"

蔡汝霖和老王都被这乡绅的气度、言谈所折服，蔡汝霖有些恼怒地盯了老王一眼，上次问人要冬瓜，以势压人，结果人家不买账，还差点露了馅，这次又冒昧行事，让人扫了脸面。老王也很不好意思，看到蔡汝霖恼怒地盯住他，只好尴尬地笑了笑。好在这乡绅说的真如做的，将他俩让到家后，先招呼家人替他俩换上干净衣服，蔡汝霖胖大，乡绅飘逸精悍，衣服不对号，只好将就着穿上乡绅家做饭师傅的衣服，这回真应了上次对付汉奸那句话，成厨子了。老王与乡绅的身材差不多，便换上了乡绅的衣服，做饭师傅的衣服是用自织自染的棉布做的，乡绅的衣服是士林布做的，质量大为不同，老王穿上左盼右顾，看看蔡汝霖又看看自己，眉宇间大有得意之色。蔡汝霖看到他那个样子，觉得又好气又好笑。换上衣服，喝了生姜红糖水，一切妥了，才顾得上问主人家的尊姓大名，乡绅告诉说他姓伍，家里有祖上留下来的百多亩水田和几条常跑衡阳、长沙、常德、耒阳等地做生意的大船，故此地人都称他为"伍老板"。难怪伍老板家如此气派，一幢四排两连、三个大天井的青砖瓦房，家中长工、短工、持枪的壮丁，应有尽有，伍老板本人还在长沙读过书。这个地方离衡阳四十来里地，是樟木市边缘的一个山村子。正聊说着，厨房传来了肉菜的香味，这时，庄丁又带来了一位客人，一问，原来是衡阳《大美晚报》的记者，伍老板对他也很亲热，唤人送上生姜红糖水，老板娘又让人给大家端上一碗肉末稀粥。老板解释说："你们好久没吃东西了，先喝碗粥再吃的好，免得生硬撑着。"这顿饭很丰盛，有肉、有鸡还有野猪肉和米酒。大家放量吃了一顿，伍老板说："日本鬼子的部队到处都是，他们现在忙着和正规部队打仗，还顾不上到我们这些小村子来骚扰，所以诸位再在这里藏一两天是可以的。我们原本也想逃走的，但我的基业在这里，老屋场、坟山都在，我死也要死在自家这里，日本鬼子他不来则罢，来了不骚扰过分也罢，否则，我姓伍的也不打算活了。"伍老板精瘦狭长的脸上鼓起了硬邦邦的腮棱，细长、眯缝的双眼闪烁出慑人的杀气。看得出，伍老板是个说得出、做得到的人。蔡汝霖也不想劝他什么，只是说两句"千万小心"之类的话，然后坚持要走，他要尽早赶回部队，而且越早走越容易脱身。伍老板也不拦他们，蔡汝霖和副官老王又上路了，那位《大美晚报》的记者却愿意留下，帮伍老板一起看守基业，伍老板很高兴，尽管这位记者是外地人，伍老板也不怕因之给他带来麻烦。

蔡汝霖、老王上到大路后，只见到处都是逃难的人，其中有城里人、有农村人，也有兵败后逃散的国军官兵。蔡汝霖逃避日军的方针是，看见南面来的人向北逃，他俩又随其向北走。这么跑来跑去，像个没头苍蝇样乱撞，一天也没跑出几里地，人累得都要虚脱了。真是天无绝人之路，正在蔡汝霖、老王躺在路边上不知怎么办好的时候，蔡汝霖突然看到田野里走来的一个熟面孔的人，他想起来了，这人是个船夫，备战期间的一天驾船从衡阳过，被第10军拉了夫，当时这个姓姚的船夫老父亲已重病在船上，看样子马上就要咽气，这个姓姚的船夫苦苦哀求放过他，要不，让他把老父亲送回去再来也可，但没有人准。蔡汝霖在一边看到了这一幕，心生恻隐，便出面与拉夫的中校军需官说情，军需官自然不敢驳督战官的面子，索性人情做到底，开了张"此船执有公务，沿途国军不得拉夫"的路条挥手放行了。这个姓姚的船夫情急之下，跑过来对蔡汝霖跪了下去，连磕了几个响头。没想到，在这个时候，在这种地方相遇了，他是当地人，熟悉地形，也了解情况，有他帮忙，事情就好办了。可是，人心难料，他求我的时候我帮了他，现在我求他，他会帮我吗？蔡汝霖心中一个劲地打鼓。可是不找他又能找谁呢？过了这个村就没那个店了，等姓姚的走近身边时，他喊了一声"老姚"，老姚停住脚步看了已站起身来的蔡汝霖好一阵子，才说："哇呀呀，是长官呀，听说衡阳败了，我天天担心你的安全呢，我老爹说你长官心地仁慈，命大福大，没有危险的，真是天意，你看，天又叫我们遇上了。走，快到我家去，家在那山背后，不远，十几里地，日本鬼子还不敢到山里去。"

蔡汝霖问："你老爹病好了吗？"

老姚连连点头："好了，好了，幸亏你哪。"

"那好，家就不去了，你能把我们送到安全的地方，让我们坐上车回到部队，你就很够朋友了。"蔡汝霖说。

"别说你长官对我有恩，就是一般打日本鬼子的队伍上的人，我也会这样做的。"老姚答应得很干脆。

老姚熟人熟路，半天时间，就把他俩送到了铁路边。老姚坚持还要送，蔡汝霖说："不用了，前边我们找得到了。你回吧。"

老姚掏出一千元钱，要送给他俩，蔡汝霖坚决不要，老姚说："拿着，路还远呢，万一没有人关照你们时，你就用钱去买，千万别去强要人家的东西，你们打日本鬼子流血送命，我们都知道，可是好些老百姓还讨嫌你们，你说是啥原因？就是军纪不严哇。"

老姚瘦瘦的身子走远了，看不见了，蔡汝霖还呆呆地看着，似乎要看透那苍茫的暮色，弄清楚一个有着这么多如此深明大义的普通老百姓和忠勇为国作战的军队的国度，为何还要受到一个小小的东洋岛国的欺凌。他痛苦地摇摇头，他想不通。

他当然想不通，但有人想得通。中共领袖毛泽东在衡阳失守后的第四天，即在延安的《解放日报》撰写《衡阳失守后国民党将如何》的文章说："……这次衡阳

之战，再次证明，没有政治上的根本改革，即使兵多，即使取得制空权，即使武器好，还是没有用的。情形仍然与过去一样：万事齐备，只缺一个国民党的政策的改变。"最后，他斩钉截铁地说："一切问题的关键在政治。"毛泽东不愧为中国历史上最为杰出的政治家，几句话不仅仅指出了衡阳必然失守的原因，也可说是一针见血地指出了晚清以来，堂堂中华备受外国欺凌的症结所在。试想，没有一个政治清明的政府，民众再好，军队再多，又有多少用处呢？这些道理，他蔡汝霖作为国民党的军人，如何想得通呢？

过了铁路，蔡汝霖长吁了一口气，这里是安全地带了，他琢磨，现在不知方军长和几位师长怎样了。自己脱了险，才想起别人，蔡汝霖不禁有些愧疚，但不如此又能如何呢？一边走一边想，走了一夜，快天亮时到了铁司堂，铁司堂的地方治安队将他俩作汉奸捉了起来，蔡汝霖哭笑不得，这时老王倒还机灵，又亮出了蔡汝霖的身份，听说是战区督战官，不敢怠慢，抓他们的人赶紧上报，衡山县县长兼游击司令蒋达听说，亲自跑来，连说："受惊了，受惊了。"安排吃完饭后，督战官执意要走，蒋达挽留不住，只好雇了顶轿子送他。伴轿而行的王副官挤眉弄眼地对蔡汝霖说："如何，说出你是谁来还是有用嘛，要不，你上哪坐轿子去？"

蔡汝霖苦笑着摇摇头，叹口气说："此一时彼一时也。"

走了几十里，碰到一个从衡阳突围出来的营长和十几个兵，蔡汝霖不好意思再坐轿子了，那营长说："指挥官不可能不坐轿，地方上看到了，知是大官，处处给方便，我们不坐轿的人也沾了光，你不坐轿，我们反沾不上光了。"蔡汝霖一想，也是，真是此一时彼一时也。

到了暂2军的地盘，暂2军参谋长闻报，马上派人把蔡汝霖接到军部，吃过饭后，暂2军沈军长又送给蔡汝霖和王副官一人一套军装，还给蔡汝霖送了两千块钱，派人继续把他俩往前送。此后，都是自己的国度的自由土地，沿途没有阻碍，没有危险，蔡汝霖死里逃生，远远望到了战区司令长官部的大门时，他伏下身去，把脸贴近田野里芬芳的泥土，泪流满面地呻吟着说："我，可回来了。"

到了战区长官部，他发现老婆孩子都不知哪里去了，问人人不知。在这里，没有多少人对他格外地关切和热心，在第10军，他是督战官，在战区，他只是一个普通的校级军官。在战区长官部的人，哪个没有几番生死经历，死里逃生一番算得了什么？忧闷之下，蔡汝霖天天喝酒。好在不久，薛岳将军提名，任命蔡汝霖为新20师参谋长。当晚，他在日记上写道："身既许国，何敢顾私？"天亮时，他便带着王副官和卫士前往湘南新田就任新职，开始了亲自带兵打击日寇的战斗生活。

衡阳城破，使每个为保卫衡阳浴血奋战的第10军的将士悲伤万分，但对190师

569团第3营营长黄钟少校来说，更痛苦的还是他到了日军的集中营以后，在集中营找到了使他这个营轻而易举地损失了四百多人因而丧失了战斗力的原因——营里潜伏了两名日本间谍，而这两名间谍能够潜伏并且发挥作用，他黄钟有着重大的责任。

那是6月23日下午2时，569团团长梁子超电话告诉黄钟说："你营9连有个日本间谍，军部已派两位参谋前来调查，你在营部等候吧！"黄钟等到天黑也没见军部的人来，便打电话找9连梁连长查问，梁连长回答是来查过了，两位参谋已回军部了。问到调查结果，梁连长很不满意地发牢骚说："纯属捕风捉影，无事生非，日本间谍在我连里，我还能不知道吗？我看是哪个小子故意往我团脸上抹黑。"

黄钟也没深想，加之军部来的参谋连营部都没来一下便直接到连里去查，又没查出什么名堂来，他心中也有气，便说："是浑。"也没告诫梁连长小心一些，此事便算完了，没想到以后酿成了终生为之愧疚的大祸。

6月24日深夜，日军68师团进攻江东岸，被阻于五马归槽，116师团进攻江西岸的西、北两门也未得逞。午夜，黄钟带第3营奉命渡江到东岸接守湾塘阵地。次日，重新布防，布防到第9连时，觉得八只岭地形重要，黄钟便要9连派三名士兵去岭上警戒、瞭望，如日军来攻，立即抵抗、报警，山下则马上派兵增援。午夜，湾塘突然枪炮激烈，而八只岭上却了无动静。天明，湾塘失守，8连60人战死，只剩一个排长带着17人回来。八只岭是怎么回事呢？黄钟用望远镜向八只岭山顶瞭望，这时正值太阳欲升未升的时候，朝霞万缕，太阳底下的八只岭，出现在黄钟的镜头里，竟影影绰绰的有几十人在活动，因逆光，看不清楚是日军还是国军，但一般说来应是日军，只是弄不清楚日军何以那么顺利就上了八只岭。后来，一个在八只岭负了伤退下来的士兵说，因为营长没有布置对耒河方向警戒，日军的一个小队恰恰就从耒河方向偷偷地摸上了八只岭，轻而易举地射杀了两名国军，一个机灵一些，听到背后枪一响，翻身顺着山坡就往下滚，结果还是中了一枪，连滚带撞，又中了一枪，滚到山下就昏死过去了，直到这会儿才被自己人救了回来。从这看，日军是知道国军未对耒河警戒的布防情况的，否则，他们不会那么大胆地派一个小队孤军深入去抢八只岭，可惜，黄钟全然没想到日本间谍的事。

三天后，黄钟的第3营残部撤返江西岸城内，以第7连防守中正堂，第9连防守江西会馆，营部和第8连的残存人员驻守回雁峰。

日军在第一次总攻受挫后，曾与守军多天相峙。唯独江西会馆第9连每日午夜后都要受到日军的攻击，直到天明才会停止。黄钟对此大感不解，亲自前去察看敌情。9连梁连长报告说："每夜下半夜，均有少数敌人来阵地前放枪，似攻非攻，天亮后，敌人又退了。"出现这种特别现象的原因，黄钟和梁连长想了半天也没想出

什么道理来。也许是骚扰吧，最后才得出这么一个结论。还是没有想到日本间谍上去。

日军第二次对衡阳守军发起全面总攻击时，一部分日军赤膊沿江边顺流至江西会馆后门，一个个爬上岸来，这时的9连竟一无所知，打了半天还不知道日军到底从哪儿冒出来的，最后终因寡不敌众又因受到出其不意的攻击而仓皇退守新街。到了这种程度，黄钟营长和梁连长仍然想不到是间谍在作祟。

还有更离奇的事在后头呢。

7月13日深夜，日军68师团在西岸策划了一个钻隙攻击，他们一不由回雁峰至中正堂间钻，二不由岳屏山和回雁峰的小路钻，独由江西会馆与五桂岭间的荆棘丛中的峡谷绝壁处钻，由峡谷绝壁爬上平地后径直进攻第9连。从钻隙路线和进攻目标看，很明显第9连内大有蹊跷，可是黄钟和梁连长仍无感觉，不把梁团长所转达的3营9连藏有日本间谍的意思当回事，甚至还反感。全营损失巨大，9连则更惨，全连竟只剩下了11个人，直到城破被俘，他们对何以本营运气这么不好都蒙在鼓里，虽然到后来，黄钟和梁连长都有一点某种某处不对劲的感觉，但就是想不到是什么原因。

这个谜底在黄钟和梁连长进入日军的战俘集中营的第一天就揭开了。可惜，已为时太晚，徒令黄、梁二人悔之不及而已。

8月9日，黄钟和梁连长进入耒河集中营，也许是刚到俘虏营，日军要优待一下俘虏，一个日本军曹送饭进来，向被俘的国军官兵说了几句话，日军的话日华混杂，大家虽是听不全懂，但大体意思还是听得出来的，他是要个官长出来分饭，虽然粗粝的饭食此刻十分诱人，但此刻谁也不愿出列，连叫几声没有动静，日军军曹直立发愣，不知所措。正为难时，俘虏营中走出了梁连长第9连的一个士兵，他大约十七八岁，身高一米六多一点，略为清瘦。他走到日军军曹面前说了几句纯正的日语，话未完，日军军曹就与他一起走了出去。这时，梁连长和黄钟营长就挤在一起，他们俩面面相觑，愧悔交加。梁连长低声说："营长，想不到那间谍就是他，这兵是作战前约二十天时，由吉安师管区送来的新兵，听班、排长们说，这批新兵中数他最老实，两个月未闻说一句话。咳，受骗了。"黄钟摇摇头，无可奈何地说："还说什么呢？已然太迟了。"正说着，这名日本间谍回来了，他是一个人回来的。他站在队伍中央说："各位长官和兄弟，日本军曹的意思是，请长官们出来，组织大家吃饭，各位不要怕，日本人说话是算数的，不像中国人。"

从这个间谍出列的动作看，他是受过相当正规的军事训练的。从他的语言分析：第一句介绍日军军曹意思，第二句消除被俘国军官兵的恐惧心理，第三句达到日军军曹的目的，攻贬国人，挑起被俘的国军官兵对国军统帅部门说话常不兑现的不满。语句完整，条理清楚，文化程度不低。再从他的日语的训练程度和潜伏时期的忍耐、隐蔽能力看，是受过相当程度的间谍训练的，适应与应变力都比较强，要不，连指挥一个连多年的梁连长和军部两位专门负责反间谍工作的参谋都被他骗过了呢？在俘虏营时间稍长一点，他们清楚了一些情况，这个间谍确实是中国江西吉安人，但他到底是在什么情况下被敌所训练和为敌所用的，黄钟营长和梁连长始终也没有弄到结果。1980年，黄钟从南京汽车制造总厂专用汽车厂退休后，曾多次萌发去江西吉安走一走的念头，看还能否找到一些蛛丝马迹，了却一下安慰当年第3营战死衡阳的官兵的在天之灵的心愿，可惜耄耋之年，诸事阻隔，看来是永难成行了。

好像要故意使黄钟加重愧疚心理似的，在黄钟进入耒河的战俘集中营不久，日军监报队为了控制被俘国军官兵，派了一个联络兵来为黄钟做翻译。这人喜说话，能逢迎，虽为日本人，华语却说得很流利。他对黄钟说："我是来同大队爵（日军称国军营长为大队爵）取得联络的，也是来照料大队爵的，我和大队爵同住同吃同行动，这样能保护大队爵统统好。"也确是这样，黄钟睡觉他睡觉，黄钟起床他起床，连黄钟小便他也小便，真是亦步亦趋，形影相随。这给黄钟的逃跑增加了很多困难，好像是上天故意给他惩罚似的：间谍就在你眼皮底下你都发现不了，那就再上一个间谍来监督你的行动，让你一见到这个日本间谍，就想起你那个营的几百人是怎样死的。

来监视黄钟的这个日本人是个间谍，他告诉黄钟，大战前他曾纵横千里，深入中国后方侦察过备战情况。所以这个日本间谍在黄钟身边，不仅给他逃跑增加了很大的难度，从情感上也极难接受，看到他就如芒在背，寝食难安，直到后来有一天，终于甩掉这个尾巴，利用夜色才从战俘集中营脱逃，但噩梦并没有结束，几十年来，愧疚一直折磨着他。

其实，黄老先生也完全用不着如此耿耿于怀，作为一个正直的军人，怎么能防得住诡计百出的间谍？俗话说做贼容易捉贼难，你不可能因为世上有贼就天天准备去捉贼吧？连军部特务营营长曹华亭都让间谍混到他的麾下了呢。

曹华亭在日军破城后，本想与日军一决生死，但为了保护方先觉，他始终与签字投降的方先觉待在一起，后来日军把方先觉他们这些高级军官送到了天主教堂集中营，把曹华亭送到了东洲岛上的集中营。刚到集中营，就有两名似熟非熟的国军士兵来见他，说："曹营长，你还认识我吗？"曹华亭仔细一看，不正是战前补进营里的两名士兵吗？

战前，特务营在衡山一带游击整训，发现一小股散兵打家劫舍，曹华亭派一个排去将他们抓了过来，曹华亭原打算把他们责打一顿放了了事，谁知这几个人却

都要求投到他麾下去打日本鬼子。战前，战区有规定，不准零散人员补入部队，以免混进间谍来。但这几个人的军事素质过硬，特别是还有武功，使曹华亭动了心。他反复查询他们的经历，见他们都说得有根有据、有条有理，认为确实是从国军的队伍里流落出来的。为了避免节外生枝，曹华亭径直向方先觉报告，谁知方先觉这回却说什么也不准一下子将这么多人补入特务营，表示特务营对军部的安全负有责任，且经常执行特殊任务，如今战乱时期，情况复杂，没有十拿九稳的把握，是很容易出事的。最后好说歹说留下了两名曹华亭认为有把握的，把其余的都遣散了。

这两人一姓唐，一姓高，都精瘦矮小，但机警敏捷。这时，那姓唐的说："曹营长，看你这人不错，跟你说了吧，我俩都是日军的便探，是想混到你营里去弄情报和搞暗杀的，没想到你营防守严密，我们送不出去情报，又只有两个人，别的也什么都没干成。现在，我们要走了，就是等到见你这一面，也算是明人不做暗事吧。"

曹华亭气得目瞪口呆，堂堂一个特务营长竟留下两个特务在自己营里，但现在后悔还有什么用呢？只好打落牙齿往肚里咽。不久，他逃脱后，曾在重庆对方先觉详细地报告了这件事，他原以为方军长会责备他几句，谁知他淡淡一笑就过去了，弄得曹华亭半天没摸着门道，直到后来副官处处长张广宽召集他们这些重新在方先觉麾下做事的原第10军人员说话时，才明白个中原委：方先觉在衡阳遭的罪实在太大了，一旦被人提起就心悸、发慌、难过、痛苦，所以不到万不得已，实在是不愿提起往事。

预备第10师28团团长曾京放下武器走进耒河集中营是极不情愿的。

日军进城后，曾京带人从大西门赶到中央银行军部去救方先觉与葛先才，遭到拒绝后，他又赶回大西门组织战斗，尽管他的人极少了，但生死关头，人人效命，战斗力还是很强的，日军在大西门屡屡遭挫，每次看着似乎马上要被攻破了，但关键时刻日军还是被曾京他们打退了，屡退屡打，小小的一道城门，有如难以逾越的天堑。打得正残酷时，有人送来方先觉的命令，命令曾京放下武器，至指定地域集合待命。曾京勃然大怒，不肯信这是方先觉的命令：不久前，方先觉还拒绝了曾京保护他突围并命令他返回战斗岗位，哪能这么快就变了？再说就算是方先觉命令他放下武器，难道他就一定要放下？"人生自古谁无死，留取丹心照汗青"的诗句他喜欢，吉鸿昌将军的"恨不抗日死，留作今日羞"的名言他更崇拜。曾京喝令官兵们加紧射击，不准停顿。传达命令的人正无计可施，军参谋长孙鸣玉飞奔而至。下达停止抵抗的命令后，方先觉对孙鸣玉说："有几个团长以上的人是不会执行这个命令的，变化太快，他们一下转不过弯来，他们会怀疑不是我的命令。曾京就是其中一个。本应葛师长去通知他，但葛师长心境就还没转过来，到那一去，干柴烈火，说不定又燃烧起来了，你去，你亲自去一下。"果不出方先觉所料，曾京拒绝执行放下武器的命令。孙鸣玉赶到后，厉声质问："曾团长，为何不执行军长的命令？"

曾京回答："这是投降，我堂堂国军上校，不想投降，不想！"

"你为了你一人之名，就不惜牺牲那么多兄弟？你想想，我和军长想放下武器吗？我们不比你更爱惜名声吗？可是为了这么多伤号的生命安全，我们必须走这条路。你守得住大西门，你守得住衡阳城吗？"

曾京呆住了，手枪"啪"地掉到了地上。曾京蒙头大嚷："识我者方军长，误我者也是你方军长哇。"时隔近半个世纪，曾京在武汉市建筑工程管理局的退休职工宿舍楼里谈起这件事时，他还是这样认为的。他说正因为方先觉命令他放下武器而使其威信在自己的心目中一落千丈，因之后来也就不管方先觉而与师参谋长何竹本一起从集中营逃走了。

他俩逃走时，是个下午。

那时，日军对放下了武器的第10军的官兵看守远没有以前那么严了，也许是想实行怀柔战术感化他们，也许是因兵力紧张无法分兵看守这么多放下武器的国军官兵。杀了他们，衡阳之战，中外皆知，杀降兵的名声不利于大东亚"和平圈"的建立，只好听之任之。曾京和原来他的上司、师参谋长何竹本挎着个竹篮子，给日军哨兵说到外面去挖野菜，日军哨兵同意了。他们先在日军哨兵可以看到的近处挖，挖了小半筐，回来了，第二天又去，这回稍远一点，野菜也挖得多一点，临到黄昏时回来了。第三天，曾京与何竹本刚接近日军的警戒哨，值班的日军军官没等他俩说话就笑着放行了。也许，他们认为，这两个中国军队的俘虏老实大大的。这正达到了他俩的目的，一连两天的铺垫，要的就是这个效果。他俩先是在田野里走几步弯弯腰，假装采摘棵把野菜，等到走出了日军哨兵的视线以外，他俩把竹筐一扔，撒腿就跑，一气跑了十几里路，也不知哪来那么大的干劲。跑到城南郊区靠江边的一幢农舍附近，他们再也跑不动了，便抱着碰碰运气的念头，走进了农舍。这户人家很是忠厚，听说他俩是第10军的，刚从日军手里逃出来，便热情起来，男主人表示愿意送他们过江，让他们回到队伍上去。江上除了军用船只，一切水上交通工具都已被日军控制起来了，无法渡江，这段水势又急，水性不太好的人别想泅过去，最后男主人将自家的两块门板拆下，边上再绑上两根圆木，做成一个简易的木筏子，让曾京与何竹本两人趴在上面，自己则手执一根竹篙，将木筏子推下水去，这人一看就是划船的行家里手，这么两块门板和两根圆木上载着两个人，他竟左一竹篙又一竹篙地很快划到了对岸。曾京与何竹本没有任何东西送给这位老实热情的农民，只想问问他的名字，好将来报答他。农民什么话也没说，只是抱抱拳，一竹篙

就将木筏子撑开，往回撑去了。曾京、何竹本上岸后，看到这里也有日军活动，便又躲进一户老百姓家，这家就一位老太太在家，她听了缘由，很同情他俩，便将儿子的裤褂拿出来让他俩换上。看他俩的头发那么长，不像普通百姓，便又亲手用剃刀将他俩的头发剃光，然后还挪着小脚将他俩送到比较安全的一条道上，使他俩得以顺利地逃脱。

饶少伟是暂编54师的师长，本是与方先觉、周庆祥、葛先才、容有略及孙鸣玉关在一起的，但日本鬼子也狗眼看人低，大概是看他的部队没有多少人，利用价值不大，不值得优待，竟将他从南郊的天主教堂押到了东洲岛上的一座小学校里。这里四面环水，仅有一只小船作渡江采购与联系用。饶少伟打开了这只船的主意。他授意其亲信林副官利用常出外采购物品的机会，小恩小惠地拉拢替日本人驾船的船老大。有天，他觉得时机成熟了，便与船老大侃了起来："我们想借你这条船用一下。"

船老大一下跳起来："你不是要我的命了？日本人知道了饶不过我。"

林副官说："不让你白跑，你将我们五个人送到安全地带，我们一共送你两根金条子。"

"不行，不行，我父母老婆孩崽，都在日本人手里，我一划船走了，他们全完了。"船老大头摇得像拨浪鼓。

"有了钱，大丈夫何患无妻？有了妻又何愁没有崽女？"林副官谆谆诱导。

船老大琢磨了半天，说："无论如何，这钱是太少了点，我可是搭上一家人的身家性命哪。"

天，两根金条子还嫌少！这人确不是善良之辈，要是平常时日，一枪毙了他算了，但现在是非常时期，只得忍着，待过了江再说。林副官一跺脚："好，再加一根，另给一万元。"

船老大答应了。

一个风雨交加的夜晚，在林副官的引导下，饶少伟一行五人上了船。人急船也疾，船老大经常来往于两岸之间，对地形十分熟悉，天黑也难不倒他。划了一个多小时，船老大将船划靠岸边，问林副官要钱。林副官假装摸东西，待饶少伟他们上了岸后马上变了脸："我们是救国救民的抗日军人，你替日本鬼子划船，本应将你作汉奸处决，姑念你送我们有功，饶了你，你还要钱？我们哪来的钱？你走吧！"

船老大叫喊起来了，林副官"嗖"地从腰间抽出一支手枪对准船老大："我这枪一直留着没交给日本鬼子，就是用来对付你这种见利忘义的小人的。"说着，就要搂火。

饶少伟喝住了他，从五个人身上搜找了一遍，找出来了一万元钱。饶少伟把钱递给船老大说："就这些了，你快回去，免得让日本鬼子知道而害了你的全家。"

也只能这样了，船老大将钱塞进裤腰里，一边咒骂一边撑走了船。

饶少伟他们一行五人，一路朝国军的大后方而去。两年后，饶少伟率部起义，参加了中国人民解放军，后长期担任国家参事室参事。

与大多数人比，李若栋的逃跑就要困难得多，而他脱逃后的经历也很传奇。

李若栋是预备第10师28团3营营长，他在战斗中右腿被打断了，因缺医少药，没能得到相应的医治，伤口化了脓，后来又长了白生生的蛆。城破后在集中营里，一样不能得到医治，伤口长出一茬生肉，又因某个部位发炎，全都烂了，好在战俘集中营可以自己用钢盔什么的烧开水，李若栋就自己烧开水加点盐洗伤口，这样洗来洗去，慢慢地好一些了。日军对李若栋这种不死不活的人也不怎么注意，到了9月下旬，李若栋估计自己可以逃跑了，在一个天黑的雨夜，他携着一块木板，爬到了湘江边，他最后望了望还在死亡与梦幻中沉默的集中营，一头扎进了湘江。一下水他就感觉到事先对自己的体能估计过高了，伤口还没有好彻底，生水一浸，痛得直抽筋，长时间没吃上一顿饱饭，身体抗寒能力很差，此时的江水，在夜晚已颇有几分寒意，冷得李若栋浑身哆嗦。但凭着求生的本能和坚强的意志，李若栋就依靠着那块木板，从衡阳漂流到了衡山县境内。第二天天亮时分，李若栋勉强爬上江岸的沙滩，在寒风中一激灵就失去了知觉。待他醒来时，他发现自己已睡在一个农民家里。李若栋是湖南长沙人，这位叫刘洪烈的老农民早晨路过江岸发现了他，此时的他已气若游丝了，如果再晚发现一点，恐怕就难救了。刘洪烈尽其所能帮他弄些好吃的调理身体，半个多月后，李若栋勉强可以行走了。他正准备潜回长沙去寻找分别多时的妻儿，第10军预备10师28团十几名负伤后基本痊愈的官兵，从战俘集中营脱逃后找到李若栋，要他帮助解决吃饭穿衣的生存问题，一是因为李若栋是当地人，二是因为他是他们所能找到的脱逃后官阶最高的国军长官。部属关系，责无旁贷，他只好放弃个人的私愿，带着这帮人回到衡阳东乡的蒋家大屋、唐家湾、庙前一带活动。他的意思是这里离日军关押第10军被俘官兵的地方近，或许可以找到机会帮帮这些落难兄弟的忙。尤其是师长葛先才，是第10军的将军中唯一的三湘子弟，平时他对湖南籍的官兵很照顾，为人也正直，李若栋要想法与他联系上。二十几个人的衣食并不难解决，他找当地保甲长和富户筹集一些，也利用二十几个人手中的军械袭击小股日军和土匪，用缴获的战利品武装自己。在冠市街有一个班的日军驻守，这个班的头领是个军曹，叫佐佐木，是个非常凶残的家伙。冠市街维持会的何会长本是个很坏的人，但他也被这个佐佐木折腾坏了。他几乎每天都要何会长帮他去找"花姑娘的干活"，而且还不准重复。开始还容易对付，到后来就没法

子了，都是本乡本土的，你把每家的女儿、媳妇都拉上一遍，日本鬼子在这里还可以应付，日本鬼子走了，老百姓还不拿他出气，要了他的命？更要紧的是，眼下这个佐佐木竟看上了他17岁的女儿，成天泡在他家里，龇着大黄牙涎着脸说："何桑，你的女儿花姑娘大大的。"只是碍于情面，还没有立即动手用强。何会长吓坏了，没法子，只得托人找到李若栋，请他带人把这个班的鬼子消灭，他答应做内应，事成后，再送一笔钱给李若栋他们。

李若栋经过侦察，认为何会长确是出于真心，便与何会长面谈了一次，设下了计谋。

那天，何会长宴请佐佐木和两名日军上士，何会长指着李若栋和另外两名精壮的汉子介绍说，他们三个仰慕太君的酒量，想为太君做事，今天他们是来陪酒的。佐佐木也不生疑，他知道何会长做的坏事太多了，只有跟日军一个鼻孔出气、靠日军保护才能活，怎么会和别人串通来与日军作对呢？佐佐木好酒量，看样子，李若栋他们三个加起来都不是他的对手，不一会，李若栋他们就被烈酒烧得脸红脖子粗，一个个像醉虾。佐佐木他们三个原来只有两人喝酒的，一看这陪酒的如此稀松平常，便都豪兴勃发，一个个争着与李若栋他们喝。李若栋哪里还能喝？但又不能不喝，一喝到肚里就哇哇地吐，越是这样，佐佐木他们就越高兴，哈哈地笑着，越喝越凶，李若栋他们越喝越吐得厉害，何会长看着急得要命，这是哪跟哪呀，是日本人打算消灭你们还是你们想消灭日本人呢？搞不好船破底漏，连命都会搭上的。何会长正在那打鼓呢，李若栋却精神了，他站起身来，对佐佐木结结巴巴地说："你的，酒量不如我。"

佐佐木一听，跳了起来，指指自己的鼻子又点点李若栋的鼻子，瞪着血红的眼睛疑惑地问："我的，不如你？"

李若栋点点头。

佐佐木端起一碗，先自行灌下，然后又倒满一碗递给李若栋，李若栋接过酒，一仰脖，也喝下去了。

佐佐木惊奇地瞪着眼睛，不相信地摇摇头，又倒了一碗自己喝下，然后倒满递给李若栋，李若栋镇定自若甚至微笑着又喝下了。佐佐木莫名其妙地盯住李若栋，由惊奇到疑惑，由疑惑到似明白非明白："你的，欺骗皇军的有？"

李若栋笑着点了点头。

佐佐木嘶叫着："你的死啦死啦的！"可惜晚了，他全身被酒精烧得没一点力气了，他的两个部下也和何会长请来的另外两个陪酒的喝得昏天黑地，一塌糊涂。一阵不甚激烈的战斗，三名日军全被解决了，而后李若栋他们几个又趁黑夜袭击了剩在据点里的日军，除了两名跑掉，其余全部被歼灭。这一下，李若栋他们出了名，当地的艺人将此事编成题为"李若栋营长佯醉灭敌寇"的故事，到处颂讲。李若栋他们后来又在铁丝塘袭击了一小股日军，取得了胜利，枪械弹药都很充足了，名声也就更大，很快就聚集了一百多人。李若栋一看阵势大了，干脆将队伍取了个正式名称，叫"衡南行署抗日指挥部"，他自任为总指挥，没想到，这个名称却惹恼了罗国璋。罗国璋是原衡阳县江东行署主任，他有千把人四百多条枪，他写信问李若栋："你是衡南行署抗日指挥部总指挥，我是什么？我是党国任命的，你是谁任命的？"他要李若栋缴械投降。李若栋一听到"缴械投降"这几个字，气就不打一处来，你打你的日本，我打我的鬼子，目标一致，用什么名称有什么要紧的？没理他。这时期，他终于与葛先才取得了联系，知道葛先才目前生命无虞，主要是生活差一些，需要点钱。别看李若栋有百把人的队伍，手头却没有钱，又不能去抢，也要不到，钱少了还派不上用场，最后好不容易才筹了些钱，通过徐必达将钱送到了葛先才手中。徐必达原是李若栋所在营的书记官，被俘后因他是本地人，又不是带兵的军官，经他向日军宪兵队要求，日军将他放回衡阳城，回城后，他一边办店挣钱，一边为第10军被俘的官兵做些事情。

李若栋以为，只要不理罗国璋就行了，可罗国璋却不放过他。一次，趁李若栋不备，罗国璋的人马包围了李若栋的队伍，他们打了一阵才突围出来。李若栋寒心透了，放着日本鬼子不去打，为争名分跟自己人打，加上给养难筹，缺衣少食，纪律很难维持，老百姓很厌弃也很害怕他们，李若栋干脆离队一走了之，回长沙老家去。不料，他一个人走到衡山将军庙时，队伍里又有二十多人赶了上来，他们都是原第10军的连排级军官，他们说你李若栋走了，我们外乡异土的，有家不能归，有队也难返，怎么办呢？没法子，李若栋又拖着一条残腿，带着这二十多人西渡湘江，经湘乡、安化、新化、芷江再转黔阳、会同，过着边赶路边讨饭吃的生活。因为李若栋是湖南人，对湖南境内的路线、语言都熟悉，相对就减少了很多麻烦，顺利地将他们带到了会同。他们在会同县找到了原第10军的老军长李玉堂，此时他已是27集团军的总司令了。请李玉堂将跟他前来的二十多人安排工作后，李若栋又与另外两名营长步行，经三穗、遵义、贵阳到重庆，沿途历尽坎坷，尤其是李若栋腿残，行走十分艰难，但还是坚持下来了。在重庆，李若栋他们见到了已经逃回来的军长方先觉，方先觉听了他们逃脱的经过，半天竟不置一词，神情也十分冷淡，到最后，他才要李若栋到驻守陕西汉中的新编第3师任营长。李若栋满腔的热情被泼了一盆冷水，在方先觉的眼里，好像他李若栋千辛万苦地逃回来，是为了要他方先觉给自己个官当似的，他觉得方先觉不理解他，伤了他的自尊心，便拒绝了方先觉对他的任命，又拐着一条腿从重庆步行，经黔阳、泸溪、沅陵、常德回到长沙。此时的长沙已是满目焦土，李若栋既找不到妻儿也不知家在何处了。于是在长沙街头，

人们常可以看到一个拖着一条残腿、穿着一套破烂不堪的军装的瘦骨伶仃的汉子，在四处流浪。饿了，上门求人施舍一点；天黑了，随便找个地方蜷缩一夜，他不言不语不笑不歌，没有眼泪也没有悲伤，只有无限的落寞在心头。直到日本宣告无条件投降，长沙街头已响起震天撼地的鞭炮声，李若栋还在流浪。

长期担任长沙县政协委员的李若栋老先生说，他觉得他人生最可怕、最困难、最痛苦的日子，不是在衡阳城中的保卫战，更不是其他的日子，而是在长沙街头的流浪，那时真可谓是"身在故园不知家，流尽热血无点红"了。

没有进战俘集中营、城破以后就逃了出来的张权，尽管他的脱逃过程与第10军脱逃官兵的经历相似，其中却有着一个令人欣慰的爱情故事。

张权毕业于黄埔军校十四期，在预备第10师师部任作战参谋。战前，第10军驻衡阳整训，张权的妻子王淑良从老家至衡阳，住在亲戚家，张权每周可以前去相聚一到两次。他俩自由恋爱、结婚，情感十分笃厚而且新潮，常挽肩携手在城外散步，为很多青年军官所艳羡。备战期间，为防间谍，也为减少不必要的流血，第10军按"战前紧急动员"令，动员民众疏散，王淑良不肯回乡，她要求留在野战医院当看护，与丈夫同战斗同生死，为保卫衡阳出力。但张权担心她没有经历过战斗，没有战场经验，容易出危险，坚决要她返乡。后经反复做工作，王淑良同意回去，但要求张权无论衡阳城在城破，战败战胜，只要战斗一结束，只要张权还能动，就要先回到故乡去看她。她呢，无论地老天荒海枯石烂，都会等着他的。张权答应了。王淑良方肯从西站乘坐从衡阳开出的最后一道列车回家。

8月8日，张权没有按方先觉的命令放下武器到指定地点集合，他因为左腿负了重伤，不能疾速行走，便潜伏在铁炉门的阴沟内，一连两天不吃不喝不动弹，直到10日，他隐隐约约听到阴沟附近有人说话的声音，便爬近出口倾耳细听，原来是潜藏在此的几个伤员在商议出城办法。张权爬出阴沟，跑出去与他们相见，他们首先是惊异，而后便释然了。他们共三个人，都是军部直属队的，都负了伤，不肯放下武器当俘虏，便乘着混乱潜出城外，寻找机会准备逃走。张权向他们说明原因，表示想与他们一起逃走，他们都很同意。在商谈办法时，提起南京背水战之役，很受启发，大家都认为可以效法，从湘江泅水脱险。但是四个人都身负有伤，且有一个人不能游泳，最后大家决定分头去找圆木和木板，准备扎成木排一用。好在衡阳城内外，圆木和木板到处都是——成幢的房子被炸倒，圆木、木板随便扛，他们很快找来了适用的材料，扎好了一个木排。他们让不会游水的一个伏在木排上，余下的三人则推排下水，脚当桨舵沿着江流向北而进。拂晓前，到达距樟木寺河岸不远的地方，登陆时，他们被日军的警戒哨兵发现，一阵子弹射来，俯卧木排上的那个伤号中弹殒命。张权和其余二人急忙奔入附近的森林，日军的哨兵也没有追来。这时，天已经亮了，张权带着二人到森林附近的一处农民家的阁楼去躲藏，在楼上窗户缝中向外窥探，只见各处都是日军。他们只好在这幢没有人的房子待了一整天，入夜才敢离开房子沿着江岸向南岳方向走。由于夜晚，天黑，也由于生疏，辨不清方向，走了一个通宵，也没走出多远，望着高耸的来雁塔顶，仍如近在咫尺。天明了，他们不敢去农民家躲藏，只好潜进深山树林中，没有吃的，遍寻野果充饥，渴了，山涧泉水清冽甘甜，倒也没觉得这一天多难过。入夜后，又继续开始往前走，走不多远，忽听前面的民房中发出妇女的惨叫和孩童的哭声，张权他们循声而去，到距房数十米的地方观望：民房前的禾场上，烈火熊熊，火光中，几名日军正如狼似虎地掳扯着妇女，旁边的孩童吓得扯着嗓子大哭。虽为军人，但张权他们三人手无寸铁，无法对付那些侵略者，也救不出落入日军之手的同胞。张权他们转到长衡公路方面察看，见这个方向灯光稀少，也了无人迹，因此，判断这里的日军很少，三人便相互搀扶着，一鼓作气地越过长衡公路，转到了南岳后山。这时天已现出了鱼肚白色，大家都已疲惫不堪，加之腹中饥饿，伤口也发痛，只好停下休息。不久，天大亮，不得已，又转入丛林隐蔽，在丛林中瞭望四周，确知没有日军行踪之后，便又从丛林中出来去找山中居民觅寻吃食充饥。可是山中虽有房屋，却早已无人的踪迹，也找不到任何食品。转来转去，看到一家园子里有块地里的辣椒长得十分茂盛，辣椒全红了，红灯笼似的，煞是好看。此时，他们饿得不得了，也不去想什么军纪之类的了，也不管辣椒辣还是不辣，从树上扯下来就往嘴里塞。开始没有别的什么感觉，只觉得嘴是麻木的，但喉咙里又伸出一只手来把口腔里的食物往胃里面抓。不一会儿，可就遭罪了，他们已经很长时间没有吃过像样的东西了，腹壁空空如也，这辛辣的东西一下肚，很快就像火灼般疼痛，痛得人满头大汗，浑身直抽筋。过了这个劲，又觉得肚腹热乎乎的，浑身也像有了劲似的，蛮舒服的。吃过了，又躲进森林中休息，等着天黑再走。没想到，这林子里也不安宁了，一队日军押着一群挑夫，也在这林子边歇脚，为了不让日军发现，张权带着两人从林子的另一面闯进了一户农家。这户人家没有去逃难，家中仅有一个老娘与一个儿子，进去的时候，母子俩正准备吃饭，一听他们是第10军的，马上把饭让给他们吃，又将儿子的裤褂拿出来，一人勉强分了一套穿上，老母亲又派儿子送了他们几十里地，到了友军搜索营。搜索营的刘营长与张权同是军校同学，早就相识，只是军校毕业后就断了联系，今天意外相逢，自是喜不自胜。他先吩咐打酒加菜，然后一个劲地询问衡阳的战斗情况。饭后，用一块银洋打发完向导，又给他们几个伤患换了药，然后与张权一并逃出来的两位自己去集团军司令部的所在地黎家坪报到，刘营长派了两个强健的民夫用担架将张权送回家去看看。刘营长告诉张权，自从王淑良回到

家乡后，几乎每两天就要跑几十里到这里来问一次张权的下落，因为衡阳打得很惨，城破后，很多人没有下落，故多以为张权阵亡了。王淑良没有灰心，也没有和家乡人一起逃到外地去，她对家里人说："假如张权回来了，找不到我，会伤心死的。"她一定要等，活要见人，死要见尸，现在张权家乡的人大都跑出去了，只有张权家和为数很少的几家人没跑，唯一的理由是王淑良要等张权。张权听刘营长这么一说，眼泪刷刷地就淌下来了，他自己的大腿打断了没哭，自以为必死无疑了也没哭，看到那种尸成山、血成河的惨景没哭，但在妻的忠贞柔情面前，他哭了。

男人是钢、是铁，女人是炭，柔情是火。张权恨不得一步就回到家中。

到家，天已黑下来了，一敲门，门就开了，不是张权的老爹老妈或者弟弟别的什么人，好像王淑良一直站在门背后似的。"是你？"一语未了，她就软软地倒下来了，倒在他宽阔的怀里，"真是你吗？"

"是我，真的是我。"张权轻轻地伏在她耳边说，"是我回来了。"

一对历经战乱的真诚相爱的年轻夫妻相拥而泣。

张权在家中停留了一天，他要赶回黎家坪总部报到。临行前，张权将年迈的父母托付给健壮的弟弟，让他携着老人有必要时就去亲戚家躲几天；王淑良，一个年轻的女人，来回跑或者朝夕躲在家里，危险性太大，张权决定把她带在身边。张权一个人先到黎家坪，把妻子的事向上级讲了，并要求批准把她带到身边，上级长官被王淑良对作为抗日军人的丈夫的爱情所感动，破例批准了张权的请求，张权马上派人把王淑良接了来。后来他们一起行军，一起作战，一起经受战争带来的苦难，一起跋涉人生的坎坷，一起踯躅爱情的泥泞，一起沐浴春日的和煦，一起抗御霜雪的侵袭，直到抗日战争的胜利，直到双双置身于遥远的岛屿，相互搀扶着度过虽然富足但永远怀抱思乡之情的晚年。但愿能有一天，一对白发苍苍的夫妻从远地台北姗姗而来，出现在他们当年为之流血牺牲的土地上，出现在培育他们的生命、爱情的土地上，让如今在这块土地上仰慕、追求爱情的年轻人去重新咀嚼真正爱情的内涵。

只是，不知何时有这一天，但愿山水有情人有情。

第10军衡阳城破以后的残余官兵，除极少部分未进日军的战俘集中营就逃走外，绝大部分都按方先觉的命令放下武器进了日军的战俘营。在这些人坚持活下来和陆续逃走的过程中，有一个原本不起眼的人，起到了很大的作用。

这个人叫徐必达，原为预备第10师28团3营营部中尉书记，衡阳人，现在是衡阳市蔬菜公司的退休干部。

城破以后，徐必达被关在铁炉门的民房内，有天，日军集合战俘点名，被点到名的都被日军押走了，独把徐必达与几名军需、军医、书记之类的人留下，日军宪兵队长说，要他们这些人协助便衣队到附近各地去做安民工作，以便在这个基础上成立"维持会"。宪兵队长特别指出，这是"大日本皇军"对各位的信任，要建立"大东亚共荣圈"，还得诸位的多多关照，如果有谁不识抬举借机逃跑或者捣乱，那就是"良心大大的坏，统统的死啦死啦的有"。他的意思是，这些人中，如果有一个逃跑，其他人也都要跟着倒霉。这个狡猾的家伙，就这么轻而易举地把他们这些人的命运连在一起了，只能要么是一起跑，要么一个都不跑，否则就会连累大家。徐必达考虑，像他这样不带兵的下级军官，又是衡阳当地人，日本人为了维持地方会利用他，而他倒不如借这一点，为第10军的被俘官兵做点事情。主意一定，徐必达就对日军宪兵队长高桥说："皇军已经占领了衡阳，衡阳的老百姓就要安居乐业，要安居乐业就要有市场，我是衡阳人，对当地熟悉，我想回去开办店子，为皇军稳定衡阳出力。"

高桥很是嘉许，马上就批准他回城。

徐必达回城，筹集资金，将被炮弹炸塌了的一幢民房简单地维修了一下，开了一家"建设楼"，主要是做饮食业。当时，城中非常缺盐，战前，第10军筹备了很多食盐，城破时都还没用完，为防止被日军所用，军长方先觉下令将盐埋藏起来了，知道的人很少。当时埋盐是第3营营长李若栋指挥的，他把埋盐的地点悄悄地告诉了徐必达。李若栋说："你是衡阳人，说不定会派上用场的。"果然，真是有用场了。

徐必达利用夜晚，悄悄地带了几个帮佣的人去把盐挖了回来，藏在楼内。连干了好几晚，楼上都堆满了盐，这成了"建设楼"的主要资产。帮佣的这几个人都是第10军负了伤的官兵，人都很老实，城内城外戒备很严，难以逃出去，因为"建设楼"是宪兵队批准办的，一般的日军、汉奸不敢来找麻烦，对楼内的佣工也不敢过问。至于宪兵队，只要你将市场搞起来了，没发现什么反日活动，他也是睁一只眼闭一只眼的。所以只要有伤兵找上门来，徐必达就留下做佣工，待其伤好一些可以逃走时再想法让其逃走。徐必达将盐换来米、面，制成糕点卖，佣工中有个北方人，当兵前做过点心师，面食做得很好，"建设楼"的生意十分兴隆。日军、逐渐返回和没来得及跑出去的市民等，都常来光顾，日军来这里吃东西都很规矩，吃多少交多少钱——他们都怕宪兵队。当然，不交钱的人也有，他们都是第10军没进战俘营也没逃出城的一些官兵，还有从城外进城的抗日游击队。尽管如此，徐必达也还是赚了一笔钱，他知道，这笔钱尽管也是来自他自己的劳动，但很大程度上是来自第10军埋下的那批盐，他决定：钱，来自第10军，也要用之于第10军，自己也是第10军的人。过了一段时间，日军允许战俘集中营派出人采购物品，徐必达与他们

联系上了，常给集中营的人带钱带物，帮他们改善生活，养好身体，积蓄力量。徐必达与游击队也联系上了，常想法帮他们从汉奸手头买枪械、电台。那时，城内枪械很多，有的就堆在城中的被炸得破破烂烂的房子里，日军兵力紧张，多是伪军警备队看守，这些人能出卖良心当汉奸，自然是很喜欢钱的，徐必达一次就用钱买通了伪军的一个班，让他们把负责看守的房子中的枪支、弹药等军用物品准许游击队搬走了。伪军们拿到钱后，怕日军追查，便散伙跑了。城中也有散兵，他们手里多数有枪，这些人在走投无路的时候，就用手中的枪去抢，祸害老百姓，但你要出钱将他手中的枪买下来，使他能够做盘缠回到家乡去，他也很乐意的。徐必达常常从散兵手中买枪，然后送给游击队。他还使城外游击队与战俘营接上了关系。游击队中，有好几股是第10军官兵中不愿放下武器和陆续从集中营中逃出的勇士集合在一起的，他们这些人既忠又勇、既仁又义，置自己的安危、温饱于不顾，想方设法去援助被日军关押凌辱的兄弟。徐必达的顶头上司、预备第10师28团3营营长李若栋脱逃后，在衡阳市郊外组织了"衡南行署抗日指挥部"，他们打鬼子，安民众，收容第10军的兄弟，声势很大。有次他将一笔钱交给徐必达，要他设法将钱送给预备第10师的师长葛先才。徐必达照办了，还帮他们接上了联系。由于得到徐必达和城外游击队的经常接济，战俘营中的兄弟们才得以改善恶劣的生活状况，也改变了部分人绝望的心理，使他们中的大多数坚持活了下来，陆续逃出了日军的魔掌。

高桥这个宪兵队长和他的宪兵队随着日军的向前推进也调走了，新来的宪兵队没摸徐必达的底细，徐必达索性将饭店改成商行，借做生意为名，奔走于游击队和集中营之间。他有一次到李若栋那里，为他送去了一些钱，那时李若栋的处境很困难，部下衣食难以周全，又受到地方势力的挤压，这笔钱使李若栋又支持了好些时日。徐必达还支助过驻地衡山萱洲河的游击队，这支游击队号称手枪大队，头领也是第3师的一名营长，叫侯树德。徐必达为他们提供了电台和部分弹药。

由于活动过于频繁，新来的宪兵队开始注意徐必达了。

一天夜里，宪兵队突然搜查了徐必达的商行和在城中的家，由于徐必达对日军的注意已有所觉察，事先做好了准备，日军一无所获，便将徐必达抓进了宪兵队。当时，衡阳城中有句话，叫做"宁进阎罗殿，不进宪兵队"，足见宪兵队整人是何等残酷，他们用电刑、压杠子、灌辣椒水逼供，问他是否与城外抗日游击队有联系，或者与集中营第10军的官兵有联系，徐必达抵死不肯说。徐必达这时在衡阳商界已有了名气，做生意的人，看徐必达被抓，都慌了，以为日本人又要清城了，纷纷收摊，准备逃跑，市场愈加萧条。负责衡阳军事、警备的日军头领闻报大怒，将宪兵队的人狠狠地斥责了一顿，也因没抓到什么证据，便将他放了。徐必达这次在家足足养了一个月伤才可以活动。可过不了多久，他又被逮捕了。这次抓他的是汉奸们的警备稽查大队，他们是受日军宪兵队的指使干的，宪兵队虽然上次受到上司的责骂，但并没有消除怀疑，只是苦于抓不到证据，他们不好出面，让警备稽察大队的人去查，查出来，当然好，查不出来，他们也没什么责任。宪兵队没想到，警备稽察队这帮人，大都是本乡本土的，不敢作恶太多，加上他们都程度不同地沾过徐必达的光，虚应一下日本人，就又将徐必达放了。第三次，还是日军宪兵队抓的，他们这回把徐必达折磨得更凶，指望严刑之下有所招供，但徐必达坚持住了，日军宪兵队没法子，只好将他交保释放。

日军投降后，国民党部队接收衡阳，成立了第10军脱险官兵收容所，收容所分为4个大队，徐必达在第4大队当军需，继续为第10军的官兵、为中华民族的抗日战争贡献自己的聪明、才智、青春与年华。

第10军的官兵，在坚守衡阳的战斗中，绝大多数都表现出了强烈的爱国主义精神，以流血、牺牲表明了中国人不可轻侮。衡阳城破以后，仍是如此，他们以各种不同的形式与日军进行不懈的斗争。

在湘南地区，活跃着多支抗日游击队，这些队伍中，有的全部由第10军在城破以后脱逃出来的官兵组成，或者由第10军官兵在游击队中起着骨干作用。

在由第10军官兵组成的游击队中，除了以预备第10师28团3营营长李若栋和第3师参谋长张定国为首的"衡南行署抗日指挥部"以外，还有第3师7团2营营长侯树德指挥的"抗日游击大队"，群众又称其为"手枪大队"。侯树德是在青山街阵地失守后，腰悬好友王金鼎的骨灰逃出城外的。抗战胜利后，他把王金鼎的骨灰埋在了养育他成长的太湖之畔。在好友的墓前，他仰天长叹："金鼎，你可以瞑目了，日本鬼子被我们打败了，你也回到了生你养你的故乡，我，也可以养老太湖了。"

自此，侯树德闭门不出，终老太湖。

在衡阳自卫军副司令王紫剑指挥下的自卫军第7大队，成员基本上都是由第10军的官兵组成，是自卫军18个大队中战斗力最强的一个大队。第7大队的士兵原在战俘集中营，后被日军押在三塘洪洞桥修铁路做苦工，其中有个排长邹国斌，不忍日军奴役，便设法办了几桌酒席，把看押他们的日军大部分灌醉后，率一百多人将日军击溃打散，缴获了基本可以装备一百人的枪支弹药和一门迫击炮，撤退后被王紫剑派人来接到了自卫军，编为下属的第7大队。

第7大队在游击战中，参加大小战斗47次，立下了许多战功，一直坚持到日军投降。

第10军的官兵在城破以后，各自为战奋勇杀敌的故事就太多了。

胡光柏是190师的一名上士班长，他与同班的一位弟兄逃到沣塘，见到三名日

军，其中一个日军伍长牵着一条抢来的大黄牛往许家老屋一带走去。胡光柏一见就火冒三丈，他匆匆跑回村子，装扮成农民，与同班的那位兄弟朝日军伍长追去，迫近了，胡光柏就高喊："太君，我们与你换条牛。"日军伍长还没转过弯来，胡光柏已贴近了，一刀捅进了日军伍长的后背，另外两个日军见势不妙，掉头就跑，被胡光柏用日军伍长的"王八"盒子枪连发两枪，两个家伙应声栽倒，再也没有起来。

方先觉是军长，他在日军手里的经历以及逃跑的过程，当然与一般官兵不同。

城破之后，下令部属放下武器的方先觉和所属各师长及参谋长孙鸣玉即被送到南郊的天主教堂，天主教堂坐落于环山之中，前有江水滔滔流过，教堂结构精巧，全为白色，青草相衬，鲜花围绕，颇似西欧风光，而且教堂内藏有很多古书。看守方先觉这些高级将领的日军官兵都事先得到过指导，对方先觉他们都很礼貌，每天第一次见到都按规矩敬礼。

大战过后，方先觉因长时期营养不良，食物粗糙，患了腹泻，终日卧床不起，日军为了笼络他，给他从汉口请来名医医治，伙食也尽其所能地搞得很好。没事的时候，方先觉每天都到教堂藏书室去看书，看了段时间，他对左右说："我们平时只知打仗不知读书，最近读了些书，才知读书的重要。你们看我们现在国势正像南宋、明末一样非常危险，我们应当坚持我们的忠贞，做个爱国志士，我们虽死了，可是我们的影响是很大的，要知道，没有南宋、明末的忠臣志士的奋斗，就没有后一代复国先烈的再起，我们生在两个时代之交，时代精神的联系就靠我们。"

方先觉这么认识，这么说，可就是不一定这么做。

不久，汪精卫政府的日籍顾问吉丸，代表日本对中国派遣军总司令畑俊六和汪精卫政权，从南京飞来衡阳，要他为蒋汪合作做宣传，要他发表书面谈话，表示他决心参加"和平"运动，拥护汪精卫的傀儡政权。方先觉照办了。日军又将他的第10军取方先觉的一个"先"字和协和军的一个"和"字，改编成"先和军"，仍然以方先觉为军长，孙鸣玉为军参谋长，周庆祥、葛先才、容有略、饶少伟则分别担任1、2、3、4师的师长，日军还专门举行了成立"先和军"的仪式和宴会，并带来新闻记者拍照写文章，方先觉都认可了，他对部属就此事所做的解释是："人在屋檐下，谁敢不低头？日本人照得我们的相，照不得我们的心。"为了表示他这种身在日军控制之下，心怀党国领袖的心境，在1944年的10月10日这一天，方先觉在天主教堂他的所谓"先和军"军部，举行了少数军官参加的"双十节"庆祝会。

"先和军"成立后，日军对第10军官兵的看管都放松了，而且给第10军发还了一批武器，装备了三个连，由葛先才带领，开到衡阳东南15里的湘江渡口东阳渡担任警备任务。这样，第10军官兵的被俘人员逃跑就容易了，最先逃出的是周庆祥和孙鸣玉，其次是饶少伟，接着是方先觉，最后是葛先才和容有略。

这个逃跑的顺序挺符合这些人所处的情况。周庆祥是第一个主张放下武器的，孙鸣玉被一般人认为是周庆祥的支持者，他俩中的任何一个人都可以看得出：日军之败，只在早晚，投靠日军既不现实也不情愿，而日军又无意于这个军的用场——它的作用，在"先和军"成立那天被拍成照片、写成文章就已完成了。放了他们太便宜了；用？信不过；杀？犯不上；看管？兵力不够用，所以结局很大的可能就是大家都逃走。事实证明，他们这个判断基本上和吉丸的想法是一致的。吉丸认为：衡阳之战，中外皆知，方先觉被推崇为抗日英雄，是蒋介石在外国人面前的骄傲，抗日战场上的一面旗帜，现在这面旗帜倒了，还成了不肯杀身成仁的俘虏，甚至还可以说是投降了日军，蒋介石是个要面子的人，方先觉参加了"先和军"才跑回去，蒋介石的面子还往哪儿搁？所以他方先觉即使不死，也再无用武之地，因为蒋介石是绝不会对一个丢了他的面子的人有宽容之心的。这样，睁一只眼闭一只眼，让他们逃走了事，等于把难题推给了蒋介石，避免了日军对第10军官兵或看或放或杀带来的副作用。周庆祥正因为这样，他更需要先逃，抢得先机，谁先到重庆谁占有主动权，后来逃回来的人，即使是谁想把真实情况报告给蒋介石，蒋介石也会将信将疑的了。所以，他邀上孙鸣玉先跑了。按说，要跑，葛先才最具备条件，他带兵在外，但他与容有略一样，要考虑方先觉，方先觉不跑，他们怎么好跑？万一日军因为别人的跑而迁怒于方先觉呢？再说，葛先才也会有所忌惮，所以，直到方先觉逃走之后，葛先才与容有略才跑掉。

方先觉放下武器为日军所掳，使蒋介石大为震惊，不久又得知他的第10军残部被日军编成"先和军"，更是恼怒，还以为他方先觉至少能是个祖大寿呢，谁知是个洪承畴。他怕方先觉继续做出更丢人的事来，便命令戴笠想法将方先觉从日本人手里弄出来。戴笠对蒋介石的指示哪会怠慢，急忙命令军统局湖南站站长金远询，不惜任何代价，尽一切努力，尽快援救方先觉脱离魔窟。金远询又转令衡阳站站长黄荣杰负责办理。黄荣杰求助于国民党的衡阳县县长王伟能，王伟能还任着"两衡抗日自卫军"司令。黄荣杰邀集了在衡阳有能量的青红帮当家的、地方绅士、维持会的头目王伟能、郑再思、宋大源、陈轻驭、何驯、常砚楼、朱大河、丁子钦等人，与军统局的特务一起商量营救方先觉的办法。王伟能首先宣布成立"营救方先觉小组"，由他本人直接指挥，在座的都是成员，然后在充分弄清楚日军警戒情况及方先觉所在的准确位置的情况下，研究出了具体的行动计划：一、与方先觉取得联系，请他找个借口，大摆宴席，牵制日军的注意力，最好争取将看守的日军灌醉，外面救援的人员乘乱潜入天主教堂附近，伺机将方先觉带回。二、派人从铁丝网外面掘出一地道，直接进入方先觉的住房。三、准备小船一只，竹排一块。四、

要做好必要的战斗准备。五、救出方先觉时，方先觉伏卧竹排上，水手潜入竹排下。六、吸引可能发现方潜逃的日军的注意力，达到调虎离山的目的。

方先觉早就有逃走的想法，只是需要合适的条件和机会，以保证能够做到一逃即脱。为了这个条件和机会，方先觉很早就开始做铺垫，他对负责警卫实际上也是监视看守他的日军下级军官和士兵很客气，从不摆架子，经常与他们一起打牌、喝酒、瞎侃，而希望松懈、瓦解方先觉斗志的日军将领，也无意干预其部属与方先觉一起玩乐。这使得等级森严、军纪严肃的日军很感动，觉得方先觉这样的大"太君"很可亲，"朋友大大的"。方先觉平时也只喝酒、读书、玩乐、散步，别无他事。有天，方先觉正在后来设置在罗家祠的日军司令部与日军一旅团长下棋，有人进来报告：第10军的一位团长今天逃跑了。日军旅团长马上停止下棋，望着方先觉，方先觉不慌不忙地抬起头来，迎住日军旅团长的视线，不解地问："逃跑了？"随即又摇摇头，"要是我像他们也要跑，太苦了嘛，当然，他们要是像我，那肯定也就不会跑了，这里一切都好，还跑个什么劲？哪里还会比这里更好？"大有后主刘禅"此地乐，不思蜀也"的劲头，如此种种，日军上下普遍都认为方先觉安于现状，对他的警戒也就放松了。

方先觉定下逃走的日期后，即派一名心腹卫士利用买菜的机会，出去通知当地维持会会长、红帮五爷欧老五。好像天要助他似的，这天大雨如注，到了夜晚，天黑得伸手不见五指。教堂内酒肉喷香，灯光如昼，方先觉正宴请教堂内外所有相关人员。方先觉举着酒杯说："今晚，是我请客，大家看得起我方先觉，就要放开肚皮吃，敞开酒量喝，完了，咱们再赌他个痛快！反正，人人都要痛快！"说完他带头一仰脖，一大碗酒就下去了，日军官兵一看他如此豪饮，也都嗷嗷叫起来了，一个比一个喝得凶。

本来，周庆祥、孙鸣玉逃走后，日军装模作样地加了几天警戒，方先觉心里也十分恼火，直骂这两个家伙不仗义，他们倒好，一甩手走了，就不怕影响别人？但观察了几天，感到日本人似乎不是很介意，便同意了金远询和王伟能要他逃跑的安排。

酒是忘却、消耗一切的液体。日本军人也是人，他们有家，有父母，他们也爱酒，爱樱花，爱妻子，有了酒，这远离他们的一切，便都出现在眼前，出现在脑海，出现在心中，但就是忘了方先觉。

清晨，北风扑面，细雨迷离，通往衡阳北乡的石板路上，有几个神色诡秘、行色匆匆的人。衡阳红帮五爷欧老五手执驳壳枪在前头引路，他背后是位身材魁伟、脚步矫健的大汉，这人的面部全被毛线围巾裹住了，只露两只眼睛在外面。此人背后是两个端枪的汉子。欧老五他们冒着千难万险，把这个蒙面大汉一声不响地从衡阳南郊欧家町的天主教堂接了出来，按计划渡过湘江，绕道衡宝路，渡过蒸水河，从松亭渡、板桥到达了洪罗庙街上。进得街来，欧老五把枪插回腰间，回身解下那大汉蒙着的围巾，大声疾呼："丁大爷，军长来了！"

欧老五所喊的丁大爷就是衡阳工商界有名的丁子钦，他开了一家远东酒家，生意好，人缘好，在当地极有势力，三教九流都有他的朋友。欧老五家就住在欧家町天主教堂附近，当地维持会里有他的差事，负责看管天主教堂的日军大队长山岛大佐与他相熟，彼此都很赏识对方的豪爽义气，经常在一起酗酒，山岛说欧老五是他唯一的中国朋友，只是他不该是个支那人。欧老五说山岛是他唯一的日本朋友，只是他不该带着人打到朋友的家门上来了，他管维持会可不是帮日本人做事，是为了父老乡亲少受点日本人的伤害。说着说着，两人就红了眼，山岛刷地抽出指挥刀怒吼："你的死啦死啦的有！"欧老五敏捷地跳起来抄起从不离身的宽页马刀喝道："来吧，鬼子你，看谁的死啦死啦的有！"两人叮叮当当地砍了起来，砍上一阵，两人累得直喘粗气，把刀扔在地上，又接着喝酒，完了又接着吵，吵完了又接着干。日军上上下下，认得欧老五的人都很佩服欧老五的胆气和爱憎分明，所以欧老五得以像常客一样进出天主教堂。欧老五一生中最佩服的人就是丁子钦，他们有着过命的交情。丁子钦仅上过三年私塾，但天文地理、人情风俗、诸子百家，可说是无不通晓，更难得的是他浪迹江湖，经历了无数的人心险恶、尔虞我诈，仍然能保持一颗仁义之心。那年，欧老五与丁子钦从宝庆做盐巴生意回来，有了两块光洋，欧老五浑身烧得慌，在一家旅店大吃海喝的时候就被盯上了，当天午间过金牛界，四条大汉挡住了他俩，要钱，而且全要，丁子钦说："要钱可以，哪里都要交朋友，但你要活我也要活，赚的钱你全拿去，就算这半年我替朋友帮忙了，但本钱你得给我留下，一家数口等着我捎口吃食回去呢。"四条大汉中一个刀条脸说："咱姓秦的就从没发过这善心，不但要钱，还从来没留过活口，看你这人还算条汉子，钱就说不得了，全得留下，人嘛，可以活着走开，但得留下点东西。"丁子钦不愧为丁子钦，审时度势，自知对付不了这四个悍匪，便接过那姓秦的手中的马刀，说："好，领你这个情了，我留根手指头在这。但我这兄弟还年轻，他还要靠手扒食吃，他就免了。如果硬要把他也带上，那也没法子，我丁子钦和我兄弟把钱给了你们，这两腔子血也喷给你们算了。"那姓秦的说："既然你一竿子揽了过去，那也好，留两根，你那兄弟就没事了。"丁子钦二话没说，右手朝左手刷地一刀，雪亮的刀锋划过，一团红雾腾起，两根白生生的手指头在绿莹莹的草地上痉挛了一下，不动了。"啪"，马刀落地，"叮叮当当"几块光洋也落到了青石板路上。丁子钦拉起吓愣了的欧老五就走。那年，欧老五才15岁。为了救方先觉，丁子钦找到欧老五，要他负责去天主教堂把方先觉带到竹排上并亲自送到洪罗庙街上，其余的

各种安排都有人负责，他把具体的行动安排都告诉了欧老五。丁子钦的话，欧老五自然得坚决去做——为了丁子钦这个完完全全的真朋友，就得得罪山岛这个假朋友了。那天天一黑下来，他就潜伏在教堂外面，估计那帮人喝得差不多了的时候，他起身大摇大摆地走进教堂，有喝得半醉不醉的日军发现了他，因他是熟客，也就不在意，当日军发现方先觉不在了的时候，欧老五已带着方先觉走出几十里地了。丁子钦深知欧老五之能，早在洪罗庙街上准备了鞭炮和欢迎的人，闻得欧老五大喊，丁子钦大步冲出来，迎上前去，双手拉住方先觉的手欢呼："将军别来无恙！"霎时间，鞭炮震天动地地响起来了，欢迎方先觉的人群塞满了镇子。王伟能和他所带的武装人员也在欢迎的人群里，他大踏步地走出来，热烈地握住方先觉的手直摇："英雄，英雄，衡阳人佩服你，感谢你。"方先觉望着一张张纯朴、真诚的笑脸，有些愧疚地喃喃说："惭愧，惭愧，方某对不起衡阳人民，使你们吃了不少苦。"说着，他的眼圈红了，流下了泪水。王伟能也感慨了一番，指着身边一位身材高大的年轻军官说："军长，这是我们军官队的王队长，由他负责把你安全地送到芷江，蒋委员长会安排人在那边接你的。"

关于方先觉的逃走，日军大本营陆军作战部作战课长服部卓四郎在他所撰写的《大东亚战争全史》中说："此次衡阳之攻略，使我感知中国军战意之旺盛。尤以之前已经投降的各高级人员，在经过巧妙伪装其态度后，终于突然逃脱，返回中国方面。"服部卓四郎在间接承认方先觉是逃走的之后，并没有说明日军为什么几乎没有对第10军的官兵，哪怕是高级将领采取比较严格的防范措施。这样对待俘虏，在日军历史上确是罕见的。即使是在方先觉逃跑以后，日军也仅仅是将发给第10军官兵的部分武器收回，而且很快葛先才与容有略又联袂逃走。

方先觉在11月18日那个雷雨交加的夜晚离开了羁押他三个多月的天主教堂，经过两天的跋涉赶到洪罗庙，第二天，便离开了洪罗庙。开始是坐轿，后来因为方先觉太重，抬轿的在途中借故溜走了，便在王队长的护卫下步行了十几天，终于在12月7日到达芷江，在芷江中美空军基地，国军空军第三路军司令张廷孟热烈地欢迎了方先觉。而后，方先觉搭机飞到昆明，再乘美国空军专门送他的飞机于12月11日到达重庆，从而结束了其衡阳之战的全部历程。

方先觉到了重庆后，不敢马上去见蒋介石，先住在他的老长官李玉堂在重庆的家里，这时，方先觉的夫人周蕴翠已于日前带着六女一子从贵州遵义赶到了重庆。方先觉30岁才结婚，夫人周蕴翠貌美贤淑，出生于一个小地主家庭，方先觉与周蕴翠感情很好，不到十年生下了七个孩子，在李玉堂家的客厅里，他当众拥抱着庆幸劫后余生喜极而泣的妻和儿女，流着眼泪说："不为别的，就为了你们，我能活下来，哪怕受再大的苦，遭再大的罪，担再大的委屈，都值得呀。"在场的人都流下了同情的眼泪。

重庆，黄山，国民政府中央军事委员会委员长蒋介石的官邸。1944年12月14日。

坐落在重庆南郊南山风景区的黄山，峰奇谷幽，苍松翠柏。这里原为重庆白礼洋行买办黄云阶的私产，故名黄山。1938年，中国国民政府中央军事委员会被日军从南京赶到重庆，这里便成了委员长本人的官邸。官邸位于黄山腹地，古松嫩草鲜花拥着这座坚固、富丽、庄严的建筑，占地广阔，气象万千。

云岫楼是蒋介石在重庆指挥抗战期间最为重要的一处办公和寓居之所。蒋介石常在此召见和接待国内外的高级官员，是当时中国政务的决策地之一。云岫楼的西北边便是草亭，侍从室主任张治中将军、蒋介石之子蒋经国及美国总统杜鲁门的特使马歇尔等都先后在此居住过。

蒋介石在云岫楼接见了方先觉。

二楼，经过安保措施处理的宽大的窗口外面，白云流动，绿树婆娑。大厅之中，一桌三椅，桌是一张小小的方桌，铺着洁白的台布，上摆一瓶黑色扁状玻璃瓶的"萧山紫葡萄酒"，酒瓶边三个亮晶晶的高脚玻璃杯，几碟小菜，精致美观，椅子是暗红色的梨木高靠背椅。厅内四壁一白如雪，无任何饰物，格调高雅端肃，气象不凡。方先觉被侍从引到厅中桌前坐下，侍从悄无声息地出去了，大厅中别无他人。方先觉打量着这一切，心中涌起了一阵温暖的感觉，这正是方先觉最喜欢的格调，三军统帅，国家元首，以这种形式来欢迎一个小小军长的归来，方先觉不由得在温暖之余又有了惶愧。

方先觉归来后，没有立即请求见蒋介石，而是先到国防部述战。国防部长何应钦在见到方先觉之后就问："你为何回来了？"当方先觉汇报到他向部属下达放下武器的命令前，几次准备自杀时，何应钦又打断他问："那为什么没死？"他回到借居的老军长李玉堂的官邸，叹着气对夫人周蕴翠说："看来，我们该回家了，没事干，就开办酿酒厂吧。"

周蕴翠只知道爱自己的丈夫，当然从不干涉丈夫的事情，就顺着丈夫说："对得起良心，对得起委员长也就是了，别东想西想的。"

没想到，蒋介石主动召见方先觉了。

蒋介石出现了。他长袍马褂，家常打扮，身后跟着一位学生着装的青年。

方先觉赶紧站起来，立正，叫道："校长，您好。"

蒋介石走过来，坐到方先觉的对面，用一只手对方先觉压了压，示意方先觉坐下。他说："好，好，你回来就好，你平安回来了我就放心了。你们打得很苦，党国是知道的，我是知道的。"

方先觉的热泪夺眶而出，还有什么比统帅的这番话更暖人心的呢？

蒋介石又示意他不要激动，微扭头对侍立在身后的青年说："纬国，这就是我常给你提起的方叔叔，方军长。"

蒋纬国从父亲身边走到方先觉的跟前，恭恭敬敬地鞠了个躬，礼貌地说："方叔叔，你吃苦了。"然后挨着父亲规规矩矩地坐下。

蒋介石说："国难时期，一切从简，但你有功于国，在前方又受了大苦，这次破例，用你家乡的酒招待你。这里没有外人，纬儿，你陪你方叔叔喝几杯。"

侍从过来，先替蒋介石的玻璃杯中斟上白开水，再替方先觉倒了酒，又替蒋纬国倒上酒。方先觉知道，蒋介石信教，又提倡新生活，从不喝酒。蒋介石说："你的事，我都知道了，别人说的不要听，你是为了顾全伤兵才被俘的，你是忠于党国的。'先和军'的事是日本人搞的，对吗？"蒋介石慈祥的神态不见了，眼神锐利地望着方先觉。

方先觉心领神会，一身都轻松了，但心中强烈的感激之情也减弱了许多。

这酒，太醉人，半瓶没完，侍从就过来提醒方先觉："将军，你快醉了。"方先觉回答："是，校长，纬国弟，我醉了。"

蒋介石招呼侍从："你们送方将军回去。"

方先觉快走时，蒋介石突然叫住他："听说周庆祥胁迫你同意妥协的？"校长毕竟是校长，先回来也糊弄不了他，但这话怎么说才好呢？方先觉犹豫了一下，正要说话，蒋介石又挥挥手，说："我知道的，知道的。"

没有人能够想到，正是方先觉这一犹豫，使蒋介石证实了心中的疑点，注定了周庆祥从此厄运难逃。1947年，周庆祥带领他的整编32师守备天下第一村——胶济路周村、西村时，解放军的猛将许世友大刀片子一挥，就将周庆祥赶下了阵地。蒋介石闻报，当即命令王耀武将周庆祥"就地枪决"，英雄一世，于国有功也有罪的周庆祥就这样结束了他的一生。

但是，蒋介石对周庆祥的不满并不妨碍他在对第10军的将军重新安排职务时对周庆祥的提拔。

蒋介石不仅仅是军事家，更是政治家，政治的需要可以压倒个人的好恶，也可以修改人的功过。方先觉的第10军是蒋介石抗战的一面旗帜，这面旗帜一倒，就等于给他脸上抹黑。外界不是对周庆祥反应最强烈吗？就提拔他，堵住大家的嘴，要处理也要等以后再说，还怕没机会？而且，他更能洞察日军想借刀杀人的诡计，当然不会让其奸谋得逞。

休息了半个月，方先觉被国防部派往复兴社青年军干部训练团受训三周，回来后，读到了蒋介石亲自签发的一纸命令。

命令的内容是：任命原第10军军长方先觉为37集团军副总司令兼青年军207师

（相当于军）师长；任命第10军第3师原师长周庆祥为第10军副军长兼第3师师长；任命原第10军参谋长孙鸣玉为36师师长。而葛先才、容有略、饶少伟分别担任军委会的少将高参。除了职务以外，蒋介石给方先觉、周庆祥、饶少伟各颁发"青天白日"勋章一枚（葛先才在战场上已得过这项荣誉），蒋介石还给每个第10军的将军各发生活费100万元。

方先觉归来的消息传出之后，陪都重庆民众的反应十分强烈，无论结局如何，方先觉毕竟以一个不甚完整的军的力量，在数十万日军的强力撞击下，守住一座孤城达47天，这在抗日战场上是了不起的成绩，是非常鼓舞人心的。

重庆大街小巷到处贴着标语欢迎方先觉归来。标语有"欢迎方军长脱险归来""第10军是抗日英雄部队""欢迎抗战的灵魂归来"等等，重庆的官办、民办的报纸在这一事件上也表现出前所未有的一致，各家纷纷发表消息、评论、社论，对方先觉及他的第10军极尽颂扬、赞美，可说民众的热烈程度胜于张自忠将军灵归重庆，从一定意义上讲，确实鼓舞了民众，鞭策了军队，为加速抗日的进程贡献了力量。

1944年12月20日，《扫荡报》发表《欢迎衡阳守将归来》的社论。社论说：

苦守衡阳孤城，血战47天的方先觉军长、孙鸣玉参谋长、周庆祥师长诸将领，最近先后脱险归来，安抵陪都。这个消息，使我们兴奋，使我们欣慰！我们谨以此文，对浴血奋斗以守衡阳的诸将领，聊表我们的欢迎之忱。

衡阳，这一度成为全世界注视中心的城市，在我们的抗战史中，占有辉煌之一页，提起衡阳，称得上家喻户晓，无人不知。在国外，这个城市与中国军队英勇善战的英名永远流传。是谁为衡阳争下如此光荣？是谁为中国争得如此荣誉？是血战47天的第10军！是方先觉军长以下全体官兵！参与衡阳之战的第10军名义上是四个师，实际上只有两师半。他们从外围被打到城垣，从城垣被打到核心，四面被围，联络断绝，以有限的人员和弹药，抵御敌寇的三番四次的增援和攻击，阵地固守不退，伤者裹创再战，如此47天，他们尽了职责，献了全力。最后，敌寇蜂拥而来，无法再战，无法再守，衡阳城沦陷，而我们剩余的将士从此音讯杳然。城陷前夕，方先觉将军等发出呈蒋委员长的最后一电，真是一字一血，一句一泪。当蒋委员长发表守城指挥官等情况尚不明的公告时，全国人士的系念忧惧之情，真非笔墨所能形容。衡阳城内的将士，大部分已成仁了，其余的下落如何？是否也全部殉职？衡阳城陷后，消息被阻绝，而后方人士的关切，正与日俱进。固然，

军人大义，不成功则成仁。为国而死，死有重于泰山。但人人均望诸将士，以必死之心，求不死之道，留其生命与能力，再为党国服务。衡阳失守，日后必然收复；将士殉职，则为不可补救的损失。而且千军易得，一将难求。率孤军，守危城，御强寇，歼敌致果，战绩辉煌之将更难求！衡阳之战结束后，战火由湘而桂，由桂而黔，每当一城沦陷，一地弃守，战局即感紧张；我们对衡阳光荣之战与对衡阳将士之功，思念之情也益增。如今，衡阳守将方、孙、周诸将军已安然脱险返抵陪都了，全国人士听到这个消息，该是多么庆幸与兴奋！我们守土有功的将领并未遭敌毒手，国家保全几员战将，敌寇多增几个劲敌，这真是值得庆幸与兴奋的事！

衡阳之战，苦守47天而城陷，是功是过，国人早有公评。何以有衡阳之战？敌寇企图打通内陆交通线，遂由湘北南侵。自5月底，岳阳敌蠢动时起，至11月底桂境敌会师时止，为期恰好半年。衡阳47天，恰好是这半年时间的四分之一。就时间算，衡阳阻敌47天，若就消耗敌实力，挫折敌锐气算，衡阳阻敌何止47天！若无衡阳之战，敌寇会师桂南，可能早两个月乃至三个月，反过来说，湘桂线上若再有一个衡阳，敌寇今天如何能打通桂越公路？最近黔边战局一度吃紧，幸我援军赶到，转危为安，将敌寇逐出黔境。黔边战局告急原因，据军政部陈部长说："是因为我们在黔省部队的空虚，遂引起敌深入黔境。"何参谋总长也说："当时我黔桂边境大军集中未毕，致敌乘虚窜入黔南；其后，我大军集中完毕，向敌反攻，敌即仓皇回窜。"唯此而论，若无衡阳之守，也许敌寇更要猖獗。衡阳之战的价值，不仅在于延宕敌寇打通内陆交通线的时间，且有助于黔边战局的转折。从衡阳到黔边到越边，像衡阳的城市不知有多少，比衡阳地形更好的城市也不止一个，可是，衡阳的攻防战并未重演。第10军守衡阳，人数并不多，装备并不优良，但是守了47天。现在除了黔边将士，湘桂黔三线更有何人能与第10军相比拟？我们现在正发动慰劳黔边守军，以奖其转折战局之功。黔边守军应该慰劳，衡阳守将更应该慰劳。

方、孙、周诸将军脱险归来，方将军曾晋谒蒋委员长，今后或尚作短期休息。我们认为，全国人士，尤其以陪都人士，为表示对衡阳守将的崇敬，应趁此期间发动慰劳大会，介绍方、孙、周诸将军与市民相见，表现大后方人民对抗战有功将士崇敬之情，予以精神上的安慰。全国慰劳总会保管的慰劳衡阳将士捐款，似应由方将军分发归来将士、家眷属及阵亡失踪将士的遗族，予以物质上的补助。我们相信，方将军等此次脱险，是其余生，是其再生。以此忠贞英勇余生再生之躯，他日重绾军符，再赴沙场，必将能发扬守衡阳的精神，复创守衡阳的伟绩，为衡阳将士复仇，为衡阳战役复仇，为中国军队争光，为中华民族争光！

1944年12月13日，《大公报》在《向方先觉军长欢呼》的社论中，满怀激情地欢呼说：

> 苦战衡阳47天的英雄方先觉军长回来了！
>
> 我们听到这个消息，真是欣喜欲狂，而落下感激之泪。我们情不自禁地要向方军长欢呼："我们的英雄回来了！我们的抗战精神回来了！"
>
> ……我们向方军长欢呼，欢呼我们的英雄苦战归来，同时也欢呼给那群轻弃国土见敌即逃的不肖军人听。国家军队都像第10军，敌人怎得侥幸？军官都像方军长，非但敌人不得进，我们更能守能攻了！
>
> 语云"知耻近乎勇"，军人最应知耻，顶天立地的汉子一定要脸，方军长及第10军的将士就是知耻有勇的标准军人。我们欢迎方军长苦战归来，更欢迎我们的抗战精神归来！

《救国日报》则在1944年12月20日发表龚德柏的《方先觉不愧张睢阳》说：

> ……方军长得其部下，真是百分之百尽了职分，不论对于国家，对于长官，对于国民，均无愧色。这样克尽厥职的军人，即令终于成为俘虏，将来战胜，交换俘虏，而得生还，我们国民犹当极端崇敬，而况方军长等虽在俘虏营中，仍不忘祖国，不忘抗战，冒生死之危险，逃出敌人天罗地网，归于抗战阵营，尤值国人崇敬！所以全体国民，闻方军长之脱险归来，无不眉飞色舞，而想望一见其雄姿，这是完全出于国人之真诚。
>
> 当衡阳失陷之日，我为在印度出版之汉字报《印度日报》作一论文，题为：《睢阳城·斯大林格勒·衡阳》，以方先觉氏比唐代睢阳守将张巡，至今思之，尤觉允当。张巡当安禄山叛后，以数千人抗百万贼兵，苦战半年，城破身死。韩昌黎论：守一城，捍天下，以千百就尽之卒，战百万日滋之师，蔽遮江淮，阻遏其势，天下之不亡，其谁之功也。昌黎此言，极为公允。故至今江淮人犹祀张睢阳，以纪其功也。南京清凉山有张睢阳庙，我乡里庐溪，亦有二庙，一祀南齐云，一祀雷万春，南雷二人均为睢阳死难之偏将。以此例之，目前全国祀张睢阳与其部诸将者，当仍不在少数。这足证明人民对于忠义之士，至为崇拜。张巡等身虽死而其精神则永久不死，即千万

年后，犹将受人民之崇敬。夫张巡睢阳之守，不能救唐代之久乱，不能救两京之失陷，所遮护者，仅江淮一方，受其患者，仅江淮人民而已，而其所受地方人民之崇敬，已是这样，而方先觉军长衡阳之守，则功在民族，较之睢阳之守，其功尤大。

读者以为我言过其词吗？那末，请看事实！敌人于这次11月14日陷柳州后，至12月4日，仅仅20天时间，窜到都匀东面，离都匀不过十余里，共进展465公里，较由贵阳到重庆之距离，仅差二十余公里，其进展之速，殊堪惊人。而其唯一原因，则为我方军队未能赶到，故敌人能自由深入，待我军赶到，始将敌人打退。现在之贵阳、重庆之安然无恙，中国能强有力地继续抗战，衡阳47天之守，是有莫大的关系的。

因为衡阳之守，桂林要塞方有建筑余暇，这种要塞虽没有收到效果，但衡阳之固守，使敌人感到中国军队之坚强，又加以桂林之地形与要塞之坚固，使他们停止于大榕江与兴安一带达40日，以待补充。因为敌人怕兵力、火力不够，不能一鼓南下桂林，致挫折其士气，所以须补充完毕，方敢前进。假使不是衡阳之守，以挫敌人锐气，敌人不必补充，大胆长驱直入，那末敌侵入贵州，当提早三个月，那时敌人更要猖獗。是衡阳之守虽仅47天，而大榕江兴安40天之停留，亦是方军长之余威。在军事上争取三个月时间，是如何大的功勋呢？方军长功勋高于张巡，但张巡为贼所杀，而方军长则脱险归来，或者有人以为不如张巡，其实，在唐时被俘，不降即死。现代战争，国际法规不许杀敌俘虏。日本虽不守国际法规，但崇拜硬汉，故方军长得以不死。此则时代不同，不足以玷方氏。所以方军长等这次脱险归来，正是国民所期望的，希望他们以百死余生，再为国效力，必能建立更伟大功勋，岂是以一死为尽责者所可以拟乎？

方军长之脱险归来，实为中国之大幸。而敌人则极为愤怒，尤其揭穿敌人关于方军长自动投降之谣，更是恼羞成怒。不料在重庆竟有某报，对于方军长这次脱险归来，并未登载一字，当非编者疏漏，而属另有用心。但对于方军长之丰功伟绩，有何妨碍呢？

方军长与其部下，确是我们中国的功臣。他们将来一定更能奋勇杀敌，收复失地，以雪其被俘之辱。我主张重庆人民，应开一盛大欢迎会，以报答其坚守衡阳之功。

当时重庆的言论，还是有一定程度自由的，报纸在褒扬方先觉的同时，可以无所忌惮地对丧师失地、贪生怕死的将领、军队进行批评，但是，当时重庆数十家报

268

纸、刊物，没有一家对方先觉和第10军有过微辞的，仅有一家报纸对此不作报道，就被讨伐成"别有用心"，从而可以看出方先觉和第10军当时在国人心目中的地位，也从另一个侧面说明了衡阳之战在当时的作用及所产生的影响之大。

正如报纸所要求的那样，由政府组织的、社会团体组织的各种盛大的欢迎会、宴会，忙得方先觉和他的"五虎将"不亦乐乎，也风光得不得了，各种物质慰劳，也空前的多，弄得他们眼花缭乱。直到他们去就任新职，山城的方先觉和"第10军热"才冷却下来。

第十二章

　　40年前，衡阳生死相搏，40年后，台北握手言和，人生几多奇遇、几许感慨尽在其中。

时隔40年后的1984年初冬，一封来自日本大阪的信寄达中国台北。发信人是原日军第11军68师团的一名上尉——多贺正文，收信人是原中国国民革命军陆军第10军军长方先觉中将战乱时期所生，也是其一生所有的六女一子中唯一的儿子——方柏栋。

信是用日文写的。（影印原文）

方柏　棟先生
大段も一日一日と秋らしくなって\きました、一別以来お変り
ございませんが、お伺び申し上げます。
本年春には子冊行送、大多くさん送っ\ていただいて
ありがとうございました。ほんとうに長い間便りを出さずに
申訳ありませんでした。実は3月に台北から帰った
あと、68師団戦友会の総会があって私が方十軍
との今後の交流についての代表に送ばれました。
4月には再び湖南省衡陽に慰霊の祇に十日間
行ってきました。今度台北に行くときは、湘江の水を汲
んでもつて帰ってきましたので、方先覚元将軍の墓に
供へるために、現在冷凍して保管しております。今度
台北に行くときには必ず持って行きます。
もう一つ私が便りの遅れた理由は、4月に中国から
帰ったためと、念願の衡陽戦の油絵の百号の制
作に捗りましたので\も便りする事も出来ずほんとうに申訳
ありません。8月の30日に完成いたしました。従1メートル20
横1メートル60の大作です。ほんとうに過去の戦いの歴史
の写真の中では一枚も記録がありませんので日本で
も始めての衡陽戦の絵が出来上りました、この絵も作
るために昔の中日戦の写真を百枚ほど集めて参考に

272

考としました。約半年かかって、完成いたしました。再びこのよう
な戦いも起こさぬように悲惨な様子を強調いたしました
絵の正面の高地に手榴弾を投げる中国兵の姿を描い
てあります手前の戦死者は全部日本兵の死体です。
写真用の印刷が出来上りましたので記念に送らせていた
だきます、この絵の制作には、68師団戦友会の人たちが
金を出し合って制作したものです。才十軍の方で参考にな れ
ば利用して下さい

写真は3枚送らせていただきます。
○一枚は 葛先才 先生に寄贈
 一枚は 方柏棟先生に 〃
 一枚は 白天霖先生に 〃

多賀政行

译文如下：

柏栋先生：

　　大阪气候已渐渐进入初秋，别后谅多清吉，谨此祝贺！春间承蒙寄赠《子珊行述》多册，并此致谢！仍请恕我久未修函问候！

　　3月自台北归来，即召开68师团战友会，我很荣幸地被选为本会总干事。4月间，曾以10天的时间前往湖南衡阳作一次慰灵旅行，并特别带回湘江之水，现在冷冻保管之中，拟于下次来台北时，供奉于令尊方先觉将军墓前。另一久未函候的原因，是4月份由大陆回国后，即忙于筹划《衡阳之战》大油画的绘制。因为本国所有的战争历史照片中，从未曾有一张衡阳战斗的记录，可以说，这是第一幅关于衡阳之战斗的绘画。因此，开始时，曾搜集有关中日战争照片100余帧，以为绘制的参考。甚至实地赴衡阳取回当地的泥土，作为着色的依据。费时半年，终于8月30日完成。此画正面绘有投掷手榴弹的中国士兵，前面堆集的，则全是日本兵的尸体。这是本会全体战友多年的心愿。目的是将此一悲惨绝伦的战斗景象，留存后纪，鉴戒警惕，期能永远不再发生战争。

原画高1米2、宽1米6。今特缩3张，随函寄上，分赠葛先才先生、方柏栋先生、白天霖先生留念纪念。此画制作费用系由68师团战友会共同负担，如第10军认为有参考价值，请加利用，则本会更感荣幸。

多贺正文拜启

10.1

1983年7月16日，一架由日本东京起飞的飞机，稳稳地降落在中国台北机场，乘客大都是慕宝岛的美丽风光之名而来，阿里山林涛、日月潭碧波，是无数热爱大自然的人向往的旅游、观赏景点。但是，飞机上有56位客人不是为了游览，他们是专程从日本东京来中国台北拜会朋友的。

40年前，前日军第11军的58、116等师团，在中国湘南的衡阳城下，杀得天昏地暗，山惊水寒，尸骨成山，血流成河。日军的68、116两个主攻衡阳的师团，兵力虽经两次补充，仍然所剩无几。中国军队的第10军，更是伤亡惨重。日军无条件投降后，中国国内继续打仗，国军一败涂地，退至海岛，偏安一隅，第10军残余的普通官兵，大多数滞留大陆。方先觉与他的五虎将除周庆祥被蒋介石处死于胶济路战场外，孙鸣玉、饶少伟未能上岛，留在大陆，在台湾的有方先觉本人与葛先才和容有略。第10军在台人员的连以上军官，曾在1980年11月26日于台北举行过一个晤会性质的座谈会，这时已经76岁的方先觉与74岁的葛先才、75岁的容有略端坐在台上，方先觉还算清澈的目光在台下缓缓流动，一张张熟悉和不太熟悉的面孔电影镜头般不断地闪入他的眼帘：前第3师参谋长张定国、前第3师8团团长张金祥、9团团长肖圭田，前预备第10师参谋长何竹本、30团团长陈德垦，原第10军军部工兵营营长陆伯皋、炮兵营营长张作祥、搜索营第1连连长臧肖侠，前预备第10师30团团附项世英、甘握……还有预备第10师28团迫击炮连连长白天霖。当年，白天霖亲自操炮，一举击毙了日军68师团长佐久间为人中将并击伤其幕僚和部属多人，这位当年从安徽桐城走出来的少年，先后毕业于中央军校十五期、陆军参谋大学正六期、三军大学十二期，从一个普通的士兵成长为国军陆军少将，前些年已退役。方先觉看着眼前的这些旧部老友，回想当年血战衡阳，自己不过40岁，眼前这些兄弟则更年轻，生龙活虎，岁月荏苒，时光无情，如今都已垂垂老矣，在生的日子短，抚今追昔，方先觉不禁神情大恸，老泪纵横。将军之泪，触动大家情怀，顿时汇合成满堂唏嘘……会后，方先觉专门指定葛先才负责编一本衡阳战役的书，由白天霖具体执行。

白云苍狗，沧海桑田，流逝的时光冲淡了敌对观念与仇恨心理，劫后余生的人们，在各自记忆中的战友的累累白骨面前，在历历如在眼前河水般流动的袍泽的热血往事里，感到了战争的残酷对于人类的损毁，也在安宁稳定的现代生活中感到了人生的美好，生命的可贵，人的交流沟通的必要。前日军第11军以68师团、116师团为主成立了不死战友会，近几年，日军第11军战友会多次写信给在台北的方先觉、葛先才、容有略等人，希望达成谅解，提出来台拜访。当年在衡阳城中表现出了不凡气概的方先觉、葛先才、容有略等人，如今又表现出了泱泱大国的军人的不凡胸怀，他们同意了日军第11军战友会的人远道来访，终于使东洋客人达成了今天的台北之行。

在中国台北机场，日军前第11军残部代表，与中国国民革命军前第10军残部代表相逢了。40年前，他们生死相搏；40年后，他们握手感叹。世事，是多么地变幻无常，正如一位德国诗人所吟唱的："后来战争结束了，后来战争开始了……"在前去迎接日本客人的人群中，没有了重要的东道主方先觉将军、容有略将军。客人们来迟了。容有略、方先觉已驾鹤西归，先后作古，结束了坎坷、英雄的一生，无法见到昔日敌对的双方达成谅解这一幕。

方先觉从衡阳脱逃到重庆，不久担任了37集团军副总司令兼青年军207师师长，解放战争时期由昆明转至东北，与林罗大军作战，兵败，追随蒋介石逃至台湾，改任22兵团副司令兼福州绥靖公署军官团团长，后又改任台湾"澎湖防卫司令部"副司令长官。尽管方先觉从衡阳逃回重庆时蒋介石对其礼遇有加，又提职又赏钱，其实那是为了堵住国际上和国内反对派的嘴。民族观念深厚、气量狭小的蒋介石，对方先觉在衡阳守城战中的最后之举深为鄙薄，所以方先觉从此以后官运一直不隆，从未得到过重要职务。第10军追随蒋介石到台湾的容有略也没有得到过重用，仅葛先才1946年从衡阳搜集第10军死难者骨骸回到重庆后，被已于当年还都南京的蒋介石召至南京，做了一段时间总统府少将督察员，后再未得到过更进一步的提拔或重用。方先觉1982年秋因脑中风及心脏病突发，住院达三个月，神志从此不清，在日本客人来访前几个月的1983年3月3日逝世于台北，终年79岁。而容有略在方先觉刚患病时便已去世。方先觉、容有略均葬于台北五指山脉，墓地与"国民革命军抗日阵亡将士纪念碑"毗邻。方先觉墓前石碑上，按照他生前所嘱铭刻着"国民革命军陆军前第10军战士方先觉之碑"的字样，没有年考，没有职衔，表明了方先觉到最终都以能作为第10军的一名战士而深感骄傲，也表明了他内心淤积着难以言喻的苦闷与压抑。

来访的日本客人，在当年的衡阳之战时职务都不高，有攻占杏花村141高地的日军第34师团的针谷支队3大队10中队中队长井崎易治中尉，有68师团与116师团的住田克己、赚谷子、岛本良晴、高泽信雄等。第11军68、116两师团的高级将

领，年龄在衡阳之战时都在50岁上下，所以除了在战场上死亡的以外，也大都老死了。前日军第11军司令官横山勇中将，因"宽纵俘虏，为履行军人职责而战斗"未曾获罪，没想到中国军队第10军官兵的脱逃，是他能老死故土的重要原因。而他的上司畑俊六却在1948年的东京审判中被判无期徒刑，关押于东京巢鸭监狱。他部下的几位师团长，也区别于其他军，大都逃脱了东京、广州、南京等地军事法庭的战犯审判，只是，他们本人包括他们的民族永远无法摆脱良心的审判，前日军第11军不死战友会的行动就是明证。

1983年7月10日，前日军第11军不死战友会的客人们，来到了方先觉的墓前，隆重悼念他们以前的对手。神情凝重的日本人站了很久，沉默了很久，不知道他们到底想了些什么。也许是因为人类文明程度的提高而对昔日战争有所反省，也许是历尽沧桑在庆幸劫后余生……

1984年3月3日至6日，台北正值梅雨季节，前日军第11军不死战友会的原68师团上尉多贺正文等第二批40人，又来到方先觉、容有略及国军阵亡将士墓前祭奠他们在天之灵。4月间，多贺正文又与8人组团重返当年的拼杀之地——衡阳。为了让更多的日本人了解战争的残酷而减少当年衡阳的惨剧重演的可能，多贺正文这个在流血与死亡和在此之后经过思想沉淀深感战争可恶的日本人，从衡阳带回了一捧泥土，又从湘江带走了一壶水，这是东洋岛国人对自身因为偏狭、贪婪发动战争残害人类的罪过的悔悟与愧疚的明证，这是人类向更高程度的文明迈进的令人欣喜的足音。

归来吧，台湾的亲人，相信一个能容下世界的民族，也一定容得下当年虽阋于墙也御于外的兄弟；回来吧，原国军第10军的官兵，回来亲眼看看你们当年拼死保卫、曾在你们不屈的战斗中变成一片废墟的衡阳如今是个什么模样。羁押你们的天主教堂还在吗？东洲岛的船山书院还在吗？耒河口那座寺庙还在吗？五桂岭、中正堂、张家山、虎形巢、江西会馆、天马山、西禅寺、中央银行……还有那记载着你们英名功绩的忠烈祠，这一个个令你们当年血脉偾张的地方如今变得怎么样了？回来吧，牵念着你们的欧五爷、丁大爷、王伟能的后裔们，热情、忠厚的衡阳人民张开着温暖的臂弯在等待着拥抱你们……